汪曾祺全集

主 编／季红真

汪曾祺
全集

10

谈艺 卷

谈艺卷主编／赵 坤

人民文学出版社

1993 年　在家中审稿

1994 年　在家中作画

目　　录

1989 年

《中国寻根小说选》序[①]

"寻根"是一个模糊的,混乱的概念。一人一个说法,谁也说不清楚。提出"寻根"的几位青年小说家,谈论"寻根"的评论家,都说不清这究竟是怎么一回事,他们把自己都说糊涂了。这种糊涂,也许倒是好事。"寻根"本来就是一种愿望,一种追求,一种冲动,没有一个统一的规格和尺度。不可能有一杆公平秤,能约出来这是"寻根",这不是。反正,这是中国有过的,谁也不能否认的一个文学现象。并且,这不像一阵风一样,刮过去就完了,它的影响是深远的。

"寻"什么"根"? 寻文化的根。简单地说,就是企图疏通当代文学和传统文化的血脉,我以为。

新时期的文学屡次易帜,从"伤痕文学"、"反思文学"到"寻根文学"是合乎逻辑的历史发展。从反思文学引起对文学的反思,是很自然的。反思的结论之一,是当代文学缺少一点东西——文化。

有人说"五四"是中国文化的断裂。未必是这样。"五四"时期,对文化问题有过一些偏激的提法,但是事实上"五四"运动的主将并没有彻底否定传统文化。真正的断裂可能是从四十年代起。相当长时期以来,我们只是强调一定的文化是一定的政治经济的反映,而比较忽视文化的相对的独立性和继承性。对于传统文化多谈批判,少谈继承。文化是一个宽泛的概念。文化有阶级的属性,但是它又能突破阶级的局限,成为全民族的东西。文化要受时代的制约,但是它的生命力又可以延续到产生它的时代以后。封建时代的文化不都是封建文化。而在我们一些人的头脑里,这二者几乎是等同的。这就形成了断裂。二十多年的文学不重视传统文化对现实生活的影响,在人物心理上,在生活场景的表现上。这是事实。这就使一些作品停留在外部事件的表述上,削弱了作品的深度。这是四十、五十年代的文学的一个缺陷。是一些敏感的青年作者发觉了这一点,他们要在现实生活中去捕捉依然活脱的文化传统。这种努力,我以为未可厚非。

对于"寻根"不能讲得太死。一定说某个作家,某篇作品寻的是什么根,有时就会流于胶柱鼓瑟,刻舟求剑。不同的作家寻根意识的深浅也不一样。寻根小说受到指摘的一点,是这些人寻根寻到了深山老林,蛮荒时代,意思是逃避现实。这是一种误解。韩少功有几篇小说是有意去寻找远古的湘鄂文化的,突出的代表是《爸爸爸》。但是韩少功并没有把那样的生活当作羲皇盛世来歌颂,引导读者缅怀向往那样的时代,返璞归真,脱离尘世。这篇小说读了之后,是叫人非常痛苦的。这种依然保留杀人头祭谷神风俗的巫鬼文化是叫人颤栗的噩梦。但是我们相信,韩少功所写的那样的生活是真实的。这是我们民族的胎记,有什么可讳言的?为什么不能写?有人对这样的小说反感,是因为他们心中还横亘着一个"两结合"的方法,他们害怕真实,需要说谎的浪漫主义,愿意听一些吉祥如意的"拜年话"。寻根小说的作者的确很少说"拜年话"。他们一般是怀着沉重的心情看过去的。他们的作品会引起读者对于民族文化的憬悟。我认为这些作者是入世的。他们是立足于现实看过去的。有些寻根小说与古代哲学思想有关系。人们很愿意在这些小说寻找老庄、寻找禅宗佛学。但不是人人如此,篇篇如此。阿城的《树王》把人和自然溶为一体,树死了,人也死了,这种"天人合一"的思想诚然和道家思想有关。但是《孩子王》就看不出有多少道家思想。贾平凹的"商州系列"是闪烁着秦汉文化的斑斓色泽的,但是究竟哪里是秦,哪里是汉,谁也无法确指。秦耶?汉耶?将近代耶?他写的仍是活生生的当代生活,不能说贾平凹的立意就是在寻找秦汉文化。李杭育的"葛川江系列"也很难说与断发纹身的越文化有多少直接的关联。本集所选《最后一个渔佬儿》,就是这样。"最后一个……"是一个世界性的题目,这样题目的作品大都是挽歌,写的是一种文化,一种

2

风俗的消逝。《最后一个渔佬儿》写的只是在社会的(渔霸垄断)和自然的(环境污染)压迫下,渔民的安定自足的生活方式的消逝,不一定就是越文化的消逝。王安忆的《小鲍庄》可以说是寻根小说的"外围"作品。说它是寻根小说也可以,说不是寻根小说也可以。有人说安忆这篇小说寻的是汉文化的根,儒家思想的根,我以为这不无勉强。把王安忆和儒家拉在一起,有些滑稽。如果说这跟儒家思想有一点关系,那是间接又间接的。不能因为小说里出现"仁义"字样,就说这是儒家。这种茄子辣椒式的分类法,未免过于简单。"寻根"是一个流动的,不固定的概念,我希望评论家"毋意、毋必",不要搞得"日凿一窍,七日而混沌死"。

有人埋怨寻根小说的作者故意把故事的时间搞得很含糊,不知道这是什么时代的事。这种埋怨是什么意思呢?为什么小说的时间一定要交代得很清楚呢?意思无非是说这样的作品脱离时代,缺乏现实感。第一,并不是所有的寻根小说都是这样。第二,时间有其变动的一面,也有其恒常的一面。"山中无甲子,寒尽不知年",这样的地区有的是。时间在这里爬行得很迟缓。用在皮绳上挽扣来计日的人,几乎还处在"绳语"时代,怎么能有清晰的时间观念呢?只有在被拖拉机"咬了一口"的时候,才会感到这世界变了。这一点不稀奇。前几年,河北省农村的一架手扶拖拉机脱了钩,机头单独跑出去了,一个农民挥舞着赶车的大鞭追它,一面大声地喊:"吁——!"在他看来,拖拉机也是一头牲口。寻根小说注意表现历史文化的积淀,这是寻根小说作者共有的觉悟,也是一种优势。这样的小说的生命力往往较长,不太容易因为世事的沉浮而成为明日黄花。我倒是觉得只有现实感而缺乏历史感的作品往往显得单薄。寻根小说大都具有鲜明的地域性。作者往往用很多笔墨刻画自然环境。他们不是静态的,纯客观地表现自然,而是把自然当着人格的一部分来描绘的。只有那样的环境,才有那样的性格。我们可以说某种性格是山的性格、江的性格、草原的性格、沙漠的性格。表现自然,本来是一般小说都不缺少的一个构成部分,但不像寻根小说的作者对这一点更为自觉,赋予自然以更多的人性。复次,寻根小说十分注意对风俗的描写，几乎无一例外。风俗是一种文化，或者可以说是某种文化的集中表现。我们对于日本民族性格的了解是从他们的节日歌舞中获得的。看了泼水节，才知道傣族少女的性格是多么开朗，多么珍爱易于消逝的青春。曾见一篇评论，说某人的小说只具有民俗学的价值，没有艺术价值。我有些迷惑了。对风俗的描写，本身就是有艺术价值的，除非这种描写不精确，不生动。当然寻根小说是小说，不是风土志或民俗志。寻根小说写的是人，是在某种特定风俗的雨露中生活的人。

寻根小说作者的语言意识是很强的。他们不把语言只看作是表现的手段，而是看作作品的本体，是内容。他们的写作是刻苦的，很少有轻率的，滑俗的句子。他们企图从土语和古汉语中汲取精华，重新铸造，成为自己的独特的"雅言"。对于这种苦心，我是欣赏的。但是希望他们不要把自己的语言搞得过于奇崛，过于古奥。我希望他们能够融会今古，折衷雅俗，不要脱离一般读者的欣赏习惯过远。

"寻根热"的高潮好像暂时退去了。有些人有点幸灾乐祸地说：他们寻不下去了！谁也无权指令小说作者一条道走到黑。何况这样一些先生是希望寻根小说作者只写他们自己想象出来的寻到"深山老林，蛮荒时代"，希望他们碰到南墙，低头认输，然后说："你们不行吧！"这种人的心理有点点像鲁迅小说里的衍太太。寻根小说的作者也许不再寻找湘鄂文化、葛川江文化，但是他们的寻根意识是不会熄灭的。他们在写似乎不是寻根的小说的时候，他们的文化意识是会灌注在所有作品里的。

我近年很少读小说，"寻根小说"读得尤少。本书编者把写序的差事摊给我，我深感力不从心，只能写一点感想，如上。

一九八九年一月十三日

注　释

①　本篇原载《中国寻根小说选》，香港三联书店，1993 年版。

长篇小说《玫瑰门》研讨会发言纪要①

铁凝这部小说把我看懵了。看到四分之三处我还不甚明白,小说的新尝试、新探索是有冒险性的,这种小说我写不出来,小说的主题写的是人,人就是这样的,女人就是这样的,生活就是这样的。小说没对任何人进行判断,无所谓真诚、虚伪、善良、丑恶,这种对生活绝对冷静的态度很难得。司猗纹的形象比较丰满、复杂,"文革"中,她的整个行为动机就是挤入革命队伍,这也是"文革"所以形成后来局面的原因。苏眉比较单一,竹西是个真实、健壮的女人。小说的结构特别,大闪回,却不让人眼花缭乱。小说的语言也特别,让人想起废名的小说。有些语言思维让人怀疑是否用汉语思维,名词当形容词,形容词当动词用等。而英语"玫瑰"有光明、充满希望之意,"门"则是通道。

总之,铁凝应当承认写了一部小说,有些人写了等于没写。

注　释

① 本篇原载 1989 年 3 月 15 日《文论报》,是 1989 年 2 月 22 日在北京举办的铁凝的长篇小说《玫瑰门》研讨会的发言纪要,与会者还有曾镇南、周申明、雷达、李陀、蔡葵、铁凝等。由谭湘根据不完全会议记录整理,未经作者审阅,题目为收入本卷时编者所加。

思想·语言·结构^①

——短篇小说杂谈

我20岁开始发表短篇小说,今年69岁,断断续续写了将近半个世纪。我只写短篇,没有写过长篇,也不写中篇。然而短篇小说是什么,我一直没有弄清楚。1947年我写过一篇很长的文章:《短篇小说的本质》,发表在《益世报》上,占了整整一版。题目是很好的。但是没有说出个所以然。胡适曾经给短篇小说下过一个定义:生活的横断面。这话有几分道理。相当多的,或者大部分短篇小说是生活的横断面。比如莫泊桑的《羊脂球》《项链》,都德的《最后一课》,欧·亨利的《圣诞礼物》,都是横断面。但是有些短篇并不是横断面。契诃夫的《宝贝儿》写了一个女人的一生,鲁迅的《祝福》也写了祥林嫂的一生。这倒可以说是生活的纵断面。短篇小说在英文里叫做短故事。小说一般总有点故事。小说和散文的区别,主要在有没有故事性。但也不完全如此。契诃夫的《恐怖》只是写了几个恐怖的印象,什么故事都没有。鲁迅的《社戏》也没有故事,说是散文也可以。但是鲁迅是编在小说集里的。孙犁同志有一篇作品给了《人民文学》,编辑部问他:"您这是散文还是小说?"孙犁同志断然地回答:"小说,小说!"我的《桥边小说》发表后,也有人写信问我:"你这是小说吗?"我在香港的《八方》上曾发表一篇《小说的散文化》,指出散文化是世界小说的一种(不是唯一的)趋势,看来小说和散文之间的界线越来越模糊了。十九世纪的小说供人娱乐,故多戏剧性的情节;二十世纪的小说引人思索,不太重视情节、故事。二十世纪的小说强调真实,故事过于离奇就显得不真实。

刨开横断面、故事性这样的因素,短篇小说还剩下什么特征呢?只有一个:短。

"短篇小说"是一个模糊不清的、不确定的、宽泛的概念。什么是短篇小说？很难界定。这是很好的事。这就给短篇小说带来无限的可能，带来丰富性，多样性。

短，不只是字数少，而是短篇小说的特点，或者可以说是本质，是作者对艺术的追求。

我前年在美国，听一位教授说，有一位评论家给许多小说判了分：A，A⁺，B，B⁻……他给我的《陈小手》没有判分，只批了一句话：这是真正的短篇小说。不是说我这篇小说写得多么好，而是因为它短：只有九百字。

关于短，我在后面谈结构时大概还会说到。

小说里最重要的东西是什么？我以为是思想。有人提出小说不要思想，我以为这是个荒唐的说法。决定一篇小说的质量的首要标准，是作者有没有思想，思想的深度如何。

一个作者写小说，总有一个动机，一个目的。作者一生的作品，大都有一个贯串性的主题。契诃夫的贯串性的主题是反庸俗。好像是高尔基说过，契诃夫好像是站在路边，带着微笑，对所有的过往行人说：你们不能再这样生活了！鲁迅写作的目的，是揭示社会的病痛，引起疗救的注意。沈从文的目的是民族品德的发现与重造。有人问我的思想是什么？我想了想，我大概是一个中国式的抒情的人道主义者。我受儒家思想影响较大。我很欣赏曾点对生活的态度："暮春者，春服既成，冠者五六人，童子六七人，浴乎沂，风乎舞雩，咏而归。"我很欣赏宋人的两句诗："顿觉眼前生意满，须知世上苦人多"。这是生活的两个方面。生意满，故可欣慰；苦人多，应该同情。我的写作的目的就是唤起读者对生活的信心，对人的关怀。

所谓思想，不是哪个中国的政治家或哪个西方的哲学家的思想，而是作者自己的思想，是作者对生活的思索，对生活的认识。写作当然要有生活，要观察生活，体验生活，积累生活，但是有了生活不等于认识了生活，要经过一番思索。中国文字很有意思，"索"是绳索。生活本来是零散的,得有根绳子才能穿起来。我在内蒙认得一位很可爱的干部,他的生活经验真是丰富得惊人。他从呼和浩特到新疆旧城拉过骆驼,打过游击,草原上的所有的草、大青山所有的药材,他都认识,他能说许多关于猪、羊、狼的故事,谈得非常生动。但是他不会成为作家,因为他不善于思索。作者的思索和理论家的思索不一样,不是靠概念进行的,总是和感情拌和在一起的。我想提出一个名词,叫做"感慨"。龚定庵诗:"我论文章恕中晚,略工感慨是名家。"作家是长于感慨的人。

作家接触了一个生活片段(往往带有偶然性),有所感触,觉得这个生活片段是有意义的,但是这里面所含覆的,可引发的意义,一时未必能捉住,往往要经过长时期的积淀。我的小说《受戒》附注:记四十三年前的一个梦,这个题材确实在我心里埋了四十三年。我的几篇小说都经过重写。《职业》这篇极短的小说一共写过四次。最后一次,我先写了几种叫卖的声音,然后才写了那个应在学龄的卖"椒盐饼子西洋糕"的孩子的吆唤,把这个孩子放在"人世多苦辛"的背景之前,才更显出这个过早地为职业所限定而失去童年的孩子的可悲悯。

"遇"到一点生活不易,我劝青年作者不要轻易下笔,想想,再想想,多想想。

我这几年讲话,讲得最多的是语言。前年在美国的大学讲了两次《中国作家的语言意识》,后来经过整理,发表在《文艺报》和《香港文学》。这是我谈语言问题的最新版本,也是讲得比较完备的一篇。这篇讲话讲了四个问题,语言的内容性、语言的文化性、语言的暗示性、语言的流动性。今天我只准备讲两个问题:语言的内容性和流动性。

过去习惯把语言看作是文学的形式、手段,应该把语言提到内容的高度来认识。闻一多先生年轻时写过一篇《庄子》,说文字(语言)在他已经不是一种手段,一种形式,其本身便是目的。这是很精辟的见解。语言不纯是外部的东西。语言和内容是同时存在,不可剥离的。马克思说语言是思想的直接现实,这句话是说得对的。世界上没有没有语言的思想,也没有没有思想的语言。我曾说过,写小说就是写语言。一个作家的功力,首先是语言的功力,一篇小说尤其是短篇小说的魅力从何而来?首先是语言。说这篇小说不错,就是语言差一点,我认为这样的说法是不能成立的。语言的浮泛,就是思想的浮泛。语言的粗糙,就是内容的粗糙。

一篇小说是一个有机的整体,是不能拆开的。凌宇同志在一篇评论里说我的语言很怪,拆开来看,都是平常的句子,放在一起,就有点味道,我想谁的语言都是这样。一篇小说,都是警句,那是叫人受不了的。语言的美,不在一个一个句子,而在句子之间的关系。清代的美术理论家包世臣说王羲之的字,单个地看,并不怎么美,不很整齐,但是字的各部分,字与字之间产生一种互相照应的关系,"如老翁携带幼孙,顾盼有情,痛痒相关。"这说得非常聪明。中国字,除了注意每个字的间架,更重要的是"行气","字怕挂",有人写的字挂起不好看,就因为没有行气。写小说最好不要写一句想一句,至少把一段想熟了,再落笔。这样文气才贯,写出来的语言才会像揉熟了的面,有咬劲。否则,语言就会是泡的,糠的。语言是活的,是流动的。中国过去论文、论书画,讲究"真气内行"。语言像树,枝干树叶,汁液流转,一枝动,百枝摇。

"文气"是中国美学的特有的概念,我认为很有道理。韩愈说:

> 气水也,言浮物也。水大而物之浮者大小毕浮。气之与言犹是也,气盛,则言之短长与声之高下者皆宜。

"气盛"照我的理解,即作者的思想充实,情绪饱满。韩愈是第一个提出作者的精神状态和语言的关系的人。他还提出一个语言的标准:"宜"。即合适,准确。他把"宜"更具体化为"言之短长"与"声之高下"。语言的奥秘,说穿了不过是长句子和短句子的搭配和语言的音乐美。

中国语言有一些特殊的东西,平仄、对仗。我劝青年作家要懂一点平仄对仗,学会写绝句、律诗。我在《幽冥钟》里写了这样的句子:

> 罗汉堂外面,有两棵很大的白果树,有几百年了。夏天,一地浓荫。冬天,满阶黄叶。

如果不用一点对仗(不很严格),就会很噜唆,也没有意境。

小说怎样才能写得短?节省材料,能不写进去的就不写。我看了一些青年作者的小说,常常觉得材料芜杂,缺乏剪裁。李笠翁说写戏如裁衣,先把材料剪碎,再把材料拼拢。剪碎与拼拢之间,必然会去掉一些边边角角。我曾经说过:短篇小说是"舍弃"的艺术。小说冗长,一是有一些不很必要的写景。前人论作词,说一切景语皆情语,可是有的小说里的写景和内容是脱节的,可有可无。二是发了一些并不精彩的议论。法郎士是喜欢发议论的,那只能说是别具一格。他的议论都很尖刻可喜,一般作者是办不到的。

开头和结尾很重要。我觉得构思一篇小说时最好有一个整体设计,尤其重要的是把开头和结尾想好。孙犁同志说开头开好了,以后写起来就能头头是道,这是经验之谈。我写小说通常都是"一遍稿",一口气写完,不再誊清。但是开头往往要换几张稿纸。要"慎始",不要轻易写下第一句话。第一句话是为全篇定调子的。一篇小说要有一个笼罩全篇的调子,或凄凉,或沉郁,或温暖,或冷隽,往往在第一句话里就透露出来。张承志有一次半夜去敲李陀的门,说他找不到要写的小说的调子,很着急。开头无定法,可以平起,远起,缓缓道来;更常见的是陡起,破空而来。欧阳修的《醉翁亭记》原来的开头是"滁之四面皆山",后来改成"环滁皆山也",就峭拔得多了。我的《徙》写的是我的小学国文老师,他是我的母校的校歌的歌词作者,所以我从歌声写起。原来的开头是:"世界上曾经有过很多歌,都已经消失了。"我到海边去转了转,回来提笔改成了一句:"很多歌消失了。"这就比原来的带有更多的感情,而且透露出全文字里行间的不平之气。我觉得开头越简练越好。

汤显祖评"董西厢"论其各章结尾之妙,说尾有"煞尾",有"度尾"。"煞尾"如骏马收缰,寸步不移;"度尾"如画舫笙歌,从远处来,过近处,又向远处去。汤显祖真不愧是大家,这说得实在非常形象,非常美。我想结尾不外是这两式,一种是收得非常干净,一种是余音袅袅。

结尾不好,全篇减色,要"善终"。

我曾在《小说笔谈》中说小说结构的精义是:随便。林斤澜很不以为然,说:"我讲了一辈子结构,你却说是'随便'!"后来我修改了一下,说是"苦心经营的随便",他说:"这还可以",我说的"随便",是不拘一格。我很欣赏明朝人说的"为文无法"。讲结构,通常都讲呼应、断续。刘大櫆说:"彼知所谓呼应,不知有无呼应之呼应;彼知所谓断续,不知有无断续之断续"。章太炎论汪中的骈文,说他"起止自在,无首尾呼应之式"。"自在"二字极好,自自在在,无斧凿痕迹。所谓"无法"是无定法,实是多法。我的《大淖记事》发表后,有人批评结构上不均衡。全文五章,前三章都是写大淖这地方的环境、习俗,第四章才出现人物。崔道怡同志却说这篇小说的结构很好,很特别。这种结构方法,我也不是常用的。《岁寒三友》一开头就点出:"这三个人是:王瘦吾、陶虎臣、靳彝甫"。结构如果有个一定的格式,就不成其为结构了。

一个似乎无关紧要的问题,是分段。我以为这是至关紧要的。说话有缓有急,分段可长可短,但是什么地方切开,什么地方留出空白,要十分注意。没有字的地方不是没有东西。切断处往往是读者掩卷深思的地方。分段是一种艺术。另外一个应该留意的问题是空行。小说的空行的重要性不下于诗。我曾写过一篇《天鹅之死》,把天鹅之死和演"天鹅之死"的芭蕾演员的遭受迫害交错起来写,一段写天鹅,一段写演员,当中留出两行空行。发表时,编辑为了节省版面,把多数空行都抽掉了,眉毛胡子一把抓,我自己读了,连气都喘不过来。

谢谢大家。

一九八九年三月二十日

注　释

①　本篇原载不详,是为《人民文学》系列文学讲座·第四十九讲所作讲稿。

"1988年度文学新人奖"评审意见[①]

海昨天退去(杨志军)

写一群在难以想象的恶劣条件下,在青藏高原铺设输油管线的工程兵的悲惨生活和他们的悲惨的死。他们要去征服自然,结果却被自然征服,并被毫无心肝的社会遗弃,摧毁。这是一场历史性的悲剧。作家笔下随处带有炽热的抒情和深邃的、愤怒的思索。这是一个震撼人心的少见的佳作。

伏羲伏羲(刘恒)

写性的饥渴,性的奔放,性的接近圣境的欢乐以及在经济的、社会的、习俗的、观念的碾压之下,正常的、壮丽的情欲怎样被扭折,被撕碎。但这不是一般意义上的性小说。它不引起读者官能的刺激,而是引人对性枯萎现象深思。这是一声沉郁的呼喊:怎样医治我们这个民族性衰退以至整个民族的衰退?

少将(乔瑜)

小说写一群测绘兵从新兵到下连的生活。其中的少将,是一个彻头彻尾、彻里彻外的虚伪的人。这是多年来纯粹形式主义的政治思想工作的教人伪善的教义所造就一个正常的怪物。这样的怪物随处可见,但还没有人写过。作者的语言极有青春气息和幽默感,但不流于轻佻和玩世不恭。

3 月 25 日

　评语如不需署名，请裁去。

注　释

① 1988 年 11 月，汪曾祺被聘为《文汇报》文艺奖评委，这是他为所推荐三篇
　作品写的评语，据手稿编入。

重写文学史,还不到时候^①

重写文学史,是很多人私心盼望已久的事。最近有人把这个问题提出来了。为什么要重写文学史?因为已有的几本中国新文学史都陈旧了,都有缺点,都"左"。十多年来,文学创作、理论,都有了很大的变化,"左"的大一统局面已经打破,独有文学史却不动。它们依然雄居在书架上,带着高傲而冷漠的神情。

但我以为现在重写文学史还不到时候,条件还不成熟。

首先是史实的澄清。"左联"的问题比较好办。有些当事人已经承认"左联"是有关门主义、宗派主义的倾向的。但是也还是笼统地说一下,缺乏深入细微的阐述。对一些历史的陈案,今天究竟应该怎样认识?比如对梁实秋的斗争,对第三种人的斗争,以及对"新月派"的批判,等等。一个非常棘手的问题,是怎样客观地、科学地对待《在延安文艺座谈会上的讲话》。它的产生的背景,当时所起的作用,以及后来的影响。这到现在,依然是一个极其敏感的问题。但是,不接触这个问题,一部中国现代文学史,怎么说得清楚呢?

其次是对作家和作品的再认识。鲁迅是伟大的。我个人认为,到现在为止,中国还没有一个作家,在文学的成就上超过鲁迅的。鲁迅是继曹雪芹之后,中国的一位真正的语言大师。但是不少文学史家着眼的只是鲁迅作为斗士的一面,不大把鲁迅作为一个作家来看。对于他的作品(小说、散文)认真研究的不多。对于一些受到误解,遭到不公平的冷遇的作家,近年的看法有所改变,比如对沈从文。但是,"沈从文热"只在国外和国内一些青年作家间燃烧,而我们的文学史家依然是"翻滚不落价",继续白着他们的冷眼。比如废名,我们的文学史家完全不理解他的"意义"。又比如芦焚,我真不明白,为什么文学史家对他的散文化小说如此的视若无睹。还有许多作家，比如朱湘、刘延陵、梁遇春、罗黑芷……这些人都不在文学史家的视野之内。更不用说张恨水、张爱玲。我们的文学史家真是"一叶障目"。我希望这些文学史家把"左"的树叶从眼睛上拿开，平心静气地，从文艺角度（只从文艺角度），读一点作品，不要用政治代替文艺。第三个问题，是新的中国新文学史由谁来写？——是"官修"，还是"私修"好。如果由一个研究所、一个大学的中文系，组织一个班子，来重写文学史，一是旷日持久；二是没完没了地讨论，结果是把所有棱角都磨光，毫无创见。"官修"，实际上是"钦定"。但是"私修"也很难，哪来的人？哪来的资料？哪来的经费？我们的国家有没有这样的魄力，委托几个人，成立几个以个人为领导的小组，给他们一笔钱，花几年功夫，写几本高质量、有才华而不无（或一定）偏颇的新文学史，爱怎么说，就怎么说？大概不行。

要重写文学史，一个更重要的先决条件，是编写者有更大的言论自由。

现在还不行。

注　释

①　本篇原载 1989 年 3 月 25 日《文论报》。

何时一尊酒,重与细论文①

——陆建华《全国获奖爱情短篇小说选评》代序

建华的《全国获奖爱情短篇小说选评》编成,来信嘱我写一篇序。我以为,从新时期十年获全国奖的短篇小说中,挑选出一部分爱情题材的郑重地推荐给读者,并对这些作品从思想到艺术进行细致评述,这是件很有意义的事情。只是我对这些小说读得不全,故只能说一点不着边际的话,说一点我对评论的看法。如果能和建华的文集有一点关联,那就算歪打正着。

曾有搞评论的朋友问我对当前的评论有什么看法。我说主要缺点是缺乏个性。评论不能人云亦云,更不能看风使舵。评论家应该独具只眼,有自己的创见。评论家应该有自己独到的看法,并有自己独创的说法,要能说出别人说不出的话来,即使片面一点,偏激一点,也比淡而无味的温吞水好。"评论"从某个意义来说,就是"发现"。徐悲鸿发现了齐白石,发现了泥人张。他把齐白石和泥人张都抬得很高。他说齐白石是一位大师(齐白石在当时名气还不太大),说泥人张是中国的米盖朗齐罗。有人说他推崇得太过了。徐悲鸿说:"我对自己讲的话总是负责任的。"我很欣赏徐悲鸿的这种态度。"平生不解藏人善,到处逢人说项斯",评论家应该有这样的热情。评论文章要能使读者感觉到评论家这个人,如见其人,如闻其声,这样才能使读者觉得亲切,受到感染。有些作家的作品可以不用署名,一看就知道这是某人写的。评论家能做到这样的似乎不多。这是很多人不爱读评论的一个重要原因。从建华的《选评》所选择的作品篇目看,他只选了十六篇作品,不是把所有获奖的爱情题材作品都搜罗进来,一视同仁,平等对待。而是宁缺毋滥,我以为这态度是好的。既有取舍,一定有个标准,这个标准不是"公认",而是"只眼"。自己觉得对哪些作品有话可说,于是去评定一下;有些作品尽管声誉很高,但觉得对它说不出什么新鲜的意思来,便落选了。这样,这本评论集是很可能有点个性的。

不知道从什么时候起,评论和鉴赏分了家了。我以为还是合起来好。大家都说现在的评论有一个模式,即上来先用相当多的篇幅谈作品的思想内容,当中谈一点艺术特点,最后指出作品的不足。其实何妨颠倒一下呢,先从作品塑造的形象入手,再来探索形象的思想内涵?记得李希凡同志写过一篇文章,提出评论也要有一点形象思维,我是很赞成的。恐怕不是需要有一点,而是首先要从形象接近乃至深挖这个作品。作者在形成作品的时候,一开头总是感性的,直觉的,在感情里首先活跃、鲜明起来的是形象;读者接受一个作品的时候,开头也总是感性的,直觉的,使他受感动的是形象。这样才能造成作者和读者之间的交流,完成全部创作过程。为什么我们的评论家总是那样理智,那样冷若冰霜,对着一篇作品,拿起手术刀来一刀就切到作品的思想呢?这种"唯理"的评论是不能感人的。——评论也要使人感动,不只是使人信服。至于"不足",任何一篇作品都是能够指出不足之处来的,但是我觉得评论家指出作品的不足往往没有多大用处。评论家既不能自己动手,把这个作品改一改,把不足之处弥补起来;作家也未必肯采纳评论家的意见,照他的意见改写作品,即使评论家指出的不足是有道理的。我不是反对任何一篇评论指出作品的不足,但不赞成每一篇评论都有这样一个尾巴。篇篇如此,让人感到无非是为了四平八稳、面面俱到。我过去读建华的评论,尚无四平八稳、面面俱到之感,却能用朴实无华的文字,写出自己对作品进行认真揣摩后的具体感受,从而能给读者以有益的启示,这是建华的评论文字长处所在吧。

中国的评论大都只评作品,很少涉及作者。作品的风格和作者的个性是分不开的。蒲封说过:风格即人。如果在评论中画出一点作者的风貌,则评论家就会同时成为作者与读者的挚友,会使人感到亲切,增加对作品的理解。我曾读过肖伯纳写的一篇对一个著名摄影家的评论，几乎没有一句谈到此摄影家的作品，只是说他开了一家旧书店，有人去买一本书，他书店里没有，告诉买主，他要的那本书写得不好，他可以另外给他介绍两本同类的书，买主看了，很满意；他的旧书店里还卖文物，这都是他花了不多的钱搜集起来，但是一经他品评，就会变得很名贵。这样，我们便知道此人的艺术趣味很高，至于他的摄影的不俗，就不言而喻了。我觉得这样写评论，是很聪明的写法。中国的评论家不太善于知人。我希望建华能多和作家交交朋友，这样，就可能用精炼的笔墨勾画出作家的笑貌，并以印证他的作品。一个评论家也该学会一点小说家的本事。

最后一点，我觉得评论文章应该像一篇文章，就是说要讲究一点语言艺术，写得生动一点，漂亮一点。中国的评论似乎已经形成一种通用的文体，都有那么一股评论腔，说得不好听一点，就是八股气。评论家好像大都缺少幽默感。有的评论家在平常谈话时也还有风趣，到了写评论的时候，就正襟危坐，不苟言笑起来，如我们家乡所说的："俨乎其然"，"板板六十四"。我希望我们的评论家能够松弛一点，随便一点。晋朝人手挥麈尾，坐而谈玄。杜甫诗："何时一尊酒，重与细论文"，我以为那是蛮舒服的。中国的评论家文章写得活泼的，据我所知，有刘西渭（即李健吾）先生。建华不妨把他的《咀华集》和《咀华二集》找来看看。

建华是我的小同乡，都是高邮人。说起高邮，很多人只知道高邮出咸鸭蛋。上海卖咸鸭蛋的店铺里总要用一字条特别标明："高邮咸鸭蛋"。我们那里的咸鸭蛋确实很好，筷子一扎下去，吱——红油就会冒出来。不过敝处并不只是出咸鸭蛋，我们家乡还出过秦少游，出过研治训诂学的王氏父子，还有一位写散曲的王西楼，文风不可谓不盛。近些年也出了一些很有才华的文学中青年，建华是其中的一个。建华嘱我写序，我本着乡曲之见，写了上面这些，所言未必有当，随便说说而已。

一九八九年四月序于北京

注　释

① 本篇原载《全国获奖爱情短篇小说选评》（陆建华著，南京大学出版社，1990年版），又载《文学自由谈》1991年第三期，有改动；初收《汪曾祺全集》第五卷，北京师范大学出版社，1998年8月。

中国戏曲和小说的血缘关系[①]

　　自从布莱希特以后,世界戏剧分作了两大类。一类是戏剧的戏剧,一类是叙事诗式的戏剧。布莱希特带来了戏剧观念的革命。布莱希特的戏剧观可能受了中国戏曲的影响。元杂剧是个很怪的东西。除了全剧一个人唱到底,还把任何生活一概切成四段(四出)。或许,元杂剧的作者认为生活本身就是天然地按照四分法的逻辑进行的,这也许有道理。四是一个神秘的数字。元杂剧的分"出",和十九世纪西方戏剧的分"幕"不尽相同,但有暗合之处(古典西方戏剧大都是四幕)。但是自从传奇兴起,中国的剧作者的戏剧观点、思想方式,发生了很大的变化,同时带来结构方式的变化。传奇的作者意识到生活的连续性、流动性,不能人为地切做四块,于是由大段落改为小段落,由"出"改为"折"。西方古典戏剧的结构像山,中国戏曲的结构像水。这种滔滔不绝的结构自明代至近代一直没有改变。这样的结构更近乎是叙事诗式的,或者更直截了当地说:是小说式的。中国的演义小说改编为戏曲极其方便,因为结构方法相近。

　　中国戏曲的时空处理极其自由,尤其是空间,空间是随着人走的,一场戏里可以同时表不同的空间(中国剧作家不知道所谓三一律,因此不存在打破三一律的问题)。《打渔杀家》里萧恩去出首告状,被县官吕子秋打了四十大板,轰出了县衙。他的女儿桂英在家里等他,上场唱了四句:

　　　　老爹爹清晨起前去出首,
　　　　倒叫我桂英儿挂在心头。
　　　　将身儿坐至在草堂等候,
　　　　等候了爹爹回细问根由。

在每一句之后听到后台的声音："一十,二十,三十,四十,赶了出去!"这声音表现的是萧恩在公堂上挨打。一个在江那边,一个在江这边,一个在公堂上,一个在家里,这"一十,二十"怎么能听得到?谁听见的?《一匹布》是一出极其特别的、带荒诞性的"玩笑剧"。李天龙的未婚妻死了,丈人有言,等李天龙续娶时,把女儿的四季衣裳和陪嫁银子二百两给他。李天龙家贫,无力娶妻,张古董愿意把妻子沈赛花借给他,好去领取钱物,声明不能过夜。不想李天龙沈赛花被老丈人的儿子强留住下了。张古董一看天晚了,赶往城里,到了瓮城里,两边的城门都关了,憋在瓮城里过了一夜。舞台上一边是老丈人家,李天龙、沈赛花各怀心事;一边是瓮城,张古董一个人心急火燎,咕咕哝哝。奇怪的是两边的事不但同时发生,而且两处人物的心理还能互相感应,又加上一个毫不相干、和张古董同时被关在瓮城里的一个名叫"四合老店"的南方口音的老头儿跟着一块瞎打岔,这场戏遂饶奇趣。这种表现同时发生在不同空间的事件的方法,可以说是对生活的全方位观察。

中国戏曲,不很重视冲突。有一个时期,有一种说法,戏剧就是冲突,没有冲突不成其为戏剧。中国戏曲,从整出看,当然是有冲突的,但是各场并不都有冲突。《牡丹亭·游园》只是写了杜丽娘的一派春情,什么冲突也没有。《长生殿·闻铃·哭象》也只是唐明皇一个人在抒发感情。《琵琶记·吃糠》只是赵五娘因为糠和米的分离联想到她和蔡伯喈的遭际,痛哭了一场。《描容》是一首感人肺腑的抒情诗,赵五娘并没有和什么人冲突。这些著名的折子,在西方的古典戏剧家看来,是很难构成一场戏的。这种不假冲突,直接地抒画人物的心理、感情、情绪的构思,是小说的,非戏剧的。

戏剧是强化的艺术,小说是入微的艺术。戏剧一般是靠大动作刻划人物的,不太注重细节的描写。中国的戏曲强化得尤其厉害。锣鼓是强化的有力的辅助手段。但是中国戏曲又往往能容纳极精微的细节。《打渔杀家》萧恩决定过江杀人,桂英要跟随前去,临出门时,有这样几句对白:"开门哪!""爹爹呀请转! 这门还未曾上锁呢。""这门呀! ——关也罢,不关也罢!""里面还有许多动用家具呢。""傻孩子呀,门都不要了,要家具则甚哪!""不要了? 喂噫……""不省事的冤家呀……!"

从戏剧情节角度看,这几句话可有可无。但是剧作者(也算是演员)却抓住了这一细节,表现出桂英的不懂事和失路英雄准备弃家出走的悲怆心情,增加了这出戏的悲剧性。

《武家坡》里,薛平贵在窑外述说了往事,王宝钏确信是自己的丈夫回来了,开门相见。

王宝钏(唱)

　　开开窑门重相见,

　　我丈夫哪有五绺髯?

薛平贵(唱)

　　少年子弟江湖走,

　　红粉佳人两鬓斑。

　　三姐不信菱花照,

　　不似当年在彩楼前。

王宝钏(唱)

　　寒窑哪有菱花镜?

薛平贵(白)

　　水盆里面——

王宝钏(接唱)

　　水盆里面照容颜。

(夹白)老了!

(接唱)

　　老了老了真老了,

　　十八年老了我王宝钏!

水盆照影,是一个非常精彩的细节。王宝钏穷得置不起一面镜子,她茹苦含辛,也无心对镜照影。今日在水盆里一照:老了!"十八年老了我王宝钏",千古一哭!

这种"闲中著色",涉笔成情,手法不是戏剧的,是小说的。

有些艺术品类,如电影、话剧,宣布要与文学离婚,是有道理的。这些艺术形式绝对不能成为文学的附庸,对话的奴仆。但是戏曲,问题不同。因为中国戏曲与文学——小说,有割不断的血缘关系。戏曲和文学不是要离婚,而是要复婚。中国戏曲的问题,是表演对于文学太负心了!

一九八九年五月七日

注　释

① 本篇原载《人民文学》1989 年第八期;初收《汪曾祺小品》,中国人民大学出版社,1992 年 10 月。

晚岁渐于诗律细^①

　　我知道刃锋,在四十年代。刃锋成名甚早。解放前历次全国木刻展览,刃锋的作品都很突出。展品选为画册,刃锋之作,常居于显著地位。所表现的多为苦难的土地和人民,刀法刚劲,充满反抗意识。

　　五十年代初,得识刃锋于北京,我们都在市文联。我在《说说唱唱》当编辑。编辑部在霞公府楼上,两间日本人留下来的房子,——门是纸门。刃锋的画室和编辑部之间,只隔了端木蕻良的书斋。我时常踱到刃锋屋里,看他作画,听他聊天。刃锋读书多,哲学、美术史、美术理论,无不涉猎。说话很慷慨,多顿挫,有点白居易所说"气粗言语大"的劲头。1955 年我调到中国民间文艺研究会,刃锋仍留在市文联,彼此见面遂少。

　　刃锋一生坎坷。解放前过了多年流亡生活,颠沛于沪渝等地。解放后生活稍稍安定。1957 年被划成右派。这是意料中事。他是最早划为右派的,而摘掉帽子又甚晚,直到七十年代,原因是属于"死不悔改的右派"云云。这却是没有想到的。这些年我没有见到过刃锋,只听说他境遇很不好,但还在作画。

　　一天,刃锋忽然来看我。谈锋依然很健,谈论书画、臧否人物,毫无保留。我心里想:汪刃锋还是汪刃锋,真是死不悔改的了。

　　刃锋告诉我他要办一次回顾展,带来一些国画彩照底片让我看,我看了,觉得二十多年,刃锋还是有变化的。第一,"庾信文章老更成",刃锋更成熟了。这没有什么奇怪,画家总是越老越成熟的。第二,对我说起来倒是有点新鲜的:"晚岁渐于诗律细"。刃锋早年的画,奔放的多,近期的画却趋于严谨了。画属"小写意",笔笔都交代得很清楚。有笔有墨,画面极干净,不像时下许多画家,看起来大刀阔斧,水墨淋漓，很能"虎"人，但笔笔经不起推敲。刃锋的构图很稳，不以险怪取胜。这是不能藏拙，也不易讨巧的。但是刃锋选择了一条不欺世、不骇俗、扎扎实实的路子，这是需要勇气的。

刃锋长于书法，中年后写怀素，用中锋，但有法度，不像包世臣所说的"信笔"，——目下写狂草的，多"信笔"，让笔牵着自己走。刃锋题大幅画，每用隶书，但很舒展秀丽，不像许多人写的隶书似乎苍苍莽莽，实是美术字而已。看来刃锋是写了几年《曹全碑》、《张迁碑》的。

刃锋稍长于我，才过了七十，身体精力都不错，他还能画好多年。相信他的画会进入一个更新的境界。

注　释

① 本篇原载 1989 年 5 月 28 日《光明日报》；初收《汪曾祺全集》第四卷，北京师范大学出版社，1998 年 8 月。

小传·有益于世道人心①

小　传

我,江苏高邮人,1920 年生。西南联合大学中国文学系毕业。在大学时曾师从著名作家沈从文学习写作。1940 年开始发表小说。曾在昆明,上海任中学教员。后在北京市文联、中国民间文艺研究会工作,编过《说说唱唱》和《民间文学》。1962 年起,在北京京剧院任编剧,直至现在。

我写得比较多的是短篇小说,——我喜爱短篇小说这种形式,没有写过长篇和中篇。也写散文、评论(关于文学和戏曲、民间文学的)。年轻时写过诗,现在偶尔还写一点。我的本职工作是编剧,也写京剧剧本。

中国的古代作家里,我喜爱明代的归有光。中国现代作家中,我受鲁迅和沈从文的影响较深。外国作家里,我喜爱契诃夫,其次是西班牙的阿左林。

我的业余爱好是画画(中国水墨画)和写字。

有益于世道人心

我写的小说里的人是普通的人。大都是我的熟人。个别小说里也写了英雄,但我是把他作为一个普通人来写的。我想在普普通通的人的身上发现人的诗意,人的美。

我主张写小说是要考虑社会效果的。一篇小说总是会对读者产生影响的。应该使读者的精神境界有所提高,使人想活得更高尚一点。用我的说法,要"有益于世道人心"。但这种影响只能是潜在的,像杜甫咏春雨的诗所写的那样:"随风潜入夜,润物细无声。"我不主张用小说来教训人。作者是读者的朋友,不是读者的老师。

作家应该是一个有文化修养的人。我是一个中国人,从小读中国书较多,自然会受到中国传统文化的影响。在传统文化里,我受儒家的思想比较深。儒家思想有好的一面,即对人的尊重,人的关心。我很欣赏宋儒的两句诗:"顿觉眼前生意满,须知世上苦人多。"我的小说里常包含对人的同情。曾戏称自己为一个中国式的人道主义者。

我年轻时曾受过西方现代派的影响。但是近年主张:回到现实主义,回到民族传统。

不要在小说里激昂慷慨,不要各色各样的感伤主义。小说应该是平静的,娓娓而谈。

小说应该是散散漫漫的,不要过于严谨的结构。苏东坡说他作文"大略如行云流水,初无定质;但常行于所当行,常止于所不可不止。文理自然,姿态横生",我觉得短篇小说正当如此。

注 释

① 本篇原载《当代中国作家百人传》,洁泯主编,求实出版社,1989 年 6 月。

王磐的《野菜谱》①

　　我对王西楼很感兴趣。他是明代的散曲大家。我的家乡会出一个散曲作家,我总觉得是奇怪的事。王西楼写散曲,在我的家乡可以说是空前绝后,在他以前,他的同时和以后,都不曾听说有别的写散曲的。西楼名磐,字鸿渐,少时薄科举,不应试,在高邮城西筑楼居住,与当时文士谈咏其间,自号西楼。高邮城西濒临运河,王西楼的名曲《朝天子·咏喇叭》:"官船来往乱如麻,全仗你,抬声价",正是运河堤上所见。我小时还在堤上见过接送官船的"接官厅"。高邮很多人知道王西楼,倒不是因为他写散曲。我在亲戚家的藏书中没有见过一本《西楼乐府》,不少人甚至不知"散曲"为何物。大多数市民知道王西楼是个画家。高邮到现在还流传一句歇后语:"王西楼嫁女儿——画(话)多银子少"。关于王西楼的画,有一些近乎神话似的传说,但是他的画一张也没有留下来。早就听说他还著了一部《野菜谱》,没有见过,深以为憾。近承朱延庆君托其友人于扬州师范学院图书馆所藏陶珽重编《说郛》中查到,影印了一册寄给我,快读一过,对王西楼增加了一分了解。

　　留心可以度荒的草木,绘成图谱,似乎是明朝人的一种风气。朱元璋的第五个儿子朱橚就曾搜集了可以充饥的草木四百余种,在自己的园圃里栽种,叫画工依照实物绘图,加了说明,编了一部《救荒本草》。王磐是个庶民,当然不能像朱橚那样雇人编绘了那样卷帙繁浩的大书,编了,也刻不起。他的《野菜谱》只收了五十二种,不过那都是他目验、亲尝、自题、手绘的。而且多半是自己掏钱刻印的,——谁愿意刻这种无名利可图的杂书呢? 他的用心是可贵的,也是感人的。

　　《野菜谱》卷首只有简单的题署:

野菜谱

高邮王鸿渐

无序跋,亦无刊刻的年月。我以为这书是可信的,这种书不会有人假冒。

五十二种野菜中,我所认识的只有:白鼓钉(蒲公英)、蒲儿根、马栏头、青蒿儿(即茵陈蒿)、枸杞头、野菉豆、蒌蒿、荠菜儿、马齿苋、灰条。其余的不但不识,连听都没听说过,如"燕子不来香"、"油灼灼"……。

《野菜谱》上文下图。文约占五分之三,图占五分之二。"文",在菜名后有两三行说明,大都是采食的时间及吃法,如:

白 鼓 钉

名蒲公英,四时皆有,唯极寒天小而可用,采之熟食。

后面是近似谣曲的通俗的乐府短诗,多是以菜名起兴,抒发感慨,嗟叹民生的疾苦。穷人吃野菜是为了度荒,没有为了尝新而挑菜的。我的家乡很穷,因为多水患,《野菜谱》几处提及,如:

眼 子 菜

眼子菜,如张目,年年盼春怀布谷,犹向秋来望时熟。何事频年倦不开,愁看四野波漂屋。

猫 耳 朵

猫耳朵,听我歌,今年水患伤田禾,仓廪空虚鼠弃窝,猫兮猫兮将奈何!

灾荒年月,弃家逃亡,卖儿卖女,是常见的事。《野菜谱》有一些小诗,写得很悲惨,如:

江 荠

江荠青青江水绿,江边挑菜女儿哭。爷娘新死兄趁熟,止存我与妹看屋。

抱 娘 蒿

抱娘蒿,结根牢,解不散,如漆胶。君不见昨朝儿卖客船上,儿抱娘哭不肯放。

读了这样的诗,我们可以理解王磐为什么要写《野菜谱》,他和朱橚编《救荒本草》的用意是不相同的。同时也让我们知道,王磐怎么会写出《朝天子·咏喇叭》那样的散曲。我们不得不想到一个多年来人们不爱用的一个词儿:人民性。我觉得王磐与和他被并称为"南曲之冠"的陈大声有所不同,陈大声不免油滑,而王磐的感情是诚笃的。

《野菜谱》的画不是作为艺术作品来画的,只求形肖。但是王磐是画家,昔人评其画品"天机独到",原作绝不会如此的毫无笔力。《说郛》本是复刻的,刻工不佳,我非常希望能看到初刻本。

我觉得对王西楼的评价应该调高一些,这不是因为我是高邮人。

一九八九年七月三日

注 释

① 本篇原载《中国文化》1990 年总第二期"城南客话"专栏;初收《汪曾祺小品》,中国人民大学出版社,1992 年 10 月。

《沈从文传》序[①]

高尔基沿着伏尔加河流浪过。马克·吐温在密西西比河上当过领港员。沈从文在一条长达千里的沅水上生活了一辈子。二十岁以前生活在沅水边的土地上；二十岁以后生活在对这片土地的印象里。他从一个偏僻闭塞的小城，怀着极其天真的幻想，跑进一个五方杂处、新旧荟萃的大城。连标点符号都不会用，就想用手中一支笔打出一个天下。他的幻想居然实现了。他写了四十几本书，比很多人写得都好。

五十年代初，他忽然放下写小说和散文的笔，从事文物研究，写出像《中国古代服饰研究》这样的大书。

他的一生是一个离奇的故事。

他是一个受到极不公平的待遇的作家。评论家、文学史家，违背自己的良心，不断地对他加以歪曲和误解。他写过《菜园》、《新与旧》，然而人家说他是不革命的。他写过《牛》、《丈夫》、《贵生》，然而人家说他是脱离劳动人民的。他热中于"民族品德的发现与重造"，写了《边城》和《长河》，人家说他写的是引人怀旧的不真实的牧歌。他被宣称是"反动"的。一些新文学史里不提他的名字，仿佛沈从文不曾存在过。

需要有一本《沈从文传》，客观地介绍他的生平，他的生活和思想，评价他的作品，现在有了一本《沈从文传》了，他的作者却是一个美国人，这件事本身也是离奇的。

金介甫先生是一位治学严谨的年轻的学者（他岁数不算太小，但是长得很年轻，单纯天真处像一个大孩子——我希望金先生不致因为我这些话而生气），他花了很长的时间，搜集了大量资料，多次到过中国，到过湘西，多次访问了沈先生。坚持不懈，写出了这本长达三十万字的传记。他在沈从文身上所倾注的热情是美丽的,令人感动的。

从我和符家钦先生的通信中,我觉得他是一个心细如发,一丝不苟的翻译家,我相信这本书的译笔不但会是忠实的,并且一定具有很大的可读性。

我愿意为本书写一篇短序,借以表达我对金先生和符先生的感谢。

一九八九年九月十八日

注　释

① 本篇原载《沈从文传》(金介甫著,符家钦译),时事出版社,1990年版;又载《吉首大学学报》1991年第一、二期合刊;初收《汪曾祺全集》第四卷,北京师范大学出版社,1998年8月。

边缘的边缘^①

这是篇用意识流方法写的散文。虽分两章但行云流水,初无定质,可分可合,可一可二。两章都有些迷离恍惚,难于达诂。隔海评说,实近于强作解人。

《瓷》写得比较集中,每一节都是围绕着瓷器而发出的种种联想。作者要说的是什么呢?是说物的难久?但我觉得他更多的倒是说的是美的永恒,作者对瓷器知识极丰富,可称行家。他也许不是一个收藏家,但是是对瓷器的多情的欣赏者。从他对各种瓷器的精细入微的描写,可以感觉到他对美的眷恋。也许这是使读者感到慰藉的所在。

《了解的边缘》写得飘飘忽忽。从一只小茶碗说起,说到东本愿寺、银阁寺、铃虫寺,又牵连说到《源氏物语》、川端康成,又无端地说到汪曾祺的《日规》,最后又跳到战争流血,真是带有很大的"随意性"。这篇东西是写得散漫(散漫不是一个贬词)的,不连贯的,但是"形散而神不散",因为全篇笼罩着作者的情绪。是什么情绪,说不清。但这种情绪使人受到感染,不是空若无物。

我在文学奖评审意见中说这是东方式的散文。这种意识流的写法或许受了西方的影响(比如普鲁斯忒的小说),但是这种"沉敛清寂"的冥想,是东方式的。

这次决审参评的散文的风格是多样的。有写出鸟的人性,引人奋发的《鸽子托里》,有写拓荒海外的华侨,情绪悲壮的《赤道线上》,也有像《了解的边缘》这样清淡悠远,飘忽流动的作品。我为台湾散文的多样性感到高兴。

① 本篇原载 1989 年 11 月 25 日《中国时报》,作者时任第二十届台湾"时报文学奖"评委,是为郭真君的散文《在了解的边缘》写的评审意见。

词曲的方言与官话^①

我的家乡,宋代出了个大词人秦观,明代出了个散曲大家王磐。我读他们的作品,有一点外乡人不大会有的兴趣,想看看他们的作品里有没有高邮话。结果是,秦少游的词里有,王西楼的散曲里没有。

夏敬观《手批山谷词》谓:"以市井语入词,始于柳耆卿,少游,山谷各有数篇"。今检《淮海居士长短句》,"以市井语入词"者似只三首。一首《满园花》,两首《品令》。《满园花》不知用的是什么地方的俚语,《品令》则大体上可以断定用的是高邮话。《品令》二首录如下:

> 一、幸自得。一分索强,教人难吃。好好地,恶了十来日。恰而今,较些不?　　须管啜持教笑,又也何须肑织!衡倚赖,脸儿得人惜。放软顽,道不得!

> 二、掉又矅。天然簡品格,于中压一。帘儿下,时把鞋儿踢。语低低、笑咭咭。　　每每秦楼相见,见了无门怜惜。人前强,不欲相沾识。把不定,脸儿赤。

首先是这首词的用韵。刘师培《论文杂记》"宋人词多叶韵,……(秦观《品令》用织、吃、日、不、惜为韵,则职、锡、质、物、陌五韵可通用矣)。"刘师培是把官修诗韵的概念套用到词上来了。"职、锡、质、物、陌"五韵大概到宋代已经分不清,无所谓"通用"。毛西河谓"词本无韵",不是说不押韵,是说词本没有官定的,或具有权威的韵书,所押的只是"大致相近"的韵。张玉田谓:"词以协律,当以口舌相调"。只要唱起来顺口,听起来顺耳,就行。《品令》所押的是入声韵,入声韵短促,调值相近,几乎可以归为一大类,很难区别。用今天的高邮话读《品令》,觉得很自然,没有一点别扭。

焦循《雕菰楼词话》："秦少游《品令》'掉又瞿,天然箇品格',此正秦邮土音,今高邮人皆然也"。焦循是甘泉人,于高邮为邻县,所言当有据。其实不只这一个"箇"字,凭直觉,我觉得这两首词通篇都是用高邮话写的。"肫织"旧注以为"即'肫脲',意犹多曲折,不顺遂",不可通。朱延庆君以为"肫织"即"胳肢",今高邮人犹有读第二字为入声者,其说近是。"啜持"是用甜言蜜语哄哄,整句意思是:说两句好听的话哄哄你,准能教你笑,也用不着胳肢你! 这两首词皆以方言写艳情,似是写给同一个人的,这人是一个惯会撒娇使小性儿的妓女。《淮海居士长短句·附录二,秦观词年表》推测二词写于熙宁九年,这年少游二十八岁,在家乡闲居,时作冶游,所相与的妓女当也是高邮人,故以高邮方言写词状其娇痴,这也是很自然的。词的语句,虽如夏敬观所说:"时移世易,语言变迁,后之阅者渐不能明",很难逐句解释,但用今天的高邮话读起来,大体上还是能体味到它的情趣的,高邮人对这两首词会感到格外亲切。

少游有《醉乡春》,如下:

> 唤起一声人悄,衾冷梦寒窗晓。瘴雨过,海棠开,春色又添多少。　　社瓮酿成微笑,半缺椰瓢共臽。觉顷倒,急投床,醉乡广大人间小。

此词是元符元年于横州作,用的是通行的官话,非高邮土音。但有一个字有点高邮话的痕迹:"臽"。王本补遗案曰"地志作'酌',出韵,误"。《词品》卷三:"此词本集不载,见于地志。而修《一统志》者不识'臽'字,妄改可笑"。《雨村词话》:"臽,音咬,以瓢取水也"。《词林纪事》卷六按:"换头第二句'臽'字,《广韵》上声三十'小'部有此字,以治切,正与'悄'字押"。看来有不少人不认识这个字,但在高邮,这不是什么冷字。高邮人谓以器取水皆曰臽,不一定是用瓢。用一节竹筒旁安一长把,以取水,就叫做"水臽子"。用磁勺取汤,也叫做"臽一勺汤"。这个字不是高邮所独有,但少游是高邮人,对这个字很熟悉,故能押得自然省力耳。

王磐写散曲,我一直觉得有些奇怪。在他以前和以后,都不会听说高邮还有什么人写过散曲。一个高邮人,怎么会掌握这种北方的歌曲形式,熟悉北方语言呢?

《康熙扬州府志》云:"王磐,字鸿渐,高邮人,……与金陵陈大声并为南曲之冠"。这"南曲"易为人误会。其实这里所说的"南曲",是指南方的曲家。王磐所写,都是北曲。王骥德《曲律·论咏物》云"小令北调,王西楼最佳"。又《杂论》举当世之为北调者,谓"维扬则王山人西楼"。又云"客问词人之冠,余曰:于北词得一人,曰高邮王西楼"。任中敏校阅《王西楼乐府》后记:"观于此本内无一南曲"。

写北曲得用北方语言,押北方韵。王西楼对此极内行。如《久雪》:

> 乱飘来燕塞边,密洒向程门外,恰飞还梁苑去,又舞过灞桥来。攘攘皑皑,颠倒把乾坤碍,分明将造化埋。荡磨的红日无光,限逼的青山失色。

"色"字有两读,一读 se,而在我们家乡是读入声的;一读 shai,上声,这是河北、山东语音,我的家乡没有这样的读音。然而王磐用的这个"色"字分明应该读(或唱)成 shai 的,否则就不押韵。王磐能用 shai 押韵,押得很稳,北曲的味道很浓,这是什么道理呢?是他对《中原音韵》翻得烂熟,还是他会说北方话,即官话?我看后一种可能更大一些,否则不会这样运用自如。然而王西楼似未到过北方,而且好像足迹未出高邮一步,他怎能说北方话?这又颇为奇怪。有一种可能是当时官话已在全国流行,高邮人也能操北语了。我很难想象这位"构楼于城西僻地,坐卧其间"的王老先生说的是怎样的一口官话。

一九八九年十一月二十七日

注　释

① 本篇原载《中国文化》1990 年总第二期"城南客话"专栏;初收《汪曾祺小品》,中国人民大学出版社,1992 年 10 月。

艺术和人品①

——《方荣翔传》代序

方荣翔称得起是裘派传人。荣翔八岁学艺,后专攻花脸,最后归宗学裘。当面请益,台下看戏,听唱片、录音,潜心揣摩,数十年如一日,未尝间断,呜呼,可谓勤矣。荣翔的生理条件和盛戎很接近,音色尤其相似。盛戎鼻腔共鸣好,荣翔的鼻腔共鸣也好。因此荣翔学裘有先天的优势。过去唱花脸,都以"实大声宏"取胜,一响遮百丑,唱花脸而有意识地讲究韵味,实自盛戎始。盛戎演戏,能体会人物的身份、性格,所处的环境,人物关系,运用音色的变化,控制音量的大小,表现人物比较内在的感情,不是在台上一味地嚷,不扎呼。荣翔学裘,得其神似。

两年前中央人民广播电台录了荣翔几段唱腔,准备集中播放,征求荣翔意见,让谁来做唱腔介绍合适,荣翔提出让我来担任。我听了几遍录音,对荣翔学裘不仅得其声,而且得其意,稍有感受。比如《探皇陵》。《大·探·二》本是一出于史无征的戏,而且文句不通,有些地方简直不知所云,但是京剧演员往往能唱出剧本词句所不曾提供的人物感情。荣翔的《探皇陵》唱得很苍凉,唱出了一个白发老臣的一腔忠义。这段唱腔有一句高腔:"见皇陵不由臣珠泪",荣翔唱得很"足",表现出一个股肱老臣在国运垂危时的激动。这种激动不是唱词里写出来的,而是演员唱出来的,是文外之情。又如《姚期》。裘盛戎演《姚期》,能从总体上把握人物,把握主题,不是就字面上枝枝节节地处理唱腔、唱法。他的唱腔具有很大的暗示性,唱出了比唱词字面丰富得多的内容。荣翔也能这样。"马杜岑奉王命把草桥来镇,调老夫回朝转侍奉当今",这本来只是两句叙述性的唱词,本身不带感情色彩。但是姚期深知奉调回朝,是一件非同小可的事,回京后将会发生什么事,无从预料,因此这两句散板听起来就有点隐隐约约的不安,有一种暗自沉吟的意味,这两句平平常常的唱词就不只是叙述一件事,而是姚期心情的流露了。"马王爷赐某的饯行酒"四句流水唱得极其流畅,显得姚期归心似箭,行色匆匆。《铡美案》的唱腔处理是合情合理的。"包龙图打坐在开封府",荣翔把这句倒板唱得很舒展。下面的原板也唱得平和宛转。包拯一开头对陈世美是劝告,不是训斥,而且和一个当朝驸马叙话,也不宜疾言厉色,盛气凌人。这样才不悖两个人的身份。何况以后剧情还要发展,升堂、开铡,高潮迭起,如果这一段唱得太猛,不留余地,后面的唱就再也上不去了。《将相和》戏剧冲突强烈,这出戏可以演得很火爆,但是盛戎却把它往"文"里演。这是有道理的。廉颇毕竟是一员大将,而且年岁也大了,不能像小伙子似的血气方刚。蔺相如封官,廉颇不服,一个人在家里自言自语的叨咕,但不是暴跳如雷,骂大街。荣翔是全照盛戎的方法来演的。这场戏的写法是唱念交错,每一小段唱后有一段相当长的夹白,这在花脸戏中是不多见的。盛戎把夹白念得很轻(盛戎念白在不是关键的地方往往念得很轻),荣翔也如此。荣翔的念白,除了"难逞英雄也"的"也"音用了较大的胸腔共鸣,其余的地方简直像说话。这样念,比较生活化,也像一个老人的口吻。唱,在音色运用、力度、共鸣和念白不同。这样,唱和念既有对比,又互相衔接,有浓有淡,有柔有刚。盛戎教荣翔唱《刺王僚》,总是说要"提搂"着唱。所谓"提搂"就是提着气,气一直不塌,出字稍高,多用上滑音。荣翔唱的《刺王僚》唱得有摇曳感,因为这是王僚说梦,同时又有点恍恍惚惚,显得王僚心情不安。京剧而能表现出人物的精神状态,很难得。

我听荣翔的戏不多,不能对他的演唱作一个全面的美学的描述,只是就这几段唱腔说一点零碎的印象,其中一定有些外行话,愿与荣翔的爱好者印可。

荣翔个头不高,但是穿了厚底,系上胖袄,穿上蟒或扎上靠,显得很威重,像盛戎一样,这是因为他们能掌握人物的气质,其高大在神而不在形。

荣翔文戏武戏都擅长,唱铜锤,也能唱架子,戏路子很宽,这一点也与乃师相似。

在戏曲界，荣翔是一位极其难得的恂恂君子，他幼年失学，但是有很高的文化素养，他在人前话不多，说话声音也较小。我从来没有听他在背后说挖苦同行的损话，也从来没有说过粗鄙的或者下流的笑话。甚至他的坐态都显得很谦恭，收拢两腿，坐得很端正，没有翘着二郎腿，高谈阔论，旁若无人的时候。他没有梨园行的不好的习气，没有"角儿"气。他不争牌位，不争戏码前后，不计较待遇。戏曲界对钱财上看得比较淡，如方荣翔者，我还没有见过第二人。四人帮时期，曾批判"克己复礼"。其实克己复礼并没有什么不好。荣翔真是做到了这一点。荣翔艺品高，和他的人品高，是有关系的。

荣翔和老师的关系是使人感动的。盛戎生前，他随时照顾、执礼甚恭，盛戎生病，随侍在侧。盛戎病危时，我到医院去看他，荣翔引我到盛戎病床前，这时盛戎已经昏迷，荣翔轻轻叫他："先生，有人看您。"盛戎睁开眼，荣翔问他："您还认得吗？"盛戎在枕上微微点头，说了一个字："汪"，随即流下一滴眼泪。我知道他为什么流泪。我们曾经有约，等他病好，再一次合作，重排《杜鹃山》，现在，他知道不可能了。我在盛戎病床前站了一会，告辞退出，荣翔陪我出来。我看看荣翔，真是"哀毁骨立"，瘦了一圈，他大概已经几夜没有睡了。

盛戎去世后，荣翔每到北京，必要到裘家去。他对师娘、师弟、师妹一直照顾得很周到，荣翔在香港演出时，还特地写信给孩子，让他在某一天送一笔钱到裘家去，那一天是盛戎的生日。

荣翔不幸早逝，使我们不但失去一位才华未尽的表演艺术家，也失去一位堪供后生学习的道德的模范，是可痛也。

荣翔的哲嗣立民写了一本《方荣翔传》，征序于我，我对荣翔的为人和艺术不能忘，乃乐为之序。

一九八九年十二月二十五日

注　释

① 本篇原载《读书》1990 年第三期；初收《汪曾祺全集》第四卷，北京师范大学出版社，1998 年 8 月。

1990 年

读一本新笔记体小说^①

这一册小说里有一部分是可以称为笔记体小说的。笔记体小说是前几年有几位评论家提出的。或称为新笔记体小说,以别于传统的笔记小说。我觉得这个概念是可以成立的,因为确实有那么一类小说存在,并且数量相当多,成了一时的风气,这是十年前不曾有过的。笔记体小说是个相当宽泛、不很明确的概念,谁也没有给它科学地界定过:它有些什么素质,什么特点,但是大家就这么用了。说哪一篇小说是笔记体,大体上也不会错。

中国短篇小说有两个传统,一是唐传奇,一是宋以后的笔记。这两种东西写作的目的不一样,写作的态度不同,文风也各异。传奇原来是士人应举前作为"行卷"投送达官,造成影响的。因此要在里面显示自己的文采,文笔大都铺张华丽,刻意求工。又因为要引起阅览者的兴趣,情节多很曲折,富戏剧性。笔记小说的作者命笔时不带这样功利的目的。他们的作品是写给朋友看的,茶后酒边,聊资谈助。有的甚至是写给自己看的,自己写着玩玩的,如《梦溪笔谈》所说:"所与谈者,唯笔砚而已",因此只是随笔写去,如"秀才家写家书",不太注意技巧。笔下清新活泼,自饶风致,不缺乏幽默感,也有说得很俏皮的话,则是作者性情的自然流露,不是做作出来的。大概可以这样说:传奇是浪漫主义的,笔记是现实主义的。前几年流行笔记体小说,我想是出于作者对现实主义精神的要求。读者接受这样的小说,也是对于这种精神的要求。说得严重一点,是由于读者对于缺乏诚意的、浮华俗艳的小说的反感。笔记体小说所贵的是诚恳、亲切、平易、朴实。这一册小说中的若干篇正是这样。

　　但是我要对四位小说家说一句话:不要过早地归于平淡。郑板桥有一副对子:"删繁就简三秋树,领异标新二月花"。由繁入简,由新奇到朴素,这是自然规律。梅兰芳说一个演员的艺术历程一般要经过三个阶段:"少—多—少"。年轻时苦于没有多少手段可用,中年时见的多,学的多了,就恨不得在台上都施展出来,到了晚年,才知道有所节制,以少胜多。你们现在年纪还轻,有权利恣酣放荡一点,写得放开一点。如果现在就写得这样俭约,到了我这个岁数,该怎么办呢? 我倒觉得你们现在缺少一点东西:浪漫主义。

　　故乡和童年是文学的永恒主题。本书多篇是写童年往事的,这是非常自然的。一个人写小说,总离不开他所生活的环境。陆文夫说他决不离开苏州,因为他对苏州的里巷生活非常熟悉,一条巷子里所住的邻居,他们的祖宗三代,他都能倒背下来,写时可以信手拈来。我居住过比较久的地方是我的家乡高邮、昆明、北京、张家口的沙岭子,我写的小说也只能以这些地方为背景。我曾为调查一个剧本的材料数下内蒙古,也听了不少故事,但是我写不出一篇关于内蒙古的小说,因为我对蒙古族生活太不熟悉,提起笔来捉襟见肘,毫无自信。但是我觉得你们应该走出小十字口和蚂蚁湾,到处去看看。五岳归来,再来观察自己的生身故土,也许能看得更真切、更深刻一些。

　　四位对生活的态度是客观的,冷静的,他们隐藏了激情,对于蚁民的平淡的悲欢几乎是不动声色的。亚宝和小林打架,一个打破了头,一个头颅被切了下来,这本来是很可怕的,但是作者写得若无其事。好的,坏的,都不要叫出来,这种近似漠然的态度是很可佩服的。但是我希望你们能更深刻地看到平淡的,止水一样的生活中的严重的悲剧性,让读者产生更多的痛感,在平静的叙述中也不妨有一两声沉重的喊叫。能不能在你们的小说里注入更多的悲悯、更多的忧愤?

　　写作的初期阶段,受某个人的影响,甚至在文章的节奏、句式上有意识地学某个人,这都是难免的,或者可以说是青年作家的必经之路,但是这一段路应该很快地走过去,愿四位作家能早早发现自己,认识自己的气质,找到自己的位置,自成一家,不同于别人。

四位都还年轻,他们都还会变,不会被自己限制住。希望在不远的将来,他们的创作各各步入一个新的天地。

一九九〇年元旦

注　释

① 本篇原载 1990 年 2 月 13 日《光明日报》,又载《金潮》1995 年第四期。是为王明义、龙冬、苏北、钱玉亮的小说合集《江南江北》(安徽文艺出版社,1994 年版)所作序言;初收《汪曾祺全集》第四卷,北京师范大学出版社,1998 年 8 月。

愿他多多实验各种招数①

——毕四海印象

1987年,中国作协组织一些作家到云南访问。山南海北,老中青都有。我是那一次认识毕四海的。他算是小字辈,每次上汽车总是钻到颠簸得很厉害的最后一排。他给我的印象是一条山东汉子,很豪爽,也很谦虚。有一次他和我同一个时间给业余作家讲课,他讲得很平易,只是说他写几个作品的心得体会,没有那些云苫雾罩、叫人莫测高深的话,从闲谈中,我知道他正在写,或者已经写完了两部表现山东商人的长篇,其中一篇是写瑞蚨祥的。我很感兴趣,写商人的小说我还没有见过,很想看看。

一别几年。去年年底,四海专程从枣庄来,带来一包他的中短篇小说选的样稿,希望我看看,写一篇序。为了照顾我的时间和精力,带来的只是一部分,两个中篇,几个短篇。

四海所写的环境,鲁中地区农村,或者更具体地说,亚圣公留下的一支后裔聚族而居的孟家庄,我是完全不熟悉的。这些小说写的是什么呢?有没有一个贯串性的主题?我以为写的是这个小小地区的人和事的变与不变。有几篇从题目上就可以看出作者的立意,如《古月·今人》,《家雀子楼春秋》。变与不变是相对的。变,才能看得出不变;不变,才能看出变。这要付出很大的痛苦。四海给我看的小说,除了《白云上的红樱桃》,其余大都可称为痛苦的小说。

我很喜欢《石乡》。这是一篇写得饱满、结实、匀称的作品,没有多余和欠缺的东西。土子为了当新一代的农民,从一个细皮嫩肉的白面书生,熬练成一个粗犷强悍的石工,并成了石料场的场长,一个不大的农村企业的负责人,变得很精明,很有魄力。他的性格发展是可信的,也是令人感动的。他受过很多挫折，最后还不得不和一个女人较量一下。这个女人不是别人，是外号拉拉秧他的未来的丈母娘。他是她的对手么？

"试试看吧！人活着，就要敢试试看。"

拉拉秧是个"年青青守寡，命苦，命苦而又不向命运低头的一个少见的女人。"野马了一辈子，英雄了一辈子。"主意来得快，定得也果断"。这个女人写得栩栩如生，她是可以理解的，甚至是可爱的。

《古月·今人》读了叫人不舒服。尚书花园是个古怪地方，似乎不断在发出霉味。住在花园的人都是一些不肖子弟，坐吃山空，百无聊赖。他们的性格是窝窝囊囊的，扭曲的，正如这家一个年轻媳妇所说："她觉得这个大院子有点儿神神乎乎，大院子的人有点怪怪诞诞"。我觉得这个中篇写得比较杂乱。材料太多，很多情节都没有展开。如照白的掘藏，照白照青被日本兵烧死，都过于简单了。有些地方简直像是提纲。这样多的材料，其实是可以写成一个长篇的。

四海的叙述语言有时是动情的，但有时又极冷静。他一般不对人物作评价。不但对拉拉秧没有什么贬词，就是对四爷（《鱼鹰》）也是如此。他到底是一个威武不能屈的族长，还是一个落水的汉奸呢？都是。他就是那么一个人！

四海是很能编故事的（要不他怎能写长篇），但是，也有些完全没有什么故事。如《家雀子楼春秋》，如《蛙鸣》。《蛙鸣》本身就是一首散文诗。槐爷和香爷是变中的不变。但他们终于会变的，变得没有了。这是两首哀婉的挽歌，一抹历史的落日余辉。它们引起的不是对消逝的时代的依恋，而是更深远的遐思。我是很喜欢这两篇东西的，这当然只是我的偏爱。

四海是在语言、文体上下功夫的。他的语言一般是朴实的，顺畅的，但有时也要一点花招。比如把形容词当名词来使用：它有过三层藏书楼的巍峨；有过一个养鱼池的秀美；有过一片荷花淀的妖娆；有过许多钟乳石的灵奇；有过一棵白果树的悠久……（《古月·今人》）。我觉得偶一为之，未尝不可。他也写过一些把词语之间应有的逗号抽掉，变得很长的句子。如:"夜里,老双脱了裤子赤条条睡在光溜溜滑油油黑秋秋却让人火辣辣急悠悠难忍难熬的席上……"(《魔钥》)四海这样写是有着他的道理的,这样不喘气的连片子嘴可以增加一点调侃的效果。事实上《魔钥》这篇小说就是带有讽刺揶揄意味的。(老双的那条短了三寸的腿忽然会棒子拔节一样长长了,这可能么?)而且我觉得四海写这样长句子是在跟一些完全不用标点的青年作家开一个玩笑:你们那样干,谁都会,这没有什么奥妙! 四海还算年轻,文体的可塑性还很大。我倒愿意他多多实验各种招数,不要过早地规矩老实起来。

一九九〇年一月四日

注 释

① 本篇原载《文学评论家》1990 年第三期,是作者为《毕四海中短篇小说选》(济南出版社,1990 年版)所作序,收入该书时文字有删减;初收《汪曾祺全集》第四卷,北京师范大学出版社,1998 年 8 月。

马·谭·张·裘·赵[①]

——漫谈他们的演唱艺术

马(连良)、谭(富英)、张(君秋)、裘(盛戎)、赵(燕侠),是北京京剧团的"五大头牌"。我从1961年底参加北京京剧团工作,和他们有一些接触,但都没有很深的交往。我对京剧始终是个"外行"(京剧界把不是唱戏的都叫做"外行")。看过他们一些戏,但是看看而已,没有做过任何研究。现在所写的,只能是一些片片段段的印象。有些是我所目击的,有些则得之于别人的闲谈,未经核实,未必可靠。好在这不入档案,姑妄言之耳。

描述一个演员的表演是几乎不可能的事。马连良是个雅俗共赏的表演艺术家,很多人都爱看马连良的戏。但是马连良好在哪里,谁也说不清楚。一般都说马连良"潇洒"。马连良曾想写一篇文章:《谈潇洒》,不知写成了没有。我觉得这篇文章是很难写的。"潇洒"是什么?很难捉摸。《辞海》"潇洒"条,注云:"洒脱,不拘束",庶几近之。马连良的"潇洒",和他在台上极端的松弛是有关系的。马连良天赋条件很好:面形端正,眉目清朗,——眼睛不大,而善于表情,身材好,——高矮胖瘦合适,体格匀称。他的一双脚,照京剧演员的说法,"长得很顺溜"。京剧演员很注意脚。过去唱老生大都包脚,为的是穿上靴子好看。一双脚下膈里咕叽,浑身都不会有精神。他腰腿幼功很好,年轻时唱过《连环套》,唱过《广泰庄》这类的武戏。脚底下干净,清楚。一出台,就给观众一个清爽漂亮的印象,照戏班里的说法:"有人缘儿。"

马连良在作角色准备时是很认真的。一招一式,反复捉摸。他的夫人常说他:"又附了体。"他曾排过一出小型现代戏《年年有余》(与张

47

君秋合演），剧中的老汉是抽旱烟的。他弄了一根旱烟袋，整天在家里摆弄"找感觉"。到了排练场，把在家里捉摸好的身段步位走出来就是，导演不去再提意见，也提不出意见，因为他的设计都挑不出毛病。所以导演排他的戏很省劲。到了演出时，他更是一点负担都没有。《秦香莲》里秦香莲唱了一大段"琵琶词"，他扮的王延龄坐在上面听，没有什么"事"，本来是很难受的，然而马连良不"空"得慌，他一会捋捋髯口（马连良捋髯口很好看，捋"白满"时用食指和中指轻夹住一绺，缓缓捋到底），一会用眼瞟瞟陈世美，似乎他随时都在戏里，其实他在轻轻给张君秋拍着板！他还有个"毛病"，爱在台上跟同台演员小声地聊天。有一次和李多奎聊起来："二哥，今儿中午吃了什么？包饺子？什么馅儿的？"害得李多奎到该张嘴时忘了词。马连良演戏，可以说是既在戏里，又在戏外。

既在戏里，又在戏外，这是中国戏曲，尤其是京剧表演的一个特点。京剧演员随时要意识到自己的唱念做打，手眼身法步，没法长时间地"进入角色"。《空城计》表现诸葛亮履险退敌，但是只有在司马懿退兵之后，诸葛亮下了城楼，抹了一把汗，说道："好险呐！"观众才回想起诸葛亮刚才表面上很镇定，但是内心很紧张，如果要演员一直"进入角色"，又表演出镇定，又表演出紧张，那"我本是卧龙岗散淡的人"的"慢板"和"我正在城楼观山景"的"二六"怎么唱？

有人说中国戏曲注重形式美。有人说只注重形式美，意思是不重视内容。有人说某些演员的表演是"形式主义"，这就不大好听了。马连良就曾被某些戏曲评论家说成是"形式主义"。"形式美"也罢，"形式主义"也罢，然而马连良自是马连良，观众爱看，爱其"潇洒"。

马连良不是不演人物。他很注意人物的性格基调。我曾听他说过："先得弄准了他的'人性'：是绵软随和，还是干梗倔奘。"

马连良很注意表演的预示，在用一种手段（唱、念、做）想对观众传达一个重点内容时，先得使观众有预感，有准备，照他们说法是："先打闪，后打雷。"

马连良的台步很讲究，几乎一个人物一个步法。我看过他的《一捧雪》，"搜杯"一场，莫成三次企图藏杯外逃，都为严府家丁校尉所阻，没有一句词，只是三次上场、退下，三次都是"水底鱼"，三个"水底鱼"能走下三个满堂好。不但干净利索，自然应节（不为锣鼓点捆住），而且一次比一次遑急，脚底下表现出不同情绪。王延龄和老薛保走的都是"老步"，但是王延龄位高望重，生活优裕，老而不衰；老薛保则是穷忙一生，双腿僵硬了。马连良演《三娘教子》，双膝微弯，横跨着走。这样弯腿弯了一整出戏，是要功夫的！

马连良很知道扬长避短。他年轻时调门很高，能唱《龙虎斗》这样的工字调唢呐二簧。中年后调门降了下来。他高音不好，多在中音区使腔。《赵氏孤儿》鞭打公孙杵臼一场，他不能像余叔岩一样"白虎大堂奉了命"，"白虎"直拔而上，就垫了一个字："在白虎"，也能"讨俏"。

对编剧艺术，他主张不要多唱。他的一些戏，唱都不多。《甘露寺》只一段"劝千岁"，《群英会》主要只是"借风"一段二黄。《审头刺汤》除了两句散板，只有向戚继光唱的一段四平调；《胭脂宝褶》只有一段流水。在讨论新编剧本时他总是说："这里不用唱，有几句白就行了。"他说："不该唱而唱，比该唱而不唱，还要叫人难受。"我以为这是至理名言。现在新编的京剧大都唱得太多，而且每唱必长，作者笔下痛快，演员实在吃不消。

马连良在出台以前从来不在后台"吊"一段，他要喊两嗓子。他喊嗓子不像别人都是"啊——咿"，而是："走哓！"我头一次听到直纳闷：走？走到哪儿去？

马连良知道观众来看戏，不只看他一个人，他要求全团演员都很讲究。他不惜高价，聘请最好的配角。对演员服装要求做到"三白"——白护领、白水袖、白靴底，连龙套都如此（在"私营班社"时，马剧团都发理发费，所有演员上场前必须理发）。他自己的服装都是按身材量制的，面料、绣活都得经他审定。有些盔头是他看了古画，自己捉摸出来的，如《赵氏孤儿》程婴的镂金的透空的员外巾。他很会配颜色。有一回赵燕侠要做服装，特地拉了他去选料子。现在有些剧装厂专给演员定制马派服装。马派服装的确比官中行头穿上要好看得多。

听谭富英听一个"痛快"。谭富英年轻时嗓音"没挡",当时戏曲报刊都说他是"天赋佳喉"。而且,底气充足。一出《定军山》,"敌营打罢得胜的鼓哇呃",一口气,高亮脆爽,游刃有余,不但剧场里"炸了窝",连剧场外拉洋车也一齐叫好,——他的声音一直传到场外。"三次开弓新月样"、"来来来带过爷的马能行",也同样是满堂的采,从来没有"漂"过。——一说京剧唱词不通,都得举出"马能行",然而《定军山》的"马能行"没法改,因为这里有一个很漂亮的花腔,"行"字是"脑后摘音",改了即无此效果。

谭富英什么都快。他走路快。晚年了,我和他一起走,还是赶不上他。台上动作快(动作较小)。《定军山》出场简直是握着刀横蹿出来的。开打也快。"鼻子"、"削头",都快。"四记头"亮相,末锣刚落,他已经抬脚下场了。他的唱,"尺寸"也比别人快。他特别长于唱快板。《战太平》"长街"一场的快板,《斩马谡》见王平的快板都似脱线珍珠一样溅跳而出。快,而字字清晰劲健,没有一个字是"嚼"了的。50年代,"挖掘传统"那阵,我听过一次他久已不演的《砵砂痣》,赞银子一段,"好宝贝!"一句短白,碰板起唱,张嘴就来,真"脆"。

我曾问过一个经验丰富,给很多名角挎过刀,艺术上很有见解的唱二旦的任志秋:"谭富英有什么好?"志秋说:"他像个老生。"我只能承认这是一句很妙的回答,很有道理。唱老生的的确有很多人不像老生。

谭富英为人恬淡豁达。他出科就红,可以说是一帆风顺,但他不和别人争名位高低,不"吃戏醋"。他和裘盛戎合组太平京剧团时就常让盛戎唱大轴,他知道盛戎正是"好时候",很多观众是来听裘盛戎的。盛戎大轴《姚期》,他就在前面来一出《桑园会》(与梁小鸾合演)。这是一出"歇工戏",他也乐得省劲。马连良曾约他合演《战长沙》,他的黄忠,马的关羽。重点当然是关羽,黄忠是个配角,他同意了(这出戏筹备很久,我曾在后台见过制作得极精美的青龙偃月刀,不知因为什么未能排出,如果演出,那是会很好看的)。他曾在《秦香莲》里演过陈世美,在《赵氏孤儿》里演过赵盾。这本来都是"二路"演员的活。

富英有心脏病,到我参加北京京剧团后,就没怎么见他演出。但有时还到剧团来,和大家见见,聊聊。他没有架子,极可亲近。

他重病住院,用的药很贵重。到他病危时,拒绝再用,他说:"这种药留给别人用吧!"重人之生,轻己之死,如此高格,能有几人?

张君秋得天独厚,他的这条嗓子,一时无两:甜,圆,宽,润。他的发声极其科学,主要靠腹呼吸,所谓"丹田之气"。他不使劲地磨擦声带,因此声带不易磨损,耐久,"丁活",长唱不哑。中国音乐学院有一位教师曾经专门研究张君秋的发声方法。——这恐怕是很难的,因为发声是身体全方位的运动。他的气很足。我曾在广和剧场后台就近看他吊嗓子,他唱的时候,颈部两边的肌肉都震得颤动,可见其共鸣量有多大。这样的发声真如浓茶酽酒,味道醇厚。一般旦角发声多薄,近听很亮,但是不能"打远","灌不满堂"。有别的旦角和他同台,一张嘴,就比下去了。

君秋在武汉收徒时曾说:"唱我这派,得能吃。"这不是开玩笑的话。君秋食量甚佳,胃口极好。唱戏的都是"饱吹饿唱",君秋是吃饱了唱。演《玉堂春》,已经化好了妆,还来40个饺子。前面崇公道高叫一声:"苏三走动啊!"他一抹嘴,"苦哇!"就上去了,"忽听得唤苏三……"在武汉,住璇宫饭店,每天晚上鳜鱼氽汤,二斤来重一条,一个人吃得干干净净。他和程砚秋一样,都爱吃炖肘子。

(唱旦角的比君秋还能吃的,大概只有一个程砚秋。他在上海,到南市的老上海饭馆吃饭,"青鱼托肺"——青鱼的内脏,这道菜非常油腻,他一次要两只。在老正兴吃大闸蟹,八只!搞声乐的要能吃,这大概有点道理。)

君秋没有坐过科,是小时在家里请教师学的戏,从小就有一条好嗓子,搭班就红(他是马连良发现的),因此不大注意"身上"。他对学生说:"你学我,学我的唱,别学我的'老斗身子'。"他也不大注意表演。但也不尽然。他的台步不考究,简直无所谓台步,在台上走而已,"大步量"。但是著旗装,穿花盆底,那几步走,真是雍容华贵,仪态万方。我还没有见过一个旦角穿花盆底有他走得那样好看的。我曾仔细看过他的《玉堂春》，发现他还是很会"做戏"的。慢板、二六、流水，每一句的表情都非常细腻，眼神、手势，很有分寸，很美，又很含蓄（一般旦角演玉堂春都嫌轻浮，有的简直把一个沦落风尘但不失天真的少女演成一个荡妇）。跪禀既久，站起来，腿脚麻木了，微蹲着，轻揉两膝，实在是楚楚动人。花盆底脚步，是经过苦练练出来的；《玉堂春》我想一定经过名师指点，一点一点"抠"出来的。功夫不负苦心人。君秋是有表演才能的，只是没有发挥出来。

君秋最初宗梅，又受过程砚秋亲传（程很喜欢他，曾主动给他说过戏，好像是《六月雪》，确否，待查）。后来形成了张派。张派是从梅派发展出来的，这大家都知道。张派腔里有程的东西，也许不大为人注意。

君秋的嗓子有一个很大的特点，非常富于弹性，高低收放，运用自如，特别善于运用"擞"。《秦香莲》的二六，低起，到"我叫叫一声杀了人的天"拨到旦角能唱的最高音，那样高，还能用"擞"，宛转回环，美听之至，他又极会换气，常在"眼"上偷换，不露痕迹，因此张派腔听起来缠绵不断，不见棱角。中国画讲究"真气内行"，君秋得之。

我和裘盛戎只合作过两个戏，一个《杜鹃山》，一个小戏《雪花飘》，都是现代戏。

我和盛戎最初认识是和他（还有几个别的人）到天津去看戏，——好像就是《杜鹃山》。演员知道裘盛戎来看戏，都"卯上"了。散了戏，我们到后台给演员道辛苦，盛戎拙于言词，但是他的态度是诚恳的、朴素的，他的谦虚是由衷的谦虚。他是真心实意地来向人家学习来了。回到旅馆的路上，他买了几套煎饼馃子摊鸡蛋，有滋有味地吃起来。他咬着煎饼馃子的样子，表现了很喜悦的怀旧之情和一种天真的童心。盛戎睡得很晚，晚上他一个人盘腿坐在床上抽烟，一边好像想着什么事，有点出神，有点迷迷糊糊的。不知是为什么，我以后总觉得盛戎的许多唱腔、唱法、身段，就是在这么盘腿坐着的时候想出来的。

盛戎的身体早就不大好。他曾经跟我说过："老汪唉，你别看我外面还好，这里面，——都瘘啦②！"搞《雪花飘》的时候，他那几天不舒服,但还是跟着我们一同去体验生活。《雪花飘》是根据浩然同志的小说改编的,写的是一个送公用电话的老人的事。我们去访问了政协礼堂附近的一位送电话的老人。这家只有老两口。老头子60大几了,一脸的白胡茬,还骑着自行车到处送电话。他的老伴很得意地说:"头两个月他还骑着二八的车哪,这最近才弄了一辆二六的!"盛戎在这间屋里坐了好大一会,还随着老头子送了一个电话。

《雪花飘》排得很快,一个星期左右,戏就出来了。幕一打开,盛戎唱了四句带点马派味儿的〔散板〕:

> 打罢了新春六十七哟,
> 看了五年电话机。
> 传呼一千八百日,
> 舒筋活血,强似下棋!

我和导演刘雪涛一听,都觉得"真是这里的事儿!"

《杜鹃山》搞过两次。一次是1964年,一次是1969年,1969年那次我们到湘鄂赣体验了较长期生活。我和盛戎那时都是"控制使用",他的心情自然不大好。那时强调军事化,大家穿了"价拨"的旧军大衣,背着行李,排着队。盛戎也一样,没有一点特殊。他总是默默地跟着队伍走,不大说话,但倒也不是整天愁眉苦脸的。我很能理解他的心情。虽然是"控制使用",但还能"戴罪立功",可以工作,可以演戏。我觉得从那时起,盛戎发生了一点变化,他变得深沉起来。盛戎平常也是个有说有笑的人,有时也爱逗个乐,但从那以后,我就很少见他有笑影了。他好像总是在想什么心事。用一句老戏词说:"满怀心腹事,尽在不言中。"他的这种神气,一直到他死,还深深地留在我的印象里。

那趟体验生活,是够苦的。南方的冬天比北方更难受。不生火,墙壁屋瓦都很单薄。那年的天气也特别,我们在安源过的春节,旧历大年三十,下大雪,同时却又打雷,下雹子,下大雨,一块儿来!盛戎晚上不再穷聊了,他早早就进了被窝。这老兄!他连毛窝都不脱,就这样连着毛窝睡了。但他还是坚持下来了,没有叫一句苦。

和盛戏合作，是非常愉快的。他很少对剧本提意见。他不是不当一回事，没有考虑过，或者提不出意见。盛戏文化不高，他读剧本是有点吃力的。但是他反复地读，盘着腿读。他读着，微微地摇着脑袋。他的目光有时从老花镜上面射出框外。他摇晃着脑袋，有时轻轻地发出一声："唔。"有时甚至拍着大腿，大声喊叫："唔！"

　　盛戏的领悟、理解能力非常之高。他从来不挑"辙口"，你写什么他唱什么。写《雪花飘》时，我跟他商量，这个戏准备让他唱"一七"，他沉吟着说："哎呀，花脸唱闭口字……"我知道他这是"放傻"，就说："你那《秦香莲》是什么辙？"他笑了："'一七'，好，唱，'一七'！"盛戏十三道辙都响。有一出戏里有一个"灭"字，这是"乜斜"，"乜斜"是很不好唱的，他照样唱得很响，而且很好听。一个演员十三道辙都响，是很难得的。《杜鹃山》有一场"打长工"，他看到被他当作地主奴才的长工身上的累累伤痕，唱道："他遍体伤痕都是豪绅罪证，我怎能在他的旧伤痕上再加新伤痕？"这是一段〔二六〕转〔流水〕，创腔的时候，我在旁边，说："老兄，这两句你不能就这样'数'了过去！唱到'旧伤痕上'，得有个'过程'，就像你当真看到，而且想到一样！"盛戏一听，说："对！您听听，我再给您来来！"他唱到"旧伤痕上"时唱"散"了，下面加了一个弹拨乐器的单音重复的小"垫头"，"登、登、登……"，到"再加新伤痕"再归到原来的"尺寸"，而且唱得很强烈。当时参加创腔的唐在炘、熊承旭同志都说："好极了！"1969 年本的《杜鹃山》原来有一大段《烤番薯》，写雷刚被困在山上断了粮，杜小山给他送来两个番薯。他把番薯放在篝火堆里烤着，番薯糊了，烤出了香气，他拾起番薯，唱道："手握番薯全身暖，勾起我多少往事在心间……"他想起"我从小父母双亡讨米要饭，多亏了街坊邻舍问暖嘘寒"，他想起"大革命，造了反，几次遇险在深山，每到有急和有难，都是乡亲接济咱。一块番薯掰两半，曾受深恩三十年！……到如今，山上来了毒蛇胆，杀人放火把父老摧残，我稳坐高山不去管，隔岸观火心怎安！……"（这剧本已经写了很多年，我手头无打印的剧本，词句全凭记忆追写，可能不尽准确。）创腔的同志对"一块番薯掰两半"不大理解，怕观众听不懂，盛戏说："这有什么

54

不好理解的?!'一块番薯掰两半',有他吃的就有我吃的!"他把这两句唱得非常感动人,头一句他"虚"着一点唱,在想象,"曾受深恩","深恩"用极其深沉浑厚的胸音唱出,"三十年"一泻无余,跌宕不已。盛戎的这两句唱到现在还是绕梁三日,使我一想起就激动。这一段在后台被称为"烤白薯",板式用的是〔反二黄〕。花脸唱〔反二黄〕虽非创举,当时还是很少见。盛戎后来得了病,他并不怎么悲观。他大概已经怀疑或者已经知道是癌症了,跟我说:"甭管它是什么,有病咱们瞧病!"他还想唱戏。有一度他的病好了一些,他还是想和我们把《杜鹃山》再搞出来(《杜鹃山》后来又写了一稿)。他为了清静,一个人搬到厢房里住,好看剧本。他死后,我才听他家里人说,他夜里躺在床上看剧本,曾经两次把床头灯的罩子烤着了。他病得很沉重了,有一次还用手在床头到处摸,他的夫人知道他要剧本。剧本不在手边,他的夫人就用报纸卷了一个筒子放在他手里,他这才平静下来。

他病危时,我到医院去看他。他的学生方荣翔引我到他的病床前,轻轻地叫醒他:"先生,有人来看你。"盛戎半睁开眼,荣翔问他:"您还认得吗?"盛戎在枕上微微点了点头,说了一个字:"汪",随即流下了一大滴眼泪。

赵燕侠的发声部位靠前,有点近于评剧的发声。她的嗓音的特点是:清,干净,明亮,脆生。这样的嗓子可以久唱不败。她演的全本《玉堂春》、《白蛇传》都是一人顶到底。唱多少句都不在乎。田汉同志为她的《白蛇传·合钵》一场加写了一大段和孩子哭别的唱词,李慕良设计的汉调二黄,她从从容容就唱完了。《沙家浜》"人一走,茶就凉"的拖腔,十四板,毫不吃力。

赵燕侠的吐字是一绝。她唱戏,可以不打字幕,每个字都很清楚,观众听得明明白白。她的观众多,和这点很有关系。田汉同志曾说:赵燕侠字是字,腔是腔,先把字报出来,再使腔,这有一定道理。都说京剧是"按字行腔",实际情况并非如此。一句大腔,只有头几个音和字的调值是相合或接近的,后面的就不再有什么关系。如果后面的腔还是字音的延长,就会不成腔调。先报字,后行腔,自易清楚。当然"报"字还是唱出来的,不是念出来的。完全念出来的也有。我听谭富英说过,孙菊仙唱《奇冤报》"务农为本颇有家财","务农为本"就完全是用北京话念出来的。这毕竟很少。赵燕侠是先把字唱正了,再运腔,不使腔把字盖了。京剧的吐字还有件很麻烦的事,就是同时存在两个音系:湖广音和北京音。两个音系随时打架。除了言菊朋纯用湖广音,其余演员都是湖广音、北京音并用。余叔岩钻研了一辈子京剧音韵,他的字音其实是乱的。马连良说他字音是"怎么好听怎么来",我看只能如此。赵燕侠的字音基本上是北京音,所以易为观众接受(也有一些字是湖广音,如《白蛇传》的那段汉调。这段唱腔的设计者李慕良是湖南人,难免把他的乡音带进唱腔)。赵燕侠年轻时爱听曲艺,她大概从曲艺里吸收了不少东西,咬字是其一。——北方的曲艺咬字是最清楚的。赵燕侠的吐字清楚,是大家都知道的,但是其中奥秘,还有待研究。

赵燕侠的戏是她的父亲"打"出来的,功底很扎实,腿功尤其好。《大英节烈》扳起朝天蹬,三起三落。"文化大革命"期间,我和她关在一个牛棚内。我们的"棚"在一座小楼上,只能放下一张长桌,几把凳子,我们只能紧挨着围桌而坐。坐在里面的人要出去,外面的就得站起让路。我坐在赵燕侠里面,要出去,说了声"劳驾",请她让一让,这位赵老板没有站起来,腾的一下把一条腿抬过了头顶:"请!"前几年我遇到她,谈起这回事,问她:"您现在还能把腿抬得那样高么?"她笑笑说:"不行了!"我想再练练功,她许还行。

赵燕侠快 60 了,还能唱,嗓子还那么好。

一九九〇年一月九日

注 释

① 本篇原载《文汇月刊》1990 年第二期;又载香港《大成》第 201 期(1990 年 8 月 1 日出版),题为《北京京剧团五大头牌及其演唱艺术》,文字略有改动;初收《汪曾祺全集》第四卷,北京师范大学出版社,1998 年 8 月。

② 西瓜过熟,瓜瓤败烂,北京话叫做"瘪了"。

《桃源与沅州》《常德的船》赏析二篇①

《桃源与沅州》赏析

沈从文先生1934年因事回湘西；1937年由北平往昆明，又由湘西转道。两次回乡，各写了一本书。一本《湘行散记》，一本《湘西》。本篇即取自《湘行散记》。《湘行散记》有几篇有人物、有故事，近似小说，如《一个戴水獭皮帽子的朋友》、《一个多情水手和一个多情妇人》、《一个爱惜鼻子的朋友》。这一篇写有关两个地方的见闻和感慨，无具体人物，无故事情节，是一篇纯粹的散文。

从表面看，这两本书都写得很轻松，笔下不乏幽默谐趣，似乎在和人随意谈天，且时时自己发笑，并不激昂慷慨，但是透过轻松，我们看到作者的心是相当沉重的。这里有着对家乡的严重的关切，对于家乡人的深挚的同情，乃至悲悯。

桃源并不是"世外桃源"。作者一开头就说"至于住在那儿的人呢，却无人自以为是遗民或神仙，也从不曾有人遇着遗民或神仙"。这地方是沅水边的一个普通的水码头，一个被历史封闭在湘西一角的小城。这里的人是一些普普通通的人，一些渺小、卑贱、浑浑噩噩的人。他们在这里吃饭穿衣，生老病死。在他们的生活上面，总有一层悲惨的影子。

在沈先生的一些以沅水为背景的小说和散文中，经常出现的有两种人：妓女和水手。这篇散文主要说及的也正是这两种人。妓女是旧中国通商码头必不可少的古老职业。桃源的妓女是所谓"土娼"。她们在一些从大城来的"风雅人"眼中是颇具浪漫主义色彩的。"这些人往桃源洞赋诗前后,必尚有机会过后江走走。由朋友或专家引导,这家那家坐坐,烧匣烟,喝杯茶。看中意某一个女人时,问问行市,花个三元五元,便在那龌龊不堪万人用过的花板床上,压着那可怜妇人胸膛放荡一夜。"这些土娼"有病本不算一回事。实在病重了,不能作生活挣饭吃,间或就上街走到西药房去打针,六零六三零三扎那么几下,或请走方郎中配副药,朱砂茯苓乱吃一阵,只要支持得下去,总不会坐下来吃白饭。直到病倒了,毫无希望可言了,就叫毛伙用门板抬到那类住在空船中孤身过日子的老妇人身边去,尽她咽最后那一口气,死去时亲人呼天抢地哭一阵,罄所有请和尚安魂念经,再托人赊购四合头棺木,或借'大加一'买副薄薄板片,土里一埋也就完事了。"这就是一个人的"价值"。

水手呢?小水手上滩时"一个不小心,闪不知被自己手中竹篙弹入乱石激流中,泅水技术又不在行,淹死了,船主方面写得有字据,生死家长不能过问。掌舵的把死者剩余的一点衣服交给亲长,说明白落水情形后,烧几百钱纸手续便清楚了"。这就是一个人的"价值"。

这些话说起来很平静,"若无其事",甚至有点"玩世不恭",但是作家的内心是激动的。越是激动,越要平静,越是平静,才能使人感觉到作者激动之深。年轻的作者,往往竭力要使读者受到感染,激情浮于表面,结果反而使读者不受感动,觉得作者在那里歇斯底里。这是青年作家易犯的通病。

散文到底有多少种写法?有多少篇散文,就有多少种写法。如果散文有若干模式,散文也就不成其为散文了。不过大体分类,我以为有两种。一种是不散的散文,中心突出,结构严谨,起承转合、首尾呼应,文章写得很规整。这一类散文的作者有意为文,写作时是理智的。他们要表达的是某种"意思",即所谓"载道"。他们受传统古文,尤其是唐宋八大家影响较大。另一种是松散的散文,作者无意为文,只是随便谈天,说到哪里算那里。章太炎论汪容甫文"起止自在,无首尾呼应之式",沈先生这篇散文的写法属后一种。他要表达的是感情,情尽则止。文章的分段与衔接处极其自由,有时很突兀。如写了一大段乘桃源小划子溯流而上到沅州,看到风致楚楚的芒草,富抒情性,紧接一段却插进城门上一片触目黑色,是党务特派率乡民请愿,尸体被士兵用刺刀钉在城门示众三天所留下的痕迹,实在很出人意料。沈先生的散文,有时也作一些呼应。如本文以风雅的读书人对桃源的幻想开始,最后也以风雅人虚伪的人生哲学作结。不过沈先生的文章的断续呼应不那么露痕迹,如章太炎所说:自在。

细心的读者应该注意到沈先生在这篇文章附注的一行小字:"1935年3月北平大城中"。注明"北平"也就可以了,为什么要写明"大城中"? 我们从这里可以感到沈先生的一点愤慨。沈先生对于边地小人物的同情,常常是从对大城市的上层人物的憎恶出发的。文章有底有面。写出来的是面,没有完全写出来的是底。有面无底,文章的感情就会单薄。这里,对边地小民的同情是面,对绅士阶级的憎恶是底。沈先生的许多小说散文,往往是由对于两种文明的比照而激发出来的。

《常德的船》赏析

沈从文先生逝世后,在遗体告别仪式上,一位新华社记者找到我,希望我用最少的语言概括沈先生的一生。在那种场合下,不暇深思,我只说了两点。一是:沈先生是一个真诚的爱国主义者;二是:他是我所认识的真正甘于淡泊的作家,这种淡泊不仅是一种人的品德,而且是一种人的境界。我应《人民日报》之约写了一篇悼念沈先生的文章,题目是《一个爱国的作家》。我在几篇文章里都提到沈先生是一个爱国主义者。有熟悉沈先生的为人的同志,说这是对沈先生最起码的评价。但是就是这样最起码的评价,也不是至今对沈先生持有偏见的某些现代文学史家、评论家所能接受的。

沈先生的爱国主义,我以为,集中表现为两个方面。一是对于祖国文化的热爱,这有他的有关文物的著作为证;一是对故乡的热爱,这有他的许许多多小说散文为证。沈先生写得最多,也写得最好的作品,是以沅水为背景的。一个人如此不疲倦地表现自己的家乡,实在少见。高尔基的伏尔加河,马克·吐温的密西西比河,都不像沈从文的沅水那样魂萦梦绕。《湘西》就是一本有关沅水流域的极其独特的书。

有一个时期,不知是一些什么人,把沈从文和“与抗战无关论”拉在了一起,这真是一件怪事!沈先生的《湘西》写于抗日战争初期。他在《题记》中明明白白地提出:“民族兴衰,事在人为”,他正是从民族兴衰角度出发,希望湘西人以及全国人有所作为而写这本书的。他说:“我这本小书所写到的各方面现象,和各种问题,虽极琐细平凡,在一个有心人看来,说不定还有一点意义,值得深思!”这样的创作思想是极其入世,极其现实的,怎么能说是“与抗战无关”呢?抗战初期,全国人民都在一种高昂兴奋的情绪中。沈先生这本《湘西》也贯串了一种兴奋情绪,这篇《常德的船》也如此。

说《湘西》是一本极其独特的书,是因为它几乎无法归类。这本书把社会调查、风土志、游记、散文、小说糅合在一起,成为一种新的文体。同样的书,似乎还没有见过。

《常德的船》,这样的题目真是难于措手。似乎用一张大纸,绘制一个“常德船舶一览表”,注明各类船只的形状、特点、用途,也可以了。沈先生没有这样做,而是把各类船只依次罗列,如数家珍,只几笔,就勾画出这些船只的不同“性格”,这就不是任何一览表所能达到的效果了。能把本来应该是枯燥的事说得很生动,是作家的本领。《湘西》里有不少题目看起来都是枯燥的,如《沅陵的人》、《辰溪的煤》,但是都很能引人入胜。这里,作者所取的态度、角度,以及叙述的语调,是起决定作用的。《常德的船》写了船,也写了人,写了船户。“这个码头真正值得注意令人惊奇处,实在也无过于船户和他所操纵的水上工具了。要认识湘西,不能不对他们先有一种认识。要欣赏湘西地方民族特殊性,船户是最有价值材料之一种。”《常德的船》所以能产生强烈的感情力量,是由于作者对人的同情,对人的关心。

作者是本地人,十四岁后在沅水流域上下千里各个地方大约住过六七年,既有浓厚的乡情,又对生活非常熟悉,下笔游刃有余,毫不捉襟见肘,其感人艺术效果,当然不是开几个调查会,口问手写,现趸现卖,率尔操觚所赶制出来的"报告文学"所可比拟。

常德的船户之中也有"辰溪船",弄船人那样"因闲而懒,精神多显得萎靡不振"的,但给人总的印象是忙碌紧张,生气勃勃。这种"生气",也可说是抗战初期的"民气",虽然常德暂时离战地还比较远,船户中也并没有涉及抗战的谈话。

《常德的船》除船户之外也提到当地的一些名人,如丁玲、戴修瓒、余嘉锡,特别是麻阳人塑像师张秋潭。沈先生写家乡的散文,总不忘提及当地杰出的人物,这是中国修志的一个传统,一个好的传统。

注 释

① 本篇原载《中国现代散文欣赏辞典》,王纪人主编,汉语大辞典出版社,1990 年 1 月。

遥远的阿佤山[①]

阿佤山是遥远的。

只有三十万人口的佤族，出了一个女作家，这是叫人激动的。这个女作家还不能说是已经成熟，她的作品的成就参差不齐，有时甚至悬殊很大。但是这是一个很有特点的作家，一个很有潜力、会有后劲的，有前途的作家。她的进展也许是缓慢的，艰难的，但不会昙花一现，悄然消失。

董秀英给我们揭示的佤山，是一片新奇的土地。"莽莽的老林，参天神树，奇花异草，老虎、豹子、野牛、大雕、猴群、马鹿、麂子、白鹇、小鸟等等，都和阿佤人同时生活在巍巍的阿佤山上，同喝阿佤山的泉水，同食山林中的野果，在山林中生养后代。"（《我的爱，深深地埋在阿佤山》）

阿佤人的原始宗教似乎非常简单。他们曾经相信杀人头祭谷神可以获得丰收。他们相信天鬼、地鬼、水鬼。但是这些鬼似乎都没有很大的威慑性的超人力量。他们也有巫师（魔巴），但巫师并不是神人之间交通的使者，他只是会念咒驱鬼而已。阿佤族有木鼓，但似乎没有带有神秘色彩仪式性的歌舞。他们相信自然。主张万物各适其性，一切顺乎自然。"在阿佤人的眼里，阿佤山上有生命的植物、动物，都是老天给的。花就是花，草就是草。"（《我的爱，深深地埋在阿佤山》）在阿佤人看来，动物是有灵性的。岩巴拉和白孔雀的故事是很特殊的。岩巴拉和一只白孔雀建立了感情。岩巴拉死了，白孔雀拔下身上的长羽毛，含在嘴里朝岩巴拉走来，"看见白孔雀来，四条汉子又把老人放到地上，白孔雀把白色的羽毛放在老人的身上。"这似乎是一个童话，然而董秀英是当作现实来写的。大概在阿佤人心目中，现实和童话的界限是很难划分的。

　　阿佤山还停留在以物易物的原始经济状态,连最简单的商品贸易也没有,阿佤人几乎没有货币的概念,他们不知道"钱"的价值。因此,他们的心理结构和"文明人"不一样。他们自有自己的价值观念,是非标准。他们的私有意识是很淡薄的。到现在还保留原始共食的习俗,有吃大家吃,无分彼此。董秀英曾到一家茅草竹楼,竹楼里只有一只煮饭煮猪食用的铁锅,除此以外,一无所有。但是随董秀英一起进入竹楼的大队干部告诉她:"这家年前一日之内剽杀了六头黄牛,当时被寨子人分光吃光,留给主人的只是六个牛头和一朵牛肝。"他们对人是尊重的,爱的,愿意给任何人以帮助,他们没有民族的成见,更没有"政治"的成见。岩巴拉从河里救起一个淹死的汉人工作人员,不管他的来历,也不问他的去处。背阴地的阿佤老人先后救过一个黄皮兵,一个绿衣兵。他给黄皮兵用解药放血,让他吃"扁米""塞脖子"。他给绿衣兵用草药玉芝兰医治断腿,喂他老鼠烂饭。但对黄皮兵、绿衣兵为什么用枪把屁股打成了红屁股,全不理会。绿衣兵走了,留下一叠红纸票。他把红纸票贴在竹墙上,小虫虫在上面打洞、密密麻麻。岩巴拉为了让水上漂来的汉人能吃饱,竟至用割牛肉的刀,割下自己腿上的一块瘦肉,不慌不忙地放在手心上,抹上盐巴、辣子面,在火炭上烤熟了,把这块平均分为两半,一半留给自己,一半给了汉人,吞吃了。吃完了自己的腿肉,岩巴拉把汉人送出了山! 割掉腿肉的地方长了一个大疤,这疤到岩巴拉死后还明显地留着。沙木戛从部落来到一个小镇,破竹篾、编竹器,他编的竹器不卖钱,谁喜欢,就拿去。但是一窝女人拿了他的竹器,却去卖钱。他为此很生气,他听了些他听不惯的声音,看了些看不惯的事,他走了,走回到江山木戛古老的部落。他对这种重利轻义的现代文明格格不入!

　　阿佤山不是世外桃源。"文化大革命"的飓风同样卷到偏远的山寨。《猫头鹰来的夜晚》是阴森、恐怖、叫人毛骨悚然的。由于生产水平的低下,阿佤山的生活是贫穷、困苦的。董秀英笔下的阿佤山,浸透了沉重的悲剧性。《背阴地》使人有一种近乎绝望的悲凉感。这是一片多么荒凉、寒苦的,被遗忘的土地呀。《九颗牛头》里的岩戛拉因为家里没有一个牛头,没有脸"串姑娘",等到他有了九颗牛头,他和他曾经中意的姑娘都已经老了,"两个老人都淌眼泪了",九颗牛头记录了岩戛拉一世的辛酸。这种辛酸在董秀英的小说里几乎无往而不在,因此增强了小说的现实感,产生震撼和压抑的力量。这,当然来自董秀英对本民族的严重的关切与挚爱。

董秀英所写的不仅是佤族的粗犷、剽悍的"男性"的生活。她同样具有优美的抒情气质。除了熟悉佤族生活,她对拉祜族的、傣族的生活,也是熟悉的。但是我觉得她所写的拉祜族、傣族的生活,都带有佤族生活的影子,可以说是佤族生活的另一个侧面。我很喜欢《远处,高高的阿佤山寨》和《河里漂来的筒裙》。这两篇小说都有抒情气息,写得都很玲珑。"小姑娘看着他用肥皂洗过的地方,还是黑黑的。她伸出手,在他脊背上轻轻地摸了一下,瞧了又瞧,自己的手还是白白的。小姑娘瞪着大眼睛,呆呆地瞧他。"这写得非常富于幽默感,很有情趣,很可爱。白面团姑娘要求大老黑在小石磨上打一朵缅桂花,表现爱美的天性,大老黑捡起岩香队长遗落下来的缅桂花,吹去粘在花上的灰尘,仔仔细细地数花瓣,表现这个佤族的大老黑并不是一个"粗人",他的感情也是很细腻的。《河里漂来的筒裙》是一首优美的抒情诗,写得淡淡的,但是让人感到很温馨。我们的阿佤族女作家毕竟是个女作家,虽然她是阿佤。她的这一类作品具有一种很温柔的女性的魅力。这使得她的作品具有不同的色调,不只以粗犷胜。

《马桑部落的三代女人》是一篇力作,是董秀英写的唯一的中篇。一篇小说写了三代女人,构思是很好的。但我以为这篇东西写得不算成功,三段之间比较缺乏贯串性的内在情绪,也缺乏必要的起伏跌宕。最后一代的女人妮拉的生活是充满阳光的,温暖的,作为对比,前两代的生活的悲怆情绪就显得不足。我以为董秀英对前两代女人的命运思索得不够,没有完全把自己放进去,缺乏作者的主体意识,有些地方停留在客观的叙述上,有些地方甚至像是提纲。我希望董秀英把这篇东西重写一遍,好好锤炼一下,让三段,三个乐章既有统一的内在主题,又能各具鲜明的变化。

董秀英在写作时所遇到的语言上的障碍一定是很大的。她在写作时当然不会用本民族的语言思维、表达，我估计她用汉语思维的。她的基本上是普通话的汉语中有一些明显的云南口语的特点，比如写果子在树上"要掉要掉的"，这使她的语言有一些地方色彩，我希望她能保留这点色彩。董秀英大概读了不少汉语文学，包括汉族诗歌。她有些语言的"汉化"的程度甚至超过一般的汉族作家，这使我很惊异。比如：

> 背阴山腰背阴地。
>
> 下栽包谷上撒旱谷占了整块地。
>
> 缅瓜黄瓜横爬竖走，叶连藤，藤带瓜，绿瓜头上戴朵蛋黄花。地心里蝴蝶飞，蜜蜂来，野鸡叫，小雀闹。
>
> 背阴地四周绿茵茵，高处有蓬顶天竹，十来棵竹子直苗苗地扫着老天，低处一条黑河横过山脚，不吭不声，白天黑夜只顾走。半山的黑林里藏麻鸡窝、野兔洞，时常听它们跑出跑进，打打闹闹。

这段描写充满汉语诗的韵律感，在汉族作家的文学语言中也算是上乘的。我很高兴一个佤族作家能如此精细地感觉到汉语之美。一个少数民族的作家能有这样好的汉语语言感，其所经过的艰苦的学习是不难想见的。因此，我希望董秀英继续在汉语上下点苦功夫，多读一点汉族的古典诗词，更深入地研究研究云南话，并且考虑能否把佤族话的某些富有表现力的词语溶入汉语，形成自己的更具特色的文学语言。

我对董秀英的小说了解甚少，只是断断续续地读了两三遍。她自称是我的弟子，我也就说了一些好为人师的闲话。我的话无甚深意，但说的倒都是真心话，态度是诚恳的，不知道董秀英看了高兴不高兴。是为序。

一九九〇年二月十七日　北京大雪。

注 释

① 本篇原载《文学界》1990 年第 1 期,是为董秀英《马桑部落的三代女人》
（云南人民出版社,1991 年版）所作序言。

知识分子的知识化①

这个题目似乎不通。顾名思义,"知识分子",当然是有知识的,有什么"知识化"的问题?这里所谓"知识",不是指对某一学科的专业知识,而是指全面的文化修养。

40多年前,在昆明华山南路一家裱画店看到一幅字,一下子把我吸引住了。是一个窄长的条幅,浅银红蜡笺,写的是《前赤壁赋》。地道的,纯正的文徵明体小楷,清秀潇洒,雅韵欲流。现在能写这样文徵明体小楷的不多了!看看后面的落款,是"吴兴赵九章"!这太出乎我的意料了!赵九章是当时少有的或仅有的地球物理学家,竟然能写这样漂亮的小字,他真不愧是吴兴人!我们知道华罗庚先生是写散曲的(他是金坛人,写的却是北曲,爱用"俺"字),有一次我在北京市委党校附近的商场看到华先生用行书写的招牌,也奔放,也蕴藉,较之以写字赚大钱的江湖书法家的字高出多矣!我没有想到华先生还能写字。一看,就知道:这是一个有学问的人写的字。我们知道,严济慈先生,苏步青先生都写旧体诗。严先生的书法也极有功力。如果我没有记错,"欧美同学会"的门匾的笔力坚挺的欧体大字,就是严先生的手笔(欧体写成大字,很要力气)。我们大概四二、四三年间,在昆明云南大学成立了一个曲社,有时做"同期"。参加"同期"的除了文科师生,常有几位搞自然科学的教授、讲师。许宝騄先生是数论专家,但许家是昆曲世家,许先生的曲子唱得很讲究。我的《刺虎》就是他亲授的。崔芝兰先生(女)是生物系教授,几十年都在研究蝌蚪的尾巴,但是酷爱昆曲,每"期"必到,经常唱的是《西厢记·楼会》。吴征镒先生是植物分类学专家,是唱老生的。他当年嗓子好,中气足,能把《弹词》的"九转货郎儿"唱到底,有时也唱《扫秦》。现在,他还在唱,只是当年曲友风流云散，找一个㧐笛的也不易了。

解放以后的教育过于急功近利。搞自然科学的只知埋头于本科，成了一个科技匠，较之上一代的科学家的清通渊博风流儒雅相去远矣。

自然科学界如此，治人文科学者也差不多。

就拿我们这行来说。写小说的只管写小说，写诗的只管写诗，搞理论的只管搞理论，对一般的文化知识兴趣不大。前几年王蒙同志提出作家学者化，看来确实有这个问题。拿写字说。前一代，郭老、茅公、叶圣老、王统照的字都写得很好。闻一多先生的金文旷绝一代，沈从文先生的章草自成一格。到了我们这一辈就不行了。比我更年轻的作家的字大部分都拿不出手。作家写的字不像样子，这点不大说得过去。

提高知识分子的文化修养，这不是问题么？

知识分子的文化修养普遍地提高了，这对提高我们全民族的文化修养将会起很大的推动作用。反之，如果知识分子的文化修养不提高，全民族的文化水平将会不堪设想。

一九九〇年三月二日

注　释

① 本篇原载1990年4月6日《人民政协报》；初收《汪曾祺全集》第四卷，北京师范大学出版社，1998年8月。

步障:实物和常理 "小山重叠金明灭"①

步障:实物和常理

《辞海》"步障"条云是"用以遮蔽风尘或视线的一种屏幕",引《晋书·石崇传》:"崇与贵戚王恺、羊琇之徒以奢靡相尚;恺作紫丝布步障四十里,……崇作锦步障五十里以敌之。"

沈从文编著的《中国古代服饰研究》:"……从本图和敦煌开元天宝间壁画《剃度图》、《宴乐图》中反映比较,进一步得知古代人野外郊游生活,及这些应用工具形象和不同使用方法。从时间较后之《西岳降灵图》及宋人绘《汉宫春晓图》所见各式步障形象,得知中古以来,所谓'步障',实一重重用整幅丝绸作成,宽长约三五尺,应用方法,多是随同车乘行进,或在路旁交叉处阻挡行人。主要是遮隔路人窥视,或蔽风日沙尘,作用和掌扇差不太多。《世说新语》记西晋豪富贵族王恺、石崇斗富,一用紫丝步障,一用锦步障,数目到三四十里。历来不知步障形象,却少有人怀疑这个延长三四十里的手执障子,得用多少人来掌握,平常时候,又得用多大仓库来贮藏!如据画刻所见,则'里'字当是'连'或'重'字误写。在另外同时关于步障记载,和《唐六典》关于帷帐记载,也可知当时必是若干'连'或'重'。"

沈先生的话是有道理的。从《中国古代服饰研究》所载《敦煌壁画所见帷帐》及《宁懋石室石刻所见帷帐》我们可想见步障大体就是这样的东西。因为见不到较早的写本,《晋书》的"里"究竟应是"连"还是"重",不能确断,但肯定这必是一个错字。四十里、五十里,有四五条长安街那样长,这样长的步障,怎么可能呢?

读古书要证以实物,更重要的要揆之常理,方不至流于荒唐。

小山重叠金明灭

温庭筠《菩萨蛮》是大家读熟了的一首词:

> 小山重叠金明灭,鬓云欲度香腮雪。懒起画娥眉,弄妆梳洗迟。　　照花前后镜,花面交相映,新帖绣罗襦,双双金鹧鸪。

自来注温词者,都以为"小山"是屏风上的山。我年轻时初读这首词就有这样的印象,且想到扬州的黑漆绘金的屏风,那也确是明明灭灭的。最近读了一本词选,还是这样解释的。

沈从文先生提出不同看法。他以为"小山"是妇发髻间插戴的小梳子。《中国古代服饰研究》云:"唐代妇女喜于发髻上插几把小小梳子,当成装饰,讲究的用金、银、犀、玉或牙等材料,露出半月形梳背,有多到十来把的(经常有实物出土),所以唐人诗有'斜插犀梳云半吐'语。又元稹《恨妆成》诗有'满头行小梳,当面施圆靥',王建《宫词》有'归来别赐一头梳'语。再温庭筠词有'小山重叠金明灭',即对于当时妇女发间金背小梳而咏。"别一处又说:"当时于发髻间使用小梳至八件以上的。……这种小小梳子是用金银犀玉牙等不同材料作成的,陕洛唐墓常有实物出土。温庭筠词'小山重叠金明灭'所形容的,也正是当时妇女头上金银牙玉小梳背在头发间重叠闪烁情形"。

我觉得沈先生的说法是一个很有说服力的创见。这样解释,温庭筠的这首词才读得通。这首《菩萨蛮》通篇所咏,是一个贵族妇女梳妆的情形,怎么会从屏风上的小山写起呢?按《菩萨蛮》的章法,这两句照例是衔接的,从屏风说到头发,天上一句,地下一句,这一步实在跳得太远了,真成了上海人所说的"不搭界"。如把"小山"解释成小梳子,则和后面的"鬓云"扣得很紧,顺理成章。我希望再有注温词者能参考沈先生的意见,改正过来。

沈先生一再强调治文史者要多看文物,互相印证,这样才不会望文生义,想当然耳。他的意见是值得重视的。

我对文史、文物皆甚无知,只是把沈先生的文章抄了两段,无所发明。

一九九〇年四月十一日

注 释

① 本篇原载《中国文化》1990 年总第三期"城南客话"专栏;初收《汪曾祺小品》,中国人民大学出版社,1992 年 10 月。

我的创作生涯①

　　我生在一个地主家庭。祖父是清朝末科的拔贡，——从他那一科以后，就"废科举，改学堂"了。他对我比较喜欢。有一年暑假，他忽然高了兴，要亲自教我《论语》。我还在他手里"开"了"笔"，做过一些叫做"义"的文体的作文。"义"就是八股文的初步。我写的那些作文里有一篇我一直还记得："'孟之反不伐'义"。孟之反随国君出战，兵败回城，他走在最后。事后别人给他摆功，他说："非敢后也，马不进也"。为什么我对孟之反不伐其功留下深刻的印象呢？现在想起来，这一小段《论语》是一篇极短的小说：有人物，有情节，有对话。小说，或带有小说色彩的文章，是会给人留下深刻的印象的。并且，这篇极短的小说对我的品德的成长，是有影响的。小说，对人是有作用的。我在后面谈到文学功能的问题时还会提到。我的父亲是个很有艺术气质的人。他会画画，刻图章，拉胡琴，摆弄各种乐器，糊风筝。他糊的是蜈蚣（我们那里叫做"百脚"）是用胡琴的老弦放的。用胡琴弦放风筝，我还没有见过第二人。如果说我对文学艺术有一点"灵气"，大概跟我从父亲那里接受来的遗传基因有点关系。我喜欢看我父亲画画。我喜欢"读"画帖。我家里有很多有正书局珂罗版影印的画帖，我就一本一本地反复地看。我从小喜欢石涛和恽南田，不喜欢仇十洲，也不喜欢王石谷，我当时还看不懂倪云林。我小时也"以画名"，一直想学画。高中毕业后，曾想投考当时在昆明的杭州美专。直到四十多岁，我还想彻底改行，到中央美术学院从头学画。我的喜欢看画，对我的文学创作是有影响的。我把作画的手法融进了小说。有的评论家说我的小说有"画意"，这不是偶然的。我对画家的偏爱，也对我的文学创作有影响。我喜欢疏朗清淡的风格，不喜欢繁复浓重的风格,对画,对文学,都如此。

　　一个人成为作家,跟小时候所受的语文教育,跟所师事的语文教员很有关系。从小学五年级到初中三年级,教我们语文(当时叫做"国文")的,都是高北溟先生。我有一篇小说《徙》,写的就是高先生。小说,当然会有虚构,但是基本上写的是高先生。高先生教国文,除了部定的课本外,自选讲义。我在《徙》里写他"所选的文章看来有一个标准:有感慨,有性情,平易自然。这些文章有一个贯串性的思想倾向,这种倾向大体上可以归结为'人道主义'",是不错的。他很喜欢归有光,给我们讲了《先妣事略》《项脊轩志》。我到现在还记得他讲到"世乃有无母之人,天乎痛哉","庭有枇杷树,吾妻死之年所手植也,今已亭亭如盖矣"的时候充满感情的声调。有一年暑假,我每天上午到他家里学一篇古文,他给我讲的是"板桥家书"、"板桥道情"。我的另一位国文老师是韦子廉先生。韦先生没有在学校里教过我。我的三姑父和他是朋友,一年暑假请他到家里来教我和我的一个表弟。韦先生是我们县里有名的书法家,写魏碑,他又是一个桐城派。韦先生让我每天写大字一页,写《多宝塔》。他教我们古文,全部是桐城派。我到现在还能背诵一些桐城派古文的片段。印象最深的是姚鼐的《登泰山记》。"苍山负雪,明烛天南。望晚日照城郭,汶水、徂徕如画,而半山居雾若带然。""苍山负雪,明烛天南",我当时就觉得写得非常的美。这几十篇桐城派古文,对我的文章的洗炼,打下了比较坚实的基础。

　　1938年,我们一家避难在乡下,住在一个小庙,就是我的小说《受戒》所写的庵子里。除了准备考大学的数理化教科书外,所带的书只有两本,一本屠格涅夫的《猎人日记》,一本《沈从文选集》,我就反反复复地看这两本书。这两本书对我后来的写作,影响极大。

　　1939年,我考入西南联大的中国文学系,成了沈从文先生的学生。沈先生在联大开了三门课,一门"各体文习作"是中文系二年级必修课;一门"创作实习",一门"中国小说史",沈先生是凤凰人,说话湘西口音很重,声音又小,简直听不清他说的是什么。他讲课可以说是毫无系统。没有课本,也不发讲义。只是每星期让学生写一篇习作,第二星期上课时就学生的习作讲一些有关的问题。"创作实习"由学生随便写什么都可以,"各体文习作"有时会出一点题目。我记得他给我的上一班出过一个题目:"我们的小庭院有什么"。有几个同学写的散文很不错,都由沈先生介绍在报刊上发表了。他给我的下一班出过一个题目,这题目有点怪:"记一间屋子的空气"。我那一班他出过什么题目,我倒记不得了。沈先生的这种办法是有道理的,他说:先得学会车零件,然后才能学组装。现在有些初学写作的大学生,一上来就写很长的大作品,结果是不吸引人,不耐读,原因就是"零件"车得少了,基本功不够。沈先生讲创作,讲得最多的一句话,是"要贴到人物写"。我们有的同学不懂这话是什么意思。照我的理解,他的意思是:小说里,人物是主要的,主导;其余部分都是次要的,派生的。作者的感情要随时和人物贴得很紧;和人物同呼吸,共哀乐。不能离开人物,自己去抒情,发议论。作品里所写的景色,只是人物生活的环境。所写之景,既是作者眼中之景,也是人物眼中之景,是人物所能感受的,并且是浸透了他的哀乐的。环境,不能和人物游离脱节。用沈先生的说法,是不能和人物"不相粘附"。他的这个意思,我后来把它说成为"气氛即人物"。这句话有人觉得很怪,其实并不怪。作品的对话得是人物说得出的话,如李笠翁所说:"写一人即肖一人之口吻",我们年轻时往往爱把对话写得很美,很深刻,有哲理,有诗意。我有一次写了这样一篇习作,沈先生说:"你这不是对话,是两个聪明脑壳打架。"对话写得越平常,越简单,越好。托尔斯泰说过:"人是不能用警句交谈的。"如果有两个人在火车站上尽说警句,旁边的人大概会觉得这二位有神经病。沈先生这句简单的话,我以为是富有深刻的现实主义精神的。沈先生教写作,用笔的时候比用口的时候多。他常常在学生的习作后面写很长的读后感(有时比原作还长)。或谈这篇作品,或由此生发开去,谈有关的创作问题。这些读后感都写得很精彩,集中在一起,会是一本很漂亮的文论集。可惜一篇也没有保存下来,都失散了。沈先生教创作,还有一个独到的办法。看了学生的习作,找了一些中国和外国作家用类似的方法写成的作品,让学生看,看看人家是怎么写的。我记得我写过一篇《灯下》（这可能是我发表的第一篇小说），写一个小店铺在上灯以后各种人物的言谈行动，无主要人物，主要情节，散散漫漫。是所谓"散点透视"吧。沈先生就找了几篇这样写法的作品叫我看，包括他自己的《腐烂》。这样引导学生看作品，可以对比参照，触类旁通，是会收到很大效益，很实惠的。

创作能不能教，这是一个世界性的争论的问题。我以为创作不是绝对不能教，问题是谁来教，用什么方法教。教创作的，最好本人是作家。教，不是主要靠老师讲，单是讲一些概论性的空道理，大概不行，主要是让学生去实践，去写，自己去体会。沈先生把他的课程叫做"习作"、"实习"，是有道理的。沈先生教创作的方法，我以为不失为一个较好的方法。

我 20 岁开始发表作品，今年 70 岁了，写作生涯整整经过了半个世纪。但是写作的数量很少。我的写作中断了几次。有人说我的写作经过一个三级跳，可以这样说。40 年代写了一些。60 年代初写了一些。当中"文化大革命"，搞了十年"样板戏"。80 年代后小说、散文写得比较多。有一个朋友的女儿开玩笑说"汪伯伯是大器晚成"。我绝非"大器"，——我从不写大作品，"晚成"倒是真的。文学史上像这样的例子不是很多。不少人到 60 岁就封笔了，我却又重新开始了。是什么原因，这里不去说它。

有一位评论家说我是唯美的作家。"唯美"本不是属于"坏话类"的词，但在中国的名声却不大好。这位评论家的意思无非是说我缺乏社会责任感、使命感，我的作品没有强烈的现实意义和教育作用。我于此别有说焉。教育作用有多种层次。有的是直接的。比如看了《白毛女》，义愤填膺，当场报名参军打鬼子。也有的是比较间接的。一个作品写得比较生动，总会对读者的思想感情、品德情操产生这样那样的作用。比如读了"孟之反不伐"，我不会立刻变得谦虚起来，但总觉得这是高尚的。作品对读者的影响常常是潜在的，过程很复杂，是所谓"潜移默化"。正如杜甫诗《春夜喜雨》中所说："随风潜入夜，润物细无声。"我曾经说过，我希望我的作品能有益于世道人心。我希望使人的感情得到滋润，让人觉得生活是美好的，人，是美的，有诗意的。你很辛苦，很累了，那么坐下来歇一会，喝一杯不凉不烫的清茶，——读一点我的作品。我对生活，基本上是一个乐观主义，我认为人类是有前途的，中国是会好起来的。我愿意把这点朴素的信念传达给人。我没有那么多失落感、孤独感、荒谬感、绝望感。我写不出卡夫卡的《变形记》那样痛苦的作品，我认为中国也不具备产生那样的作品的条件。

一个当代作家的思想总会跟传统文化、传统思想有些血缘关系。但是作家的思想是一个复合体，不会专宗哪一种传统思想。一个人如果相信禅宗佛学，那他就出家当和尚去得了，不必当作家。废名晚年就是信佛的，虽然他没有出家。有人说我受了老庄思想的影响，可能有一些。我年轻时很爱读《庄子》。但是我自己觉得，我还是受儒家思想影响比较大一些。我觉得孔子是个通人情，有性格的人，他是个诗人。我不明白，为什么研究孔子思想的人，不把他和"删诗"联系起来。他编选了一本抒情诗的总集——《诗经》，为什么？我很喜欢《论语》《曾皙、冉有、公西华侍坐》，"暮春者，春服既成，冠者五六人，童子六七人，浴乎沂，风乎舞雩，咏而归"，曾皙的这种潇洒自然的生活态度是很美的，这倒有点近乎庄子的思想。我很喜欢宋儒的一些诗："万物静观皆自得，四时佳兴与人同"；"顿觉眼前生意满，须知世上苦人多"。"生意满"，故可欣喜，"苦人多"，应该同情。我的小说所写的都是一些小人物、"小儿女"，我对他们充满了温爱，充满了同情。我曾戏称自己是一个"中国式的抒情人道主义者"，大致差不离。

前几年，北京市作协举行了一次我的作品的讨论会，我在会上作了一个简短的发言，题目是"回到现实主义，回到民族传统"。为什么说"回到"呢？因为我在年轻时曾经受过西方现代派的影响。台湾一家杂志在转载我的小说的前言中，说我是中国最早使用意识流的作家，不是这样。在我以前，废名、林徽因都曾用过意识流方法写过小说。不过我在20多岁时的确有意识的运用了意识流。我的小说集第一篇《复仇》和台湾出版的《茱萸集》的第一篇《小学校的钟声》，都可以看出明显的意识流的痕迹。后来为什么改变原先的写法呢？有社会的原因，也有我自己的原因。简单地说：我是一个中国人。我觉得一个民族和另一个民族无论如何不会是一回事。中国人学习西方文学，绝不会像西方文学一样，除非你侨居外国多年，用外国话思维。我写的是中国事，用的是中国话，就不能不接受中国传统，同时也就不能不带有现实主义色彩。语言，是民族传统的最根本的东西。不精通本民族的语言，就写不出具有鲜明的民族特点的文学。但是我所说的民族传统是不排除任何外来影响的传统，我所说的现实主义是能容纳各种流派的现实主义，比如现代派、意识流，本身并不是坏东西。我后来不是完全排除了这些东西。我写的小说《求雨》，写望儿的父母盼雨，他们的眼睛是蓝的，求雨的望儿的眼睛是蓝的，看着求雨的孩子的过路人的眼睛也是蓝的，这就有点现代派的味道。《大淖记事》写巧云被奸污后错错落落，飘飘忽忽的思想，也还是意识流。不过，我把这些溶入了平常的叙述语言之中了，不使它显得"硌生"。我主张纳外来于传统，融奇崛于平淡，以俗为雅，以故为新。

关于写作艺术，今天不想多谈，我也还没有认真想过。只谈一点：我非常重视语言，也许我把语言的重要性推到了极致。我认为语言不只是形式，本身便是内容。语言和思想是同时存在，不可剥离的。语言不仅是所谓"载体"，它是作品的本体。一篇作品的每一句话，都浸透了作者的思想感情，我曾经说过一句话：写小说就是写语言。语言是一种文化现象。谁也没有创造过一句全新的语言。古人说：无一字无来历。我们的语言都是有来历的，都是从前人的语言里继承下来，或经过脱胎、翻改。语言的后面都有文化的积淀。一个人的文化修养越高，他的语言所传达的信息就会更多。毛主席写给柳亚子的诗"落花时节读华章"，"落花时节"不只是落花的时节，这是从杜甫《江南逢李龟年》里化用出来的。杜甫的原诗是：

岐王宅里寻常见，
崔九堂前几度闻。
正是江南好风景，

落花时节又逢君。

"落花时节"就包含了久别重逢的意思。

语言要有暗示性，就是要使读者感受到字面上所没有写出来的东西，即所谓言外之意，弦外之音。朱庆余的《近试上张水部》，写的是一个新嫁娘：

洞房昨夜停红烛，
待晓堂前拜舅姑。
妆罢低声问夫婿，
画眉深浅入时无？

诗里并没有写出这个新嫁娘长得怎么样，但是宋人诗话里就指出，这一定是一个绝色的美女。因为字里行间已经暗示出来了。语言要能引起人的联想，可以让人想见出许多东西。因此，不要把可以不写的东西都写出来，那样读者就没有想象余地了。

语言是流动的。

有一位评论家说：汪曾祺的语言很怪，拆开来没有什么，放在一起，就有点味道。我想谁的语言都是这样，每一句都是平常普通的话，问题就在"放在一起"，语言的美不在每一个字，每一句，而在字与字之间，句与句之间的关系。包世臣论王羲之的字，说他的字单看一个一个的字，并不觉得怎么美，甚至不很平整，但是字的各部分，字与字之间"如老翁携带幼孙，顾盼有情，痛痒相关。"文学语言也是这样，句与句，要互相联带，互相顾盼。一篇作品的语言是一个整体，是有内在联系的。文学语言不是像砌墙一样，一块砖一块砖叠在一起，而是像树一样，长在一起的，枝干之间，汁液流转，一枝动，百枝摇。语言是活的，中国人喜欢用流水比喻行文，苏东坡说"大略如行云流水"，"吾文如万斛泉源"。说一个人的文章写得很顺，不疙里疙瘩的，叫做"流畅"，写一个作品最好全篇想好，至少把每一段想好，不要写一句想一句。那样文气不容易贯通，不会流畅。

注　释

① 本篇原载《写作》1990 年第七期；初收《汪曾祺全集》第六卷，北京师范大学出版社，1998 年 8 月。

写　字①

　　写字总是从临帖开始。我比较认真地临过一个时期的帖，是在十多岁的时候，大概是小学五年级、六年级和初中一年级的暑假。我们那里，那样大的孩子"过暑假"的一个主要内容便是读古文和写字。一个暑假，我从祖父读《论语》，每天上午写大、小字各一张，大字写《圭峰碑》，小字写《闲邪公家传》，都是祖父给我选定的。祖父认为我写字用功，奖给了我一块猪肝紫的端砚和十几本旧拓的字帖：我印象最深的是一本褚河南的《圣教序》。这些字帖是一个败落的世家夏家卖出来的。夏家藏帖很多，我的祖父几乎全部买了下来。一个暑假，从一个姓韦的先生学桐城派古文、写字。韦先生是写魏碑的，他让我临的却是《多宝塔》。一个暑假读《古文观止》、唐诗，写《张猛龙》。这是我父亲的主意。他认为得写写魏碑，才能掌握好字的骨力和间架。我写《张猛龙》，用的是一种稻草做的纸——不是解大便用的草纸，很大，有半张报纸那样大，质地较草纸紧密，但是表面相当粗。这种纸市面上看不到卖，不知道父亲是从什么地方买来的。用这种粗纸写魏碑是很合适的，运笔需格外用力。其实不管写什么体的字，都不宜用过于平滑的纸。古人写字多用麻纸，是不平滑的。像澄心堂纸那样细腻的，是不多见的。这三部帖，给我的字打了底子，尤其是《张猛龙》。到现在，从我的字里还可以看出它的影响，结体和用笔。

　　临帖是很舒服的，可以使人得到平静。初中以后，我就很少有整桩的时间临帖了。读高中时，偶尔临一两张，一曝十寒。二十岁以后，读了大学，极少临帖。曾在昆明一家茶叶店看到一副对联："静对古碑临黑女，闲吟绝句比红儿"。这副对联的作者真是一个会享福的人。《张黑女》的字我很喜欢，但是没有临过，倒是借得过一本，反反复复，"读"

了好多遍。《张黑女》北书而有南意,我以为是从魏碑到二王之间的过渡。这种字体很难把握,五十年来,我还没有见过一个书家写《张黑女》而能得其仿佛的。

写字,除了临帖,还需"读帖"。包世臣以为读帖当读真迹,石刻总是形似,失去原书精神,看不出笔意,固也。试读《三希堂法帖·快雪时晴》,再到故宫看看原件,两者比较,相去真不可以道里计。看真迹,可以看出纸、墨、笔之间的关系。尤其是"运墨","纸墨相得",是从拓本上感觉不出来的。但是真迹难得看到,像《快雪时晴》、《奉橘帖》那样稀世国宝,故宫平常也不拿出来展览。隔着一层玻璃,也不便揣摩谛视。求其次,则可看看珂罗版影印的原迹。多细的珂罗版也是有网纹的,印出来的字多浅淡发灰,不如原书的沉着入纸。但是毕竟慰情聊胜无,比石刻拓本要强得多。读影印的《祭侄文》,才知道颜真卿的字是从二王来的,流畅潇洒,并不都像《麻姑仙坛》那样见棱见角的"方笔";看《兴福寺碑》,觉赵子昂的用笔也是很硬的,不像坊刻应酬尺牍那样柔媚。再其次,便只好看看石刻拓本了。不过最好要旧拓。从前旧拓字帖并不很贵,逛琉璃厂,挟两本旧帖回来,不是难事。现在可不得了!前十年,我到一家专卖碑帖的铺子里,见有一部《淳化阁帖》,我请售货员拿下来看看,售货员站着不动,只说了个价钱。他的意思我明白:你买得起吗?我只好向他道歉:"那就不麻烦你了!"现在比较容易得到的丛帖是北京日报出版社影印的《三希堂法帖》。乾隆本的《三希堂法帖》是浓墨乌金拓。我是不喜欢乌金拓的,太黑,且发亮。北京日报出版社用重磅铜版纸印,更显得油墨堆浮纸面,很"暴"。而且分装四大厚册,很重,展玩极其不便。不过能有一套《三希堂法帖》已属幸事,还有什么话可说呢?

《三希堂法帖》收宋以后的字很多。对于中国书法的发展,一向有两种对立的意见。一种以为中国的书法,一坏于颜真卿,二坏于宋四家。一种以为宋人书是一个重要的突破。宋人宗法二王,而不为二王所囿,用笔洒脱,显出各自的个性和风格。有人一辈子写晋人书体,及读宋人帖,方悟用笔。我觉两种意见都有道理。但是,二王书如清炖鸡汤,宋人书如棒棒鸡。清炖鸡汤是真味,但是吃惯了麻辣的用味,便觉得什么菜都不过瘾。一个人多"读"宋人字,便会终身摆脱不开,明知趣味不高,也没有办法。话又说回来,现在书家中标榜写二王的,有几个能不越雷池一步的? 即便是沈尹默,他的字也明显地看出有米字的影响。

"宋四家"指苏(东坡)、黄(山谷)、米(芾)、蔡。"蔡"本指蔡京,但因蔡京人品不好,遂以蔡襄当之。早就有人提出这个排列次序不公平。就书法成就说,应是蔡、米、苏、黄。我同意,我认为宋人书法,当以蔡京为第一。北京日报出版社《三希堂法帖与书法家小传》(卷二),称蔡京"字势豪健,痛快沉着,严而不拘,逸而不外规矩。比其从兄蔡襄书法,飘逸过之,一时各书家,无出其左右者""……但因人品差,书名不为世人所重。"我以为这评价是公允的。

这里就提出一个多年来缠夹不清的问题:人品和书品的关系。一种很有势力的意见以为,字品即人品,字的风格是人格的体现。为人刚毅正直,其书乃能挺拔有力。典型的代表人物是颜真卿。这不能说是没有道理,但是未免简单化。有些书法家,人品不能算好,但你不能说他的字写得不好,如蔡京,如赵子昂,如董其昌,这该怎么解释? 历来就有人贬低他们的书法成就。看来,用道德标准、政治标准代替艺术标准,是古已有之的。看来,中国的书法美学,书法艺术心理学,得用一个新的观点,新的方法来重新开始研究。简单从事,是有害的。

蔡京字的好处是放得开,《与节夫书帖》、《与宫使书帖》可以为证。写字放得开并不容易。书家往往于酒后写字,就是因为酒后精神松弛,没有负担,较易放得开。相传王羲之的《兰亭序》是醉后所写。苏东坡说要"酒气拂拂从指间出",才能写好字,东坡《答钱穆父诗》书后自题是"醉书"。万金跋此帖后云:

> 右军兰亭,醉时书也。东坡答钱穆父诗,其后亦题曰醉书,较之常所见帖大相远矣。岂醉者神全,故挥洒纵横,不用意于布置,而得天成之妙欤? 不然则兰亭之传何其独盛也如此。

说得是有道理的。接连写几张字,第一张大都不好,矜持拘谨。大概第三四张较好,因为笔放开了。写得太多了,也不好,容易"野"。写一上午字,有一条满意的,就很不错了。有时一张都不好,也很别扭。那就收起笔砚,出去遛个弯儿去。写字本是遣兴,何必自寻烦恼。

一九九〇年七月十二日

注　释

① 本篇原载《八小时之外》1990 年第十期;初收《塔上随笔》,群众出版社,1993 年 11 月。

小说的思想和语言①

　　有的作家、评论家问我,小说里边最重要的是什么? 我说最重要的是思想。思想就是作家对生活的看法、感受和对生活的思索。我觉得,小说的形成当然首先得有生活。我比较同意老的提法:"从生活出发"。但是,有了生活不等于可以写作品,更重要的是对这段生活经过比较长时间的思索,它到底有什么意义? 写作要经过一个时期的酝酿或积淀,所谓酝酿和积淀,实际上就是思索的过程。有的人生活很丰富,但他并没有成为一个作家。我在内蒙认识一个同志,这个同志的生活真是丰富。他在抗日战争时期打过游击,年轻时候从内蒙到新疆拉过骆驼。他见多识广,而且会唱很多民歌。草原上的草有很多种,他都能认识。他对草的知识不亚于一个牧民。他是好饭量、好酒量、好口才,很能说话,说得很生动。他说过很多有关动物的故事,不像拉封丹写的寓言式的故事,是生活里的故事,关于羊的啰、狼的啰、母猪的啰,他可以说很多,但是他不会写作。为什么呢? 因为他不善于思索。我觉得要形成一个作品,更重要的是对于你所接触的那段生活经过长时期的思索。有时候,我写作品很快,几乎不打草稿,一遍就成,但是我想的时间很长。我写过一篇很短的小说《虐猫》,大约九百字,从一个侧面反映"文化大革命"对人性的破坏,不但是大人你斗我、我斗你,连小孩子都非常残忍。我最后写了这几个孩子把猫放了,表示人性还有回归的希望。这个结尾是经过几年思索才落笔的。

　　我还写过一篇小说,是写我在昆明见到的一个小孩。那小孩未成年,应该是学龄儿童,可他已挣钱养家,因为他家生活很苦,他老挎一个椭圆形的木桶,卖椒盐饼子西洋糕。所谓椒盐饼子就是普通的发面饼子,里面和点椒盐,西洋糕就是发糕。他一边走一边吆喝卖,我几乎每天都听到他吆喝。他是有腔有调的："椒盐饼子西洋糕"，谱了出来就是"556——6532"。这篇小说我前后写了四次。结尾是，有一天，这孩子放假，他姥姥过生日，他上姥姥家去吃饭，衣服穿得干干净净的，新剃了头。他卖椒盐饼子西洋糕时，街上和他差不多年龄的上学的孩子都学着他唱，不过歌词给他改了："捏着鼻子吹洋号"。他跟孩子们也没法生气。放假那天，他走到一个胡同里头，回头看没有人，自己也捏着鼻子，大喝了一声："捏着鼻子吹洋号"。写了以后觉得不够丰满，我就把在昆明所接触的各种叫卖声、吆喝声，如卖壁虱药的、卖蚊香的、卖玉麦粑粑的、收破烂的，写了一长串，作为小孩的叫卖声的背景。这样写就比较丰满，主题就扩展了一些，变成：人世多苦辛。很多人活着都是很辛苦的，包括这个小孩，那么小他就被剥夺了读书、游戏的机会。

我的小说《受戒》，写的是四十三年前的一个梦，那篇小说的生活，是四十三年前接触到的。为什么隔了四十三年？隔了四十三年我反复思索，才比较清楚地认识我所接触的生活的意义。闻一多先生曾劝诫人，当你们写作欲望冲动很强的时候，最好不要写，让它冷却一下。所谓冷却一下，就是放一放，思索一下，再思索一下。现在我看了一些年轻作家的作品，觉得写得太匆忙，他还可以想得更多一些。

关于小说的主题问题

我在山东菏泽有一次讲话，讲完话之后有一个年轻的作家给我写过一个条子，说："汪曾祺同志，请您谈谈无主题小说"。他的意思很清楚，他以为我的小说是无主题的。我的小说不是无主题，我没有写过无主题小说。

我写过一组小说，其中一篇叫《珠子灯》，写的是姑娘出嫁第一年的元宵节，娘家得给她送一盏灯的习俗。这家少奶奶，娘家给她送的灯里有一盏是绿玻璃珠子穿起来的灯。这灯应该每年点一回，可她这盏灯就只点过一次，因为她丈夫很快就死了。我写她的玻璃珠子穿的灯有的地方脱线了，珠子就掉下来了，掉在地板上，她的女佣人去扫地，有时就可以扫出一些珠子，她也习惯了珠子散线时掉下来的声音。后来她死了，她的房子关起来，屋子里什么东西都没动，可在房门外有时候能听到珠子脱线嘀嘀嗒嗒地掉到地板上的声音。这写的就是封建贞操观念的零落。我的作品还是有主题的。

我觉得，没有主题，作品无法贯串，我曾打过一个比喻，主题就好像是风筝的脑线，作品就是风筝。没有脑线，风筝放不上去，脑线剪断，风筝就不知飞到哪去了。脑线既是帮助作品飞起来的重要因素，同时又给作品一定的制约。好像我们倒杯酒，你只能倒在酒杯里，不能往玻璃板上倒，倒在玻璃板上怎么喝？无主题就有点像把酒倒在玻璃板上。当然，有些主题确实不大容易说得清楚。人家问高晓声他小说的主题是什么？他说："我要能把主题告诉你，何必写小说，我就把主题写给你就行了。"

综观一些作家的作品，大致总有一个贯串性的主题。比如契诃夫，写了那么多短篇小说，他也有一个贯串性的主题，这个贯串性的主题就是"反庸俗"。高尔基说，契诃夫好像站在路边微笑着对走过的人说："你们可不能再这样生活下去了"。这就是他总结的契诃夫整个小说的贯串性主题。鲁迅作品贯串性的主题很清楚，即"揭示社会的病痛，引起疗救的注意。"我的老师沈从文先生，他作品的贯串性主题是"民族品德的发现和重造"。

另外，跟思想主题有关系的就是作家的使命感、社会责任感，或者作品的社会功能。没有社会功能，他的小说能激发人什么？我是意识到作家的社会责任感的。有人说：我就是写我自己的，不管自己的作品在社会上起什么作用。我认为这是不负责任的。作品产生的作用往往是不一样的，有的比较直接，有的比较间接，有的比较明显，有的比较隐晦。有的作品确实能让人当场看了比较激动，有所行动。比如解放区农村上演《白毛女》，人们看了非常气愤，当时报名参军，上前线打敌人，给白毛女报仇。这个作用当然就很直接。但有很多小说从接受心理学来说，起的作用不是那么太直接，就好像中国的古话"潜移默化"。一个作品给人的思想情绪总会有影响，要不就是积极的，要不就是消极的。一个作品如果使人觉得活着还是比较有意义的，人还是很美、很富于诗意的，能够使人产生一种健康向上的力量，它的影响就是积极的。尽管这是不大容易看得清楚的，这也是一种社会效果。我觉得，文学作品对人的影响就好像杜甫写的《春夜喜雨》一样，"随风潜入夜，润物细无声。"好像一场小小的春雨似的，我说我的作品对人的灵魂起一点滋润的作用。

我很同意法国存在主义者加缪的说法，他说任何小说都是"形象化了的哲学"。比较好的作品里面总有一定哲学意味，不过层次深浅不一样。但总得有作者自己独到的思想。如果说，一个作者有什么独特的风格，我说首先是他有独特的思想。但是，有的作品主题不那么明显，而有的主题可以比较明显，比较单纯。现代小说的主题一般都不那么单纯。应允许主题的复杂性、丰富性、多层次性，或者说主题可以有它的模糊性、相对的不确定性，甚至还有相对的未完成性。一个作品写完后，主题并没有完全完成。我们所解释的主题，往往是解释者自己的认识，未必是作家自己的反映。有人说"有一千个读者就有一千个哈姆莱特"，而这一千读者所解释的哈姆莱特都有它的道理，你要莎士比亚本人解释，他大概也不太说得清楚。所以说主题有它一定的模糊性。林斤澜有一次讲话，说人家说他的小说看不明白，他说，我自己还不明白，怎么能叫你明白？确实有这种情况，一个作者写完了以后，自己也不大明白。为什么说不确定性呢？你这样写也可以，那样写也行。主题的解释不能有个标准答案，愿怎么理解就怎么理解。但是有一点，必须有你自己独到的理解，有一点你自己感到比较新鲜的理解。《红楼梦》的主题是什么？现在也是众说纷纭。有的说是四大家族的兴衰史，有的说是钗黛恋爱的悲剧，你叫曹雪芹自己来回答《红楼梦》的主题是什么，他也可能不及格。

下面讲语言问题。

我觉得小说以及其他文学作品，语言是非常重要的。我这几年讲语言比较多，人家说你对语言的重要性强调过多，走到极致了，也许是这样。我认为小说本来就是语言的艺术，就像绘画，是线条和色彩的艺术。音乐,是旋律和节奏的艺术。有人说这篇小说不错,就是语言差点,我认为这话是不能成立的。就好像说这幅画画得不错,就是色彩和线条差一点;这个曲子还可以,就是旋律和节奏差一点这种话不能成立一样。我认为,语言不好,这个小说肯定不好。

关于语言,我认为应该注意它的四种特性:内容性、文化性、暗示性、流动性。

语言的内容性

过去,我们一般说语言是表现的工具或者手段。不止于此,我认为语言就是内容。大概中国比较早提出这问题的是闻一多先生。他在年轻时写过一篇关于《庄子》的文章,有一句话大致意思是:"他的文字不只是表现思想的工具,似乎本身就是目的。"我认为,语言和内容是同时依存的,不可剥离的,不能把作品的语言和它所要表现的内容撕开,就好像吃橘子,语言是个橘子皮,把皮剥了吃里边的瓤。我认为语言和内容的关系不是橘子皮和橘子瓤的关系,它是密不可分的,是同时存在的。马克思在论语言问题时说:"语言是思想的直接的现实"。我觉得马克思这话说得很好。从思想到语言,当中没有一个间隔,没有说思想当中经过一个什么东西然后形成语言,它不是这样,因此你要理解一个作家的思想,唯一的途径是语言。你要能感受到他的语言,才能感受到他的思想。我曾经有一句说到极致的话,"写小说就是写语言"。

语言的文化性

语言本身是一个文化现象,任何语言的后面都有深浅不同的文化的积淀。你看一篇小说,要测定一个作家文化素养的高低,首先是看他的语言怎么样,他在语言上是不是让人感觉到有比较丰富的文化积淀。有些青年作家不大愿读中国的古典作品,我说句不大恭敬的话,他的作品为什么语言不好,就是他作品后面文化积淀太少,几乎就是普通的大白话。作家不读书是不行的。

语言文化的来源,一个是中国的古典作品,还有一个是民间文化,民歌、民间故事,特别是民歌。因为我编了几年民间文学,我大概读了上万首民歌,我很佩服,我觉得中国民间文学真是一个宝库。我在兰州时遇到一位诗人,这个诗人觉得"花儿"(甘肃、宁夏一带的民歌)的比喻那么多,那么好,特别是花儿的押韵,押得非常巧,非常妙,他对此产生怀疑:这是不是农民的创作?他觉得可能是诗人的创作流传到民间了,后来他改变了看法。有一次,他同婆媳二人乘一条船去参加"花儿会",这婆媳二人一路上谈话,没有讲一句散文,全是押韵的。到了花儿会娘娘庙,媳妇还没有孩子,去求子,跪下来祷告。祷告一般无非是"送子娘娘给我一个孩子,生了之后我给你重修庙宇再塑金身。"这个媳妇不然,她只说三句话,她说:"今年来了,我是给您要着哪;明年来了,我是手里抱着哪,咯咯嘎嘎的笑着哪。"这个祷告词,我觉得太漂亮了,不但押韵而且押调,我非常佩服。所以,我劝你们引导你们的学生,一个是多读一些中国古典作品,另外读一点民间文学。这样使自己的语言,有较多的文化素养。

语言的暗示性、流动性这方面的问题,我在《写作》1990 年第 7 期上已经讲过,重复的内容就不再说了,只是对语言的流动性作一点补充。

我觉得研究语言首先应从字句入手,遣词造句,更重要的是研究字与字之间的关系,句与句之间的关系,段与段之间的关系。好的语言是不能拆开的,拆开了它就没有生命了。好的书法家写字,不是一个一个的写出来的,不是像小学生临帖,也不像一般不高明的书法家写字,一个一个地写出来。他是一行一行地写出来,一篇一篇地写出来的。中国人写字讲究行气,"字怕挂",因为它没有行气。王献之写字是一笔书,不是说真的是一笔,而是指一篇字一气贯穿,所以他的字可以形成一种"气"。气就是内在的运动。写文章就要讲究"文气"。"文气说"人概从《文心雕龙》起,一直讲到桐城派,我觉得是很有道理的。讲"文气说"讲得比较具体,比较容易懂,也比较深刻的是韩愈。他打个比喻说:"气水也,言浮物也,水大而物之浮者大小毕浮。气盛,则言之短长与声之高下者皆宜。"我认为韩愈讲得很有科学道理,他在这段话中提出了三个观点。首先,韩愈提出语言跟作者精神状态的关系,他说"气盛",照我的理解是作家的思想充实,精力饱满。很疲倦的时候写不出好东西。你心里觉得很不带劲,准写不出来好东西。很好的精神状态,气才能盛。另外,他提出语言的标准问题。"宜"就是合适、准确。世界上很多的大作家认为语言的唯一的标准就是准确。伏尔泰说过,契诃夫也说过,他们说一句话只有一个最好的说法。最后,韩愈认为,中国语言在准确之外还有一个具体的标准:"言之短长与声之高下"。这"言之短长"啊,我认为韩愈说了个最老实的话。语言要来要去的奥妙,还不是长句子跟短句子怎么搭配?有人说我的小说都是用的短句子,其实我有时也用长句子。就看这个长句子和短句子怎么安排。"声之高下"是中国语言的特点,即声调,平上去入,北方话就是阴阳上去。我认为中国语言有两大特点是外国语言所没有的:一个是对仗,一个就是四声。郭沫若一次参加世界和平理事会,约翰逊主教说郭沫若讲话很奇怪,好像唱歌一样。外国人讲话没有平上去入四声,大体上相当于中国的两个调,上声和去声。外国语不像中国语,阴平调那么高,去声调那么低。很多国家都没有这种语言。你听日本话,特别是中国电影里拍的日本人讲话,声调都是平的,我觉得现在的年轻人不大注意语言的音乐美,语言的音乐美跟"声之高下"是很有关系的。"声之高下"其实道理很简单,就是"前有浮声,后有切响",最基本的东西就是平声和仄声交替使用。你要是不注意,那就很难听了。

我在京剧团工作时,有一个老演员对我说,有一出老戏,老旦的一句词没法唱:"你不该在外面散淡浪荡"。"在外面散淡浪荡",连着七个去声字,他说这个怎么安腔呢?还有一个例子,过去的样板戏《智取威虎山》里有一句词,杨子荣"打虎上山"唱的,原来是"迎来春天换人间",后来毛主席给改了,把"春天"改成"春色"。为什么要改呢?当然"春色"要比"春天"具体,这是一;另外这完全出于诗人对声音的敏感。你想,如果是"迎来春天换人间",基本上是平声字。"迎来"、"春天"、

"人间"，就一个"换"字是去声，如果安上腔是飘的，都是高音区，怎么唱呢？没法唱。换个"色"呢，把整个的音扳下来了，平衡了。平仄的关系就是平仄产生矛盾，然后推动语言的声韵。外国没有这个东西，但是外国也有类似中国的双声叠韵。太多的韵母相似的音也不好听。高尔基就曾经批评一个人的作品，他说"你这篇作品用'S'这个音太多了，好像是蛇叫。"这证明外国人也有音韵感。中国既然有这个语言特点，那么就应该了解、掌握、利用它。所以我建议你们在对学生讲创作时，也让他们读一点、会一点，而且讲一点平仄声的道理，来训练他们的语感。语言学上有个词叫语感，语言感觉，语言好就是这个作家的语感好；语言不好，这个作家的语感也不好。

注　释

① 本篇原载《写作》1991 年第四期，是作者 1990 年 7 月 29 日在武汉大学写作函授助教进修班讲课的录音整理稿，刊登时有删节，并经作者审阅；初收《汪曾祺全集》第五卷，北京师范大学出版社，1998 年 8 月。

《蒲草集》小引[1]

蒲草是一种短短的密集的小草,种在长方形的或腰圆形的紫砂盆或石盆中,放在书桌上,可以为房间增加一点绿色。这东西是毫不珍贵的,也很好养,时不时的给它喷一点水就行。常见的以书斋清供为题的画里往往有一盆蒲草,但不是画的主体,只是置之瓶花、怪石的一侧,作为一点陪衬,一点点缀。答应为文汇报增刊写一点杂记,以《蒲草集》作一个总题目,是因为这些杂记无足珍贵,只堪作点缀,也许能给版面增加一点绿色,其作用正与蒲草同。

这不是一个专栏。我怕开专栏,无端找一副嚼子戴上干什么?只能是这样:有得写,就写几篇;没得写,就空着,断断续续,长长短短。什么时候意兴已尽,就收场。

是为引。

八月十四日

注　释

① 本篇原载 1990 年 9 月 26 日《文汇报》(增刊)试刊第一期;初收《汪曾祺全集》第五卷,北京师范大学出版社,1998 年 8 月。

《知味集》征稿小启[①]

　　浙中清馋,无过张岱,白下老饕,端让随园。中国是一个很讲究吃的国家,文人很多都爱吃,会吃,吃的很精;不但会吃,而且善于谈吃。中外文化出版公司要编一套作家谈生活艺术的丛书,其中有一本是作家谈饮食文化的,说白了,就是作家谈吃。这是理所当然的事。作家谈吃,时时散见于报刊,但是向无专集,现在把谈吃的文章集中成一本,想当有趣。凡不厌精细的作家,盍兴乎来;八大菜系、四方小吃、生猛海鲜、新摘园蔬,暨酸豆汁、臭千张,皆可一谈。或小市烹鲜,欣逢多年之故友;佛院烧笋,偶得半日之清闲。婉转亲切,意不在吃,而与吃有关者,何妨一记?作家中不乏烹调高手,卷袖入厨,嗟咄立办;颜色饶有画意,滋味别出酸咸;黄州猪肉、宋嫂鱼羹,不能望其项背。凡有独得之秘者,倘能公诸于世,传之久远,是所望也。

　　道路阻隔,无由面请,谨奉牍以闻,此启。

注　释

① 本篇原载《中国烹饪》1990 年第八期,后作为"代序"收入《知味集》,汪曾祺主编,中外文化出版公司,1990 年。

读 《萧 萧》①

  我很喜欢这篇小说,觉得它写得好。但是好在哪里,又说不出。我把这篇小说反反复复看了好多遍,看得我的艺术感觉都发木了,还是说不出好在哪里。大概好的作品都说不出好在哪里。我只能随便说说。想到哪里说到哪里。

  萧萧这个名字很美。沈先生喜欢给他的小说的女孩子起叠字的名字:三三、夭夭、翠翠。"萧萧"也许有点寓意,让人想到"无边落木萧萧下"。中国妇女的一生,也就树叶一样,绿了一些时候,随即飘落了。比比皆是,无可奈何。但也许没有什么寓意,只是随便拾取一个名字。不过是很美的。沈先生给这个女孩子起这样一个美丽的名字,说明他对这个女孩子是很喜欢的,很有感情的。

  《萧萧》写的是一个童养媳的故事。提起童养媳,总给人一个悲惨的印象。挨公婆的打骂,吃不饱,做很重的活。尤其痛苦的是和丈夫年龄的悬殊。中国民歌涉及妇女生活最多的是寡妇,其次便是童养媳。守着一个小丈夫,白耗了自己的青春。有的民歌里唱道:"不是看在公婆的面,一脚踢你下床去"。有的民歌想到等到丈夫成年,自己已经老了。这是一个极不合理的制度。但是《萧萧》的命运并不悲惨,简直是一个有点曲折的小小喜剧。

  萧萧做媳妇时年纪十一岁,有个小丈夫,年纪还不到三岁。十五岁时被一个叫花狗的长工引诱,做了一点糊涂事,怀了孕,被家里知道了,要卖到远处去,但没有主顾。次年二月,萧萧生了一个儿子。生下的既是儿子,萧萧不嫁别处了,到萧萧圆房时,儿子已经十岁。儿子名叫牛儿。牛儿十二岁也接了亲,媳妇年长六岁。萧萧生了第二个儿子,她抱了才满三月的小毛毛看热闹,同十年前抱丈夫一个样子。萧萧的生活平平常常。这种生活是被许多人,包括许多作家所忽略的。

作为萧萧生活的对比与反衬的,是女学生。小说中屡次提到女学生,这是随时出现,贯彻小说的全篇的。把女学生从小说里拿掉,小说就会显得单薄,甚至就不复存在。女学生牵动所有人物的感情,成为她们生活的重要内容。"女学生这东西,在本乡的确永远是奇闻。""说来事事都稀奇古怪,和庄稼人不同,有的简直还可说岂有此理。""女学生由祖父方面所知道的是这样一种人:她们穿衣服不管天气冷热,吃东西不问饥饱,晚上交到子时才睡觉,白天正经事全不作,只知唱歌打球,读洋书。她们都会花钱,一年用的钱可以买十六只水牛。她们在省里京里想往什么地方去时,不必走路,只要钻进一个大匣子中,那匣子就可以带她到地。城市中还有各种各样的大小不同匣子,都用机器开动。她们在学校,男女在一处上课读书,人熟了,就随意同那男子睡觉,也不要媒人,也不要财礼,名叫'自由'……"祖父对女学生的认识似是而非,是从一个不知什么人的口中间接又间接地得知的,其中有许多他自己的想象,到了萧萧,就把这点想象更发展了。她"做梦也便常常梦到女学生,且梦到同这些人并排走路。仿佛也坐过那种自己会走路的匣子,她又觉得这匣子并不比自己跑路更快。在梦中那匣子的形体同谷仓差不多,里面还有小小灰色老鼠,眼珠子红红的,各处乱跑,有时钻到门缝里去,把个小尾巴露在外边。"在小说中,女学生意味着什么呢?这说明另一世界,另一阶级的人的生活同祖父、萧萧之间,存在多大的反差。女学生成天高唱的"自由"又离他们有多远。

沈先生对女学生的描述是颇为不敬的。这也难怪,脱离农村的现实,脱离经济基础,高喊进步的口号,是没有用的。沈先生在小说中说及这些人时,永远是嘲讽的态度。

这是一个偏僻、闭塞的乡下,如沈先生常说的中国的一角隅。偏僻闭塞并没有直接描写,是通过这里的人对城里人的荒唐想象来完成的。这里还停留在男耕女织,自给自足的自然经济状态(种瓜、绩麻、抛梭子织土机布)。这里的人还没有受到商品经济的影响,孔夫子对他们的影响也不大,因此人情古朴,单纯厚道。

萧萧非常单纯。"她是什么事也不知道，就做了人家的新媳妇了。"过门后，尽一个做姐姐的责任，日夜哄着弟弟（小丈夫）。花狗对她说"我全身无处不大"，她还不大懂这话的意思，只觉得憨而好笑。花狗对萧萧"生了另外一种心，萧萧有点明白了，常常觉得惶恐不安。""平时不知道萧萧所在，花狗就站在高处唱歌逗萧萧身边的丈夫；丈夫小口一开，花狗穿山越岭就来到萧萧面前了。""花狗想方法支使萧萧丈夫到远处去，便坐到萧萧身边来，要萧萧听他唱那使人开心红脸的歌。萧萧有时觉得害怕，不许丈夫走开；有时又像有了花狗在身边，打发丈夫走去反倒好一点。"对农村少女这点微妙心理，作者写得非常精细，非常准确，也非常有分寸。萧萧的恋爱（假如这可叫做恋爱）实无任何浪漫可言。花狗唱了许多歌，到后却向萧萧唱"娇家门前一重坡……"，她心里乱了，她要花狗对天赌咒，赌过了咒，"一切好像有了保障"，她就一切尽他了。事后，"才仿佛明白自己作了一点不大好的糊涂事"。她怀了孕，花狗逃走了，萧萧对他并没有什么扯不断的感情，只是丈夫常常提起几个月前被毛毛虫蜇手（她做糊涂事那天丈夫被毛毛虫蜇了）的旧话，使萧萧心里难过，她因此极恨毛毛虫，见了那小虫就想用脚去踹。这感情有点复杂。但很难说这是什么"情结"，很难用弗洛伊德来解释。

小说里一个活跃人物是祖父。祖父是个有趣人物，除了摆龙门阵学古，就是逗萧萧，几次和萧萧作关于女学生的近乎无意义的扯谈，且喊萧萧不喊"小丫头"，不喊萧萧，却唤作"女学生"。在不经意中萧萧答应得很好。祖父是个好心肠的人，他很爱萧萧。

萧萧的伯父是个忠厚老实人。萧萧出事后，祖父想出个聪明主意，请萧萧本族人来说话。萧萧只有一个伯父，去请他时还以为是吃酒。到了才知道是这样丢脸的事，弄得这老实忠厚的家长手足无措。伯父临走，萧萧拉着伯父衣角不放，只是幽幽的哭。"伯父摇了一会头，一句话不说。"寥寥几笔，就把一个老实种田人写出来了。

花狗也很难说是个坏人。他"面如其心，生长得不很正气"，但"花狗是男子，凡是男子的美德恶德都不缺少"，他"个子大，胆子小。个子大容易做错事,胆量小做了错事就想不出办法。"他把萧萧的肚子弄大了,不辞而行,可以说不负责任,但是除了一走了之,他能有什么办法呢?

沈先生的小说的开头大都很精彩。一个比较常用的方法是用一个峭拔的短句作为一段,引出全篇。如:

> 把船停顿到岸边,岸是辰州的河岸。(《柏子》)
> 落了春雨,一共有七天,河水涨大了。(《丈夫》)

《萧萧》也用的是这方法:

> 乡下人吹唢呐接媳妇,到了十二月是成天会有的事情。

这个起头是反起。先写被铜锁锁在花轿里的新媳妇照例要在里面荷荷大哭,然后一转,"也有做媳妇不哭的人,萧萧做媳妇就不哭。""她又不害羞,又不怕。她是什么事也不知道,就做了人家的新媳妇了。"这样才能衬托出萧萧什么事也不知道。这以后,就是很"顺"的叙述,即基本上是按事情的先后顺序叙述的。这里没有什么"时空交错"。为什么叙述一定要交错呢?时空交错和这种古朴的生活是不相容的。

沈先生是长于写景的,但是这篇小说属于写景的只有一处:

> 夏夜光景说来如做梦。大家饭后坐到院中心歇凉,挥摇蒲扇,看天上的星同屋角的萤,听南瓜棚上纺织娘子咯咯咯拖长声音纺纱,远近声音繁密如落雨,禾花风飕飕吹到脸上……

恬静的,无忧无虑的夏夜。这是萧萧所生活的环境,并且也才适于引出祖父关于女学生的话来。小说对话很少,不多的对话有两段,都是在祖父和萧萧之间进行的。说这是"近乎无意义的扯谈",是说这些对话无深意,完全没有什么思想,更无所谓哲理,但对表现祖父的风趣慈祥和萧萧的浑朴天真,是很有必要的。并且这烘托出小说的亲切气氛。

小说穿插了三首湘西四句头山歌。这三首山歌在沈先生别的小说里也出现过,但是用在这里很熨贴。

这篇小说的语言是非常、非常朴素的。所有的叙述语言都和环境、人物相协调，尽量不用城里人的语言。比如对萧萧，不用"天真"、"浑浑噩噩"这类的字眼，只是说："萧萧十五岁时已高如成人，心却还是一颗糊糊涂涂的心。"语言中处处不乏发自爱心的温暖的幽默（照先生的习惯，是"谐趣"）。

新媳妇"像做梦一样，将同一个陌生男子汉在一个床上睡觉，做着承宗接祖的事情。这些事想起来，当然有些害怕，所以照例觉得要哭哭，于是就哭了。"

萧萧嫁过了门，……"风里雨里过日子，像一株在园角落不为人注意的蓖麻，大叶大枝，日增茂盛，这小女人简直是全不为丈夫设想那么似的，一天比一天长大起来了。"

"丈夫早断了奶。婆婆有了新儿子，这五岁儿子就像归萧萧独有了。不论做什么，走到什么地方去，丈夫总跟在身边。丈夫有些方面很怕她，当她如母亲，不敢多事。他们俩实在感情不坏。"

家中明白"这个十年后预备给小丈夫生儿子继香火的萧萧肚子已被另一个人抢先下了种。这在一家人生活中真是了不得的一件大事！一家人的平静生活为这件新事全弄乱了。生气的生气，流泪的流泪，骂人的骂人，各按本分乱下去。"这个"各按本分"真是绝妙！

"丈夫知道了萧萧肚子中有儿子的事情，又知道因为这样萧萧才应当嫁到远处去。但是丈夫并不愿意萧萧去。萧萧自己也不愿意去。大家全莫名其妙，只是照规矩像逼到要这样做，不得不做。"

小说的结尾急转直下，完全是一个喜剧：

萧萧次年二月间，十月满足，坐草生了一个儿子，团头大眼，声响洪壮。大家把母子二人，照料得好好的，照规矩吃蒸鸡同江米酒补血，烧纸谢神，一家人都喜欢那儿子。

生下的既是儿子，萧萧不嫁别处了。

到萧萧正式同丈夫拜堂圆房时，儿子已经年纪十岁，有了半劳动力，能看牛割草，成为家中生产者一员了。平时喊萧萧丈夫做大叔，大叔也答应，从不生气。

这儿子名叫牛儿。牛儿十二岁时也接了亲，媳妇年长六岁。

媳妇年纪大,方能诸事作帮手,对家中有帮助。唢呐到门前时,新娘在轿中呜呜的哭着,忙坏了那个祖父,曾祖父。

但是,在喜剧的后面,在谐趣的微笑的后面,你有没觉察到沈从文先生隐藏着的悲哀?

一九九〇年九月二十四日

注　释

① 本篇原载《小说家》1991 年第一期;初收《汪曾祺全集》第五卷,北京师范大学出版社,1998 年版。

人之相知之难也[①]

——为《撕碎,撕碎,撕碎了是拼接》而写

文如其人也好,人如其文也好,文和人是有关系的,布封说过一句名言:风格即人。我们可以进一步说:作品的形式是作者人格的外化。"颂其诗,读其书,不知其人,可乎?"读者是希望较多地知道作者其人,以便更多地增加对作品的理解的。

大部分作家是希望被人理解的。"人不知,而不愠,不亦君子乎?"这是不很容易达到的境界。人不知,不愠;为人所知呢? 是很快慰的事。"莫愁前路无知己,天下谁人不识君",这样的旅行是愉快的旅行。"人生得一知己足矣",一人已足,多了更好。

在读者和作家之间搭起一道桥梁,这大概是《撕碎,撕碎,撕碎了是拼接》这本书编者最初的用意。这是善良的用意。但是这道桥是不很好搭的。

书分三部分:作家自白,作家谈作家,评论家谈作家,内容我想也只能是这些了。然而,难。

作家自白按说是会写得比较真切的。"我与我周旋久,宁作我",一个人和自己混了一辈子,总应该能说出个么二三。然而,人贵有自知之明,亦难得有自知之明。自画像能像梵高一样画出那样深邃的内在的东西的,不多。有个女同志,别人说她的女儿走路很像她,她注意看看女儿走路的样子,说:我走路就是那样难看呀! 人总难免照照镜子。我怕头发支楞着,在洗脸梳发之后有时也要照一照。然而,看一眼,只见一个脑袋,加上我家的镜子是一面老镜子,昏昏暗暗,我不知道我究竟是什么样子。一般人家很少会有芭蕾舞练功厅里能照出全身的那样大的镜子。直到有一次,北京电视大学录了我讲课的像,我看了录像,才知道我是这样的。那样长时间的被"曝光",我实在有点坐不住：我原来已经老成这样了,而且,很俗气。我曾经被加上了各种各样的称谓。"前卫"（这是台湾说法,相当于新潮）、"乡土"、"寻根"、"京味",都和我有点什么关系。我是个什么作家,连我自己也糊涂了。有人说过我受了老庄的、禅宗的影响,我说我受了儒家思想的影响更大一些,曾自称是一个"中国式的抒情的人道主义者"。说这个话的时候似乎很有点底气,而且有点挑战的味道。但是近二年我对自己手制的帽子有点恍惚,照北京人的话说是"二乎"了：我是受过儒家思想的影响么？我是一个中国式的抒情的人道主义者么？

作家写作家比新闻记者写作家要好一些。记者写专访,大都只是晤谈一两个小时,求其详尽而准确,是强人所难的事。作家写作家,所写的是作家的朋友,至少是熟人。但是即使熟到每天看见,有时也未必准确,有一老爷,见一仆人走过,叫住他,问："你是谁？什么时候到我这里来的？"——"小的侍候老爷已经好几年了。"——"那我怎么没有见过你？"原来此人是一轿夫,老爷逐日所见者唯其背耳。作家写作家,大概还不至于写了被写人的背,但是恐怕也难于全面。中国文学不大重视人物肖像,这跟中国画里的肖像画不发达大概有些关系。《世说新语》品藻人物大都重其神韵,忽其形骸,往往用比喻：水、山、松、石,空灵则空灵矣,但是不好捉摸。"叔度汪汪",我始终想象不出是什么样子。作家写作家,能够做到像任伯年画桂馥一样的形神兼备者几希。周作人的《怀废名》写得淡远而亲切,但是他说废名之貌奇古,其额如螳螂,我就想象不出是什么样子。我后来在沙滩北大的路上不止一次看见过废名,注意过他的额头,实在不觉得有什么地方像螳螂。而且也并不很奇古。要说"奇古",倒是俞平伯有一点。画兽难画狗,画人难画手,习见故耳,作家写作家,也许正因为熟,反而觉得有点难于下笔。下笔了,也不能细致。中国作家还没有细心地观察朋友,描写朋友的习惯,没有那样的耐心,也没有那样的时间。中国作家写作家能够像高尔基写托尔斯泰、写柯罗连科、写契诃夫那样的,可以说没有一个人。作家写作家,参考系数究竟有多大,颇可存疑。读者也只好听一半,不听一半。

评论家写作家可能是会比较客观的,往往也说得很中肯,但也不能做到句句都中肯。昔有人制一谜语:上面上面,下面下面,左边左边,右边右边,不是不是,是了是了!谜底是搔痒。郑板桥曾写过一副对子:"搔痒不着赞何益,入木三分骂亦精"。评论家是会搔到作家的痒处的,但是不容易一下子就搔到。总要说了好多句,其中有一两句"说着"了。我有时看评论家写我的文章,很佩服:我原来是这样的,哪些哪些地方连我自己也没有想到过;但随即也会疑惑:我是这样的么?评论家的主体意识也是很强的。法朗士在《文学生活》第一卷的序言里说过:"为了真诚坦白,批评家应该说:'先生们,关于莎士比亚,关于拉辛,我所讲的就是我自己'"。评论家写作家,有时像上海人所说的,是"自说自话",拿作家来"说事",表现的其实是评论家自己。有人告诉林斤澜:汪曾祺写了一篇关于你的文章,斤澜说:"他是说我么?他是说他自己吧。"评论家写作家,我们反过来倒会看到评论家自己,这是很有趣的。于是从评论家的文章中能看到的作家的影子就不很多了。通过评论,理解作家,是有限的。

甚矣人之相知之难也。

我相信,读者读了这本书是不会满足的。但也许由于不满足,激起了他们希望更多的了解作家的愿望。这是这本书的最终的和最好的效果。

一九九〇十月十日

注　释

① 本篇原载《读书》1991 年第二期,是作者为《中国当代作家面面观:撕碎,撕碎,撕碎了是拼接》(林建法、王景涛编,时代文艺出版社,1991 年 5 月版)所作书序;初收《汪曾祺全集》第五卷,北京师范大学出版社,1998 年 8 月。

老 学 闲 抄[①]

二十年前旧板桥

郑板桥的字画上常常可以看到一方图章,文曰"二十年前旧板桥"。初不知出处,以为是板桥自撰。而且觉得这里面有些牢骚。间亦怀疑:为什么是"二十年前"呢? 这从什么时候算起? 是从他中了进士以后? 当了县太爷以后? 还是他的书画出了大名以后? 也不能老是"二十年前"呀? 三四十岁时说是"二十年前",六七十岁时还是"二十年前"? 近读《升庵诗话》,才知道这是刘禹锡的诗,不是板桥自撰。《升庵诗话》载:"《丽情集》载湖州妓周德华者,刘采春女也,唱刘禹锡柳枝词云:'春江一曲柳千条,二十年前旧板桥。曾与美人桥上别,恨无消息到今朝。'"《升庵诗话》称"此诗甚佳,而刘集不载"。郑板桥是从哪里读到这首诗的? 是从《丽情集》中,还是他看的是杨升庵所转录? 郑板桥大概是因为诗中有"板桥"二字,正合他的别号,很喜欢,便取来刻了一方图章,别无深意。他是否还曾与一位美人桥上相别,以此来纪念她? 未必。牢骚是可能有一点的。文人画家总有一段不得意的时候,一旦成名,便会有这样的感慨:我还是从前的我,只是你们先前不长眼睛罢了!"二十年前"只是说从前,非确指。郑板桥的牢骚并不太甚。扬州八怪的遭际其实都是比较顺的,不像汪容甫(中)那样孤露寒苦,俯仰由人。

冯乐山的寿联

曹禺的剧本《家》,有一场写高老太爷祝寿。这一天冯乐山送来一副寿联:

　　翁之乐者山林也

　　客亦知夫水月乎

这副寿联真是精彩!用了两个前人的全句。上联出自《醉翁亭记》,下联出自《赤壁赋》。自然浑成,天衣无缝。用作寿联,既扣了寿翁,也扣了寿辰,不即不离,亦虚亦实,真是别开生面,善颂善祷!我当时(四十多年前我演过这个戏)佩服得不得了。近读韦居安《梅硐诗话》,发现这原是方秋崖《送客水月园》诗中的两句,不是什么创作。但把这两句诗移作寿联,则很可能是曹禺的创作。

我想曹禺同志是读过《梅硐诗话》的,知道诗的出处的,但是在剧本中未予点破。我想还是以点破为好,否则就便宜了冯乐山这老小子,让人觉得冯乐山虽然人品恶劣,才情学问还是有的。点破了,让人知道这老东西不但是假道学,伪君子,而且善于欺世盗名,抄了别人的东西,还要在大庭广众之中自鸣得意,真是厚颜无耻。有这一笔,可以对冯乐山的性格刻画得更加入木三分。总不能由着这老家伙把大家伙儿全都蒙了过去!

怎样点破,当面揭了他的老底?那样就会使冯乐山下不来台?这会成为这场戏的轩然大波,恐怕这场戏就要大大改写。为求息事宁人,戏也不至伤筋动骨,似以侧面点破为好。由谁来点破?小字辈里总可找一个合适的人的。

质之曹禺同志,不知以为然否?

打　油　诗

打油诗的代表作是张打油(传为唐人)的《雪诗》:

江上一笼统，井上黑窟窿，

　　黄狗身上白，白狗身上肿。

　　一般都以为诗写得俚俗可笑者为"打油诗"，承认这也是一体，但是不能登大雅之堂。但是，清人的诗话中就有称赞此诗"奇绝"的。我也以为这实在是奇绝，尤其是"井上黑窟窿"。大雪之后，郊原一望，很多人都有这印象，但是没有人写过。

　　《升庵诗话》"劣唐诗"条引了好些唐人的劣诗。有的确实是恶劣。如"莫将闲话当闲话，往往事从闲话生"，真不像是诗。但他举出"水牛浮鼻渡，沙鸟点头行"，以为"此类皆下净优人口中语"，我却未敢苟同。我以为这写得很生动。水牛浮鼻而渡，为水乡常见之景，非生长水乡的人道不出。徐悲鸿、李可染都曾画过浮鼻的水牛，唯沙鸟始能一步一点头，黄永玉画沙洲雪后，有此意境。若水鸟凫雁，是不会有这样的神态的。体物之工，人所不及。

　　我建议编一本古今打油诗选，选得严一点，要生动有情致，不要专重滑稽。

注　释

① 　本篇原载 1990 年 10 月 25 日《文学报》。

老学闲抄^①

皇 帝 的 诗

我的家乡高邮是个泽国,经常闹水灾。境内有高邮湖,往来旅客,多于湖边泊船,其中不乏骚人墨客,写了一些诗。高邮县政协盂城诗社寄给我一册《珠湖吟集》,是历代写高邮湖的。我翻看了一遍,不外是写湖上风景、水产鱼虾,写旅兴或旅愁,很少涉及人民生活的,大都无甚深意,没有什么分量。看多了有喝了一肚子白开水之感。奇怪的是,写得很有分量的,倒是两位清朝皇帝的诗。一首是康熙的,一首是乾隆的,录如下:

康熙　高邮湖见居民田庐多在水中因询其故恻然念之

　　淮扬罹水灾,流波常浩浩。

　　龙舰偶经过,一望类洲岛。

　　田亩尽沉沦,舍庐半倾倒。

　　茕茕赤子民,凄凄卧深潦。

　　对之心惕然,无策施襁褓。

　　夹岸罗黔首,跽陈进耆老。

　　咨诹不厌烦,利弊细探讨。

　　饥寒或有由,良惭奉苍颢。

　　古人念一夫,何况睹枯槁。

　　凛凛夜不寐,忧勤悬如捣。

　　亟图浚治功,极济须及早。

　　今当复故业,咸令乐怀保。

乾隆　高邮湖

> 淮南古泽国,高邮更巨浸。
> 诸湖率汇兹,万顷波容任。
> 洒火含阴精,孕珠符祥谶。
> 堤岸高于屋,居民疑地窨。
> 嗟我水乡民,生计惟罟罛。
> 菱芡佐餐飧,蚱艋待用货。
> 其乐实未见,其艰亦已甚。

乾隆这首诗写得真切沉痛,和刻在许多名胜古迹的御碑上的满篇锦绣珠玑的七言律诗或绝句很不相同。"其乐实未见,其艰亦已甚",慨乎言之,不啻是在载酒的诗翁的悠然的脑袋上敲了一棒。比较起来,康熙的一首写得更好一些,无雕饰,无典故,明白如话。难得的是民生的疾苦使一位皇帝内心感到惭愧。"凛凛夜不寐,忧勤悬如捣"虽然用的是成句,但感情是真挚的。这种感情不是装出来的,他没有必要装,装也装不出来。

康熙和乾隆都是有作为的皇帝。他们的几次南巡,背景和目的是什么,我没有考察过,但决不只是游山玩水,领略南方的繁华佳丽(不完全排除这因素)。我想体察民风,俾知朝政之得失,是其缘由之一。他们真是做到了"深入群众"了,尤其是康熙。他们的关心民瘼,最终的目的,当然还是为了维持和巩固其统治。这也没有什么不好。他们知道,脱离人民,其统治是不牢固的。他们不只是坐在宫里看报告(奏摺),要亲自下来走一走。关心民瘼,不止在嘴上说说,要动真感情。因此,我们在两三百年之后读这样的诗,还是很感动。

我希望我们的领导人也能读一点这样的诗。

诗 用 生 字

《对床夜语》(宋范晞文撰)卷五:

诗用生字,自是一病,苟欲用之,要使一句之意,尽于此字上见工,方为稳帖。如唐人"走月逆行云"、"芙蓉抱香死"、"笠卸晚峰阴"、"秋雨慢琴绘"、"松凉夏健人","逆"字、"抱"字、"卸"字、"慢"字、"健"字,皆生字也,自下得不觉。

此言是也。

前几年有几位很有才华的年轻的作家很注意在语言上下功夫,炼字炼句,刻意求工,往往用一些怪字,使人有生硬之感。有人说,这是炼得太过了。我原先也是这样想。最近想想,觉得不是炼得太过,而是炼得还不够。如果再炼炼,就会由生入熟,本来是生字,读起来却像是熟字,"自下得不觉"。

炼字可以临时炼,对着稿纸,反复捉摸,要找一个恰当而不俗的字。但更重要的是平时的"发现"。阿城的小说里写:老鹰在天上移来移去,这写得好。鹰在高空,全不见翅膀动,只是"移来移去"。这个感觉抓得很准。"炼"字,无非是抓到了一种感觉。一个作家所异于常人者,也无非是对"现象"更敏感些。阿城的"移来移去"的印象,我想是早就有了,不是对着稿纸苦思出来的。

最好还是用常见的字,使之有新意。姜白石说:"人所难言,我易言之,人所常言,我寡言之,自不俗"。我之所言,也还是人之所言,不是凭空杜撰出来的。"数峰清苦,商略黄昏雨",此境人不易到,然而"清苦"、"商略",固是平常的话也。阿城的"移来移去","移"字也是平常的字。

毛泽东用乡音押韵

毛主席的诗词大体上押的是"平水韵"②,《西江月·井冈山》是个例外。

　　山下旌旗在望,
　　山头鼓角相闻。

敌军围困万千重，

我自岿然不动。

早已森严壁垒，

更加众志成城。

黄洋界上炮声隆，

报道敌军宵遁。

这首词押的不是"平水韵"。当然也不是押的北方通俗韵文所用的"十三辙"。如果用听惯"十三辙"的耳朵来听，就会觉得不很协韵，"闻"、"重"、"动"、"城"、"隆"、"遁"，怎么能算是一道韵呢？这不是"中东"、"人辰"相混么？稍一捉摸，哦，这首词是照湖南话押的韵。照湖南话，"重"音 Chen。"动"音 den，"城"音 Chen，"隆"音 Len、"遁"音 den，其韵尾都是 en，正是一道韵。用湖南话读起来会觉得非常和谐。在战争环境里，无韵书可查，毛主席用湖南话押韵大概是不知不觉的。

毛西河说："词本无韵"。不是说词可以不押韵，而是说既没有官颁的韵书可遵循，也不像写北曲似的要以具有权威性的"中原音韵"为依据，可以比较自由。好像没有听说过谁编过一本"词韵"。张玉田谓："词以协律，当以口舌相调"，即只能靠读或唱起来的感觉来决定。既然如此，填词的人在笔下流出自己的乡音，便是很自然的事。

中国语音复杂，不可能定出一本全国通行，能够适合南北各地的戏曲、曲艺的"官韵"。北方戏、曲种大部分依照"十三辙"。但即是"十三辙"也很麻烦，山西话把"人辰"都读成了"中东"。京剧这两道辙也常相混，京剧演员，尤其是老生，认为"中东唱人辰，怎么唱也不丢人"。看来只有"以口舌相调"，凭感觉。现在写戏曲、曲艺，写新诗（如果押韵）乃至填词，只能用鲁迅主张的办法：押大致相同的韵。写"近体诗"的如果愿意恪守"平水韵"，自然也随便。

一九九〇年十月二十五日

注　释

① 本篇原载《鸭绿江》1991 年第二期；初收《汪曾祺小品》，中国人民大学出版社,1992 年 10 月。

② "平水韵"原为金代官韵书,供科举考试之用,因为在平水刊行,故名。明清以来作"近体诗"者多以"平水韵"为依据,沿用至今。

《蒲桥集》再版后记①

《蒲桥集》能够再版，是我没有想到的。去年房树民同志跟我提过一下，说这本书打算再版，我当时没有太往心里去，因为我觉得这是不可能的。不料现在竟成了真事，我很高兴，比初版时还要高兴。这说明有人愿意看我的书。有人是不愿意有较多的人看他的书的，他的书只写给少数有高度艺术修养的人看。日本有一位女作家到中国来，作协接待她的同志拿了她的书的译本送给她，对她说："很抱歉，这本书只印了两千册。"不料她大为生气，说："我的书怎么可能印得这样多！"她的书在国内，最多的只印七百本。中国古代有一个文人，刻了集子，只印了两本。我没有那样的孤高。当然，我也不希望我的书成为"畅销书"。

读者不会是对我一个人的散文特别感兴趣，我想这是对散文的兴趣普遍地有所提高。这大概有很深刻、很复杂的社会原因和文学原因。生活的不安定是一个原因。喧嚣扰攘的生活使大家的心情变得很浮躁、很疲劳，活得很累，他们需要休息，"民亦劳止，汔可小休"，需要安慰，需要一点清凉，一点宁静，或者像我以前说过的那样，需要"滋润"。人常会碰到不如意的事。有不如意事，便想寻找可与言人。他需要找人说说话，聊聊天。听人说说，自己也说说。我始终认为读者读文章，是参与其中的。他一边读着，一边自己也就随时有自己的意见，自己的看法。阅读，是读者和作者在交谈。当然，散文的作者最好不是"语言无味，面目可憎"的角色。也许这说明读者对人，对生活，对风景，对习俗节令，对饮食，乃至对草木虫鱼的兴趣提高了，对语言，对文体的兴趣提高了，总之是文化素养提高了。果真是这样，那么这才是真正值得高兴的事。

上个月,有一个很年轻的从上海来的女编辑来访问我。她说我是文人文学或学者文学的一个代表。这大概是上海文艺界一部分同志的看法。在北京,我还没有听到有人这样说过。过去我只知道有"学者小说"、"学者散文",还没有听说过笼统的"学者文学"。"学者小说"是小说中的一支,作者大都是大学教授,故亦称教授文学。这类小说的特点是在小说中谈学问,生活气息较少,不用方言俗语,语言讲究而往往深奥难懂。海明威、福克纳、斯坦因贝克等人的小说是不能叫做"学者小说"的。亨利·詹姆士的小说大概可以算是"学者小说"。那是我读过的最难读的小说。我的小说大概不是"学者小说"。"学者散文"的名声比"学者小说"要好一些。英国的许多 Essay 都是"学者散文"。法布尔的《昆虫记》可以说是"学者散文",因为谈的是自然科学而文笔极好。中国的许多笔记,是"学者散文",鲁迅的《二十四孝图说》是学者散文,周作人的大部分散文都是"学者散文"。朱自清的《论雅俗共赏》等一系列论学之作,都可作很好的散文来读。"学者散文"在中国本来是有悠久传统的,大概在 40 年代的后期中断了。唐弢同志在十多年前就说过中国现在没有"学者散文",认为是一缺陷,这是具有历史眼光的见识。我愿于此少留意焉,然而未能至也。我没有学问。近年来我痛感读书太少,不系统,没有精思熟读,只是杂览而已,又不做札记,看过便忘。有时为了找一点材料,翻箱倒柜,好不容易找到了,有用的不过是两句,真是"所得不偿劳"。有时想用一个成语,一个典故,大体的意思是知道的,但是这出于何书,这句话最初是谁说的,就模糊了,正如宋朝人所说:"用即不错,问却不会。"——连这句话是谁说的,我也记不清了,大概是洪迈。我倒乐于接受"学者散文作家"这样一个桂冠的,可惜来不及了。我已经七十岁,还能读多少书?

我在这本书的自序里强调了散文接受民族传统,这是不错的。但我对新潮或现代派说了一些不免轻薄的话。我说:"新潮派的诗、小说、戏剧,我们大体知道是什么样子,新潮派的散文是什么样子呢,想象不出。新潮派的诗人、戏剧家、小说家,到了他们写散文的时候,就不大看得出怎么新潮了,和不是新潮的人写的散文也差不多。这对于新潮派作家,是无可奈何的事。"最近我看了两位青年作家的散文,很凑巧,两位都是女的。她们的散文,一个是用意识流的方法写的,一个受了日本新感觉派的影响,都是新潮,而且都写得不错。这真是活报应。本来,诗、小说、戏剧都可以新潮,惟有散文不能,这在逻辑上是讲不通的。这反映出我的文艺思想还是相当的狭窄,具有一定的排他性。我想和我一样狭窄的人,甚至比我还狭窄的人还有。在文艺创作上,大家都是平等的,谁也不要以权威自命。不要对自己看不惯,不对自己口味的作品随便抓起朱笔,来一道"红勒帛","秀才辣,试官刷"。至于有的把一切现代派,新潮的作品,无论是诗、小说、戏剧一概视为异端,必欲除之而后快的大人物,则宜另当别论。

校阅了一遍初版本,发现错字极少,这在目前的出版物中是难得的。于此,我要对这本书的责任编辑潘静同志,责任校对马云燕、华沙同志深致谢意。

一九九〇年十二月三日

注　释

① 本篇原载《随笔》1991 年第二期;初收《蒲桥集》,作家出版社,1991 年版。

忙中不及作草①

"家贫难办蔬食，忙中不及作草"。我很想杜门谢客，排除杂事，花十天半个月时间，好好地读读阿成的小说，写一篇读后记。但是办不到。岁尾年关，索稿人不断。刚把材料摊开，就有人敲门。好容易想到一点什么，只好打断。杨德华同志已经把阿成的小说编好，等着我这篇序。看来我到明年第一季度也不会消停。只好想到一点说一点。

我是很愿意给阿成写一篇序的。我不觉得这是一件苦事。这是一种享受。并且，我觉得这也是我的一种责任。

我把阿成的小说选稿通读了一遍（有些篇重读过），慨然叹曰：他有扎扎实实的生活！我很羡慕。

我曾经在哈尔滨待过几天。我只知道哈尔滨有条松花江，有一些俄式住宅、东正教的教堂，有个秋林公司，哈尔滨人非常能喝啤酒，爱吃冰棍……。

看了阿成的小说，我才知道圈儿里，漂漂女，灰菜屯……我才知道哈尔滨一带是怎么回事。阿成所写的哈尔滨是那样的真实，真实到近乎离奇，好像这是奇风异俗。然而这才是真实的哈尔滨。可以这样说：自有阿成，而后世人始识哈尔滨。——至少对我说来是这样。

一个小说家第一应该有生活，第二是敢写生活，第三是会写生活。

阿成的小说里屡次出现一个人物：作家阿成。这个阿成就是阿成自己。这在别人的小说里是没见过的。为什么要自称"作家阿成"？这说明阿成是十分意识到自己是一个作家，意识到自己作为一个作家的责任的：要告诉人真实的生活，不说谎。这是一种严肃的，痛苦入骨的责任感。阿成说作家阿成作得很苦，我相信。

《年关六赋》赢得声誉是应该的。这篇小说写得很完整，很匀称，起止自在,顾盼生姿,几乎无懈可击。这标志着作者的写作技巧已经很成熟,不止是崭露头角而已了。现在的青年作家不但起步高,而且成熟得很快。这是50年代的作家所不能及的。

但是这一集里我最喜欢的两篇是《良娟》和《空坟》。这两篇小说写得很美,是两首抒情诗,读了使人觉得十分温暖(冰天雪地里的温暖)。这是两个多美的女性呀,这是中国的,北国的名姝,是我们这个民族的无价的珠玉。这两个妇女的生活遭遇很不相同,但其心地的光明澄澈则一。

这两篇小说都是散发着浪漫主义的芳香的。因为他对这两个妇女以及其他一些人物怀着很深的爱,他看到她们身上全部的诗意,全部的美,但是阿成没有说谎。这些诗意,这些美,是她们本来有的,不是阿成外加到她们身上的。这是人物的素质,不是作者的愿望。

一个作家能不能算是一个作家,能不能在作家之林中立足,首先决定于他有没有自己的语言,能不能找到一种只属于他自己,和别人迥不相同的语言。阿成追求自己的语言的意识是十分强烈的。

阿成的句子出奇的短。他是我所见到的中国作家里最爱用短句子的。句子短,影响到分段也比较短。这样,就会形成文体的干净,无拖泥带水之病,且能跳荡活泼,富律动,有生气。

谁都看得出来,阿成的语言杂糅了普通话、哈尔滨方言、古语。他在作品中大量地穿插了旧诗词、古文和民歌。有一个问题我还没有捉摸清楚:阿成写的是东北平原,这里有些人唱的都是西北民歌,晋北的、陕北的,阿成大概很喜欢《走西口》这样的西北民歌,读过很多西北民歌。让西北民歌在东北平原上唱,似乎没有不合适。民歌是地域性很强的,但是又有超地域性。这很值得捉摸。

阿成有点"语不惊人死不休",他用了一些不常见的奇特的字句。这在年轻人是不可避免的,无可厚非。但有一种意见值得参考。宋人范晞文《对床夜语》云:

> 诗用生字,自是一病。苟欲用之,要使一句之意,尽于此字上见工,方为稳帖。

他举出一些唐人诗句中的用字，说：……皆生字也，自下得不觉。

诗文可用奇字生字，但要使人不觉得这是奇字生字，好像这是常见的熟字一样。

阿成的叙述态度可以说是冷峻。他尽量控制自己的感情，不动声色。但有时会喷发出遏止不住的热情。如：

> 宋孝慈上了船，隔着雨，俩人都摆着手。
>
> 母亲想喊：我怀孕了——汽笛一鸣，雨也颤，江也颤，泪就下来了。

冷和热错综交替，在阿成的很多小说中都能见到。这使他的小说和一些西方现代作家（如海明威）的彻底冷静有所不同。这形成一种特殊的感人力量。这使他的小说具有北方文学的雄劲之气。我觉得这和阿成的热爱民歌是有关系的。

阿成很有幽默感。

《年关六赋》老三的父亲年轻时曾和一个日本少女相爱。

> 解放后若干年，这事被红色造反派知道了。说老三的父亲是民族的败类，是狗操的日本翻译，一定是日本潜伏特务。来调查老三的母亲时，母亲说："怎么，干了日本娘们不行？我看干日本娘们是革命的，大方向是正确的。"

看到这里，没有人不哈哈大笑的。

老三是诗人，爱谈性，以为"无性与中性，阴性与阳性，阳性与阴性，阴阳二者构成宇宙，宇宇宙宙，阴阴阳阳，公公母母，雄雄雌雌，如此而已。"老三的阴性，在机关工作，是党员，极讨厌老三把业余作家引到家里大谈其性。骂他没出息，不要脸，是流氓教唆犯："准有一天被公安局抓了去，送到玉泉采石场，活活累死你！"

我最近读了几位青年作家（阿成我估计大概40上下，也还算青年作家），包括我带的三个鲁迅文学院的研究生的作品。他们的作品的写法有的我是熟悉的，有的比较新，我还不大习惯。这提醒我：我已经老了。我渴望再年轻一次。

我对青年作家的评价也许常常会溢美。前年我为一个初露头角的青年作家的小说写了一篇读后感，有一位老作家就说："有这么好么？"老了，就是老了。文学的希望难道不在青年作家的身上，倒在六七十岁的老人身上么？"君有奇才我不贫"，老作家对年轻人的态度不止是应该爱护，首先应该是折服。有人不是这样。

　　在读着阿成和另几位青年作家的作品的过程中，一天清早，迷迷糊糊地做了一个梦，梦见一头骆驼在吃一大堆玫瑰花。

　　一个荒唐的梦。

一九九〇年十二月二十四日

注　释

① 本篇原载 1991 年 7 月 5 日《文汇报》，是作者为阿成《年关六赋》(作家出版社，1991 年 8 月版) 所作序的摘编，收入该书时恢复了部分被删减文字；初收《独坐小品》，题为《〈年关六赋〉序》，宁夏人民出版社，1996 年 11 月。

1991 年

正索解人不得[①]

——《夕阳又在西逝》代序

当然没有一个醉寨。怎么可能整个寨子都喝得酩醉了呢。

他们喝的该是包谷酒,不是北方的高粱酒。寨子是南方的山地才有的。

黑孩是大连人,她大概没有见过南方的山寨。

在整年艰苦的劳动之后,获得难得的丰收,全寨男女,毫无节制地痛饮一天,以致人人大醉,狼藉满山,这是有可能的。

然而醉寨是黑孩的想象。

黑孩为什么,怎么会想象出一个醉了的山寨呢?

为什么在这样的时候,小母狗要带着它的四只胖嘟嘟的板凳狗游过藏伏着凶险的暗流的河?它要到哪里去,去干什么?

黑孩只听说过有一种狗叫板凳狗,并没有见过板凳狗是什么样子。狗过河,当然也是黑孩忽然之间的想象。

然而狗母亲在失去它的胖嘟嘟的板凳狗之后发出的人性的、令人肠断的长号是真实的,可以理解的。它扒倒了酒罐,拱开了盖酒的布墩墩,把一个湿漉漉的脑袋伸进酒罐,是真实的,可以理解的。

这是不是寓言? 这有什么象征意义?

是,也不是。有,也没有。

这到底写的是什么?

这写的是母爱。

任何想象都是社会生活曲折的反映。黑孩的奇幻想象是有所感的。这是对在这个薄情的时代里人人都渴望的母爱的呼喊。

因此这个作品的调子是温暖的。

这里写了一点不可捉摸的东西,但确实写出了一点东西,不是空无一物。

不要对这样的作品作过于质实的注解。不要把栩栩然的蝴蝶压制成标本。我小时候就做过这样的事:捉了一些蝴蝶夹在书里。结果,蝴蝶死了。

黑孩的散文大都带自传性,"追忆逝水年华"。

《一日忧伤》是"恋父情结"? 我看最好不要这样说。随便把佛洛伊德的概念套在一个女作家(不是希腊神话或莎士比亚戏剧里的人物)的头上,如同给谁扣上一个"××分子"的帽子一样,未免简单粗暴。我觉得这是一个女儿对于恶魔一样的父亲的感情的忠实的记录,写得非常的坦诚。这种坦诚是不容易做到的。"父亲真的死了。这一回是千真万确地死了。有一瞬间,我心中忽然缤纷着释放出积郁已久的重压而变得十分轻松。"这是真实的。"父亲,昨日梦中飘向心灵深处那一缕忧伤,不知是不是我的一种宽容。我想我应该宽容你对我母亲,对我们兄妹六个所做的一切了。""父亲,清明又快到了,我想我无论如何要赶回家乡,亲自为你的坟添上几锹土。父亲,我真心愿你那生时不得安宁的魂,如今得到永久的安息。"这也是真实的。我看不出这里有什么"情结"。

在《一日忧伤》中我倒看到了黑孩的母亲,一个茹苦含辛,无言地承受着一切而又通达人情的善良的东方女性。

《一路平安》是写母亲的,写母女之情。这种母女之情不像二十年代的女诗人的"母亲"主题的诗里所写的那样带着果汁一样的甜香,倒是苦涩的。母亲一生走的是"孤寂而漫长的路"。"母亲站在几个送行的人中间,看上去很有勇气,昂着头似有对万人演说的气概。"也许正是母亲的这种站在悲苦中的气概,使黑孩禁不住泪水淋漓了。

有几篇是怀人之作，一往情深，而又漾出苦味。"所思多在别离中"。这大概就是人们常说的孤独。

说黑孩的作品里有一种"无可奈何"之感，有这样严重么？我看的黑孩的作品不多，暂时还不能同意这样的诊断。

黑孩还很年轻，还不成熟，对她的作品的思想和形式作出任何结论，都为时过早。

黑孩翻译过日本新感觉派的作品，当然会接受了一些新感觉派的影响。

黑孩是有"感觉"的，有新感觉的。她的感觉大体上可以归结为：化客观为主观，化物象为意象；把难以名状的心理状态转化为物质的，可触摸的生理状态。比如：

> 然而我看见有滴血的太阳在你眼睛里跳了一下就消失了。（《醉寨》）

（这让人想起布洛克的《猛虎》）

> 只是不知为什么，溶溶的冷色中，月是倒行的。（《夕阳又在西逝》）

> 我感觉一股冰冷的气息涌遍我的全身，我知道这是河水神秘地流到我心里来了。（《醉寨》）

> 车轮发动起来的轰隆轰隆的声音从指缝间爬了进来，伏在我粘湿的肌肤上粘湿的灵魂上模糊了我的感觉。我那时真觉得从眼前急驰而去的列车上每个窗口处模糊的影子都是你，都是你用哀怨的泪眼无可奈何地盯视着我。（《两个人的站台》）

也许因为这些感觉，使人把黑孩列入现代派（或新潮）。

也许因为这些感觉，使有一些人认为黑孩的作品不好懂。不懂，是因为他们没有这样的感觉，他们没有感觉。

感觉是一种才能。

听黑孩说,她的小说是比较现实主义的,我很高兴。

有人以为现实主义和现代派(包括新感觉派)是不相容的。不一定。现实主义需要现代派,容纳现代派,否则现实主义就会干涸,衰老。

"比较的现实主义的",是要以牺牲一些感觉作为代价的。但是为了文学的青春,这种牺牲是值得的。川端康成不是这样做了么?我们不能说川端康成后来不是新感觉派了。我不赞成这样说。不能把一个作家腰斩成几段。"却顾所来径,苍苍横翠微",走的还是所从来的那一条路。

有人劝黑孩拓宽自己文学视野,这是友好的忠告。

黑孩告诉我她和一些街坊老太太能够谈家常,谈得很融洽,无隔阂,她的小说也写的是普通人,寻常事。我很高兴。

黑孩是应该走出去,走出自己的苦涩的天地,走出自我,去接近人,了解人,欣赏人。

我希望黑孩有更多的人道主义。

黑孩到我家里来过两次,每次谈了大概有两个钟头。我们的谈话不"成功",有些格格不入。

黑孩说她在她的文酒之交的一伙人里是很轻松的,思路敏捷,语言流畅,而且不断地用一种同样的有力度的手势。在我面前,觉得放不开,说的话都不是要说的话,一个手势也没有。

我平时对客,假如是谈得来的人,话也是不少的,脑子也还灵活,滔滔不绝,有时也能说出一两句精辟的话,但和黑孩谈话却颇窘涩,词不达意。

这是什么原因?

是我们年龄悬殊太大了?我的心已经像弗吉尼亚·沃尔芙所说的那样,充满了纤维了?

是我们对生活的态度不同?我是个乐观主义者,相信中国是会好起来的,人类是有希望的;而黑孩是"小小年纪却生出那么多悲观",而且爱流泪?

是我们的思维方式距离很大,甚至习惯用的句式词汇都不同?

看来也都不是。只因为我们还不熟,相互之间缺乏理解。

黑孩(以及她那些文友)对我好像是理解的,我对黑孩(和同她一代的青年作家)则只有想要理解的愿望。这种愿望是真诚的。

理解,是两代人都需要的。年轻人需要;老人更需要,不理解年轻人,就会真的老了。

我很想"列席"他们的酒会,听听他们"侃"些什么。

萧红有一次问鲁迅:你对我们的爱是父性的还是母性的? 鲁迅沉思了一下,说:是母性的。

鲁迅的话很叫我感动。

我们现在没有鲁迅。

再过两三个月,黑孩就要到日本去。接触一下另一种文化,换一个生活环境,是有益的。黑孩,一路平安!

黑孩的生活的路和文学的路都还很长。黑孩,一路平安!

一九九一年一月十一日

注 释

① 本篇原载《桥》1991 年第四期;初收《汪曾祺文集》文论卷,江苏文艺出版社,1993 年 9 月。

正视危机才能走出危机①

纪念徽班进京 200 周年活动,搞得很热闹,规模很大、很隆重,对戏曲发展,对弘扬民族文化、继承民族文化传统,会有推动作用。但是,还有许多工作要做。如果这么热闹一场就过去,可能削弱其现实作用。

京剧有危机,不景气。最现实的问题表现在京剧观众不多。谈振兴京剧,首先有一个政策问题要解决。比如京剧演员的待遇普遍太低。在这种情况下,有些表演团体是令人佩服的,如上海昆剧院。上昆演员对昆曲艺术充满了一种很难想象的热情。他们虽然收入微薄,但对艺术的追求是那么坚定,境界很高。

有同志提出,建立新的更加具体的文艺方针;对理论性、学术性的问题进行探讨。传统剧目、原封不动地演下去,不行。这包括思想内容、艺术形式两方面的问题。所有传统戏都应该用现代观点重新处理。不论传统剧,新编历史剧,还是现代戏,只要经过了现代人的加工、整理、演出,即是现代戏。今日的京剧只有历史题材与现实题材之分。而对于生活的认识、观察、表现,从思想内容到艺术手法,已汇入了现代气息。现代人写、现代人看、现代人演。许多戏在长期演出中,经演员有意无意地进行了改造,都加进了现代意识。

重新整理传统戏,有助于延续其内在生命力。经过多年思索,我提出一种继承传统戏的想法:小改而大动。保留有代表性的、比较精彩的唱念部分,使其不失原有风貌,在思想内容的关键之处,注入现代思想。我认为,对传统戏要更多地强调它的认识作用;认识祖国的历史。如果这样,我们欣赏传统戏的路子就会宽广得多。

我们对祖国戏剧的美学意义研究尚少。京剧是高度综合的艺术。尤其在表演形式上有很新鲜的东西超过了普通的现实主义表现手法。

京剧的"唱",更逾越了其他戏曲。但京剧的某些形式也含落后成分。如松散、无情节、缺乏丰富的人物形象,按演义小说结构单调发展。今天年轻人不喜欢京剧,不仅因为唱腔节奏慢,而且整个情节进展节奏缓慢。另一个重要方面是语言障碍。对此,我认为观众应该多迁就演员,逐步接受和习惯京剧这种艺术形式。不妨可以采取些强制性手段。在台湾,文学课本中就安排了京剧内容,而我们却没有更多地把"国剧"介绍给青年一代。俗话说"生书熟戏",经常性地接触,可以培养人们对京剧的兴趣。

京剧完全能够表现现代生活。但要舍弃一些东西、丰富一些东西,解决传统戏剧表演程式与现代生活习惯的诸多不谐调。京剧现代戏,我以为有这样几个方面需要研究:生活动作的舞蹈化;生活语言的音乐化;从生活出发创造富有想象、新鲜奇妙的表现手法;适当吸收、合理使用古代舞蹈、武打动作……。对以上这些有了深入的理解,现代戏才能既有现代生活气息,又不失京剧艺术的韵味。

我国戏剧史上,剧本创作对某个剧种的兴盛产生过不可低估的影响。关汉卿、王实甫等剧作家为后世留下过不朽名作。然而,在京剧的发展过程中,却几乎没有留下专业编剧的痕迹。以至结构很完整的《群英会》也无编剧可考。改编或新编历史剧,很重要的一环是编剧的质量。京剧面临的课题是,如何写出丰富、复杂、多面的人物。优秀的编剧除谙熟京剧外,还要熟悉舞台和表演。改编、新编历史剧也必须有现代生活的积累。要训练用韵文思维,并注意适合不同演员的特长。

最后谈谈演员。应该说这一代京剧演员在艺术上的成就与上一代比存在很大差距。京剧演员艺术质量下降,可以找到如下一些原因:演员局限于只学习老师的东西,缺少自己的创造和发展;老师教学生也只囿于自己的流派。我想,提高演员的文化素质、艺术修养是当务之急,只有这样,京剧演员才可能在前辈人艺术成就的基础上攀越新的高峰。

京剧现状,冰冻三尺,非一日之寒,前途好坏,实难预料。自然,只有正视危机,才能走出危机。

注　释

①　本篇原载《瞭望》1991 年第 7—8 期,是该刊为纪念徽班进京 200 周年所作
　　总题为"京剧前景五人谈"的访谈辑录,受访者还有翁偶虹、马少波、冯牧、
　　黄宗江。

谈 书 评①

我们现在的确应加强对图书的宣传、介绍。西方有些国家宣传图书，利用电视台的"黄金时间"作广告，我们就不敢这么干。他们往往因一篇书评家的书评，提高了书的身价，引起了读者的重视。

没有书评，说实在话，写书的人会感到寂寞的。有石沉大海之感。

我有时也写点儿书评之类的东西，这在很大程度上是为了年轻人。年轻的作者写了东西，求到了，我只能帮他们写序，愿意为他们写评论，希望扶持他们更快成长。"也写书评也写序，不开风气不为先"。这是我对写书评的基本态度。我观察，现在的书评现状不太好，好多书评，其实是"搔痒痒"，说无关紧要的话。

书评作者不能用固定的观点去套别人的作品，不能以我划线，而要从书的特点出发去观察，去评论。比如，上个月我给一个现实主义作家写序，下个月也许就会给一位新感觉派作者去写。

书评不能写得太长，最好短一些，短文往往能够抓住要害处。我很佩服《四库全书总目提要》，每篇都很短，但都抓住了要点。

要提高书评的文学性。书评要让人读起来觉得有味道，而不要让人望而生畏。

注 释

① 本篇原载《中国图书评论》1991年第二期，是作者参加该刊召开的书评工作座谈会的发言辑录，标题为编入本卷时编者所加。

美在众人反映中①

——老学闲抄

　　用文字来为人物画像,是吃力不讨好的事情。中外小说里的人物肖像都不精彩。中国通俗演义的"美人赞"都是套话。即《红楼梦》亦不能免。《红楼梦》写凤姐,极生动,但写其出场时之相貌:"一双丹凤三角眼,两弯柳叶吊梢眉",实在不美。一种办法是写其神情意态。《古诗为焦仲卿妻作》具体地写了焦仲卿妻的容貌装饰,给人印象不深,但"纤纤作细步,精妙世无双"却使人不忘。"行到中庭数花朵,蜻蜓飞上玉搔头",不写容貌如何,而其人之美自见。另一种办法,是不直接写本人,而写别人看到后的反映,使观者产生无边的想象。希腊史诗《伊里亚特》里的海伦皇后是一个绝世的美人,她的美貌至引起一场战争,但这样的绝色是无法用语言描绘的,荷马在叙述时没有形容她的面貌肢体,只是用相当多的篇幅描述了看到海伦的几位老人的惊愕。用的就是这种办法。汉代乐府《陌上桑》写罗敷之美:

　　　　行者见罗敷,下担捋髭须。

　　　　少年见罗敷,脱帽著帩头。

　　　　耕者忘其犁,锄者忘其锄。

　　　　来归相怨怒,但坐观罗敷。

用的也是这种办法,虽然还不免有点喜剧化,不那么诚实(《陌上桑》本身是一个喜剧,是娱乐性的唱段)。

　　释迦牟尼是一个美男子,威仪具足,非常能摄人。诸经都载他具三十二"相",七十(或八十)种"好",《释迦谱》对三十二"相"有详细具体的记载,从他的脚后跟一直写到眼睛的颜色。但是只觉其繁琐啰嗦,不让人产生美感。七十种"好"我还未见到都是什么,如有,只有更加啰嗦。《佛本行经·瓶沙王问事品》(宋凉州沙门释宝云译),写释迦牟尼入王舍城,写得很铺张(佛经描叙往往不厌其烦),没有用这种开清单的办法。正是从众人的反映中写出释迦牟尼之美,摘引如下:

　　…………

　　见太子体相,功德耀巍巍。

　　所服寂灭衣,色应清净行。

　　人民皆愕然,扰动怀欢喜。

　　熟观菩萨形,眼睛如系著。

　　聚观是菩萨,其心无厌极。

　　宿界功德备,众相悉具足。

　　犹如妙芙蓉,杂色千种藕。

　　众人往自观,如蜂集莲华。

　　…………

　　抱上婴孩儿,口皆放母乳。

　　熟视观菩萨,忘不还求乳。

　　举城中人民,皆共竞欢喜。

　　这写得实在很生动。"众人往自观,如蜂集莲华",比喻极新鲜。尤其动人的是:"抱上婴孩儿,口皆放母乳,熟视观菩萨,忘不还求乳",真是亏他想得出!这不但是美,而且有神秘感。在世界文学中,我还没见到过写婴孩对于美的感应有如此者!

　　这种方法至少已有两千年的历史,是一个老方法了。但是方法无新旧,问题是一要运用得巧妙自然,不落痕迹,不能让人一眼就看出这是从什么地方学来的;二是方法,要以生活和想象做基础的。上述婴儿为美所吸引,没有生活中得来的印象和活泼的想象,是写不出来的。我们在当代作品中还时常可以看到这种方法的灵活运用,不绝如缕。

　　　　　　　　　　　　　　　　　　　　一九九一年三月二十六日

注 释

① 本篇原载《天津文学》1991 年第七期;初收《汪曾祺小品》,中国人民大学出版社,1992 年 10 月。

一 种 小 说[①]

——魏志远小说集《我以为你不在乎》序

魏志远算是我的学生,我在鲁迅文学院所带的研究生。研究生毕业,要交几篇作品,由导师写评语、判分。我不知道评语要进学生的档案,写得很随便,不像个评语。一开头我就说:坦率地说,魏志远这样的小说我不习惯。我曾经习惯过,甚至也这样写过,但是现在不习惯了。我老了。我渴望再年轻一次。

去年下半年,我为几个青年作家写过序,读了一些他们的作品。每一次都是一次新的经验,都是对我的衰老的一次冲击,对我这盆奇形怪状的老盆景下了一场雨。

不习惯,问题在我,不在志远。我想还会有人不习惯的,领导、评论家、一部分读者。问题在这些领导、评论家、读者,不在志远。不习惯,要去习惯。不要对某些写法比较新的,比方说,现代派的作品,因为不习惯,就产生酒精过敏,乃至滴酒不沾。

志远这样的作家是不需要"导师"的,谁也不能指导他什么。任何一个作家都不需要什么导师。我不是志远的导师,是朋友。因为年辈的相差,可以说是忘年交。凡上了岁数的作家,都应该多有几个忘年交。相交忘年,不是为了去指导,而是去接受指导;或者,说得婉转一点,是接受影响,得到启发。这是遏制衰老的唯一办法。

人们要求作家在小说里要"说出一点什么"。志远的小说,有一些是说出一点什么的,而且说得相当明白。比如《一种颜色》,这说的是青春的被摧毁、被磨灭。小说里的姑妈的眼神很有魅力,年轻时很迷人。但是姑妈的生命从来就不曾开放,姑妈是一朵蓓蕾,然后,是枯萎。

130

姑妈十六岁,换了军装,剪了辫子。她欣喜若狂,她说她当了主人。当家做主啦。她的嘴唇鲜红,眼睛黑虎虎地闪着。姑妈是文艺兵。姑妈跳着舞、唱着歌进了新疆。唱歌跳舞的是一群女孩子。她们离开了家,她们觉得一切都非常可爱。(我的女儿就是这样离开家的,离家时高高兴兴。她说"一生交给党安排"。一想起这句话,我就心疼。)战争结束了,她们的歌喉也哑了。松了绑腿,摘下帽子,她们还是女人。她们埋着头,为自己的胸脯感到羞辱。她们开始等待了。她们学习。(学习!)姑妈成了一个男人的东西,那个男人就是姑父。"那个夜里,她看见了他。他要和她谈心。他来不及刮掉胡子。他说他是营长。老子出生入死,他很激动,喘不过气,就为了有个今天。他一把抱住她,抱得很紧。""我们要感谢,他说,他的呼吸急促,首长的关怀。他吹灭灯,一口就吹灭了。"姑妈是那个男人的东西了,和所有的女孩子一样,为了服从一种需要。那是至高无上的。姑妈懂得这个,她们都懂。文艺兵,军队文工团、宣传队的女孩子大都逃不脱这样的命运。我们要感谢首长的关怀。首长关怀谁?关怀姑妈么?

可悲的是姑妈非常安于这样的命运。姑父死了。干休所的礼堂哀乐沉郁,摆满了花圈。姑妈说,追悼会非常隆重。她说她非常满意,都靠老首长的关怀。姑妈对姑父的讣告非常满意。姑妈说,你姑父对这样的评价,就死也瞑目了。她说,我知道他最担心的就是这个。

姑妈有四个孩子。姑妈老了。

姑妈没有过爱情,她没有爱过。她是一朵蓓蕾,接着,是枯萎。

她的"价值"是什么?

这公平么?

我们这个社会迄今仍带有很大的封建性,甚至奴隶社会的痕迹。

这不是说出一点什么了?

《往事》里的方是知青。外号方大胆。他无故地找"我"去决斗,像法国人或俄国人那样,用一支小口径步枪。他一拳打得人口鼻流血。他把威胁他出工的生产队长用麻绳捆紧,塞在床下,抽出一条内裤堵住生产队长的嘴。他纵酒。他曾经用手捏住眼镜王蛇的颈子。他好赌成瘾，常常输得饭票全无，喝水度日。他下班以后，把衣服鞋袜顶在头上游过大渡河，去和一个姑娘见面，然后再游过来。他就是这样任性地生活。每天都这样？方说，不这样还能怎样呢？他把生死看得无所谓，他谈到死，说，其实死了也就是那么回事。后来就任性地死了。他和人打赌，当火车过来的时候，在铁路桥栏杆上倒立。由于用力过猛，一下子翻过去了。死得很不值得。这是西方文学史出现过不止一次的一个典型。从屠格涅夫到舒克申都写过这样的典型。这种典型被称为"多余的人"或译"畸零人"、"自暴自弃者"。这样的典型在中国文学里还不多见。这样的人，在知青里有的。志远写得不像屠格涅夫那样具有浪漫主义的华丽色彩，没有把他当做诗人来写。不像舒克申小说那样具有戏剧性的情节，没有把他当做英雄。这本是一个传奇人物，但是志远没有渲染他的传奇性，写得很朴素。只是朴素地叙述，有这样一个人。

我很喜欢《小男孩》。这是一篇很独特的小说。没有故事。小男孩的妈妈叫九岁的小男孩到爸爸那里去要钱。爸爸和妈妈离婚了。妈妈说，爸爸要是不给钱，我们这个月就没有生活费。妈妈说，要不到钱你就别回来！详详细细地记录了过程，小男孩坐电车，买冰棍，在电车上和小女孩的妈妈谈话，进小巷，找楼号，上楼，敲门，回家……没有写小男孩的心情（只是蚂蚁、蚊子招他的厌烦），小说作者也只是流水账式地记录了小男孩的动作，不带感情。这种写法，不妨称之为"跟踪叙述"。但是，很感人。读这篇小说，令人想起契诃夫的《万卡》。小男孩比万卡更值得同情。万卡有爷爷。他很爱爷爷。他写给爷爷的信里虽然有很多眼泪，但是散发出茶炊、烟草的甜甜的香气。小男孩没有爷爷。小男孩没有爸爸。他想起爸爸骑自行车，让他坐在后座上，算是有一点亲切感，但是一闪而过，太淡了。他没有妈妈，妈妈是"魔鬼"。魏志远不像契诃夫那样把同情流露在纸面上，并且准知道会赢得读者的同情。魏志远的同情藏得很深，不动声色。甚至在最后写到："他想到就在离家不远的地方，有一个菜场的凉棚可以睡觉。这个小男孩记得有一本书里写过,流浪汉就是在这种地方睡觉的",也还是不动声色。

也许这可以当一篇寓言看。小男孩是无聊,寂寞,孤独的。人常常是无聊,寂寞,孤独的。人是孤儿。

大概会有不少人认为《在拉萨》不像小说。这是一个外国女人在拉萨几个小时的没有构思也未加剪接杂乱无章的录像。这个外国女人是个完全没有浪漫主义的平庸之至的中年妇女。她到拉萨来做什么?拉萨的异国(对她说起来是异国)风光,街头兜售的旅游纪念品,对她都没有吸引力。"不知道她干吗要在人群里钻来钻去。她好像对一切都不感兴趣"。

这也有点寓言意味。我们干吗要在人群里钻来钻去?

我不能再这样写下去,那成了小说提要。

此集的大部分写的是知青。可以说是知青心态。有些是写岁数较大的人的,但也可说是知青心态的折射。知青是中国特有的历史现象。他们是受骗的一代,被耽误的一代。但是他们没有多少怨恨,只是偶尔流露一点激愤(如《一种颜色》)。知青现在都已经长大了,回了城,成为当代城市青年。他们大都已经恋爱过,结了婚,且有儿女了。他们涉世已深,不再相信气势磅礴的谎话,不是任何教义的虔诚的信徒。但是他们并不是犬儒主义者,没有玩世不恭。他们是很认真,很执著地生活着的,但是他们的生活没有稳定的,哪怕是惰性的重心,易于失去平衡。他们异常敏感,易为一件常人看来无所谓的事而激动不已。《我以为你不在乎》里的妻子因为在浴室里为一个戴了头套的假女人看到她洗澡而一直心神不安。《门或者妻子》里的妻子和《窗台》里的林出人意料地自杀了。这是"常人"所不理解的。他们要的是真实,但在常人看来,这很荒诞。因此,常人对这样的小说不习惯。

魏志远有意使他的小说不成为"美文"。他排除辞藻,排除比喻

（只偶尔用极其普通的比喻，如说砸碎的玻璃像雪，像礼花）。他排除了抒情。也排除了哲学。福克纳说所有的小说都是形象化的哲学。那么，志远没有排除哲学。哲学是有的，但是不是抽象的、理念的哲学，这种哲学只是对生活的凝视。生活就是这样。生活是有道理的，但又是那样的没有道理。生活究竟是有道理的，还是没有道理？也许这正是志远所关心的问题。一个在生活里毫不感到困惑，没有一点怀疑主义的人，不是现代人，只是活在现代的古人。中国的古人是很多的。

使志远的小说为人所不习惯，不易接受，也因之被指为现代派的原因，是他的表达方式。他惯于使用双线平行结构（如《一种颜色》里的姑妈和姐姐），时空交错（如《在高楼下面》），使人有点眼花缭乱，看起来不那么顺。志远的小说基本上是叙述。极少描写。有，也极简单，如"嘴唇鲜红，眼睛黑虎虎地闪着"。志远的对话都不加引号，使对话成为转述，和叙述成为一体。这种叙述是忠于生活的原态的，按照生活本身的样子叙述，没有作过多的概括、提炼、升华。这些，在小说里本来是不需要的。当然会有所加工，但是加工得像未经加工一样。志远的小说不用悬念。悬念是愚弄读者。当然会有断续，有转折，但是是"随事转折"，生活的转折即是文章的转折。这种叙述往往很详尽，不厌其烦，甚至冗长沉闷。这种叙述是我在前面提出的："跟踪叙述"。

会有人问：为什么要这样写小说？为什么会有这样的小说？那不如问：为什么要有这样的时代？如果这样的时代是不可避免的，命定的，那么，这样的小说就是不可避免的，命定的。

一个人写出一篇小说，同时就是对小说观念的一次更新。

一九九一年五月二日早晨

注　释

①　本篇原载《我以为你不在乎》（四川文艺出版社，1991 年 7 月第一版），是作

者为魏志远的小说集所作序;又载《上海文学》1991 年第 12 期,文字有删减;初收《汪曾祺文集·文论卷》,江苏文艺出版社,1993 年 9 月。

《受戒》重印后记①

漓江出版社要重印《汪曾祺自选集》，建议改名为《受戒》，而以"汪曾祺自选集"为副题。我同意。

我觉得我还是个挺可爱的人，因为我比较真诚。

重谈一些我的作品，发现：我是很悲哀的。我觉得，悲哀是美的。当然，在我的作品里可以发现对生活的欣喜。弘一法师临终的偈语："悲欣交集"，我觉得，我对这样的心境，是可以领悟的。

我的作品有读者，我真是一则以喜，一则以惧。我给了读者一些什么？我说过我希望我的作品有益于世道人心，我做到了么？能够做到么？

我算是个"有影响"的作家了。所谓影响，主要是对青年作家的影响。我影响了他们什么？是对生活的、文学的态度，还是仅仅是语言、技巧、韵味？

最近应人之请，写了一篇短文，谈二十一世纪的文学。我认为本世纪的中国文学，翻来覆去，无非是两方面的问题：现实主义与现代主义；继承民族传统与接受西方影响。几年前，我曾在一次关于我的作品的讨论会上提出：回到现实主义，回到民族传统。我说：这种现实主义是容纳多种流派的现实主义；这种民族传统是对外来文化的精华兼收并蓄的民族传统。现实主义和现代主义可以并存，并且可以融合；民族传统与外来影响（主要是西方影响）并不矛盾。二十一世纪的文学也许是更加现实主义的，也更加现代主义的；更多地继承民族文化，也更深更广地接受西方影响的。针对中国目前的文学现状，我认为有强调现代主义、西方文化的必要。

我今年七十一岁，也许还能再写作十年。这十年里我将更有意识地吸收西方现代文学的影响。

我相信二十一世纪的中国文学将是辉煌的。

一九九一年五月十三日

注　释

①　本篇原载《漓江》1991 年冬季号,是《汪曾祺作品自选集》(漓江出版社,
1992 年版)的重印后记。《汪曾祺作品自选集》是《汪曾祺自选集》(漓江
出版社,1987 年版)的重印。

二十一世纪的文学？^①

　　我能不能活到二十一世纪，没有把握。但是文学是会永存的。文学已经存在了若干世纪，它还会存在很多世纪，文学是不会消失的。

　　下一世纪的文学会是个什么样子，不好预言。但是我想还是会沿着本世纪文学的道路发展下去。会有所改变，但是不会变得叫我们完全不认得。

　　本世纪的中国文学，从现代文学到当代文学，翻来覆去，无非是两个方面的问题。一个是现实主义和现代主义的问题，一个是继承民族传统与接受外来影响，主要是西方影响的问题。这两方面的问题是互相关联的。我想现实主义和现代主义是可以并存，并且是可能融合的。继承民族传统与接受西方影响也是并不矛盾的。文学的潮流本不是泾渭分明、井水不犯河水。作家也不必自立门户，不归杨，则归墨，自己在一棵树上吊死。

　　有一次在北京举行的讨论我的作品的座谈会，我作过一个简短的发言，题目是"回到现实主义，回到民族传统"，这好像是我的文学主张。为什么用"回到"这个词，是因为我年轻时较多地吸收西方现代派的影响。我写过象征派的诗，在小说也有意地运用过现代派的表现方法，比如意识流。我认为现实主义仍然很有生命力，一个作家是不能脱离本民族的文化传统的。所谓"祖国"，重要的内容，是本民族的文化。没有祖国，没有自己民族的文化传统，是很痛苦的。我接触到几位美国的黑人学者，完全能体会到他们的没有历史，没有自己文化传统的深刻的悲哀。我在一篇文章里称他们为"悬空的人"。

　　为了恐怕引起误会，我在另一次发言里作了一点补充，说我所说的现实主义是能够吸收一切流派的现实主义，我所说的继承民族文化传统是不排斥任何外来影响的文化传统。

针对大陆近年的文学现状,我觉得有强调吸收现代主义和西方影响的必要,不是需要削弱甚至是摒弃。

我想二十一世纪的中国文学可能是更加现实主义的,同时也是更加现代主义的;更多地继承民族文化传统,也更多地吸取外来影响的。

台湾文学和大陆文学我觉得是一体的。从和台湾作家的接触中,我不觉得有陌生感,和与大陆作家相接触没有什么两样。当然,由于长期的隔离,会有些地方还不那样熟悉,加强交流是非常必要的。台湾文学可以从大陆文学借鉴一些东西;大陆作家一定也会从台湾作家的作品中得到很多教益。台湾的许多作家的文化素养是我所敬佩的。他们对中国古典文学和西方文学的熟悉程度是大陆一些作家,至少是我,所不及的。

注 释
① 本篇原载 1991 年 5 月 15 日《联合报》。

文化的异国①

　　我年轻时就很喜欢桑德堡的诗,特别是那首《雾》。我去参观桑德堡的故居,在果园里发现两棵凤仙花,我很兴奋,觉得很亲切,问陪同我们参观的一位女士:"这是什么花?"她说:"不知道。"在中国到处都有的花,美国人竟然不认识。

　　美国也有菊花,我所见的只有两种,紫红色的和黄色的,都是短瓣、头状花序,没有卷瓣的、管瓣的、长瓣的,抱成一个圆球的。当然更不会有"懒梳妆"、"十丈珠帘"、"晓色"、"墨菊"……这样许多名目。美国的插花以多为胜,一大把插在一个广口玻璃瓶里,不像中国讲究花、叶、枝、梗,倾侧取势,互相掩映。

　　美国也有荷花,但美国人似乎并不很欣赏。他们没有读过周敦颐的《爱莲说》,不懂得什么"香远益清"、"出淤泥而不染"。

　　美国似乎没有梅花。有一个诗人翻译中国诗,把梅花译成杏花。美国人不了解中国人为什么那样喜爱梅花,他们不懂得"疏影横斜水清浅,暗香浮动月黄昏"。不懂得这样的意境,不懂得中国人欣赏花,是欣赏花的高洁,欣赏在花之中所寄寓的人格的美。

　　中国和西方的审美观念是有很大的不同的。

　　比较起来,中国对西方的了解比西方对中国的了解要多一些。

　　我在芝加哥参观美术馆,正赶上后期印象派专题展览,我看了莫奈、梵谷、毕卡索的原作,很为惊异,我自信我对莫奈、梵谷、毕卡索是能看懂的、会欣赏的。

　　我看了亨利摩尔的雕塑,不觉得和我有不可逾越的距离。

　　但是西方人对中国艺术是相当陌生的。

　　中国"昭陵六骏"的"拳毛𬴃"、"飒露紫"都在美国的费城大学博物馆展出,我曾特意去看过,真了不起!可是除我之外,没有别人驻足赞叹。

波士顿博物馆陈列着两幅中国名画,关仝的"雪山行旅图"和传宋徽宗摹张萱"捣练图"。"雪山图"气势雄伟,"捣练图"线条劲细,彩墨如新,堪称中国的国宝。但是美国参观的人似乎不屑一顾。

要一般外国人学会欣赏中国的书法,真是太难了,让他们体会王羲之和王献之有什么不同,那是绝对办不到的,文学上也如此。

中国人对美国的作家,从惠特曼、霍桑、马克·吐温到斯坦贝克、海明威……都是相当熟悉的。尤其是海明威,不少中国作家是受了海明威的影响的,包括我。但是美国人知道几个中国作家?有多少人知道鲁迅、沈从文?这公平么?

是不是中国作家水平低?不见得吧!拿沈从文来说,他的作品比日本的川端康成总还要高一些吧!但是川端康成得了诺贝尔奖,沈从文却一直未获提名通过。这公平么?

中国文学没有在世界范围内得到公平的评价,一方面是因为缺乏了解,另一方面,不能不说,全世界的文学界对中国文学存在着偏见。有人甚至说:"中国无文学",这不仅是狂妄,而且是无知!

我在国外时间极短,与一般华人接触甚少,不能了解他们的心态。与在国外的文化、文学工作者也少交谈,但我可以体会,在不公平的,存偏见的环境中,华人作家、艺术家,他们的心情是寂寞的,而且充满了无可申说的愤懑。

谁教咱们是中国人呢!

一九九一年五月

注　释

① 本篇原载 1992 年 1 月 12 日《中国时报》,又载《作家》1992 年第六期、《散文选刊》1993 年第一期;初收《中国当代名人随笔·汪曾祺卷》,陕西人民出版社,1993 年 12 月。

纪姚安的议论 [①]

　　大概很少人知道纪姚安。他是纪晓岚的父亲,我也是从《阅微草堂笔记》里才知道他的。纪晓岚称之为"先姚安公",他的官印、表字,我都不知道,更不用说生平事迹,有无著作传世了。《笔记》有一些材料是他提供的。纪晓岚还记录了一些他的议论。他的议论很有意思。到后来我就专挑他的议论来看。越看越觉得有意思。

　　《阅微草堂笔记》我在高中时就看过。我在的中学——江阴南菁中学,有不少同学有两种书,一种是《曾文正公家书·日记》,一种便是《阅微草堂笔记》,作为自选的课外读物,不知是什么道理。我不喜欢这本书,不喜欢其文笔,觉得过于平实,直不笼统。对纪晓岚的文学主张,完全排斥想象,排斥虚构,排斥浪漫主义,不能同意。他对《聊斋》的批评:"……今嬿昵之词、媟狎之态,细微曲折、摹绘如生,使出自言,似无此理;使出作者代言,则何从而闻见之?"我觉得这简直可笑。纪晓岚又好发议论,几乎每记一事,都要议论一番。年轻人爱看故事,尤其是带传奇性的故事,不爱看议论。这些议论叫人头疼。也许是出于一种逆反心理,我对鲁迅对《笔记》的推崇持保留意见。直到去年,我在文章里还表示不能理解。最近重读了《笔记》,看法有所改变,觉得鲁迅的评价是有道理的,深刻的,很叫人佩服。这说明我是上了年纪了。

　　不能拿《阅微草堂笔记》来要求《聊斋》,也不能拿《聊斋》来要求《笔记》。正如不能拿了现实主义的标尺去量浪漫主义的作品,也不能拿浪漫主义的标尺去量现实主义。《聊斋》和《笔记》是两个路子。(《聊斋》取法唐人小说,《笔记》取法六朝笔记。)鲁迅说《笔记》"叙述多雍容淡雅,天趣盎然",是极有见地的。"淡雅"或可做到,"雍容"是很不容易的。

鲁迅很欣赏纪晓岚的议论，以为"处事贵宽，论人欲恕，故于宋儒之苛察，特有违言，书中有触即发……且于不情之论，世间习而不察者，亦每设疑难，揭其拘迂，此先后诸作家所未有也"（《中国小说史略》）。"此先后诸作家所未有"，也许说得过重了一些。鲁迅本人深恶理学，读纪晓岚书，以为先得我心，出了胸中一口恶气，评价稍高，是可以理解的。纪晓岚的议论，不是孤立的现象，与当时的思潮是呼吸相通的，同时和他的家学是很有关系的。鲁迅对纪晓岚的称道，同样可以适用于纪姚安。我觉得纪姚安的思想比纪晓岚更高明，也更有趣一些。

姚安极通达，不钻牛犄角。《滦阳消夏录·四》载：

> 百工技艺，各祠一神为祖。倡族祀管仲，以女闾三百也。伶人祀唐玄宗，以梨园子弟也。此皆最典。胥吏祀萧何、曹参，木工祀鲁班，此犹有义。至靴工祀孙膑，铁工祀老君之类，则荒诞不可诘矣。长随所祀曰钟三郎，闭门夜奠，讳之甚深，竟不知为何神。曲阜颜介子曰："必中山狼之转音也。"先姚安公曰："是不必然，亦不必不然。郢书燕说，固未为无益。"

姚安心平气和，不走极端，对各种人，都能容纳。《槐西杂志·一》载：

> 田白岩言：尝与诸友扶乩，其仙自称真山民，宋末隐君子也。倡和方洽，外报某客某客来，乩忽不动。他日复降，众叩昨遽去之故，乩判曰："此二君者，其一世故太深，酬酢太熟，相见必有谀词数百句。云水散人，拙于应付，不如避之为佳。其一心思太密，礼数太明，其与人语恒字字推敲，责备无已。闲云野鹤，岂能耐此苛求，故遁逃尤恐不速耳。"后先姚安公闻之，曰："此仙究狷介之士，器量未宏。"

姚安自然不是无鬼论者，但不那么迷信，对狐鬼妖魅不很敬畏，不佞佛，也不想成仙。《如是我闻·一》：

> 雍正甲寅，余初随姚安公至京师，闻御史某公性多疑。初典永

光寺一宅，其地空旷，虑有盗，夜遣家奴数人，更番司铃柝，犹防其懈，虽严寒溽暑，必秉烛自巡视，不胜其劳。别典西河沿一宅，其地市廛栉比，又虑有火，每屋储水瓮。至夜铃柝巡视，如在永光寺时，不胜其劳。更典虎坊桥东一宅，与余邸隔数家，见屋宇幽邃，又疑有魅，先延僧诵经、放焰口，钹鼓玲玲者数日，云以度鬼。复延道士设坛召将，悬符持咒，钹鼓玲玲者又数日，云以驱狐。宅本无他，自是以后，魅乃大作，抛掷砖瓦，攘窃器物，夜夜无宁居。婢媪仆隶，因缘为奸，所损失无算。论者皆谓妖由人兴。居未一载，又典绳匠胡同一宅。去后不通音问，不知其作何设施矣。姚安公尝曰："天下本无事，庸人自扰之"，其此公之谓乎。

《滦阳消夏录·三》：

> 己卯七月，姚安公在苑家口，遇一僧，合掌作礼曰："相别七十三年矣，相见不一斋乎？"适旅舍所卖皆素食，因与共饭。问其年，解囊出一度牒，乃前明成化二年所给。问："师传此几代矣？"遽收之囊中，曰："公疑我，我不必再言。"食未毕而去，竟莫测其真伪。尝举以戒昀曰："士大夫好奇，往往为此辈所累。即真仙真佛，吾宁交臂失之。"

"即真仙真佛，吾宁交臂失之"，这说得很潇洒。

姚安论事，唯主宽厚，近人情，对习理学的人对人苛求刻察是不满意的，而且谈起来很激动，对理学家很不原谅。昔人有云："我能原谅所有的人，只是不原谅那不原谅人的人"。纪姚安的性格有些近似。

《槐西杂志·二》载：

> 东光有王莽河，即胡苏河也。旱则涸，水则涨。每病涉焉。外舅马公周篆言：雍正末，有丐妇一手抱儿，一手扶病姑涉此水。至中流，姑蹶而仆。妇弃儿于水，努力负姑出。姑大诟曰："我七十老妪，死何害！张氏数世，待此儿延香火，尔胡弃儿以拯我？斩祖宗之祀者尔也！"妇泣不敢语，长跪而已。越两日，姑竟以哭孙不食死。妇呜咽不成声，痴坐数日，亦立槁。不知其何许人，但于姑

罟妇时,知为张姓耳。有著论者,谓儿与姑较,则姑重;姑与祖宗较,则祖宗重。使妇或有夫,或尚有兄弟,则弃儿是。既两世穷嫠,止一线之孤子,则姑所责者是,妇虽死有余悔焉。姚安公曰:讲学家责人无已时。夫急流汹涌,少纵即逝,此岂能深思长计时哉!势不两全,弃儿救姑,此天理之正,而人心之所安也。使姑死而儿存,终身宁不耿耿耶?不又有责以爱儿弃姑者耶?且儿方提抱,育不育未可知。使姑死而儿又不育,悔更何如耶?此妇所为,超出恒情已万万。不幸而其姑自殒,以死殉之,其亦可哀矣。犹沾沾焉而动其喙,以为精义之学,毋乃白骨含冤,黄泉赍恨乎!孙复作《春秋尊王发微》,二百四十年内,有贬无褒;胡思堂作《读史管见》,三代以下无完人。辨则辨矣,非吾所欲闻也!

这议论实在是透辟。"夫急流汹涌,少纵即逝,此岂深思长计时哉!"最能服人,真是说得再好没有了。

姚安匪特长于议论,其待人接物,为官断案,也是能体现他的通情达理的思想的。《槐西杂志·二》:

姚安公官刑部江苏司郎中时,西城移送一案,乃少年强污幼女者。男年十六,女年十四。盖是少年游西顶归,见是女撷菜圃中,因相逼胁。逻卒闻女号呼声,就执之。讯术竟,两家父母均投词:乃其未婚妻,不相知而误犯也。于律未婚妻和奸有条,强奸无条。方拟议间,女供亦复改移,但称调谑而已。乃薄责而遣之。或曰:"是女之父母受重赂,女亦爱此子丰姿。且家富,故造此虚词以解纷。"姚安公曰:"是未可知。然事止婚姻,与贿和人命,冤沉地下者不同。其奸未成无可验,其贿无据难以质。女子允矣,父母从矣,媒保有确证,邻里无异议矣,两造之词亦无一毫之牴牾矣,君子可欺以其方,不能横加锻炼,入一童子远戍也。"

语云:法律不外乎人情,姚安公有是矣。纪姚安断案从宽,到今天,还是我们的一些司法干部应该参考的。

纪姚安不是一个古板无味的人,他有时也是很有风趣,很幽默的。

《槐西杂志·一》：

> 景州申谦居先生，讳诩，姚安公癸巳同事也。天性和易，平生未尝有忤色，而孤高特立，一介不取，有古狷者风。衣必缊袍，食必粗粝。偶门人馈祭肉，持至市中易豆腐，曰："非好苟异，实食之不惯也。"尝从河间岁试归，使童子控一驴。童子行倦，则使骑而自控之。薄暮遇雨，投宿破神祠中。祠只一楹，中无一物，而地下芜秽不可坐，乃摘板扉一扇，横卧户前。夜半睡醒，闻祠中小声曰："欲出避公，公当户不得出。"先生曰："尔自在户内，我自在户外，两不相害，何必避？"久之，又小声曰："男女有别，公宜放我出。"先生曰："户内户外即是别，出反无别。"转身酣睡。至晓，有村民见之，骇曰："此中有狐，尝出媚少年人，入祠辄被瓦砾击，公何晏然也？"后偶与姚安公语及，掀髯笑曰："乃有狐欲媚申谦居，亦大异事。"姚安公戏曰："狐虽媚尽天下人，亦断不到君。当是诡状奇形，狐所未睹，不知是何怪物，故惊怖欲逃耳。"

可想见先生之为人矣。

纪姚安的言行，倘加辑录，可以成为一本书，这里只是举出数条，以见一斑耳。

乾嘉之际，是中国的知识分子思想解放的黄金时期（当然，那也是大兴文字狱的时期，但知识分子却仍可解放自己。这是个很值得究诘的问题，此处不能深论），他们从"存天理，灭人欲"的理学囹圄中挣脱出来，对人，对人性给予了足有的地位。戴东原、俞理初都是这样。这是一时风气。纪晓岚，以及纪姚安受到风气的感染，是不足为奇的。我们对近代思想的普遍的了解似乎还很不够。我们应该研究戴东原，研究俞理初，对纪姚安这样的学术地位并不显著的普通的但有见识的知识分子也应该了解了解。这样，对探索五四以来的思想渊源，是有益的。对体察今天的知识分子的心态，也不是没有现实意义。

一九九一年六月一日

注 释

① 本文原载《中国文化》1991 年总第五期"城南客话"专栏。

徐文长的婚事①

偶读徐文长的杂剧《歌代啸》,顺便把《徐渭集》(中华书局1983年)翻了一遍,对徐文长的生平略有了解。文长是一大奇人。奇事之一是杀妻。把自己的老婆杀了,这在中国文人里还没听说过有第二人。徐文长杀的是其继室张氏,不是原配夫人。

徐文长的原配姓潘。徐文长二十岁订婚,二十一岁结婚。文长自订《畸谱》云:

> 二十岁。庚子,渭进山阴学诸生,得应乡科,归聘潘女。
> 二十一岁。寓阳江,夏六月,婚。

文长和潘氏夫人是感情很好的。《徐渭集》卷十一:嘉靖辛丑之夏,妇翁潘公即阳江官舍,将令予合婚,其乡刘寺丞公代为之媒,先以三绝见遗。后六年而细子弃帏。又三年闻刘公亦谢世。癸丑冬,徙书室,检旧札见之,不胜凄婉,因赋《七绝》:

一

十年前与一相逢,
光景犹疑在梦中。
记得当时官舍里,
熏风已过荔枝红。

二

华堂日晏绮罗开,
伐鼓吹笙一两回。

帐底画眉犹未了，
寺丞亲着绛纱来。

三

筵前半醉起逡巡，
窄袖长袍妥着身。
若使吹箫人尚在，
今宵应解说伊人。

四

闻君弃世去乘云，
但见缄书不见君。
细子空帷知几度，
争教君不掩荒坟。

五

掩映双鬟绣扇新，
当时相见各青春。
傍人细语亲听得，
道是神仙会里人。

六

翠幌流尘着地垂，
重论旧事不胜悲。
可怜唯有妆台镜，
曾照朱颜与画眉。

七

箧里残花色尚明，

分明世事隔前生。

坐来不觉西窗暗，

飞尽寒梅雪未晴。

这七首诗除了第四首主要是写刘寺丞的旧札的外，其余六首都是有关潘氏夫人的。癸丑那年，徐文长三十三岁，距离与潘氏结婚已经十二年，离潘之死，也八年了。当时情景，历历在目，文长盖无一日忘之，诗的感情的确是很凄怆的。从诗里看，潘夫人是相当漂亮的。

紧挨着这七首诗后面的是《内子亡十年，其家以甥在，稍还母所服，潞州红衫，颈汗尚沰，余为泣数行下，时夜天大雨雪》：

黄金小纽茜衫温，

袖摺犹存举案痕。

开匣不知双泪下，

满庭积雪一灯昏。

诗写得很朴实，睹物思人，只是几句家常话，但是感情很真挚，是悼亡诗里的上品。

卷五有《述梦二首》：

一

伯劳打始开，

燕子留不住，

今夕梦中来，

何似当初不飞去？

怜羁雄，

嗤恶侣，

两意茫茫坠晓烟，

门外乌啼泪如雨。

二

跣而濯，

宛如昨，

罗鞋四钩闲不着。

棠梨花下踏黄泥，

行踪不到栖鸳阁。

这两首诗第二首很空灵，第一首则颇质实。看诗意，也是写潘夫人的。诗里写到女人洗脚，不是夫妻咋行？从"怜羁雄，嗤恶侣"看，诗是在文长再娶之后写的，做这个梦时，文长已是四十岁以后了。

徐和潘不但感情好，脾气性格也相投。这位潘夫人生前竟没有名字，她的名字是她死后徐文长给她起的。《亡妻潘墓志铭》曰："君姓潘氏，生无名字，死而渭追有之。以其介似渭也，名似，字介君。"给夫人起这样一个名字，称得起是知己了。潘夫人地下有知，想也是感激的。《墓志铭》称"介君慧而朴廉，不嫉忌。"徐文长容易生气，爱多心，潘夫人是知道的，每当要跟文长说点正经事，一定先考虑考虑，别说出什么叫徐文长不爱听的话。"与渭正言，必择而后发，恐渭猜，蹈所讳。"看来潘夫人对徐文长迁就的时候多。因此，闺中相处六年，生活是美满的。

文长再婚后，对原先的夫人更加怀念不置。

徐文长共结过三次婚。第二个夫人姓王，只共同生活了三个月左右。《畸谱》：

三十九岁。徙师子街。夏，入赘杭之王，劣甚。始被诒而误，秋，绝之，至今恨不已。

四十岁时与张氏订婚，四十一岁与张结婚。四十六岁时杀了张氏。《畸谱》：

四十六岁。易复，杀张下狱。隆庆元年丁卯。

徐文长到底为什么要杀妻，这是个弄不清楚的问题。

他和张氏的感情是不好的，甚至很坏，文长对张氏虽不像对王氏那样，认为"劣甚"，"至今恨不已"，但是"怜羁雄，嗤恶侣"的"恶侣"似乎说的是张氏,不是王氏。因为文长入赘王家时间甚短,《述梦》不会是恰恰写于这段时间。文长集中对张只字不提,——他为潘夫人写了多少好诗!《畸谱》中只记了一笔:"杀张下狱",在监狱里所写的诗也只写了对关心他的人、营救他的人表示感谢,对杀妻这件事没有态度,看不出他有什么后悔、内疚。

徐文长杀妻,都说是出于猜疑嫉妒。袁宏道谓"以疑杀其继室",陶望龄谓"渭为人猜而妒,妻死后有所娶,辄以嫌弃(按,此指王氏),至是又击杀其后妇,遂坐法系狱中"。猜疑什么?是疑其不贞?以无据可查,不能妄测。

比较站得住的原因,是文长这时已经得了精神病,他已经疯了。他曾用锥子锥进自己的耳朵。袁宏道《徐文长传》谓"或以利锥锥其两耳,深入寸许,竟不得死"。陶望龄《徐文长传》谓"……遂发狂,引巨锥剚耳,刺深数寸,流血几殆。"这是文长四十五岁时的事。《畸谱》:

四十五岁。病易。丁剚其耳,冬稍瘳。

杀妻是四十六岁,相隔不到一年,他的疯病本没有好,这年又复发了。

一个人干得出用锥子锥自己的耳朵,干出像杀妻这样的事,就不是完全不可想象的了。

一个人为什么要发疯?因为他是天才。

梵高为什么要发疯,你能解释清楚吗?

一九九一年六月十三日

注　释

① 本篇原载《江那边的国土》,人民文学出版社,1992 年版;初收《汪曾祺全集》第五卷,北京师范大学出版社,1998 年 8 月。

野人的执着①

　　野莽的小说有不少篇是写乌山人的。这些人被封闭在大山里,过着基本上是与世隔绝的生活。那里的山、水、人,都没有被污染。没有被现代文明和商品经济所污染。他们生活在亘古不变的自给自足的小农经济形态之中。似乎这是一个被时代遗忘的角落。他们生活得很简单,很真实,很高尚,很美。一种原始的、粗糙的美。就像山,像石头,像树。这是一些野人。

　　到底有没有野人?《故事》写得扑朔迷离。"说是四十多年前徐氏被一红毛野人背去深山古洞里住了半年","说是"而已。但又说"徐氏时常登峰去望。她两眼锐利如同少年,望得见洞口,却望不见背她入洞的红毛野人以及寻杀野人的男人"。这是作者用自己的口说出的话,红毛野人似乎是有。中国的大山里有没有野人,一直是一个谜。但我们宁可相信,野莽这篇小说是一个寓言。

　　《杀天》里,作者着力刻画了一个具有超常的蛮力气、蛮性情的蛮汉。也许作者要把他写得很突出,看起来有点用力太过了。我倒对那个没有名字的吴家大女子印象很深。大女子原来同意当蛮牛的媳妇子,但大女子的父亲瘸腿老汉得了一担彩礼、一头猪,把女儿嫁给了一个没长齐全的小人儿,蛮牛身上有大火烧,心里有野兽吼,他用弯刀砍核桃树,砍猪,砍自己,他倒在地上,猪血和人血染了一身。大女子跪在他身边,为他洗去脸上的血,一边洗,一边哭,一边哀哀地诉说:

　　　　好人,恩人,蛮人,你听我说,我这辈子对不起你,对不起你娘,我下辈子一定给你做女人。你变牛,我变牛,给你下牛崽;你变鸡我变鸡,给你下鸡蛋,抱鸡娃! 蛮牛哥,我这回说话一定要作数……

我不知道世界上还能不能找得到比这更真纯,更诚恳,更死心塌地的誓言!

《领土》是一个传奇故事,华家女娃子是个传奇人物(野莽笔下的乌山人物都带点传奇性)。华家女娃子(他是个男的)为什么要弃绝人世,一个人跑到大山里过绝对孤独的狩猎生活呢?谁也不得其解。但是华家女娃子是可爱的。那个从山上摔下去,被华家女娃子救活,在他们石屋里住了三个月的放牛女也很可爱。她天真到极点:她说过年在石屋里吃得极好,尽是野物肉,用盆舀,用手撕,过了十八个年,数这个年快活。

《乌山人物》(三题)的《三夫》写得很干净,很顺,很轻松。恶女小红,从小出村要饭。"虽然叫化,却与世上大多叫化子不同,人骂她,她骂人。人打她,她打人。人唆狗咬她,她拣石打狗。"她克死了两个丈夫。第三个遇到的是养公猪给人家母猪配对做种的"脚猪佬"。脚猪佬要她"跟他",她大骂了几个回合,"与脚猪佬对看良久,见那双乌黑大眼火光闪闪直要将人心燃烧冒烟,心便萌然动了,偌壮个身子一时支撑不住,一头扎进脚猪佬怀中,说出一句一辈子未曾说过的温柔的话语:我八字硬,克死了两个男人。"

这话说得可真是温柔!

我很喜欢《黄帽子》。这是一篇现代小说,写得平铺直叙。平铺直叙是现代小说的一个重要的特点。不搞突出,不搞强调,不搞波澜起伏,只是平平常常地,如实地,如数地把生活写出来。作者不泄露感情,甚至看不出对这种生活的态度。而态度自在其中,可以意会。《黄帽子》写的是一个极其平常的生活片段。乌山少年跟他们父亲乌山汉子从乌山到大地方来修路。他们戴上了黄帽子。小黄帽子听说中国人要和外国人比武,他想看看,要看看中国人赢还是输。路修完了,他不回去。比武的票价要一百多块,他不考虑。没地方睡,睡桥洞,他一点都不犹豫。回去时没车费了,他没想过。他一门心思就是要看比武。他的念头非常执著,雷也打不动。这种超乎功利,完全不为钱物所役累的执著,是山里人,野人的,极其可贵的性格。这种执著是坚贞的,超脱的,远离一切俗气和市侩主义的。

为什么野莽要写这些野人,写这些野人的真实、高尚和执著,写他们身上的原始、粗糙的美?我想这是对于在浮躁扰攘的现世中行将失去的先民的道德标准、价值观念回归的呼唤。"礼失而求诸野",在铸造民族感情、民族心理的过程中,这种呼唤,我以为是有意义的。这,我想就是野莽小说可能产生的社会效益。至于它是不是属于"主旋律",那另说。

说实在的(这是近年来北京人流行的口头语),读野莽的小说(我大概通读了四遍),我有时有点"起急",我觉得有点什么东西还不够。缺点什么呢?我想是悲凉感。这种悲凉不是源于封闭的深山,而是出于对现实生活的抗议。

野莽的小说还涉及另外的生活面。如《红裤子》可以说是两种文化的撞击;《临街的坟》写当代青年的失落感……这些我都没有深思过,说不出所以然,故不论;今只就其写乌山人物诸篇略抒所见。强作解人,可笑可笑!

我是不喜欢小说中大量写景的,但是我对乌山有一种强烈要求,希望野莽能把乌山景色好好写一写。

野莽的语言有特色,不止一体。有些篇的语言有文言成分,颇有拗句,如:

> 恶女只不容这般诬蔑,每逢如此情况,便吵便骂。亦极会骂,形容生动,骂声悦耳,且配之姿式,左手提捆稻草,右手握柄菜刀,口骂手剁,寸草落地,将这断草比作挨骂人该剁的脑壳。遇有答言者,干劲倍加,手拍屁股拍得山响,双脚蹦离地皮,且拍且跳且骂。……

这种语言可以产生陌生化的效果,嘲谑的效果,无可厚非。但只宜因所写之人、之事而异。篇篇都是这样的语言,即恐流于游戏。

一九九一年八月十六日

注 释

① 本篇原载《小说林》1992 年第五期,是为野莽小说集所作序言;初收《汪曾祺全集》第五卷,北京师范大学出版社,1998 年 8 月。

《旅食集》自序[①]

"旅食"是他乡寄食的意思,见于杜甫诗。杜甫《奉赠韦左丞丈二十二韵》:

……
> 骑驴十三载,
> 旅食京华春。
> 朝扣富儿门,
> 暮随肥马尘。
> 残杯与冷炙,
> 到处潜悲辛。……

本集取名"旅食",并无杜甫的悲辛之感,只是说明这里的文章都是记旅游与吃食的而已。是为序。

一九九一年九月十五日

注 释

① 本篇原载《旅食集》,广东旅游出版社,1992 年 4 月。

开 卷 有 益①

大概在我十一二岁的时候，一年暑假，我在我们家花厅的尘封的书架上找到一套巾箱本木活字的丛书，抽出一本《岭表录异》看起来，看得津津有味。接着又看了《岭外代答》。从此我就对笔记、游记发生很大的兴趣。一直到现在，还是这样。这一类书的文字简练朴素而有情致，对我的作品的语言风格是有影响的。

我从小学五年级到初中一二年级，教国文的老师都是高北溟先生。高先生教过的课文中给我印象最深的是归有光的《先妣事略》和《项脊轩志》。有一年暑假，高先生教了我郑板桥的家书和道情。我后来从高先生那里借来郑板桥的全集，通读了一遍。郑板桥的元白体的诗和接近口语的散文，他的诗文中的蔼然的仁者之心，使我深受感动。全集是板桥手写刻印的，看看他的书法，也是一种享受。

有一年暑假，我从韦子廉先生读了几十篇桐城派的古文。"桐城义法"，未可厚非。桐城派并不全是"谬种"。我以为中学生读几篇桐城派古文是有好处的，比如姚鼐的《游泰山记》、方苞的《左忠毅公逸事》。

我读书的高中江阴南菁中学注重数理化，功课很紧，课外阅读时间不多，但也不是完全没有。我买了一套胡云翼编的《词学小丛书》；在做完习题后或星期天，就一首一首抄写起来。字是寸楷行书。这样就读了词也练了字。抄写，我以为是读诗词的好办法。读词，带有一定的偶然性，因为买了一套《词学小丛书》；同时词里大都有一种感伤情绪，流连光景惜朱颜，和一个中学生的感情易于合拍。

江南失陷，我不能到南菁中学读书，避居乡下，住在我的小说《受戒》所写的一个庵里。随身所带的书，除了数理化教科书外，只有一本屠格涅夫的《猎人日记》,一本上海的"野鸡书店"盗印的《沈从文选集》。我于是反反复复地看这两本书。可以说,这两本书引导我走上了文学道路,并且一直对我的作品从内到外产生极为深远的影响。

我在昆明西南联大读了中文系,选读了沈从文先生的三门课,《各体文习作》《创作实习》和《中国小说史》,是沈先生的名副其实的入室弟子。沈先生为了教课所需,收罗了很多文学作品,古今中外,各种流派都有。他架上的书,我陆陆续续,几乎全部都借来读过。外国作家里我最喜爱的是:契诃夫和一个西班牙作家阿索林。因为,他们有点像我,在气质上比较接近。

作为一个文学爱好者,或有志成为作家的青年,应该博览群书,但是可以有所侧重,有所偏爱。一个作家,应该认识自己,知道自己的气质。而认识自己的气质之一法,是看你偏爱哪些作家的书。有的作家的书,你一看就看进去了,那么看下去吧;有的作家的书,看不进去,就别看!比如巴尔扎克,我承认他很伟大,但是我就是不喜欢,你其奈我何!

我主张看书看得杂一些,即不只看文学书,文学之外的书也都可以看看。比如我爱看吴其濬的《中国植物名实图考》,法布尔的《昆虫记》。有的书,比如讲古代的仵作(法医)验尸的书《宋提刑洗冤录》,看看,也怪有意思。

古人云:"开卷有益"。有人反对,说看书应有选择。我觉得,只要是书,翻开来读读,都是有好处的,即便是一本老年间的黄历。

一九九一年十月二十一日

注　释

① 本篇原载《中学生阅读》1992 年第三期。

159

关于《虐猫》^①

关于《虐猫》，本来没有多少话好说。小说才那么一点儿，可以印在一张明信片上。

小说是写"文化大革命"的，是寄给"文化大革命"的一张生日卡。

这篇小说大概写于 1986 年，其时离"文化大革命"结束已经十年了。但是人们没有忘记"文化大革命"。"文化大革命"的许多事值得我们不断反思。这篇小说可以说是"反思文学"。

"文化大革命"最大的损失是人的毁坏，人性的毁坏。人怎么会变得这样自私，这样怯懦，并从极端的自私、怯懦之中滋生出那么多的野蛮、邪恶和人类最坏的品德——残忍呢？为什么在我们的民族心理上会发生那样大面积的坏死？这次浩劫是民族劣根性的大暴露。整个民族都发了疯，中了邪。只有极少数人还能保存他们的良知。我们是"文化大革命"过来人，对这场浩劫的前因后果到现在还不能有深层的认识。后来者，比如现在的中学生，就更会觉得完全不可思议。

我没有正面写"文化大革命"，我只是从一个很小的侧面，并在几度折射下反映了一点浩劫小景，写"文化大革命"对孩子心灵的毒害，写他们本来是纯洁无瑕的性格怎样被扭曲，被摧毁。

孩子如此，大人可知。

几个孩子到处捉猫，把猫从六楼扔下来，是真事，就发生在我原来的宿舍楼里。我亲眼看见过他们用绳子把猫拉回来。他们用各种方法"玩"猫，有的是从别处移借来的。用乳胶把猫的爪子粘在药瓶的盖子里，这种恶作剧倒不是孩子想出来的，是一个大人，一个年轻的干部，并且我听到他的"发明"是在"文化大革命"之后。"桀之恶，不如是其甚也。"写小说，总要有所虚构，有所集中。

他们毕竟是孩子。孩子是无辜的。责任在大人。我即使在写这些孩子的邪恶行径时，也还在字里行间写了他们一点可爱之处，一点"童趣"。

我原来的宿舍楼是有人跳过楼（这在"文化大革命"中是极普通的事），但不是小说中所写的李小斌的父亲。把他写成李小斌的父亲是为了刺激李小斌和这几个孩子的觉醒。

"李小斌、顾小勤、张小涌、徐小进没有把大花猫从六楼上往下扔，他们把猫放了。"他们在罪恶里陷得还不是那样深，他们的人性回归得比较早。他们是有希望的。

我们这个民族是有希望的。

希望，是这篇小说的"内思想"。因此，它不同于一般意义上的"伤痕文学"。

这篇小说篇幅很小。要使小说写得很"小"，一是能不说的话，就不说；二是作者要控制自己的感情，在叙述语言上要尽量冷静，不要带很多感情色彩，尽量说得平平淡淡，好像作者完全无动于衷。越是好像无动于衷，才能使读者感觉出作家其实是有很深的感触的。

一九九一年十月二十二日

注　释

① 本篇原载《中学生阅读》1992 年第三期。

关于《沙家浜》①

1963年冬天，江青到上海看戏，回北京后带回两个沪剧剧本，一个《芦荡火种》，一个《革命自有后来人》，找了中国京剧院和北京京剧团的负责人去，叫改编成京剧。北京京剧团"认购"了《芦荡火种》。所以选中《芦荡火种》，大概因为主角是旦角，可以让赵燕侠演。《革命自有后来人》，归了中国京剧院，后改编为《红灯记》。

我和肖甲、杨毓珉去改编，住颐和园龙王庙。天已经冷了，颐和园游人稀少，风景萧瑟。连来带去，一个星期，就把剧本改好了。实际写作，只有五天。初稿定名为《地下联络员》，因为这个剧名有点传奇性，可以"叫座"。

经过短时期突击性的排练，要赶在次年元旦上演，已经登了广告。江青知道了，赶到剧场，说这样匆匆忙忙地搞出来，不行！叫把广告撤了。

江青总结了50年代出现过的一批京剧现代戏失败的教训，认为这些戏没有能站住，主要是因为质量不够，不能和传统戏抗衡。江青这个"总结"是对的。后来她把这种思想发展成"十年磨一戏"。一个戏磨到十年，是要把人磨死的。但是戏是要"磨"的。萝卜快了不洗泥，是搞不出好戏的。公平地说，"磨戏"思想有其正确的一面。

决定重排，重写剧本。这次参加执笔的是我和薛恩厚。大概是1964年初春，住广渠门外一个招待所。我记得那几天还下了大雪，我和老薛踏雪到广渠门里一个饭馆里吃过涮羊肉。前后也就是十来天吧，剧本改出来了。二稿恢复了沪剧原名《芦荡火种》。

经过比较细致的排练，江青看了，认为可以请毛主席看了。

毛主席对京剧演现代戏一直是关心的，并提出过一些很中肯的意见,比如:京剧要有大段唱,老是散板、摇板,会把人的胃口唱倒的。这是针对50年代的京剧现代戏而说的。50年代的京剧现代戏确实很少有"上板"的唱,只有一点儿散板摇板,顶多来一段流水、二六。我们在《芦荡火种》里安排了阿庆嫂的大段二黄慢板"风声紧雨意浓天低云暗",就是受了毛主席的启发,才敢这样干的。"风声紧雨意浓"大概是京剧现代戏里第一次出现的慢板。彩排的时候,吴祖光同志坐在我的旁边,说:"这个赵燕侠真能沉得住气!""沉不住气",是50年代搞京剧现代戏的同志普遍的创作心理。后来的现代戏,又走了另一个极端,不用散板摇板。都是上板的唱。不用散板摇板,就成了一朵一朵光秃秃的牡丹。毛主席只是说不要"老是散板摇板",不是说不要散板摇板。

毛主席看了《芦荡火种》,提了几点意见(是江青向薛恩厚、肖甲等人传达的,我是间接知道的):

兵的音乐形象不饱满;

后面要正面打进去,现在后面是闹剧,戏是两截;

改起来不困难,不改,就这样演也可以,戏是好戏;

剧名可叫《沙家浜》,故事都发生在这里。

我认为毛主席的意见都是有道理的,"态度"也很好,并不强加于人。

有些事实需要澄清。

兵的音乐形象不饱满,后面是闹剧,戏是两截,这都是原剧所存在的严重缺点。原剧的结尾是乘胡传奎结婚之机,新四军战士化装成厨师、吹鼓手,混进刁德一的家,开打。厨师念数板,有这样的词句:"烤全羊,烧小猪,样样咱都不含糊。要问什么最拿手,就数小葱拌豆腐!"而且是"怯口",说山东话。吹鼓手只有让乐队的同志上场,吹了一通唢呐。这简直是起哄。改成正面打进去。就可以"走边"("奔袭"),"跟头过城",翻进刁宅后院,可以发挥京剧的特长。毛主席的意见只是从艺术上,从戏的完整性上考虑的,不牵涉到政治。"要突出武装斗争",是江青的任意发挥。把郭建光提到一号人物,阿庆嫂压成二号人物,并提高到"究竟是武装斗争领导地下斗争,还是地下斗争领导武装斗争"这样的原则高度,更是无限上纲,胡搅蛮缠。后来又说彭真要通过这出戏来反对武装斗争,更是莫须有的诬陷。

《沙家浜》这个剧名是毛主席定的,不是江青定的。最初提出《芦荡火种》剧名不妥的,是谭震林。他说那个时候,革命力量已经不是星星之火,已经是燎原之势了。谭震林是江南新四军的领导人,他的话是对的。"芦荡"和"火种",在字面上也矛盾。芦荡里都是水,怎么能保存火种呢?有人以为《沙家浜》是江青取的剧名,并以为《沙家浜》是江青抓出来的。《芦荡火种》和江青的关系不大。一些戏曲史家,戏曲评论家都愿意提《芦荡火种》,不愿意提《沙家浜》,这实在是一种误解。

我们按照江青传达的毛主席的意见,改了第三稿。1965年5月,江青在上海审查通过,并定为"样板","样板戏"这个叫法,是这个时候开始提出来的。

1970年5月,《沙家浜》定本,在《红旗》杂志发表。

很多同志对"样板戏"的"定本"有兴趣,问我是怎样一个情形。是这样的:人民大会堂的一个厅(我记得是安徽厅)。上面摆了一排桌子,坐的是江青、姚文元、叶群(可能还有别的人,我记不清了)。对面一溜长桌,坐着剧团的演员和我。每人面前一个大字的剧本。后面是她的样板团们一群"文艺战士"。由剧团演员一句一句轮流读剧本。读到一定段落,江青说:"这里要改一下。"当时就得改出来。这简直是"庭对"。她听了,说:"可以。"这就算"应对称旨"。这号活儿,没有一点捷才,还真应付不了。

江青在《沙家浜》创作过程中做了一些什么?

我历来反对一种说法:"样板戏"是群众创作的,江青只是剽窃了群众创作成果。这样说不是实事求是的。不管对"样板戏"如何评价,我对"样板戏"从总体上是否定的,特别是其创作思想——三突出和主题先行,但认为部分经验应该吸收(借鉴),不能说这和江青无关。江青在"样板戏"上还是花了心血,下了功夫的,至于她利用"样板戏"的反党害人,那是另一回事。当然,她并未亲自动手写过一句唱词,导过一场戏，画过一张景片，她只是找有关人员谈话，下"指示"。

从剧本方面来说，她的"指示"有些是有道理的。比如"智斗"一场，原来只是阿庆嫂和刁德一两个人的"背供"唱，江青提出要把胡传奎拉进矛盾里来，这样不但可以展开三个人之间的心理活动，舞台调度也可以出点新东西，——"智斗"的舞台调度是创造性的。照原剧本那样，阿庆嫂和刁德一斗心眼，胡传奎就只能踱到舞台后面对着湖水抽烟，等于是"挂"起来了。

有些是没有什么道理的。郭建光出场的唱"朝霞映在阳澄湖上"的第二句原来是"芦花白早稻黄绿柳成行"，她说这三种植物不是一个季节，说她到苏州一带调查过（天知道她调查了没有）。于是只能改成"芦花放稻谷香岸柳成行"，其实还不是一样？沙奶奶的儿子原来叫七龙，她说生七个孩子，太多了！这好办，让沙奶奶少生三个，七龙变成四龙！

有些是没有道理的，"风声紧"唱段前原来有一段念白："一场大雨，湖水陡涨。满天阴云，郁结不散，把一个水国江南压得透不过气来。不久只怕还有更大的风雨呀。亲人们在芦荡里，已经是第五天啦。有什么办法能救亲人出险哪！"这段念白，韵律感较强，是为了便于叫板起唱。江青认为这是"太文的词儿了"，于是改成"刁德一出出进进的，胡传奎在里面打牌……"这是大白话，真是一点都不"文"了。这段念白是江青口授的，倒可以算是她的创作。"智斗"一场阿庆嫂大段流水"垒起七星灶"差一点被她砍掉，她说这是"江湖口"，"江湖口太多了！"我觉很难改，就瞒天过海地保存了下来。

江青更多的精力用在抓唱腔，抓舞美。唱腔设计出来，试唱之后，要立即将录音送给她，她定要逐段审定的。"朝霞映在阳澄湖上"设计出两种方案，她坐在剧场里听，最后决定用李金泉同志设计的西皮。沙奶奶家门前的那棵柳树，她怎么也不满意，说要江南的垂柳，不要北方的。舞美设计到杭州去写生，回来做了一棵，这才通过。我实在看不出舞台上的柳树是杭州"柳浪闻莺"的，还是北京北海的，只见一棵用灯光照得碧绿透亮（亮得很不正常）的不大的柳树而已。

我在执笔写《沙家浜》时的一些想法。江青早期抓现代戏时，对剧本不是抓得很紧，我们还有一点创作自由。我的想法很简单。一是想把京剧写得像个京剧。写唱词，要像京剧唱词。京剧唱词基本上是叙述性的，不宜有过多的写景、抒情，而且要通俗。王昆仑同志曾对我说，《文昭关》"一事无成两鬓斑"，四句之后，就得是"恨平王无道纲常乱"。我认为很有道理。因此，我写《沙家浜》，在"风声紧雨意浓天低云暗"之后，下一句就是"不由人一阵阵坐立不安"。"不由人一阵阵坐立不安"，何等平庸。但是，同志，这是京剧唱词。后来的"样板戏"抒情过多，江青甚至提出"抒情专场"，于是满篇豪言壮语。我认为这是对京剧"体制"不了解所造成。再是，我想对京剧语言，进行一点改革，希望唱词能生活化、性格化，并且能突破原来的唱词格律（二二三，三三四）。"垒起七星灶"是个尝试。写这一稿时，这一段写了两个方案，一个是五言的，一个是七言的。我向设计唱腔的李慕良同志说：如果五言的不好安腔，就用七言的。结果李慕良同志选择了五言的，创造了一段五言流水，效果很好。这一段唱词是数学游戏。前面说得天花乱坠，结果是"人一走，茶就凉"，是个"零"。前些时见到报上说"人一走，茶就凉"是民间谚语，不是的。

《沙家浜》从写初稿，至今已有 27 年。从"定稿"到现在，也有 21 年了。俯仰之间，已为陈迹。但是"样板戏"不能就这样揭过去。这些年的戏曲史不能是几张白页。于是信笔写了一点回忆，供作资料。忆昔执笔编剧，尚在壮年。今年七十一，垂垂老矣，感慨系之。

一九九一年十一月二十二日

注　释

① 　本篇原载《八小时以外》1992 年第六期；初收《汪曾祺全集》第五卷，北京师范大学出版社，1998 年 8 月。

捡 石 子 儿①

——《汪曾祺选集》代序

承人民文学出版社的好意,要出我一本选集,我很高兴。我出过的几本书,印数都很少,书店里买不到。很多人到我这里来要。我的存书陆续送人,所剩无几,已经见了缸底了。有一本新书,可以送送人。当然,还可以有一点稿费。

一本25万字的书,好像总得有一篇序甚么的,不然就太秃了。因此,写几句。都是与本书有关的,不准备扯得太远。

都是些平平常常的话。

我以前外出,喜欢捡一点石头子儿。在海边,在火山湖畔,在沙滩上、沙漠上,倒都是精心挑选的,当时觉得很新鲜。但是带回来之后看看,就失去了新鲜感,都没有多大意思。后来,我的孙女拿去过家家了。剩几颗,压水仙头。最后,都不知下落,没有了。也并不可惜。我的这篇代序里的话也就像那些石头子儿,没有甚么保留价值。

关于空灵和平实

我的一些作品是写得颇为空灵的,比如《复仇》、《昙花·鹤和鬼火》、《天鹅之死》。空灵不等于脱离现实。《复仇》是现实生活的折射。这是一篇寓言体的小说。只要联系1944年前后的中国的现实生活背景,不难寻出这篇小说的寓意。台湾佛光出版社把这篇小说选入《佛教小说选》,我起初很纳闷。去年读了一点佛经,发现我写这篇小说是不很自觉地受了佛教的"冤亲平等"思想的影响的。但是,最后两个仇人共同开凿山路,则是我对中国乃至人类所寄予的希望。我写《天鹅

之死》,是对现实生活有很深的沉痛感的。《汪曾祺自选集》的这篇小说后面有两行附注:

一九八〇年十二月二十九日清晨

一九八七年六月七日校,泪不能禁。

我的感情是真实的。一些写我的文章每每爱写我如何恬淡、潇洒、飘逸,我简直成了半仙!你们如果跟我接触得较多,便知道我不是一个不食人间烟火的人。

在一次北京作协组织的我的作品座谈会上,最后,我做了一个简短的发言,题目是《回到现实主义,回到民族传统》,这可以说是我的文学主张。我说我所说的"现实主义"是能容纳多种流派的现实主义。现实主义不应该排斥、拒绝非现实主义。现实主义的作品,或多或少,都要掺进一点非现实主义的成分。这样的现实主义才能接收一点新的血液,获得生机。否则现实主义就会干枯,老化,乃至死亡。但是,我的作品的本体,是现实主义的。我对生活的态度是执着的。我不认为生活本身是荒谬的。不认为世间无一可取,亦无一可言。我所用的方法,尤其是语言,是平易的,较易为读者接受的。我的小说基本上是直叙。偶有穿插,但还是脉络分明的。我不想把事件程序弄得很乱。有这个必要吗?我不大运用时空交错。我认为小说是第三人称的艺术。我认为小说如果出现"你",只能是接受对象,不能作为人物。"我"作为读者,和作品总是有个距离的。不管怎么投入,绝不能变成小说中本来应该用"他"来称呼的人物,感觉到他的感觉。这样的做法不但使读者眼花缭乱,而且阻碍读者进入作品。至少是我,对这样的写法是反感的。有这个必要么?小说是写给读者看的,不能故意跟读者为难,使读者读起来过于费劲,修辞立其诚,对读者要诚恳一些,尽可能地写得老实一些。

但是,我最近写一篇小说《小芳》引起了我对我的写作方法的一番思索。

《中国作家》章仲锷同志约我写一篇小说,写得了,我在电话里告诉他:"这篇小说写得非常平实。"我的女儿看了,说她不喜欢。"一点才华没有！这不像是你写的！"我也不知道我怎么会写出这样一篇如此平铺直叙的小说。我负气地说："我就是要写得没有一点才华！"但是我禁不住要想一想：我七十一岁了，写了这样平实的小说，这说明甚么？是不是我在写作方法上发生了某些变化？以后，我的小说将会是甚么样子的？

想了几天，似乎有所开悟（这些问题过去也不是没有想过）：作品的空灵、平实，是现实主义的，还是非现实主义的，决定于作品所表现的生活。生活的样子，就是作品的样子。一种生活，只能有一种写法。《天鹅之死》的跳芭蕾舞的演员白蒻和天鹅，本来是两条线，只能交织着写。《小芳》里的小芳，是一个真人，我只能直叙其事。虚构、想象、夸张，我觉得都是不应该的，好像都对不起这个小保姆。一种生活，用一种方法写，这样，一个作家的作品才能多样化。我想我以后再写小说，不会都像《小芳》那样。都是那样，就说明确实是老了。

关于民族传统和外来影响

我的写作受过一些甚么影响？古今中外，乱七八糟。

我在大学念的是中文系，但是课余时间看的多是中国的当代文学作品和外国文学的译本。俄国的、东欧的、英国的、法国的、美国的、西班牙的。如果不看这些外国作品，我不会成为作家。

我对一种说法很反感，说年轻人盲目学习西方，赶时髦。说西方有甚么新的学说，新的方法，他们就赶快摹仿。说有些东西西方已经过时了，他们还当着宝贝捡起来，比如意识流。有些青年作家摹仿西方，这有甚么不好呢？我们年轻时还不都是这样过来的？有些方法，不是那样容易过时的，比如意识流。意识流是对古典现实主义一次重大的突破。普鲁斯特的作品现在也还有人看。指责年轻人的权威是在维护文学的正统，还是维护甚么东西，大家心里明白。

有一种说法我不理解：越是民族的，就越是世界的。虽然这话最初大概是鲁迅说的。这在逻辑上讲不通。现在指出这样的理论的中老年作家的意思我倒是懂得的。他们具有强烈的排他性,排斥外来的影响,排斥受外来影响较大的青年作家,以为自己的作品是最民族的,也是最世界的,是最好的,别的,都不行。

钱钟书先生提出一个说法:"打通"。他说他这些年所做的工作,主要是打通。他所说的打通指的是中西文学之间的打通。我很欣赏打通说。中国当代文学和西方文学需要打通,不应该设障。

另一种打通是当代文学与古典文学(民族传统)之间的打通。毋庸讳言,中国当代文学和古典文学之间是相当隔阂的。这有两方面的原因,一方面,当代作家对古典文学重视得不够;另一方面,研究、教授古典文学的先生又极少考虑古典文学对当代创作的作用——推动当代创作,应该是研究、教学古典文学的最终目的。

还有一种打通,是当代文学、古典文学和民间文学之间的打通。我曾在湖南桑植读到一首民歌:

姐的帕子白又白,
你给小郎分一截。
小郎拿到走夜路,
好比天上蛾眉月。

不知道为甚么,我当时立刻想到王昌龄的《长信秋词》:

玉颜不及寒鸦色,
犹带昭阳日影来。

两者设想的超迈,有其相通处。这样的民歌,我想对于当代诗歌,乃至小说、散文的写作应该是有影响的。

《阿诗玛》说:"吃饭,饱不到肉里;喝水,水不到血里"。我们读了西方文学、古典文学、民间文学,当然不能确指这进入哪一块肉,变成哪一滴血,但是多方吸收,总是好的。

我对古典、西方、民间都不很通。但是我以为,一个当代中国作家,应该是一个文学的通人。

关于笔记体小说

我的一些小说,在投寄刊物时自己就标明是笔记小说。笔记体小说是近年出现的文学现象。我好像成了这种文体的倡导之一。但是我对笔记体小说的概念并不清楚。

中国古代小说有两个传统,唐人传奇和宋人笔记。唐人传奇本多是投之当道的"行卷"。因为要使当道者看得有趣,故情节曲折,引人入胜;又因为要使当道者赏识其才华,故文词美丽。是有意为文。宋人笔记无此功利的目的,多是写给朋友们看看的,聊资谈助。有的甚至是写给自己看的。《梦溪笔谈》云"所与谈者,唯笔砚耳"。是无意为文。因此写得平淡自然,但,自有情致。我曾在一篇序言里说过我喜欢宋人笔记胜于唐人传奇,以此。

两种传统。绵延不绝,《阅微草堂笔记》可以说是继承了笔记传统,《聊斋志异》则是传奇、笔记兼而有之。纪晓岚对蒲松龄很不满意,指责他:

"今嬿昵之词,媟狎之态,细微曲折,摹绘如生。使出自言,似无此理;使出作者代言,则何从而闻见之?"

这问题其实很好回答:想象。

一般认为,所写之事是目击或亲闻的,是笔记,想象成分稍多者,即不是。这也有理。

按照这个标准,则我的《桥边小说三篇》的《茶干》是笔记小说;《詹大胖子》不完全是,张蕴之到王文蕙屋里去,并非我亲眼得见;《幽冥钟》更不是,地狱里的女鬼听到幽冥钟声,看到一个一个淡金色的光圈,我怎么能看到呢? 这完全是想象,是诗。

我觉得这样的区分没有多大意思。

凡是不以情节胜,比较简短,文字淡雅而有意境的小说,不妨都称之为笔记体小说。

我并不主张有人专写笔记体小说,只写笔记体小说。也不认为这是最好的小说文体。只是有那么一小块生活,适合或只够写成笔记体小说,便写成笔记体,而已。我并没有"倡导"过甚么。

关于中国魔幻小说

我看了几篇拉丁美洲的魔幻小说,第一个感想是:人家是把这样的东西也叫做小说的;第二个感想是,这样的小说中国原来就有过。所不同的是拉丁美洲的魔幻小说是当代作品,中国的魔幻小说是古代作品。我于是想改写一些中国古代魔幻小说,注入当代意识,使它成为新的东西。

中国是一个魔幻小说的大国,从六朝志怪到《聊斋》,乃至《夜雨秋灯录》,真是浩如烟海,可资改造的材料是很多的。改写魔幻小说,至少可以开拓一个新的写作领域。

有人会问:改写魔幻小说有甚么意义? 我们也可以反问一句:你所说的"意义"是甚么意义?

关于本书体例

我以前出的几本书,在编排上都是以作品写作或发表的时间先后为序的。这回不这样,我把作品大体上归了归类。小说部分以地方背景分。我生活过的地方是:江苏高邮、昆明、北京、张家口。小说也就把以这几个地方为背景的归在一起。有些篇不能确指其背景是甚么地方,就只好单独放着,如《复仇》《小芳》。散文部分是这样分的:记人的,写风景的,和人生杂论。

这样的编排说不上有甚么道理,只是为了一般读者阅读的方便。这对研究者可能造成一些困难。我不大赞成用"系年"的方法研究一个作者。我活了一辈子,我是一条整鱼(还是活的),不要把我切成头、尾、中段。何况,我是不值得"研究"的。"研究"这个词儿很可怕。

一九九一年十二月二日

注　释

①　本篇原载《中国文化》1992 年总第六期,是为《中国当代作家选集丛书·汪曾祺》(人民文学出版社,1992 年版)所作自序。

1992 年

书 画 自 娱^①

《中国作家》将在封二发作家的画,拿去我的一幅,还要写几句有关"作家画"的话,写了几句诗:

> 我有一好处,平生不整人。写作颇勤快,人间送小温。或时有佳兴,伸纸画芳春。草花随目见,鱼鸟略似真。唯求俗可耐,宁计故为新。只可自怡悦,不堪持赠君。君若亦欢喜,携归尽一樽。

诗很浅显,不须注释,但可申说两句。给人间送一点小小的温暖,这大概可以说是我的写作的态度。我的画画,更是遣兴而已,我很欣赏宋人诗:"四时佳兴与人同"。人活着,就得有点兴致。我不会下棋,不爱打扑克、打麻将,偶尔喝了两杯酒,一时兴起,便裁出一张宣纸,随意画两笔。所画多是"芳春"——对生活的喜悦。我是画花鸟的。所画的花都是平常的花。北京人把这样的花叫"草花"。我是不种花的,只能画我在街头、陌上、公园里看得很熟的花。我没有画过素描,也没有临摹过多少徐青藤、陈白阳,只是"以意为之"。我很欣赏齐白石的话:"太似则媚俗,不似则欺世"。我画鸟,我的女儿称之为"长嘴大眼鸟"。我画得不大像,不是有意求其"不似",实因功夫不到,不能似耳。但我还是希望能"似"的。当代"文人画"多有烟云满纸,力求怪诞者,我不禁要想起齐白石的话,这是不是"欺世"?"说了归齐"(这是北京话),我的画画,自娱而已。"只可自怡悦,不堪持赠君",是照搬了陶弘景的原句。我近曾到永嘉去了一次,游了陶公洞,觉得陶弘景是个很有意思的人,他是道教的重要人物,其思想的基础是老庄,接受了神仙道教影

响,又吸取佛教思想,他又是个药物学家,且擅长书法,他留下的诗不多,最著名的是《诏问山中何所有》:

山中何所有?岭上多白云。只可自怡悦,不堪持赠君。

一个人一辈子留下这四句诗,也就可以不朽了。我的画,也只是白云一片而已。

一九九二年一月八日

注 释

① 本篇原载 1992 年 2 月 1 日《新民晚报》;初收《汪曾祺全集》第五卷,北京师范大学出版社,1998 年 8 月。

作家应当是通人[①]

钱钟书先生说他这些年在中西文学方面所做的工作不是"比较"，而是"打通"。我很欣赏"打通"说。

有一种说法我一直不理解：越是民族的就越是世界的。我认为这句话不合逻辑，虽然这话最初好像是鲁迅说的。鲁迅的原意我不明白。现在老是强调这句话的中老年作家的意思我倒是明白的。无非是说只有他们的作品是最民族的，因此也是最世界的，最好的。别的，都不行。

我很不赞成一些老先生或半老的先生对青年作家的指责，说他们盲目摹仿西方文学。说有些东西在西方已经过时了，青年作家还当作宝贝捡起来。我觉得摹仿西方并没有什么不好。我们年轻时还都不是这样过来的？有些东西不是那样容易过时，比如意识流。普鲁斯特、弗吉尼·沃尔芙的作品现在还有人看，怎么就过时了呢？

我们很需要有人做中西文学的打通工作。现在有人不是在打通，而是在设障。

还需要另外一种打通，即古典文学和当代创作之间的打通。我在读大学时就想过这样一个问题：古典文学的教学和研究和当代创作的脱节。这有两方面的原因。一个是，毋庸讳言，当代作家对古典文学重视得不够；一个是教学、研究古典文学的学者极少考虑过治古典文学的最终目的是什么？我以为应该是推动当代创作。现在是有些教古典文学的教授几乎不看任何当代文学作品，从古典到古典。当代作家相当多只看当代作品，从当代到当代。这种现象对两方面都不利。

还要有一种打通：古典文学、当代文学和民间文学之间的打通。这三者之间本来是可以相通的。我在湖南桑植读到过一首民歌：

> 姐的帕子白又白，你给小郎分一截。小郎拿到走夜路，好比天

上蛾眉月。

我当时立刻就想到王昌龄的《长信秋词》：

　　玉颜不及寒鸦色,犹带昭阳日影来。

两者想象的奇绝超迈有相似处。

有一首傣族民歌,只有两句：

　　斧头砍过的再生树,战争留下的孤儿。

这是不是像现代派的诗？

一个当代的中国作家应该是一个通人。

注　释

① 本篇原载 1992 年 1 月 23 日《新民晚报》；初收《汪曾祺小品》,中国人民大
　　学出版社,1992 年 10 月。

自 得 其 乐①

　　孙犁同志说写作是他的最好的休息。是这样。一个人在写作的时候是最充实的时候,也是最快乐的时候。凝眸既久(我在构思一篇作品时,我的孩子都说我在翻白眼),欣然命笔,人在一种甜美的兴奋和平时没有的敏锐之中,这样的时候,真是虽南面王不与易也。写成之后,觉得不错,提刀却立,四顾踌躇,对自己说:"你小子还真有两下子!"此乐非局外人所能想象。但是一个人不能从早写到晚,那样就成了一架写作机器,总得岔乎岔乎,找点事情消遣消遣,通常说,得有点业余爱好。

　　我年轻时爱唱戏。起初唱青衣,梅派;后来改唱余派老生。大学三四年级唱了一阵昆曲,吹了一阵笛子。后来到剧团工作,就不再唱戏吹笛子了,因为剧团有许多专业名角,在他们面前吹唱,真成了班门弄斧,还是以藏拙为好。笛子本来还可以吹吹,我的笛风甚好,是"满口笛",但是后来没法再吹,因为我的牙齿陆续掉光了,撒风漏气。

　　这些年来我的业余爱好,只有:写写字、画画画、做做菜。

　　我的字照说是有些基本功的。当然从描红模子开始。我记得我描的红模子是:"暮春三月,江南草长,雜花生樹,群鶯亂飛。"这十六个字其实是很难写的,也许是写红模子的先生故意用这些结体复杂的字来折磨小孩子,而且红模子底子是欧字,这就更难落笔了。不过这也有好处,可以让孩子略窥笔意,知道字是不可以乱写的。大概在我十一二岁的时候,那年暑假,我的祖父忽然高了兴,要亲自教我《论语》,并日课大字一张,小字二十行。大字写《圭峰碑》、小字写《闲邪公家传》,这两本帖都是祖父从他的藏帖中选出来的。祖父认为我的字有点才分,奖了我一块猪肝紫端砚,是圆的,并且拿了几本初拓的字帖给我,让我常看看。我记得有小字《麻姑仙坛》、虞世南的《夫子庙堂碑》、褚遂良的《圣教序》。小学毕业的暑假，我在三姑父家从一个姓韦的先生读桐城派古文，并跟他学写字。韦先生是写魏碑的，但他让我临的却是《多宝塔》。初一暑假，我父亲拿了一本影印的《张猛龙碑》，说："你最好写写魏碑，这样字才有骨力。"我于是写了相当长时期《张猛龙》。用的是我父亲选购来的特殊的纸。这种纸是用稻草做的，纸质较粗，也厚，写魏碑很合适，用笔须沉着，不能浮滑。这种纸一张有二尺高，尺半宽，我每天写满一张。写《张猛龙》使我终身受益，到现在我的字的间架用笔还能看出痕迹。这以后，我没有认真临过帖，平常只是读帖而已。我于二王书未窥门径。写过一个很短时期的《乐毅论》，放下了，因为我很懒。《行穰》、《丧乱》等帖我很欣赏，但我知道我写不来那样的字。我觉得王大令的字的确比王右军写得好。读颜真卿的《祭侄文》，觉得这才是真正的颜字，并且对颜书从二王来之说很信服。大学时，喜读宋四家。有人说中国书法一坏于颜真卿，二坏于宋四家，这话有道理。但我觉得宋人书是书法的一次解放，宋人字的特点是少拘束，有个性，我比较喜欢蔡京和米芾的字（苏东坡字太俗，黄山谷字做作）。有人说米字不可多看，多看则终身摆脱不开，想要升入晋唐，就不可能了。一点不错。但是有什么办法呢！打一个不太好听的比方，一写米字，犹如寡妇失了身，无法挽回了。我现在写的字有点《张猛龙》的底子、米字的意思，还加上一点乱七八糟的影响，形成我自己的那么一种体，格韵不高。

我也爱看汉碑。临过一遍《张迁碑》，《石门铭》、《西狭颂》看看而已。我不喜欢《曹全碑》。盖汉碑好处全在筋骨开张，意态从容，《曹全碑》则过于整饬了。

我平日写字，多是小条幅，四尺宣纸一裁为四。这样把书桌上书籍信函往边上推推，摊开纸就能写了。正儿八经地拉开案子，铺了画毡，着意写字，好像练了一趟气功，是很累人的。我都是写行书。写真书，太吃力了。偶尔也写对联。曾在大理写了一副对子：

苍山负雪

洱海流云

字大径尺。字少，只能体兼隶篆。那天喝了一点酒，字写得飞扬霸悍，亦是快事。对联字稍多，则可写行书。为武夷山一招待所写过一副对子：

四围山色临窗秀
一夜溪声入梦清

字颇清秀，似明朝人书。

我画画，没有真正的师承。我父亲是个画家，画写意花卉，我小时爱看他画画，看他怎样布局（用指甲或笔杆的一头划几道印子），画花头，定枝梗，布叶，钩筋，收拾，题款，盖印。这样，我对用墨，用水，用色，略有领会。我从小学到初中，都"以画名"。初二的时候，画了一幅墨荷，裱出后挂在成绩展览室里。这大概是我的画第一次上裱。我读的高中重数理化，功课很紧，就不再画画。大学四年，也极少画画。工作之后，更是久废画笔了。当了右派，下放到一个农业科学研究所，结束劳动后，倒画了不少画，主要的"作品"是两套植物图谱、一套《中国马铃薯图谱》、一套《口蘑图谱》，一是淡水彩，一是钢笔画。摘了帽子回京，到剧团写剧本，没有人知道我能画两笔。重抬画笔，是运动促成的。运动中没完没了地写交待，实在是烦人，于是买了一刀元书纸，于写交待之空隙，瞎抹一气，少抒郁闷。这样就一发而不可收，重新拾起旧营生。有的朋友看见，要了去，挂在屋里，被人发现了，于是求画的人渐多。我的画其实没有什么看头，只是因为是作家的画，比较别致而已。

我也是画花卉的。我很喜欢徐青藤、陈白阳，喜欢李复堂，但受他们的影响不大。我的画不中不西，不今不古，真正是"写意"，带有很大的随意性。曾画了一幅紫藤，满纸淋漓，水气很足，几乎不辨花形。这幅画现在挂在我的家里。我的一个同乡来，问："这画画的是什么？"我说是："骤雨初晴。"他端详了一会，说："哦，经你一说，是有点那个意思！"他还能看出彩墨之间的一些小块空白，是阳光。我常把后期印象派方法融入国画。我觉得中国画本来都是印象派，只是我这样做，更是有意识的而已。

画中国画还有一种乐趣,是可以在画上题诗,可寄一时意兴,抒感慨,也可以发一点牢骚,曾用干笔焦墨在浙江皮纸上画冬日菊花,题诗代简,寄给一个老朋友,诗是:

> 新沏清茶饭后烟,
> 自搔短发负晴暄,
> 枝头残菊开还好,
> 留得秋光过小年。

为宗璞画牡丹,只占纸的一角,题曰:

> 人间存一角,
> 聊放侧枝花,
> 欣然亦自得,
> 不共赤城霞。

宗璞把这首诗念给冯友兰先生听了,冯先生说:"诗中有人"。

今年洛阳春寒,牡丹至期不开。张抗抗在洛阳等了几天,败兴而归,写了一篇散文《牡丹的拒绝》。我给她画了一幅画,红叶绿花,并题一诗:

> 看朱成碧且由他,
> 大道从来直似斜。
> 见说洛阳春索寞,
> 牡丹拒绝著繁花。

我的画,遣兴而已,只能自己玩玩,送人是不够格的。最近请人刻一闲章:"只可自怡悦",用以押角,是实在话。

体力充沛,材料凑手,做几个菜,是很有意思的。做菜,必须自己去买菜。提一菜筐,逛逛菜市,比空着手遛弯儿要"好白相"。到一个新地方,我不爱逛百货商场,却爱逛菜市,菜市更有生活气息一些。买菜的过程,也是构思的过程。想炒一盘雪里蕻冬笋,菜市场冬笋卖完了,却有新到的荷兰豌豆,只好临时"改戏"。做菜,也是一种轻量的运动。

洗菜,切菜,炒菜,都得站着(没有人坐着炒菜的),这样对成天伏案的人,可以改换一下身体的姿势,是有好处的。

做菜待客,须看对象。聂华苓和保罗·安格尔夫妇到北京来,中国作协不知是哪一位,忽发奇想,在宴请几次后,让我在家里做几个菜招待他们,说是这样别致一点。我给做了几道菜,其中有一道煮干丝。这是淮扬菜。华苓是湖北人,年轻时是吃过的。但在美国不易吃到。她吃得非常惬意,连最后剩的一点汤都端起碗来喝掉了。不是这道菜如何稀罕,我只是有意逗引她的故国乡情耳。台湾女作家陈怡真(我在美国认识她),到北京来,指名要我给她做一回饭。我给她做了几个菜。一个是干烧小萝卜。我知道台湾没有"杨花萝卜"(只有白萝卜)。那几天正是北京小萝卜长得最足最嫩的时候。这个菜连我自己吃了都很惊诧:味道鲜甜如此!我还给她炒了一盘云南的干巴菌。台湾咋会有干巴菌呢?她吃了,还剩下一点,用一个塑料袋包起,说带到宾馆去吃。如果我给云南人炒一盘干巴菌,给扬州人煮一碗干丝,那就成了鲁迅请曹靖华吃柿霜糖了。

做菜要实践。要多吃,多问,多看(看菜谱),多做。一个菜点得试烧几回,才能掌握咸淡火候。冰糖肘子、乳腐肉,何时炟软入味,只有神而明之,但是更重要的是要富于想象。想得到,才能做得出。我曾用家乡拌荠菜法凉拌菠菜。半大菠菜(太老太嫩都不行),入开水锅焯至断生,捞出,去根切碎,入少盐,挤去汁,与香干(北京无香干,以熏干代)细丁、虾米、蒜末、姜末一起,在盘中抟成宝塔状,上桌后淋以麻油酱醋,推倒拌匀。有余姚作家尝后,说是"很像马兰头"。这道菜成了我家待不速之客的应急的保留节目。有一道菜,敢称是我的发明:塞肉回锅油条。油条切段,寸半许长,肉馅剁至成泥,入细葱花、少量榨菜或酱瓜末拌匀,塞入油条段中,入半开油锅重炸。嚼之酥碎,真可声动十里人。

我很欣赏《杨恽报孙会宗书》:"田彼南山,芜秽不治。种一顷豆,落而为萁。人生行乐耳,须富贵何时。""人生行乐耳,须富贵何时",说得何等潇洒。不知道为什么,汉宣帝竟因此把他腰斩了,我一直想不透。这样的话,也不许说么?

① 本篇原载《艺术世界》1992 年第一期；初收《汪曾祺散文随笔选集》，沈阳
出版社，1993 年 6 月。

京 剧 杞 言①

——兼论荒诞喜剧《歌代啸》

京剧有没有危机？有人说是没有的。前几年就有人认为京剧的现况好得很，凡认为京剧遇到危机(或"不景气"、"衰落"等等近似而较为婉转的说法)的人都是瞎说。或承认危机，但认为很快就会过去，京剧很快就会有一个辉煌的前途。这些好心的，乐观主义的说法，只能使京剧的危机加速，加剧。

京剧受到其他艺术的冲击，不得不承认。受电影的、电视的、流行歌曲的、卡拉 OK 的。流行歌曲的作者不知是一些什么人，为什么要写得那样不通："四面楚歌是姑息的剑"，是什么意思，百思不得其解。"楚歌"、"姑息"、"剑"这几个概念怎么能放在一起呢？然而流行歌曲到处流行，你有什么办法？小青年宁愿花三十块钱到卡拉 OK 舞厅去喝一杯咖啡，不愿花五块钱买一张票去听京剧。

整个民族的文化素质的下降，是京剧衰落的一个原因。看北京的公共汽车的乘客(多半是青年)玩儿命似的挤车，让人悟出：这是京剧不上座的原因之一。

我对上海昆曲剧团的同志始终保持最高的敬意。他们的戏总是那样精致，那样讲究，那样美！但是听说卖不了多少票。像梁谷音那样的天才演员的戏会没有多少人看，想起来真是叫人气闷。有些新编的或整理的戏是很不错的，但是"尽内行不尽外行"，报刊上的评论充满热情，剧场里面"小猫三只四只"。无可奈何。

戏曲艺术教育的不普及，不深入，是戏曲没落的一个原因。台湾的情况似乎比我们稍好一些。我所认识的一位教现代文学也教戏曲史的教授是带着学生看戏的；一位著名的舞蹈家兼大学的舞蹈系主任的先生指定学生必须看京剧,看完了还得交心得,否则不给学分,他说:"搞舞蹈的,不看京剧怎么行!"已故华粹深先生在南开大学教课时是要学生听唱片的。吴小如先生是京剧行家,但是他在北大似乎不教京剧这门课。现在有些演员到中小学去辅导学生学京剧,这很好,但是不能只限于形而下的技巧,只限于手眼身法步,圆场、云手……得从戏曲美学角度讲得深一点。这恐怕就不是一般演员所能胜任的了。

京剧的衰落除了外部的,社会的原因,京剧本身也存在问题。京剧活了小二百年,它确实是衰老了。京剧的机体已经老化,不是得了伤风感冒而已。京剧的衰老,首先表现在其戏剧观念的陈旧。

我曾经是一个编剧,只能就戏曲文学这个角度谈一点感想。

京剧对剧本作用的压低也未免过分了一点。有人以为京剧的剧本只是给演员提供一个表现意象的框架,这说得很惨。不幸的是,这是事实。又不幸的是,京剧为之付出惨重的代价,即京剧的衰亡。这个病是京剧自出娘胎时就坐下的,与生俱来。后来也没有治。京剧不需要剧作家。京剧有编剧,编剧不一定是剧作家。剧作家得自成一家,得是个"家",就是说,有他的一套。他有他的独特的看法,对生活的,对戏曲本身的——对戏剧的功能、思想、方法的只此一家的看法。这些看法也许是不完整的,支离破碎的,自相矛盾的,模模糊糊的,只是一种愿望,一种冲动,但毕竟是一种看法。剧作家大都不善持论,他的不成熟的看法更多地表现在他的剧作之中。他的剧作多多少少会给戏曲带进一点新的东西,对戏曲观念带来哪怕是局部的更新。他的剧作将是带有强烈的个人色彩的,并且具备一定的在艺术上的叛逆性,可能会造成轻微的小地震。但是这样的京剧剧作家很少。于是京剧的戏剧观基本上停留在四大徽班进京的时期。

周扬同志曾说过,京剧能演历史剧,是它的很大的长处,但是京剧对历史事件和历史人物往往是简单化的。都说京剧表现的人物性格是类型化的,这一点大概无可否认。"简单化"、"类型化",无非是说所表现的只是人物的外部性格,没有探到人物的深层感情。是不是中国的古人就是这样性格简单,没有隐秘的心理活动?不能这样说。汉武帝就是一个非常复杂,充满戏剧性的心理矛盾的人物。他的宰相和皇后没有一个是善终的。他宠任江充,相信巫蛊,逼得太子造了反。他最后宠爱钩弋夫人,立她的儿子为太子,但却把钩弋夫人杀了,"立其子而杀其母"。他到底为什么要把司马迁的生殖器割掉?这都是很可捉摸的变态心理。诸葛亮也是并不"简单"的人。刘备临危时甚至于跟他说出这样的话:"若嗣子可辅,辅之。如其不可,君可自为",话说到了这个份儿,君臣之间的关系是相当紧张复杂的。"鞠躬尽瘁,死而后已"这两句话包含很深的悲剧性。可是京剧很少表现人物的内心世界。戏曲表现人物内心世界的,不是没有。《烂柯山》即是,《痴梦》一场尤为淋漓尽致。但是这不是京剧,是昆曲。

板腔体取代了曲牌体,从文学角度看,是一个倒退。曲牌体所能表现的内容要比板腔体丰富一些,人物感情层次要更多一些,更曲折一些,形式上的限制也少一些。一般都以为昆曲难写,其实昆曲比京剧自由。越是简单的形式越不好喔咕。我始终觉得昆曲比京剧会更有前途,别看它现在的观众比京剧还少。

中国戏曲的创作态度过于严肃。中国对戏的要求始终是实用主义的。这和源远流长,占统治地位的儒家思想是有关系的。中国戏曲一直是非常自觉地,过度地强调教育作用。因此中国戏曲的主题大都是单一的,浅露的。中国戏曲不允许主题的模糊性,不确定性,荒诞性。人们看戏,首先要问:这出戏"说"的是什么,不许"不知道说的是什么",不允许不知所云。中国戏里真正的喜剧极少,荒诞喜剧尤少。

京剧的荒诞喜剧大概只有一出《一匹布》,可惜比较简单,比较浅。

真正称得起是荒诞喜剧的杰作的,是徐渭(文长)的《歌代啸》。这个剧本是中国戏曲史上的一个奇迹。

这出戏的构思非常奇特。不是从一人一事,也不是从一般意义上的哲学的理念出发,而是由四句俗话酿出了创作灵感,"探来俗语演新戏"(开场)。杂剧正名说得清楚:

> 没处泄愤的是冬瓜走去拿瓠子出气,
>
> 有心嫁祸的是丈母牙疼灸女婿脚跟,

眼迷曲直的是张秃帽子教李秃去戴，

胸横人我的是州官放火禁百姓点灯。

　　徐文长是一大怪人。或谓文长胸中有一股不平之气，是诚然也。《歌代啸》的"啸"即"抬望眼仰天长啸"之"啸"。魏晋人的啸，后来失传了。徐文长的啸大概只是大声的呼喊。陶望龄《徐文长传》谓："渭貌修伟肥白，音朗然如唳鹤，常中夜呼啸，有群鹤应焉。"半夜里喊叫，是够怪的。说《歌代啸》是嬉笑怒骂，是愤世嫉俗，这些都可以。但是《歌代啸》已经不似《四声猿》一样锋芒外露，它对生活的层面概括得更广，感慨也埋得更深。是"歌"，不复是"啸"。也许有笨人又会问："这个杂剧究竟说的是什么？"我们也可以作一个很笨的回答，是说"世界是颠倒的，生活是荒谬的"。但是这些岂有此理的现象又是每天发生的：平平常常的，没有什么值得大惊小怪的。（开场）［临江仙］唱道："凭他颠倒事，直付等闲看。"徐文长对剧中人事的态度是：既是投入的，又是超脱的；既是调侃的，又是俨然的。沉痛其里，但是，荒诞其外。

　　陶石篑对《歌代啸》说了一句话："无深求"（《歌代啸》序）。这是读《歌代啸》最好的态度。一定要从里面"挖掘"出一点什么东西，是买椟还珠。我上面所说的对于此剧"思想内涵"的分析实在是很笨。

　　真难为徐文长，把四句俗话赋之以形象，使之具体化为舞台动作，化抽象为具象。而且把本不相干的生活碎片抟弄成一个完完整整，有头有尾，情节贯通的戏。

　　随意性是现代喜剧艺术的很重要的特点。有没有随意性是才子戏和行家戏的区别所在。《歌代啸》的结构同时具有严整性和随意性。它有埋伏，有呼应，有交待。我们现在行家戏多，才子戏少。

　　才子戏少，在戏曲文体上就很难有较大突破。

　　《歌代啸》的语言极精彩，这才叫做喜剧语言！剧本妙语如珠，俯拾即是，信手拈来，涉笔成趣。剧中有大量的口语俗语。

　　徐文长的剧品，我以为不在关汉卿下。若就喜剧成就论，可谓空前。文长以前，无荒诞喜剧。有之，自文长始。中国的荒诞剧，文长实为先河。中国在十六世纪就有现代主义。如果我们不把"现代主义"

只看着是一个时间的概念,而看着是反传统戏剧观念的概念,这样说似乎也是可以的。这大概是怪论。

《歌代啸》大概没有在舞台上演出过。京剧更是想也没有想过演出这个戏,这样的戏。京剧压根儿就没有考虑过演出这样的戏,我以为这是京剧走向衰亡的一个重要原因。这当然是怪论。

中国的京剧(包括其他的古典戏曲)的前途何在?我以为不外是两途。一是进博物馆。现在不是讨论要不要把京剧送进博物馆的问题,而且是怎样及早建立一个博物馆的问题。我以为应该建立一个极豪华之能事的大剧院,把全国的一流演员请进来,给予高额的终身待遇,加之以桂冠,让他们偶尔露演传统名剧,可以原封不动,或基本不动。也可以建立一个昆剧院。另外,再建一个大剧院,演出试验性、探索性的剧目。至于一些非名角、小剧团,国家会有办法。

注　释

① 本篇原载《中国京剧》1992 年第一期;初收《汪曾祺小品》,中国人民大学出版社,1992 年 10 月。

西　窗　雨[①]

　　很多中国作家是吃狼的奶长大的。没有外国文学的影响,中国文学不会像现在这个样子,很多作家也许不会成为作家。即使有人从来不看任何外国文学作品,即使他一辈子住在连一条公路也没有的山沟里,他也是会受外国文学的影响的,尽管是间接又间接的。没有一个作家是真正的"土著",尽管他以此自豪,以此标榜。

　　高中三年级的时候,我为避战乱,住在乡下的一个小庵里,身边所带的书,除为了考大学用的物理化学教科书外,只有一本《沈从文选集》,一本屠格涅夫的《猎人日记》。可以说,是这两本书引我走上文学道路的。屠格涅夫对人的同情,对自然的细致的观察给我很深的影响。

　　我在大学里读的是中文系,但是课外所看的,主要是翻译的外国文学作品。

　　我喜欢在气质上比较接近我的作家。不喜欢托尔斯泰。一直到1958年我被划成右派下放劳动,为了找一部耐看的作品,我才带了两大本《战争与和平》,费了好大的劲才看完。不喜欢陀思妥耶夫斯基那样沉重阴郁的小说。非常喜欢契诃夫。托尔斯泰说契诃夫是一个很怪的作家,他好像把文字随便丢来丢去,就成了一篇作品。我喜欢他的松散、自由、随便、起止自在的文体;喜欢他对生活的痛苦的思索和一片温情。我认为契诃夫是一个真正的现代作家。从契诃夫后,俄罗斯文学才进入一个新的时期。

　　苏联文学里,我喜欢安东诺夫。他是继承契诃夫传统的。他比契诃夫更现代一些,更西方一些。我看了他的《在电车上》,有一次在文联大楼开完会出来,在大门台阶上遇到萧乾同志,我问他:"这是不是意识流？"萧乾说："是。但是我不敢说！"50年代，在中国提起意识流都好像是犯法的。

我喜欢苏克申，他也是继承契诃夫的。苏克申对人生的感悟比安东诺夫要深，因为这时的苏联作家已经摆脱了斯大林的控制，可以更自由地思索了。

法国文学里，最使当时的大学生着迷的是A.纪德。在茶馆里，随时可以看到一个大学生捧着一本纪德的书在读，从优雅的、抒情诗一样的情节里思索其中哲学的底蕴。影响最大的是《纳蕤思解说》、《田园交响乐》。《窄门》、《伪币制造者》比较枯燥。在《地粮》的文体影响下，不少人写起散文诗日记。

波特莱尔的《恶之花》、《巴黎之烦恼》是一些人的袋中书——这两本书的开本都比较小。

我不喜欢莫泊桑，因为他做作，是个"职业小说家"。我喜欢都德，因为他自然。

我始终没有受过《约翰·克里斯多夫》的诱惑，我宁可听法朗士的怀疑主义的长篇大论。

英国文学里，我喜欢弗·伍尔夫。她的《到灯塔去》、《浪》写得很美。我读过她的一本很薄的小说《狒拉西》，是通过一只小狗的眼睛叙述伯朗宁和伯朗宁夫人的恋爱过程，角度非常别致。《狒拉西》似乎不是用意识流方法写的。

我很喜欢西班牙的阿左林。阿左林的意识流是覆盖着阴影的，清凉的，安静透亮的溪流。

意识流有什么可非议的呢？人类的认识发展到一定阶段，就会发现人的意识是流动的，不是那样理性，那样规整，那样可以分切的。意识流改变了作者和人物的关系。作者对人物不再是旁观，俯视，为所欲为。作者的意识和人物的意识同时流动。这样，作者就更接近人物，也更接近生活，更真实了。意识流不是理论问题，是自然产生的。林徽因显然就是受了弗·伍尔夫的影响。废名原来并没有看过伍尔夫的作品，但是他的作品却与伍尔夫十分相似。这怎么解释？

意识流造成传统叙述方法的解体。

我年轻时是受过现代主义、意识流方法的影响的。

> 太阳晒着港口,把盐味敷到坞边的杨树的叶片上。
>
> 海是绿的,腥的。
>
> 一只不知名的大果子,有头颅那样大,正在腐烂。
>
> 贝壳在沙粒里逐渐变成石灰。
>
> 浪花的白沫上飞着一只鸟,仅仅一只。太阳落下去了。
>
> 黄昏的光映在多少人的额头上,在他们的额头上涂了一半金。
>
> 多少人逼向三角洲的尖端。又转身,分散。
>
> 人看远处如烟。
>
> 自在烟里,看帆篷远去。
>
> 来了一船瓜,一船颜色和欲望。
>
> 一船是石头,比赛着棱角。也许——
>
> 一船鸟,一船百合花。
>
> 深巷卖杏花。骆驼。
>
> 骆驼的铃声在柳烟中摇荡。鸭子叫,一只通红的蜻蜓。
>
> 惨绿的雨前的磷火。
>
> 一城灯!
>
> ——《复仇》

这是什么? 大概是意识流。

我的文艺思想后来有所发展。80年代初,我宣布过"回到现实主义,回到民族传统"。但是立即补充了一句:"我所说的现实主义是能容纳各种流派的现实主义,我所说的民族传统是能吸收任何外来影响的民族传统。"

> 抗日战争时期。昆明大西门外。
>
> 米市,菜市,肉市。柴驮子,炭驮子。马粪。粗细瓷碗,砂锅铁锅。焖鸡米线,烧饵块。金钱片腿,牛干巴。炒菜的油烟,炸辣子呛人的气味。红黄蓝白黑,酸甜苦辣咸。

每个人带着一生的历史，半个月的哀乐，在街上走。……

————《钓人的孩子》

这大概不能算是纯粹的民族传统。中国虽然也有"鸡声茅店月，人迹板桥霜"，有"古道西风瘦马，枯藤老树昏鸦"，但是堆砌了一连串的名词，无主语，无动词，是少见的。这也可以说是意识流。有人说这是意象主义，也可以吧。总之，这样的写法是外来的。

有一种说法：越是民族的，就越是世界的。这话我不知道是什么意思。如果说越写出民族的特点，就越有世界意义，可以同意。如果用来作为拒绝外来影响的借口，以为越土越好，越土越洋，我觉得这会害了自己，也害了别人。

我想对《外国文学评论》提几点看法。

希望能研究一下外国文学研究的最终目的是什么？我以为应该是推动、影响、刺激中国的当代创作。要考虑刊物的读者是什么人，我以为应是中国作家、中国的文学爱好者，当然，也包括中国的外国文学研究者。不要为了研究而研究，不要脱离中国文学的实际，要有的放矢，顾及社会的和文学界的效应。

评论要和鉴赏结合起来，要更多介绍一点外国作家和作品，不要空谈理论。现在发表的文章多是从理论到理论。评介外国的作家和作品，得是一个中国的研究者的带独创性的意见，不宜照搬外国人的意见。

可以考虑开一个栏目：外国作家对中国作家的影响，比如魏尔兰之于艾青，T. S. 艾略特、奥登之于九叶派诗人……这似乎有点跨进了比较文学的范围。但是我觉得一个外国文学研究者多多少少得是一个比较文学研究者，否则易于架空。

最后，希望文章不要全是理论语言，得有点文学语言。要有点幽默感。完全没有幽默感的文章是很烦人的。

一九九二年二月九日

注　释

① 本篇原载《外国文学评论》1992 年第二期；初收《汪曾祺全集》第五卷，北
京师范大学出版社，1998 年 8 月。

随笔写下的生活①

　　新笔记小说是近年出现的文学现象。以前不是没有过,但是写的人不是那样多,刊物上也不似现在这样频繁的出现,没有成为风气。这种现象产生的背景是什么? 这说明什么"问题"。

　　我是写过一些这样的小说的,有些篇自己就加了总题或副题:笔记小说。我好像成了这种小说文体的始作俑者之一。但究竟什么是新笔记小说,我也说不上来。

　　要问新笔记小说是什么,不如先问问:小说是什么? 这个问题问之小说家,大概十个有八个答不出。勉强地说,依我看,小说是一种生活的样式或生命的样式。那么新笔记小说可以说是随笔写下来的一种生活,一种生活或生命的样式。

　　中国古代的小说,大致有两个传统:唐人传奇和宋人笔记。唐人传奇本是"行卷",是应试的举子投给当道看的,这样可以博取声名,"扩大影响",使试官在阅卷前已经有个印象。因为要当道看得有趣,故情节曲折,引人入胜。又欲使当道欣赏其文才,故辞句多华丽丰赡。是有意为文。宋人笔记无此功利的目的,只是写给朋友看看,甚至是写给自己看的。《梦溪笔谈》云"所与谈者,唯笔砚耳"。是无意为文。故文笔多平实朴素,然而自有情致。假如用西方的文学概念来套,则唐人传奇是比较浪漫主义的,而宋人笔记则是比较现实主义的。新笔记小说所继承的,是宋人笔记的传统。

　　新笔记小说的作者大都有较多的生活阅历,经过几番折腾,见过严霜烈日,便于人生有所解悟,不复有那样炽热的激情了。相当多的新笔记小说的感情是平静的,如秋天,如秋水,叙事雍容温雅,渊渊泔泔,孙犁同志可为代表。孙犁同志有些小说几乎淡到没有什么东西,但是语简而情深,比如《亡人逸事》。这样的小说,是不会使人痛哭的,但是你的眼睛会有点潮湿。但也有些笔记小说的感情是相当强烈的,如张石山的《淘井》、王润滋的《三个渔人》。有不少笔记小说是写得滑稽突梯的,使读者读后哭笑不得。写"文化大革命"的笔记小说,被称为"新世说"者多如此。恽敬新的《刘校长游街》写得很真实,——同时又那样的荒谬。写"文化大革命"小景的小说,多如实,少夸张,然而,这样的如实又显得好像极其夸张。这样的感情是所谓"冷隽"。这样,有些笔记小说就接近讽刺文学,带杂文意味。这在新笔记中占相当大的比重。这也是无可奈何的事。因为那是"无可奈何之日"。

笔记小说一般较少抒情,然而何立伟的《小城无故事》却是一首抒情诗。然而,你不能说这不是新笔记小说。阿成的《年关六赋》是风俗画。贾平凹的《游寺耳记》是小说么? 是"笔记小说"么? 这是一篇游记,一篇散文。然而"笔记"和"散文"从来就是"撕掳不开"的,笔记小说多半有点散文化。孙犁同志的小说在发表前有编辑问过他"您这是小说还是散文"? 孙犁答曰"小说! 小说!"我们要不要把《游寺耳记》从"新笔记小说"中开除出去? 不一定吧。高晓声的《摆渡》是寓言。矫健的《圆环》可以说是一篇哲学论文。

如此说来,"新笔记小说"从内到外,初无定质,五花八门,无所不包了?

好像是这样。这也是"新笔记小说"的特点。"新笔记"的天地是非常广阔的。

"新笔记小说"很难界定。这是一个宽泛的、含混的概念。但是又不是"宽大无边"。作者和编者读者心目中有那么一种东西,有人愿意写,写就是了。有人愿意看,看就是了。

有一个也许叫人困惑的问题:新笔记小说和"主旋律"的关系。一般说来,大部分新笔记小说大概不能算是主旋律吧? 不是主旋律,那么是什么? 次旋律? 亚旋律? 它和主旋律的关系是什么? 也不必管它吧。有人愿意写,写就是了。有人愿意看,看就是了。

① 本篇原载 1992 年 2 月 22 日《文汇读书周报》,是为《新笔记小说选》(张日
凯编,作家出版社,1992 年版)所作序;初收《汪曾祺全集》第五卷,北京师
范大学出版社,1998 年 8 月。

日子就这么过来了①

——徐卓人小说集《你先去彼岸》代序

是的,日子就这么过来了。

初读了这篇小说,我有点奇怪。为什么说是"斑斓的日子"?表嫂的日子过得实在很平淡,说不上有什么斑斓。但是稍想一想,觉得徐卓人是有道理的。表嫂的日子是斑斓的。一方面,很平淡,同时,又是斑斓的。平淡中的斑斓。这篇短短的小说写出了中国妇女巨大的承受力,什么困难也吃得消。就像那些土方,"总归要挑完的"。表嫂从来没有被日子压倒过,从来没有失去信心,并且充满了对生活的希望,对生活感到欣喜,对照片,也是对生活快活地叫着"彩色的呢!哎呀,地里这么好!"

当然,"日子就这么过来了",也溢出了对生活沉沉的感慨。逝者如斯夫。往事不堪回首。一个承受了那样多生活的重负的妇人有权利平平静静地说出这样的话。

日子之所以是斑斓的,是因为这世界上有女人。正如草地上有花。

女人是各色各样的。

喊家是很特殊的风俗,喊家的词句也很别致:"好哉……好放人哉……"只有江南水乡才会有这种又软又糯又酸溜溜的悠长的歌声。为什么要喊家?凤嫂的文不对题的话是最好的回答:"我们女人……唉……"。"我们女人"怎么啦?"我们女人"需要被人爱,这有啥不对?

《湖塘里人》是一幅崇惠小景。做男人"一个常熟叫化鸡"这样的恶作剧只有孙二娘这样的江南水乡的泼辣女人才干得出来。给浑身泥浆,烤得难受的憨三盖上一大叠荷叶的水蛇腰不仅斯文、善良、而且很美,形神都美。不知哪位男客,自言自语咕了半句:"唉,我们这些湖塘里人……"结尾宕开了一句,使这幅小景概括了更多的东西。这,就是湖塘里人。只有湖塘里,才有这样的人。

辣嫂真辣。为了庇护一个柔弱的男人,大撒其泼,为明心迹(实际上是掩盖心迹)竟用剪刀戳进了自己的胸膛。一个性格如此强烈的女人为什么会钟情于一个柔弱无用的光棍呢,这真是说不清楚。然而这是一个活生生的人。

《流年》是一篇非常温馨的小说。这篇小说里有一片奶香。几乎觉不出一点技巧的痕迹,只是一片真情汪汪地流动。作者毫不着力,无意感人。于是感人至深。

我忽然发现:徐卓人是个女作家。我感觉到作品中的女性。这本小说写了这样多的女人,各各不同,真成了"女性系列"。有些男作家也是擅长写女性的,但多少是从欣赏角度出发,多少是旁观的,多少有点男子气。徐卓人不是这样。她不是欣赏者,而是亲验者。只有女人才真正了解女人。只有女作家才能不费吹灰之力就能一下子把握住女人性格的美,和诗意。

有好几篇是怀旧之作,是对黄昏夕照的挽歌。过去的终归要过去的。这是无可奈何的事。有些陈旧的东西也真该扔掉,不能让它成为不堪承受的负累,像坤伯阁楼上那些坛坛罐罐。在无可奈何之中,便有新的希望在生长。因此,作者的态度是超脱的,并不低回。

《你先去彼岸》是本集中写得最深刻的。难怪作者用这篇小说的题目作为书名。这是一篇很沉痛的小说。小说写的是知青(南方叫"插青")的心态,可以说是"心态小说"。这一代的知识青年是被抛弃的一代。他们是时代的流浪儿,他们的价值被糟毁了。他们失去了昨天,也失去了明天。他们没有寄托、没有追求、没有希望。他们有的是一腔怨恨,但又还有对生活的热爱,于是痛饮狂歌度日。他们要通向彼岸,彼岸是死。谁为为之? 孰令致之? 这一代知青的精神状态应该谁来负责？笼统地说：社会。包括"大队那个头头"那样的基层干部。他们手里有一个叫做"权"的东西，可以为所欲为，做尽伤天害理的事。勤妹为了不去大西北插队，把户口弄回来，竟然把自己"卖"了，答应嫁给大队干部的生麻风病的侄子？明天就是婚日。这样勤妹才请三个"插兄"来喝一顿酒，以至纵饮而死。这样的悲剧实在太惨了！

这篇小说的写法和其他各篇不同。小说的结构不是"故事结构"而是"情绪结构"。故事在这里是不重要的。小说并没有贯串性的故事。有些情节或细节都似乎与主题关系不大。比如打麻雀，烹制"肖郎头"等。但是这些情节和细节都写了人物的情绪。人的情绪总是忽起忽落，忽来忽去，飘飘忽忽，错错落落的。比如：

> 阿勇嘴上说只管看麻雀，却觉得看到的只是竹梢摇曳。阿勇这时心头一怔忽然想到慧觉和尚拜师的故事。老和尚那日讲经就叫全体徒子徒孙看佛门一面迎风飘动的旌幡，喝声"看！什么在动？"徒子徒孙哇啦啦呼着"旗动！""不，风动！""旗动风动旗动风动……"老和尚猛喝一声："都是尔等心动！"

阿勇打麻雀，为什么会忽然想到慧觉和尚的故事？这真是没来由，没道理。但是人的思绪就是没道理的，为什么不能忽然想起毫不相干的事？如果你一定要问：这表现人物性格的一个什么侧面，有什么寓意？我就要问问你：你的心目中是不是还有一个关于小说的传统的观念，你的阅读习惯一下子改不过来？

有时作者的叙述和人物的思绪同时活动，以至分不出第一人称和第三人称。比如：

> 勤妹一怔，月光下脸色苍白，眼里沁出泪水来，阿勇呆了几秒钟，心里一阵懊恼，是你蛮横，是你无理，是你自己请人家来的，你神枪手的枪下跑丢了马，可你屙屎屙不出怪茅坑！好了，现在你心里嘟哝着沮丧地叫小女人"你回去，否则到天亮也打不到一个麻雀。"你就把枪搭上肩潇潇洒洒大步跨出去，可你又犹豫着回过头来莫名其妙地说一句"反正谁娶了你做老婆是运气！"你前言不对

后话,说这些没头没尾的话,你居然自己也不懂到底为了什么!这小女人本与你桥归桥,路归路,与"老婆"两字毫无牵连,可你怎么突然想出了"老婆"两个字?

这就是所谓"意识流"。

小说多处写了感觉。有的感觉是超常的,然而是真实的。比如:

> 阿勇意想不到,勤妹的眼中此刻映着两个月亮!

这样徐卓人的小说就跨进了另一个时期,从抒情进入"现代"。一个新的徐卓人正在露头。

如果用最简短的语言来概括徐卓人的风格,可以赠之以一个字:秀。当然,《你先去彼岸》已经不是一个秀字所能覆盖,这篇小说比前此的一些淡彩小景要丰富得多,复杂得多。然而,成篇依然透出一股秀气。

吴语地区的作家大都遇到一个困难:他们赖以思维和表现的语言是普通话,但这和他们的母语有相当大的距离。因此,吴语地区作家的小说往往缺少语言美。卓人也是用普通话思维的,但语言中保留了吴语的韵味,这是很难得的。我希望卓人能深入研究吴语的魅力,保持自己的特点。当然,不要为了具有江南特点,过多地装点吴语的句式和词汇。

卓人的语言是清新流畅的,不"玩"语言,偶尔有些段落标点用得很少,比如《流年》的结尾。我看这样写不但是可以的,甚至是必要的,不是玩什么花样,不是把应当省的标点抽掉,而是作者的思维中本没有标点。作者的感情的激流一泻而下,不能切断。这样痛快淋漓的宣泄,到我要去找,是了,我要去找!收住,就非常有力度。

要说缺点,是有些篇失之冗长。《他带着遗憾离去》,这个缺点最明显。篇幅长的,易于冗长,短的,尤其要注意。字数只有那么多,多一句,就会显得累赘。尤其是结尾。《湖塘里人》、《斑斓的日子》结尾都是很好的,很俏,而有余味。《铜匠担》结尾就有点拖沓。最后一段可以不要,到"我离婚了……"就够了。

近二年我给好几个青年作家的集子写了序,成了写序专业户。徐卓人要我为她的短篇小说集写一篇序,我有点踌躇,因为我没有看过她一篇小说。我会不会说一些言不由衷,不负责任的话?读卓人的小说集两遍,我很乐意为之写序。我愿意负责地向读者推荐这本小说,推荐这个很有才华的女作家。请相信一个从事写作半个世纪,今年已经七十二岁的老人的诚意。

是为序。

一九九二年三月三日

注　释

① 本篇原载《雨花》1992 年第六期,是为《你先去彼岸》(复旦大学出版社,1992 年版)所作序;初收《汪曾祺文集·文论卷》,江苏文艺出版社,1993 年 9 月。

《菰蒲深处》自序①

我是高邮人。高邮是个水乡。秦少游诗云：

> 吾乡如覆盂，
>
> 地据扬楚脊，
>
> 环以万顷湖，
>
> 天粘四无壁。

我的小说常以水为背景，是非常自然的事。记忆中的人和事多带有点洸洸的水气。人的性格亦多平静如水，流动如水，明澈如水。因此我截取了秦少游诗句中的四个字"菰蒲深处"作为这本小说集的书名。

这些小说写的是本乡本土的事，有人曾把我归入乡土文学作家之列。我并不太同意。"乡土文学"概念模糊不清，而且有很大的歧义。舍伍德·安德森的小说算是乡土文学，斯坦因倍克算是乡土文学，甚至有人把福克纳也划入乡土文学，但是我们看，他们之间的差别有多大！中国现在有人提倡乡土文学，这自然随他们的便。但是有些人标榜乡土文学，在思想上带有排他性，即排斥受西方影响较深的所谓新潮派。我并不拒绝新潮。我的一些小说，比如《昙花、鹤和鬼火》、《幽冥钟》，不管怎么说，也不像乡土文学。我的小说有点水气，却不那么有土气。还是不要把我纳入乡土文学的范围为好。

我写小说，是要有真情实感的，沙上建塔，我没有这个本事。我的小说中的人物有些是有原型的。但是小说是小说，小说不是史传。我的儿子曾随我的姐姐到过一次高邮，我写的《异秉》中的王二的儿子见到他，跟他说："你爸爸写的我爸爸的事，百分之八十是真的。"可以这样说。他的熏烧摊子兴旺发达，他爱听说书……这都是我亲眼所见,他说的"异秉"——大小解分清,是我亲耳所闻,——这是造不出来的。但是真实度达到百分之八十,这样的情况是很少的。《徙》里的高先生实有其人,我连他的名字也没有改,因为小说里写到他门上的一副嵌字格的春联。这副春联是真的。我们小学的校歌也确是那样。但高先生后来一直教中学,并没有回到小学教书。小说提到的谈甓渔,姓是我的祖父的岳父的姓,名则是我一个做诗的远房舅舅的别号。陈小手有那么一个人,我没有见过,他的事是我的继母告诉我的,但陈小手并未被联军团长一枪打死。《受戒》所写的荸荠庵是有的,仁山、仁海、仁渡是有的(他们的法名是我给他们另起的),他们打牌、杀猪,都是有的,惟独小和尚明海却没有。大英子、小英子是有的。大英子还在我家带过我的弟弟。没有小和尚,则小英子和明海的恋爱当然是我编出来的。小和尚那种朦朦胧胧的爱,是我自己初恋的感情。世界上没有这样便宜的事,把一块现成的、完完整整的生活原封不动地移到纸上,就成了一篇小说。从眼中所见的生活到表现到纸上的生活,总是要变样的。我希望我的读者,特别是我的家乡人不要考证我的小说哪一篇写的是谁。如果这样索起隐来,我就会有吃不完的官司的。出于这种顾虑,有些想写的题材一直没有写,我怕所写人物或他的后代有意见。我的小说很少写坏人,原因也在此。

  我的小说多写故人往事,所反映的是一个已经消逝或正在消逝的时代。我们家乡曾是一个比较封闭的小城。因为离长江不太远,自然也受了一些外来的影响。我小时看过清代不知是谁写的竹枝词,有一句"游女拖裙俗渐南",印象很深。但是"渐南"而已,这里还保存着很多苏北的古风。我并不想引导人们向后看,去怀旧。我的小说中的感伤情绪并不浓厚。随着经济的发展,改革开放,人的伦理道德观念自然会发生变化,这是不可逆转的,也是无可奈何的事。但是在商品经济社会中保存一些传统品德,对于建设精神文明,是有好处的。我希望我的小说能起一点微薄的作用。"再使风俗淳",这是一些表现传统文化,被称为"寻根"文学的作者的普遍用心,我想。

谨以此书献给我的家乡。

一九九二年三月二十一日

注　释

① 　本篇原载《菰蒲深处》,浙江文艺出版社,1993 年 6 月。

读 剧 小 札^①

玉 堂 春

起解前大段反二黄前面苏三和崇公道有几句对白，苏三说："如此老伯前去打点行李，待我辞别狱神，也好趱路"，有些演员把"辞别狱神"改成了"待我辞别辞别"，实在没有必要。原来的念白，让我们知道监狱里有一尊狱神，犯人起解前要拜别狱神，这是规矩。这可以使后来的观众了解一点监狱的情况，这个细节是很真实的。而且苏三的唱词是向狱神的祷告，这样苏三此时的思想情绪，她的忧虑和希望，也才有个倾诉的对象。改成"辞别辞别"，跟谁辞别？跟同监的难友？但唱词不像和难友的交流。

去掉狱神，想必因为这是迷信。怎么会是迷信呢？狱神是客观存在。这出戏并未渲染神的灵验，不是宣传迷信。五十年代改戏，往往有这种简单化的做法，一提到神、鬼，就一刀切掉，结果是损伤了生活的真实。

起解唱词好像有点前后矛盾。"苏三离了洪洞县，将身来在大街前"，已经离了洪洞县了，怎么又来在大街前呢？前面唱过"离了洪洞县"了，后面怎么又唱"低头出了洪洞县境"？只能这样解释："离了洪洞县"是离了洪洞县衙，后面"低头出了洪洞县境"是出了洪洞县城。大街是十字街，这样苏三才能跪在当街，求人带信给王金龙。出了城，来往的人少了，崇公道才能给苏三把刑枷去掉。这是合理的。洪洞县在太原南面，苏三、崇公道出的是洪洞县北门。我曾到洪洞县看过（假定苏三故事是出在洪洞县的），地理方向大致不错。

流水板唱词有两句："人言洛阳花似锦，偏我来时不逢春"很多人不解所谓。这里不是洛阳，也没有花。这是罗隐的诗。苏三唱此，只是说不凑巧而已。罗隐诗很通俗，苏三读过或唱过，即景生情，移用成句，是有可能的。

西皮慢板第三四句的唱词原来是"想当初在院中缠头似锦"改成了"艰苦受尽"。"缠头似锦"和"罪衣罪裙"是今昔对比。"艰苦受尽"和"罪衣罪裙"在意思上是一顺边。改戏的人大概以为凡是妓女，都是很"艰苦"的，但是玉堂春是身价很高的名妓呀！或者以为苏三不应该留恋过去的生活，她应该控诉旧社会！

"玉堂春"（"三堂会审"）是一场非常别致的戏。京剧编剧有两大忌讳。一是把演过的情节再唱一遍，行话叫做"倒粪"；一是没有动作，光是一个人没完没了地唱。"玉堂春"敢冒不韪，知难而进。苏三把过去的事情从头至尾历数了一遍。唱词层次非常清楚。唱腔和唱词情绪非常吻合。这场戏运用了西皮的全部板式，起伏跌宕，有疾有徐，极为动听。"玉堂春"和"四郎探母"的唱腔是京剧唱腔的两大杰作。苏三的外部动作不多，但是内心活动很丰富。整场戏就是一个人跪在下面唱，三个问官坐在上面听，但是四个人都随时在交流，一丝不懈。这样的处理，在全世界的戏剧中实为仅见。戏曲十分重视演员和观众的交流。这场戏有一个聪明的调度——"脸朝外跪"。本来朝上回话，哪有背向问官的道理呢？这是为了使观众听得真凿，看得清楚。这跟"四郎探母"的"打坐向前"是一个道理。无缘无故的，叫丫环打坐向前干什么？

"玉堂春"有两句白和唱："头一个开怀是哪一个？"——"十六岁开怀是那王……王公子"。有人把"开怀"改成了"结交"。这是干什么？"开怀"是妓院里的行话，也并不"牙碜"。下面还有两句唱"不顾腌臜怀中抱，在神案底下叙一叙旧情"。一个演员唱这出戏，把这两句删掉了，想是因为这是黄色。一个妓女这样表达感情，是很自然的。只要演唱得不过于绘形绘色，我看没有什么不可以。

"玉堂春"是谁改的？可能是朱熹。

四　进　士

两个差人受田伦之命到信阳州道台衙门顾读处下书行贿，住在宋士杰店中。宋士杰偷拆了书信，套写在衣襟之上。第二天早晨，差人起来，跟宋士杰说："跟您借一样东西"，宋士杰接口就说："敢莫是坛子？"旧时行贿，不能大明大白把银子送去，多是把银子放在酒坛里，装着送的是酒，好遮人耳目。这一套，宋士杰门儿清，所以立即就问："敢莫是坛子？"这一细节，表现出宋士杰对官场积弊了如指掌，是个成了精的老吏。两个差人回了一句："你倒是老在行！"这里，差人应该有点表演，先表现出惊愕，再表现心照不宣。宋士杰微微一笑。这样这个细节才突出。通常演出，差人无表情，只是平平说过。这样这个细节就"兀突"了。演差人的两个丑角大概也不知道这是什么意思。剧作者表现宋士杰的性格的这一小小闲笔也就被观众忽略了，可惜！

顾读的师爷上场念了一副对子："清早起来冷嗖嗖，吃了泡饭热呵呵"。许多演师爷的丑角演员只是随师傅照葫芦画瓢地念，不知念的是什么。师爷是绍兴人，念的是绍兴话。早上起来吃泡饭，这也很有绍兴特点。师爷拿走田伦贿赂顾读的银子，唱了两句："三百两银子到我手，管他丢官不丢官！"曲调是绍兴高调。从前上海有个专演师爷的丑，唱这两句绍兴味很足。这位演员在下场前还有几句念白："我拿了银子回家去卖霉干菜去哉！"霉干菜是绍兴特产，上海人多知道，所以听了都大笑。北京观众无此反应。

从前唱丑的都要会说几种方言。比如"荡湖船"是要念苏白的。后来唱丑的大都不会了。只有"打砂锅"还念山西话，"野猪林"里的解差说山东话。丑应该会说几个省的方言，否则叫什么丑呢。

一九九二年三月二十二日

注　释

① 本篇原载《新剧作》1992 年第三期；初收《汪曾祺全集》第五卷，北京师范
大学出版社，1998 年 8 月。

《汪曾祺小品》自序①

我没有想过把我写的非小说散文归一归类,没想过哪些算是小品文,哪些不算。我在写作的时候,思想里甚至没有浮现过"小品文"这个名词。什么是"小品文",也很难界定。

提起"小品文"很容易让人想起"晚明小品"。"晚明小品"是特定的历史时期的产物,是一种文化现象、社会现象,反映了明季的知识分子的心态。其次才是在文体方面的影响。我们现在说"晚明小品",多着重在其文体,其实它的内涵要更深更广得多。我们今天所说的"小品"和"晚明小品"有质的不同。可以说"小品文"这个概念不是从"晚明小品"沿袭来的。西班牙的阿左林的一些充满人生智慧的短文,其实是诗,虽然也叫做小品。现在所说的"小品文"的概念是从英国的Essay移植过来的。Essay亦称"小论文",是和严肃的学术著作相对而言的。小品文对某个现象,某种问题表示一定的见解。《辞海》说小品文往往"夹叙夹议的讲一些道理"是对的。这些见解不一定深刻,但一定要是个人的见解。我现在就按照这样的标准来编选这本书。

我没有研究过现代文学史,但觉得小品文在中国的名声似乎不那么好。其罪名是悠闲。中国现代小品文的兴起,大概是在三十年代。其时正是强邻虎视,国事蜩螗的时候,悠闲总是不好。悠闲使人脱离现实,使人产生消极的隐逸思想。有人为之辩护,说这是"寄沉痛于悠闲",骨子里是积极的,是有所不为的。这自然也有道理。但是总还是悠闲。其实悠闲并没有什么错,即使并不寄寓沉痛。因为怕被人扣上悠闲的帽子,四十年代写小品文的就不多,五十年代简直就没有什么人写了。"小品文"一直带着洗不清的泥渍,若隐若现。小品文的重新"崛起",是近十年的事。这是因为什么呢?

小品文崛起这个文学现象,是和另一个更大的文学现象,即散文的振兴密不可分的。小品文是散文的组成部分,如果其他散文体裁不兴旺,只是小品文一枝独秀,是不可能的。为什么读者对散文感兴趣?我在《蒲桥集》再版后记中说:"这大概有很深刻、很复杂的社会原因和文学原因。生活的不安定是一个原因。喧嚣扰攘的生活使大家的心情变得很浮躁,很疲劳,活得很累,他们需要休息,'民亦劳止,汔可小休',需要安慰,需要一点清凉,一点宁静,或者像我以前说过的那样,需要'滋润'。"小品文可以使读者得到一点带有文化气息的,健康的休息。小品文为人所爱读,也许正因为悠闲。小品文可以使读者增长一点知识,虽然未必有用。至于其中所讲的"道理",当然是可听可不听的。

在小品文的作者自己,是可以有点事做。独居终日,无所事事,总不是事。写写小品文,对宇宙万汇,胡思乱想一气,可以感觉到自己像个人似的活着,感到自己的存在。写小品文对自己的思想是个磨练,流水不腐,可以避免思想僵化。人不可懒,尤其不可懒于思想,如果能保持对事物的新鲜感,思想敏锐,亦是延年却老之一法。人是得有点事做,孔子曰:"不有博弈者乎,为之犹贤乎已"。另外,为了写小品文,有时就得翻翻资料,读一点书。朱光潜先生曾说过:为了写文章而读书,比平常读书,可以读得更深,是经验之谈。朱自清先生曾把他的书斋命名为"犹贤博弈斋",魏建功先生曾名他的书斋为"学无不暇簃"。学无不暇,贤于博弈,是我写小品文的态度。

是为序。

一九九二年四月二十二日

注　释

① 本篇原载《汪曾祺小品》,中国人民大学出版社,1992 年 10 月。

"样板戏"谈往①

样 板 戏

"样板戏"这个说法是不通的。什么是"样板"？据说这是服装厂成批生产据以画线的纸板。文艺创作怎么能像裁衣服似的统一标准、整齐划一呢？1963年冬天，江青在上海看戏，带回两个沪剧剧本，一个《芦荡火种》，一个《革命自有后来人》，让北京京剧团和中国京剧院改编成京剧。那时只说是搞"革命现代戏"。后来她有个说法，叫"种试验田"。《芦荡火种》后改名为《沙家浜》，《革命自有后来人》定名为《红灯记》。1965年五一节，《沙家浜》在上海演出，经江青审查批准，作为"样板"。"样板戏"的名称大概就是这时叫开了的。我曾听她说过："今年的两块样板是……"

"样板戏"是"文化大革命"的先导，到1976年"四人帮"垮台结束。可以说与"文化大革命"相始终，举其成数，时间约为十年。

"文化大革命"是中国政治史上一场噩梦。"样板戏"也是中国文艺史上一场噩梦。"样板戏"一去不复返矣。有人企图恢复"样板戏"，恐怕是不可能的。但是"样板戏"的教训还值得吸取，"样板"现象值得反思。"样板戏"的亡魂不时还在中国大地上游荡。

三 结 合

江青创造了一个"三结合"创作法。"三结合"是领导、群众、作者相结合。领导出思想，群众出生活，作者出技巧。创作是一个浑然的整体,怎么可以机械地分割开呢?"领导",实际上就是江青。她出思想。这就是说作者不需要思想。"群众出生活",就是到群众中去采访座谈,记录一点"生活素材",回来编编纂纂。当时创作都是集体创作,每一句都得举手通过。这样,剧作者还能有什么"主体意识",还有什么创作的个性呢?现在看起来,这简直是荒唐。可是当时就是这样干的,一干干了十年。我们剧院有一个编剧,说"我们只是创作秘书"。他说这样的话,并没有不满情绪。不料这句话传到于会泳耳朵里(当时爱打小报告的人很多),于会泳大为生气,下令批判。批了几次,也无结果,不了了之,因为这是事实。

"三突出"和"主题先行"

"样板戏"创作的理论基础是"三突出"和"主题先行"。

"三突出",是在所有的人物中突出正面人物,在正面人物中突出英雄人物,在英雄人物中突出主要英雄人物。"三突出"是于会泳的创造,见于《智取威虎山》的总结。把人物划分三个阶梯,为全世界文艺理论中所未见,实在是一大发明。连江青都觉得这个模式实在有些勉强。她说过:"我没有说过'三突出',我只说过'一突出'。"江青所说的"一突出"即突出主要英雄,即她不断强调的"一号人物"。把人物排队编号,也是一大发明。《沙家浜》的主角本来是阿庆嫂,江青一定要把郭建光树成一号人物。芭蕾是"绝对女主角",《红色娘子军》主角原是吴清华,她非把洪常青树成一号不可。为什么要这样搞?江青有江青的"原则"。为什么郭建光是一号人物?因为是武装斗争领导秘密工作,还是秘密工作领导武装斗争?为什么洪常青是一号?因洪常青是代表党的,而吴清华只是在洪常青教育下觉醒的奴隶。这种划分,和她的题材决定论思想是有关系的。结果是一号人物怎么树还是树不起来,给人印象较深的还是二号人物。因为二号人物多少还有点性格,有戏。"样板戏"的人物,严格说不是人物,不是活人,只是概念的化身,共产主义伦理道德规范的化身,"党性"的化身。他们都不是血肉之躯，没有家室之累，儿女之情，一张嘴都是豪言壮语。王蒙曾在一篇文章里调侃地说："样板戏的人物好像都跟天干上了，'冲云天'，'冲霄汉'。""主题先行"也是于会泳概括出来的。这种思想，江青原来就有，不过不像于会泳概括得这样简明扼要。江青抓戏，大都是从主题入手。改编《杜鹃山》的时候，她指示："主题是改造自发部队，这一点不能不明确。"她说过："主题是要通过人物来体现的。"反过来说，人物是为了表现主题而设置的。这些话乍听起来没有大错，但实际上这是从概念出发，是违反创作规律的。"领导出思想"，江青除了定主题，定题材，还要规定一个粗略的故事轮廓。这种故事轮廓都是主观主义，凭空设想，毫无生活根据的。她原来抓了很长时期的《红岩》，后来又认为解放前夕四川党就烂了，"我万万没有想到四川党那时还有王明路线！"她随便一句话，四川党就挨整惨啰！她决定放弃《红岩》，另写一个戏，写：从军队上派一个女的政工干部到重庆，不通过地方党，通过一个社会关系，打进兵工厂，发动群众护厂，迎接解放。不通过地方党，通过一个社会关系开展工作，党的秘密工作有这么干的么？我和另一个编剧阎肃都没有这样的生活（也不可能有这样的生活），只好按她的意旨编造了一个提纲，向她汇报，她竟然很满意。那次率领我们到上海（江青那时在上海）的是北京市委宣传部长李琪。我们把提纲念给李琪听了，李琪冷笑着说："看来没有生活也是可以搞创作的噢？"这个戏后来定名为《山城旭日》，彩排过，没有演出。她原来想改编乌兰巴干的《草原烽火》，后来不搞了，叫我们另外写个戏，写：从八路军派一个政工干部（她老爱从军队上派干部），打进草原，发动奴隶，反抗日本侵略者和附逆的王爷。我们几个编剧四下内蒙，搜集生活素材。搜集不到。我们访问过乌兰夫和李井泉，他们都不赞成写这样的戏。当时党对内蒙的政策是：蒙古的王公贵族和牧民团结起来，共同抗日。乌兰夫说写一个坏王爷，牧民是不会同意的。李井泉说：你们写这个戏的用意，我是理解的，但是我们没有干过那种事。我不干那种事。他还给我们讲了个故事：红军长征，路过彝族地区，毛主席叫他留下来，在这里开辟一个小块根据地。第二天毛主席打来一个电报，叫他们赶快回来。这个地区不具备开辟工作的条件。李井泉等人赶快走。身上衣服都被彝族人剥光了。写这样的戏不但违反生活真实,也违反党的民族政策。我们回来,向于会泳汇报,说没有这样的生活。于会泳说了一句非常精彩的话:"没有生活更好,你们可以海阔天空。""四人帮"垮台后,文化部召集了一个关于文艺创作的座谈会,会议主持人是冯牧。我在会上介绍了于会泳的这句名言。冯牧说:"什么叫'海阔天空',就是瞎编!"一点不错,除了瞎编,还能有什么办法? 这个戏有这样一场:日本人把几个盐池湖都控制了起来,牧民没有盐吃。有一天有一个蒙奸到了一个浩特,带来一袋盐,要分给牧民,这盐是下了毒的。正在危急关头,那位八路军政工干部飞马赶到,大叫:"这盐不能吃!"他抓了一把盐,倒一点水在碗里,把盐化开,让一只狗喝了。狗喝了,四脚朝天,死了。在给演员念这一场时,一个演员说:你们真能瞎造。我只听说大牲口喂盐的,没听说过给狗喝盐水。狗肯喝吗? 再说哪找这么个狗演员去? 举此一例,足可说明"主题先行"会把编剧憋得多么胡说八道。

样　板　团

在江青直接领导之下创演"样板戏"的剧团变成了"样板团"。"样板团"的"战士"待遇很特殊,吃样板饭:香酥鸡、番茄烧牛肉、炸黄花鱼、炸油饼……每天换样。穿样板服,夏天,春秋天各一套,银灰色的确良,冬天还发一身军大衣。样板服的式样、料子、颜色都是江青亲自定的。她真有那闲工夫! 样板团称样板饭为"板儿餐"、样板服为"板儿服"。一些被精简到"五七干校"劳动的演员、干部则自称"板儿刷"。

每排一个样板戏,都要形式主义地下去体验一下生活,那真是"御使出朝,地动山摇"。

为排《沙家浜》,到了苏州、常熟。其实这时《沙家浜》已经在上海演出过,下去只是补一补课。到阳澄湖内芦苇荡里看了看,也就那样。剧团排练、辅导,我没什么事,就每天偷偷跑出去吃糟鹅,喝百花酒。

为排《红岩》,到过重庆。在渣滓洞坐过牢(这是江青的指示:要坐一坐牢），开过龙光华烈士的追悼会。假戏真做，气氛惨烈。至华蓥山演习过"扯红"，即起义。那天下大雨，黑夜之间，山路很不好走，随时有跌到山涧里的危险。"政委"是赵燕侠，已经用小汽车把她送上山，在一个农民家等着。这家有猫。赵燕侠怕猫，用一根竹竿不停地在地上戳。到该她下动员令宣布起义时，她说话都不成句了。这是"体验生活"么？充其量，可以说是做戏剧小品，不过这个"小品"可真是兴师动众，劳民伤财。

为了排《杜鹃山》，到过安源，安源倾矿出动，敲锣打鼓，夹道欢迎这些"毛主席派来的文艺战士"。那天红旗不展，万头皆湿，——因为下大雨。

样板团的编导下去了解情况，搜集材料，俨然是"特使"，各地领导都是热情接待，亲自安排。唯恐稍有不周，就是对样板戏的态度问题。

经　　验

"样板戏"是不是也还有一些可以借鉴的经验？我以为也有。一个是重视质量。江青总结了五十年代演出失败的教训，以为是质量不够，不能跟老戏抗衡。这是对的。她提出"十年磨一戏"。一个戏磨上十年，是要把人磨死的。但戏总是要"磨"的，"萝卜快了不洗泥"，搞不出好戏。一个是唱腔、音乐，有创新、突破；把京剧音乐发展了。于会泳把曲艺、地方戏的音乐语言揉进京剧里，是成功的。《海港》里的二黄宽板，《杜鹃山》"家住安源"的西皮慢二六，都是老戏里所没有的板式，很好听。

一九九二年六月十四日

注　释

① 本篇原载《长城》1993 年第一期；初收《汪曾祺全集》第五卷，北京师范大学出版社，1998 年 8 月。

徐文长论书画①

文长书画的来源

徐文长善书法。陶望龄《徐文长传》谓：

> 渭于行草书尤精奇伟杰。尝言吾书第一，诗二，文三，画四，识者许之。

袁宏道《徐文长传》云：

> 文长喜作书，笔意奔放如其诗，苍劲中姿媚跃出。予不能书，而谬谓文长书决当在王雅宜、文徵仲之上。不论书法而论书神，先生者诚八法之散圣，字林之侠客也。

陶望龄谓文长"其论书主于运笔，大概仿诸米氏云"。黄汝亨《徐文长集序》谓："书似米颠，而稜稜散散过之，要皆如其人而止"。文长书受米字的影响是明显的，但不主一家。文长题跋，屡次提到南宫，但并不特别地推崇，以为是天下一人。他对宋以后诸家书的评价是公正客观的，不立门户。《徐文长逸稿·评字》：

> 黄山谷书如剑戟，搆密是其所长，蕭散是其所短。苏长公书专以老朴胜，不似其人之潇洒，何耶？米南宫一种出尘，人所难及，但有生熟，差不及黄之匀耳。蔡书近二王，其短者略俗耳。劲净而匀，乃其所长。孟頫虽媚，犹可言也。其似算子率俗书，不可言也。尝有评吾书者，以吾薄之，岂其然乎？倪瓒书从隶入，辄在钟元常荐季直表中夺舍投胎。古而媚，密而散，未可以近而忽之也。吾学

索靖书,虽梗概亦不得。然人并以章草视之,不知章稍逸而近分,索则超而俶篆。……

文后有小字一行:"先生评各家书,即效各家体,字画奇肖,传有石文"。这行小字大概是逸稿的编集者张宗子注的。据此,可以知道他是遍览诸家书,且能学得很像的。

徐文长原来是不会画画的。《书刘子梅谱二首》题有小字:"有序。此予未习画之作"。他的习画,始于何时,诗文中皆未及。他是跟谁学的画,亦不及。他的画受林良的影响是有目共睹的。他对林良是钦佩的,《刘巢云雁》诗劈头两句就是:"本朝花鸟谁第一? 左广林良活欲逸"。林良喜画松鹰大幅,气势磅礴。文长小品秀逸,意思却好。如画海棠题诗:"海棠弄春垂紫丝,一枝立鸟压花低。去年二月如曾见,却是谁家湖石西","一枝立鸟压花低",此林良所不会。文长诗也提到吕纪,但其画殊不似吕。文长也画人物。集中有《画美人》诗,下注:"湖石、牡丹、杏花,美人睹飞燕而笑",诗是:

> 牡丹花对石头开,
> 雨燕低从杏杪来。
> 勾引美人成一笑,
> 画工难处是双腮。

这诗不知是题别人的画还是题自己的画的。我非常喜欢"画工难处是双腮",此前人所未道。我以为这是徐渭自己的画,盖非自己亲画,不能体会此中难处。即此中妙处。文长亦偶作山水,不多,但对山水画有精深的赏鉴。他给沈石田写过几首热情洋溢的诗。对倪云林有独特的了解。《书吴子所藏画》:"阅吴子所藏红梅双鹊画,当是倪元镇笔,而名姓印章则并主王元章,岂当时倪适王所,戏成此而遂用其章耶?"倪元镇画花鸟,世少见,文长的猜测实在是主观武断,但非深知云林者不能道也。此津津于印章题款之鉴赏家所能梦见者乎!但是文长毕竟是花卉画家,他的真正的知交是陈道复。白阳画得熟,以熟胜。青藤画得生,以生胜。

论书与画的关系

《书八渊明卷后》云：

> 览渊明貌，不能灼知其为谁，然灼知其为妙品也。往在京邸，见顾恺之粉本曰《斫琴》者殆类是。盖晋时顾陆辈笔精，匀圆劲净，本古篆书家象形意。其后为张僧繇、阎立本，最后乃有吴道子、李伯时，即稍变，犹知宗之。迨草书盛行，乃始有写意画，又一变也。卷中貌凡八人，而八犹一，如取诸影，僮仆策杖，亦靡不历历可相印，其不苟如此，可以想见其人矣。

"书画同源"、"书画相通"，已成定论，研究美学，研究中国美术史者都会说，但说不到这样原原本本。"迨草书盛行，乃始有写意画"，尤为灼见。探索写意画起源的，往往东拉西扯，徒乱人意，总不如文长一刀切破，干净利索。文长是画写意画的，有人至奉之为写意花卉的鼻祖，扬州八家的先河，则文长之语可谓现身说法，夫子自道矣。袁宏道说："先生者诚八法之散圣，字林之侠客也。间以其余旁溢为花草竹石，皆超逸有致"，是直以写意画为行草字之"余"，不吾欺也。

论庄逸工草

文长字画皆豪放。陶望龄谓其行草书"尤精奇伟杰"；袁宏道谓其书"奔放如其诗"。其作画，是有意识的写意，笔墨淋漓，取快意于一时，不求形似，自称曰"涂"，曰"抹"，曰"扫"，曰"狂扫"。《写竹赠李长公歌》："山人写竹略形似，只取叶底潇潇意。譬如影里看丛梢，那得分明成个字？"《画百花卷与史甥,题曰漱老谑墨》："葫芦依样不胜揩，能如造化绝安排，不求形似求生韵，根拨皆吾五指裁。胡为乎，区区枝剪而叶裁？君莫猜，墨色淋漓两拨开。"他画的鱼甚至有三个尾巴。《偶旧画鱼作此》："元镇作墨竹，随意将墨涂（自注音搽），凭谁呼画里，或芦或呼麻。我昔画尺鳞,人问此何鱼。我亦不能答,张颠狂草书。"

《书刘子梅谱二首序》云:

> 刘典宝一日持己所谱梅花凡二十有二以过余请评。予不能
> 画,而画之意则稍解。至于诗则不特稍解,且稍能矣。自古咏梅诗
> 以千百计,大率刻深而求似多不足,而约略而不求似者多有余。然
> 则画梅者得无亦似之乎?典宝君之谱梅,其画家之法必不可少者,
> 予不能道之,至若其不求似而有余,则予之所深取也。

"不足"、"有余"之说甚精。求似会失去很多东西,而不求似则能
保留更多东西。

但他并不主张全无法度。写字还得从规矩入门。《跋停云馆
帖》云:

> 待诏文先生讳徵明,摹刻停云馆帖,装之,多至十二本。虽时
> 代人品,各就其资之所近,自成一家,不同矣。然其入门,必自分间
> 布白,未有不同者也。舍此则书者为痹,品者为盲。

《评字》亦云:"分间布白,指实掌虚,以为入门"。在此基础上,方
能求突破。"迨布匀而不必匀,笔态入净媚,天下无书矣。"

徐文长不太赞成字如其人。《大苏所书金刚经石刻》云:"论书者
云,多似其人。苏文忠人逸也,而书则庄。"《评字》云:"苏长公书专以
老朴胜,不似其人之潇洒,何耶?"他自作了解释:庄和逸不是绝对的,
庄中可以有逸。"文忠书法颜,至比杜少陵之诗,昌黎之文,吴道子之
画。盖颜之书,即庄亦未尝不逸也"。(《大苏所书金刚经石刻》)

同样,他认为工与草也是相对的,有联系的。《书沈徵君周画》:

> 世传沈徵君画多写意,而草草者倍佳,如此卷者乃其一也。然
> 予少客吴中,见其所为渊明对客弹阮,两人躯高可二尺许,数古木
> 乱云霭中,其高再倍之,作细描秀润,绝类赵文敏、懈男。比又见姑
> 苏八景卷,精致入丝毫,而人眇小止一豆。唯工如此,此草者之所
> 以益妙也。不然将善趋而不善走,有是理乎?

"善趋而不善走,有是理乎?"是一句大实话,也是一句诚恳的话。然今之书画家不善走而善趋者亦众矣,吁!

论"侵让"·李北海和赵子昂

《书李北海帖》:

> 李北海此帖,遇难布处,字字侵让,互用位置之法,独高于人。世谓集贤师之,亦得其皮耳。盖详于肉而略于骨,辟如折枝海棠,不连铁干,添妆则可,生意却亏。

"侵让"二字最为精到,谈书法者似未有人拈出。此实是结体布行之要诀。有侵,有让,互相位置,互相照应,则字字如亲骨肉,字与字之关系出。"侵让"说可用于一切书法家,用之北海,觉尤切。如字字安分守己,互不干涉,即成算子。如此书家,实是呆鸟。"折枝海棠,不连铁干",也是说字是单摆浮搁的。

徐文长对赵子昂是有微词的,但说得并不刻薄。《赵文敏墨迹洛神赋》云:

> 古人论真行与篆隶,辨圆方者,微有不同。真行始于动,中以静,终以媚。媚者盖锋稍溢出,其名曰姿态。锋太藏则媚隐,太正则媚藏而不悦,故大苏宽之以侧笔取妍之说。赵文敏师李北海,净均也。媚则赵胜李,动则李胜赵。夫子建见甄氏而深悦之,媚胜也。后人未见甄氏,读子建赋无不深悦之者,赋之媚亦胜也。

徐文长这段话说得恍恍惚惚,简直不知道是褒还是贬。"媚"总是不好的。子昂弱处正在媚。文长指出这和他的生活环境有关。《书子昂所写道德经》云:

> 世好赵书,女取其媚也,责以古服劲装可乎?盖帝胄王孙,裘马轻织,足称其人矣。他书率然,而道德经为尤媚。然可以为槁涩顽粗,如世所称枯柴蒸饼者之药。

论　变

书画家不会总是一副样子,往往要变。《跋书卷尾二首·又》记了一个有趣的故事:

> 董丈尧章一日持二卷命书,其一沈徵君画,其一祝京兆希哲行书,钳其尾以余试。而祝此书稍谨敛,奔放不折梭。余久乃得之曰:"凡物神者则善变,此祝京兆变也,他人乌能辨?"丈弛其尾,坐客大笑。

"变"常是不期然而得之,如窑变。《书陈山人九皋氏三卉后》云:

> 陶者间有变,则为奇品。更欲效之,则尽薪竭钧,而不可复。予见山人卉多矣,曩在日遗予者,不下十数纸,皆不及此三品之佳。瀹然而云,莹然而雨,法法然而露也。殆所谓陶之变耶?

书画豪放者,时亦温婉。《跋陈白阳卷》:

> 陈道复花卉豪一世,草书飞动似之。独此帖既纯完,又多而不败。盖余尝见闽楚壮士裘马剑戟,则凛然若罴,及解而当绣刺之绷,亦颓然若女妇,可近也。此非道复之书与染耶?

一九九二年六月酷暑中作

注　释

① 本篇原载《中国文化》1992 年总第七期"城南客话"专栏;初收《汪曾祺文集·文论卷》,江苏文艺出版社,1993 年 9 月。

相看两不厌^①

——代序

先燕云的散文不少篇是写山水的。

"相看两不厌,只有敬亭山""我见青山多妩媚,料青山见我应如是"。写山水,无非是写人与自然的关系,人和山水的默契,溶合,一番邂逅,一度目成,一回莫逆。先燕云说:"人与山水间也需要一点灵犀,这是我读山水的一点体会",说得很对。"这一瞬间,我感到一种与山水的认同",这一瞬间得之非易,可遇而不可求,而且稍纵即逝,"来如春梦不多时,去如朝云无觅处"。因此要珍重这一瞬。

山水有灵。先燕云写山水往往升到哲学的高度。两年前初识小先,读了她的三篇散文,我觉得有哲理,有禅机。读《江川的诱惑》,至"绘完彩亭,他们将毫不犹豫地逃离孤山。孤山不走。"我说:"有'孤山不走'这一句,你就有资格当一个散文家"。这是诗,是哲理诗。一个散文家首先必须是诗人。

> 荒原已经走完。
>
> 心头血涌,回头看那沉默的荒原。
>
> 面对夜走荒原的我们,你诉说过什么?
>
> 你的梦痕,你的创伤,你的想往……荒原不语。
>
> ——《夜走荒原》

这让人想到 T.S.艾略特的《荒原》,让人想起"念天地之悠悠"。

"看井看的是人生"。其实看山看水看雨看月看桥看井,看的都是人生。否则就是一个地理学家、气象学家,不是散文作家。"人生",无非是两种东西:永恒和短暂,变和不变。"自其变者而观之,则天地曾不能以一瞬;自其不变者而观之,则物与我皆无尽也",但是人总是不能如此豁达。人在山水名胜间,总不免抚今追昔,产生历史的悲凉感。《冬日,在圆明园》写的就是这种悲凉感。但是人生又确是永恒的,瞬间的永恒。我很喜欢《峡江相逢》。两船相错,一只船上的旅客向隔船的人扬起手臂,另一船上的人也将手臂举起;船上的"我"看到半山一个穿红衣的青年人在耕作,环手成筒,冲他高喊:"哎……哎……"这有什么呢?但是这是人与人的真情,这是很美的。"这时我和他,似乎在追求生命的永恒的同时忍受着生命的短暂。是啊,一生中不会有第二次,它却短得让人来不及思索与回味。"然而小先不是思索回味了么?人生聚散匆匆,"相逢何必曾相识",只一点真情可感,不是也可欣慰么?我很喜欢这篇充满温情的小诗。如果是我,我会把"峡江"两个字去掉,题目就叫《相逢》。"相逢",多美的词呀。

毕竟,人和自然的关系,人是主体。"天地空寂之时,人总是面对自己"(《三峡望月》)。小先登山涉水,是很受益的。她从自然、山水得到感悟,受到启发,增加了生命意识,生活的信心。"我佩服自然的绝妙造化,完全是超然的大手笔,不似人生险恶那么小气。千万年来,人们为此感叹而沉湎,同时悟到人生的短暂与渺小。这种彻悟,提醒人们珍惜有限生命,力图在渺小中生出种昂扬的光辉"(《人在旅途》)。在《冬日,在圆明园》的最后,她说:"哦,我穿越历史来与你对话,我踏访、读石、悟冰,都因我有一份难解的情结。我如你一样太傲太孤,创痛剧深,却不似你这般守得住寂寞。我年轻,有热力,有血性,有一颗属于未来的心。我找到了自新的神力。"天知道,我为此感到多大的安慰。小先曾问我有没有不想活的时候,我愿她永远摆脱这种阴影。我相信会的。应该好好活一辈子。其他都是次要的。在《澜沧江之旅·凤凰树》中,小先写道:"如果将你的生命融进我的生命,我可以唱着歌旋风般走遍世界。"事实上小先从某个意义上说,就是一棵凤凰树,至少在她的性格中有这一面。因此先燕云的散文给予读者的是对生活的执着的爱。我想这是先燕云散文的积极的意义。

小先感觉敏锐,善于捕捉印象,往往一句话就把一个印象像捉蝴蝶

似的捉到。她善用比喻,并直接把比喻转换成叙述。比如:

> 谷间草木茂密,叶尖上均挂有细而晶莹的小水珠。阳光下,每片叶尖都点亮了小灯笼。

比如:

> 老人笑得更甜,老脸上开满菊花。

"老脸上开满菊花",这是一句很精彩的语言,这非常生动,非常形象,非常概括。这是现代诗。——如果有人问:脸上怎么会开菊花?这人的智商肯定不高!

小先在语言上很下功夫,炼字炼句,注意语言的韵律感,时用俳句叠句,有时用骈偶的句子。如:

> ……正感愧怍,听得一声吆喝:"到啰!"豁然间,一片红土地,万里无云天。

她的语言接近散文诗,具有很大的可读性。但有时也写得萧萧散散,自自然然。比如:

> ……寺外苍松上,两只小松鼠毫不在意我们的惊扰,自顾嬉戏。进得寺内,庭院狭小,苍苔满地。院中设有花坛,皆是寻常花木,枝条疏朗。择一矮桌坐下,爬山出的汗立时收干,荫荫地觉出凉意。只见一僧快步提壶前来,几近虔诚地合十询问我们来自何方,款款送出出家人的安恬与超然。

这有点像晚明小品。

先燕云的语言基本上是雅言——书面语言,但有时不避俗词俗字,比如"屁颠屁颠的"。

这样,她的语言就不拘一格,活泼生动,姿态横生。

前年在昆明,我们几个外地的年长一点的作家找小先作了一次颇为"严肃"的聚谈,对她的未来作了一番设计。我们建议她少管一些杂事,多写散文,早一点出一个集子。我当场答应给她的散文集写一篇序。现在先燕云的散文集编出来了,我得履行我的诺言。序是写出来了,只能是这个样子。因为:一、我没有读她的全部散文;二、没有潜心玩味,对她的散文只有浅层次的理解。天热如此,姑且交卷。等小先出第二个散文集时,我也许可以写一篇好一点的序。

一九九二年七月十八日　北京酷暑

注　释

① 本篇原载《汪曾祺文集·文论卷》,江苏文艺出版社,1993 年 9 月,是为《那方山水》(先燕云著,云南人民出版社,1994 年版)所作序。

谈 题 画①

　　题画是中国特有的东西。西方画没有题字的。日本画偶有题句，是受了中国的影响。中国的题画并非从来就有，唐画无题字者，宋人画也极少题字。一直到明代的工笔画家如吕纪，也只是在画幅不引人注意的地方写上一个名字。题画之风开始于文人画、写意画兴起之时。王冕画梅，是题诗的。徐文长题画诗可编为一卷。至扬州八怪，几乎每画必题。吴昌硕、齐白石题画时有佳句。

　　题画有三要。

　　一要内容好。内容好无非是两个方面：要有寄托；有情趣。郑板桥画竹，题诗："衙斋卧听萧萧竹，疑是民间疾苦声。些小吾曹州县吏，一枝一叶总关情。"关心民瘼，出于至性。齐白石一小方幅，画浅蓝色藤花，上下四旁飞着无数野蜂，一边用金冬心体题了几行字："借山吟馆后有野藤一株，花时游蜂无数。□孙幼时曾为蜂螫。今□孙亦能画此藤花矣。静思往事，如在目底"（白石此画只是匆匆过眼，题记凭记忆录出，当有讹字）。这实在是一则很漂亮的小品文。白石为荣宝斋画笺纸，一朵淡蓝色的牵牛花，两片叶子，题曰："梅畹华家牵牛花碗大，人谓外人种也。余画其最小者。"此老幽默。寻常画家，哪得有此！

　　二要位置得宜。徐文长画长卷，有时题字几占一半。金冬心画六尺梅花横幅，留出右侧一片白地，极其规整地写了一篇题记。郑板桥有时在丛篁密竿之间由左向右题诗一首。题画无一定格局，但总要字画相得，掩映成趣，不能互相侵夺。

　　三最重要的是，字要写得好一些。字要有法，有体。黄瘿瓢题画用狂草，但结体皆有依据，不是乱写一气。郑板桥称自己的字是"六分半书"，他参照一些北碑笔意，但是长撇大捺，底子仍是黄山谷。金冬心的漆书和方块字是自己创出来的,但是不习汉隶,不会写得那样停匀。

近些年有不少中青年画家爱在中国画上题字。画面常常是彩墨淋漓,搞得很脏,题字尤其不成样子,不知道为什么,爱在画的顶头上横写,题字的内容很无味,字则是叉脚舞手,连起码的横平竖直都做不到,几乎不成其为字。这样的题字不是美术,是丑术。我建议美术学院的中国画系要开两门基础课。一是文学课,要教学生把文章写通,最好能做几句旧诗;二是书法课,要让学生临帖。

一九九二年九月二十五日

注　释

① 本篇原载 1992 年 10 月 6 日《今晚报》;初收《汪曾祺全集》第五卷,北京师范大学出版社,1998 年 8 月。

又读《边城》①

请许我先抄一点沈先生写给三姐张兆和（我的师母）的信。

> 三三，我因为天气太好了一点，故站在船后舱看了许久水，我心中忽然好像澈悟了一些，同时又好像从这条河中得到了许多智慧。三三，的的确确，得到了许多智慧，不是知识。我轻轻地叹息了好些次。山头夕阳极感动我，水底各色圆石也极感动我，我心中似乎毫无什么渣滓，透明烛照，对河水，对夕阳，对拉船人同船，皆那么爱着，十分温暖地爱着！……我看到小小渔船，载了它的黑色鸬鹚向下流缓缓划去，看到石滩上拉船人的姿势，我皆异常感动且异常爱他们。……三三，我不知为什么，我感动得很！我希望活得长一点，同时把生活完全发展到我自己的这分工作上来。我会用自己的力量，为所谓人生，解释得比任何人皆庄严些与透入些！三三，我看久了水，从水里的石头得到一点平时好像不能得到的东西，对于人生，对于爱憎，仿佛全然与人不同了。我觉得惆怅得很，我总像看得太深太远，对于我自己，便成为受难者了，这时节我软弱得很，因为我爱了世界，爱了人类。三三，倘若我们这时正是两人同在一处，你瞧我眼睛湿到什么样子！

这是一封家书，是写给三三的"专利读物"，不是宣言，用不着装样子，做假，每一句话都是真诚的，可信的。

从这封信，可以理解沈先生为什么要写《边城》，为什么会写得这样美。因为他爱世界，爱人类。

从这里也可以得到对沈从文的全部作品的理解。也许你会觉得这样的解释有点不着边际。不吧。

《边城》激怒了一些理论批评家,文学史家,因为沈从文没有按照他们的要求,他们规定的模式写作。

　　第一条罪名是《边城》没有写阶级斗争,"掏空了人物的阶级属性"。

　　是不是所有的作品都要写阶级斗争?

　　他们认为被掏空阶级属性的人物第一个大概是顺顺。他们主观先验地提高了顺顺的成分,说他是"水上把头",是"龙头大哥",是"团总",恨不能把他划成恶霸地主才好。事实上顺顺只是一个水码头的管事。他有一点财产,财产只有"大小四只船"。他算个什么阶级?他的阶级属性表现在他有向上爬的思想,比如他想和王团总攀亲,不愿意儿子娶一个弄船的孙女,有点嫌贫爱富。但是他毕竟只是个水码头的管事,为人正直公平,德高望重,时常为人排难解纷,这样人很难把他写得穷凶极恶。

　　至于顺顺的两个儿子,天保和傩送,"向下行船时,多随了自己的船只充伙计,甘苦与人相共,荡桨时选最重的一把,背纤时拉头纤二纤",更难说他们是"阶级敌人"。

　　针对这样的批评,沈从文作了挑战性的答复:"你们多知道要作品有'思想',有'血'有'泪',且要求一个作品具体表现这些东西到故事发展上,人物言语上,甚至一本书的封面上,目录上。你们要的事多容易办!可是我不能给你们这个。我存心放弃你们……"

　　第二条罪名,与第一条相关联,是说《边城》写的是一个世外桃源,脱离现实生活。

　　《边城》是现实主义的还是浪漫主义的?《边城》有没有把现实生活理想化了?这是个非常叫人困惑的问题。

　　为什么这个小说叫做《边城》?这是个值得想一想的问题。

　　"边城"不只是一个地理概念,意思不是说这是个边地的小城。这同时是一个时间概念,文化概念。

　　"边城"是大城市的对立面。这是"中国另外一个地方另外一种事情"(《边城题记》)。沈先生从乡下跑到大城市,对上流社会的腐朽生活,对城里人的"庸俗小气自私市侩"深恶痛绝,这引发了他的乡愁,使他对故乡尚未完全被现代物质文明所摧毁的淳朴民风十分怀念。

便是在湘西,这种古朴的民风也正在消失。沈先生在《长河·题记》中说:"一九三四年的冬天,我因事从北平回湘西,由沅水坐船上行,转到家乡凤凰县。去乡已十八年,一入辰河流域,什么都不同了。表面上看来,事事物物自然都有了极大进步,试仔细注意注意,便见出在变化中的堕落趋势。最明显的事,即农村社会所保有的那点正直朴素人情美,几几乎快要消失无余,代替而来的却是近二十年实际社会培养成功的一种唯实唯利的人生观。"《边城》所写的那种生活确实存在过,但到《边城》写作时(一九三三—三四)已经几乎不复存在。《边城》是一个怀旧的作品,一种带着痛惜情绪的怀旧。《边城》是一个温暖的作品,但是后面隐伏着作者的很深的悲剧感。

可以说《边城》既是现实主义的,又是浪漫主义的,《边城》的生活是真实的,同时又是理想化了的,这是一种理想化了的现实。

为什么要浪漫主义,为什么要理想化? 因为想留驻一点美好的,永恒的东西,让它长在,并且常新,以利于后人。

《从文小说习作选·代序》说:

> 这世界上或有想在沙基或水面上建造崇楼杰阁的人,那可不是我。我只想造希腊小庙。选山地作基础,用坚硬石头堆砌它。精致,结实,匀称,形体虽小而不纤巧,是我的理想的建筑。这庙里供奉的是"人性"。

> 我要表现的本是一种"人生的形式",一种"优美,健康,自然,而又不悖乎人性的人生形式"。

喔!"人性",这个倒霉的名词!

沈先生对文学的社会功能有他自己的看法,认为好的作品除了使人获得"真美感觉之外,还有一种引人'向善'的力量,……从作品中接触另外一种人生,从这种人生景象中有所启示,对人生或生命能作更深一层的理解。"(《小说的作者与读者》)沈先生的看法"太深太远"。照我看,这是文学功能的最正确的看法。这当然为一些急功近利的理论家所不能接受。

《边城》里最难写,也是写得最成功的人物,是翠翠。

翠翠的形象有三个来源。

一个是泸溪县绒线铺的女孩子。

> 我写《边城》故事时,弄渡船的外孙女,明慧温柔的品性,就从那绒线铺小女孩印象得来。(《湘行散记·老伴》)

一个是在青岛崂山看到的女孩子。

> 故事上的人物,一面从一年前在青岛崂山北九水看到的一个乡村女子,取得生活的必然⋯⋯(《水云》)

这个女孩子是死了亲人,戴着孝的。她当时在做什么?据刘一友说,是在"起水"。金介甫说是"告庙"。"起水"是湘西风俗,崂山未必有。"告庙"可能性较大。沈先生在写给三姐的信中提到"报庙",当即"告庙"。金文是经过翻译的,"报"、"告"大概是一回事。我听沈先生说,是和三姐在汽车里看到的。当时沈先生对三姐说:"这个,我可以帮你写一个小说"。

另一个来源就是师母。

> 一面就用身边新妇作范本,取得性格上的朴素式样。(《水云》)

但这不是三个印象的简单的拼合,形成的过程要复杂得多。沈先生见过很多这样明慧温柔的乡村女孩子,也写过很多,他的记忆里储存了很多印象,原来是散放着的,崂山那个女孩子只是一个触机,使这些散放印象聚合起来,成了一个完完整整的形象,栩栩如生,什么都不缺。含蕴既久,一朝得之。这是沈先生的长时期的"思乡情结"茹养出来的一颗明珠。

翠翠难写,因为翠翠太小了(还过不了十六吧)。她是那样天真,那样单纯。小说是写翠翠的爱情的。这种爱情是那样纯净,那样超过一切世俗利害关系,那样的非物质。翠翠的爱情有个成长过程。总体上,是可感的,坚定的,但是开头是朦朦胧胧的,飘飘忽忽的。翠翠的爱是一串梦。

翠翠初遇傩送二老,就对二老有个难忘的印象。二老邀翠翠到他家去等爷爷,翠翠以为他是要她上有女人唱歌的楼上去,以为欺侮了她,就轻轻地说:"你个悖时砍脑壳的!"后来知道那是二老,想起先前骂人的那句话,心里又吃惊又害羞。到家见着祖父,"另一件事,属于自己不关祖父的,却使翠翠沉默了一个夜晚。"

两年后的端午节,祖父和翠翠到城里看龙船,从祖父与长年的谈话里,听明白二老是在下游六百里外青浪滩过的端午。翠翠和祖父在回家的路上走着,忽然停住了发问:"爷爷,你的船是不是正在下青浪滩呢?"这说明翠翠的心此时正在飞向谁边。

二老过渡,到翠翠家中做客。二老想走了,翠翠拉船。"翠翠斜睨了客人一眼,见客人正盯着她,便把脸背过去,抿着嘴儿,很自负的拉着那条横缆……""自负"二字极好。

翠翠听到两个女人说闲话,说及王团总要和顺顺打亲家,陪嫁是一座碾坊,又说二老不要碾坊,还说二老欢喜一个撑渡船的……翠翠心想:碾坊陪嫁,希奇事情咧。这些闲话使翠翠不得不接触到实际问题。

但是翠翠还是在梦里。傩送二老按照老船工所指出的"马路",夜里去为翠翠唱歌。"翠翠梦中灵魂为一种美妙歌声浮起来,仿佛轻轻的各处飘着;上了白塔,下了菜园,到了船上,又复飞窜过悬崖半腰,——去作什么呢?摘虎耳草!"这是极美的电影慢镜头,伴以歌声。

事情经过许多曲折。

天保大老走"车路"不通,托人说媒要翠翠不成,驾油船下辰州,掉到茨滩淹坏了。

大雷大雨的夜晚,老船夫死了。

祖父的朋友杨马兵来和翠翠作伴,"因为两个必谈祖父以及这一家有关系的事情,后来便说到了老船夫死前的一切,翠翠因此明白了祖父活时所不提到的许多事,二老的唱歌,顺顺大儿子的死,顺顺父子对祖父的冷淡,中寨人用碾坊作陪嫁妆奁诱惑傩送二老,二老既记忆着哥哥的死亡,且因得不到翠翠理会,又被家中逼着接受那座碾坊,意思还在渡船,因此赌气下行,祖父的死因,又如何与翠翠有关……凡是翠翠不明白的事,如今可都明白了。翠翠把事情弄明后,哭了一个夜晚。"哭了一夜,翠翠长成大人了。迎面而来的,将是什么?

"我平常最会想象好景致,且会描写好景致"(《湘行集·泊缆子湾》)。沈从文对写景可算是一个圣手。《边城》写景处皆十分精彩,使人如同目遇。小说里为什么要写景? 景是人物所在的环境,是人物的外化,人物的一部分。景即人。且不说沈从文如何善于写景,只举一例,说明他如何善于写声音、气味:"天快夜了,别的雀子似乎都在休息了,只杜鹃叫个不息。石头泥土为白日晒了一整天,到这时节皆放散一种热气。空气中有泥土气味,有草木气味,且有甲虫气味。翠翠看着天上的红云,听着渡口飘来乡生意人的杂乱的声音,心中有些薄薄的凄凉。"有哪一个诗人曾经写过甲虫的气味?

《边城》的结构异常完美。二十一节,一气呵成;而各节又自成起讫,是一首一首圆满的散文诗。这不是长卷,是二十一开连续性的册页。

《边城》的语言是沈从文盛年的语言,最好的语言。既不似初期那样的放笔横扫,不加节制;也不似后期那样过事雕琢,流于晦涩。这时期的语言,每一句都"鼓立"饱满,充满水分,酸甜合度,像一篮新摘的烟台玛瑙樱桃。

《边城》,沈从文的小说,究竟应该在文学史上占一个什么地位? 金介甫在《沈从文传》的引言中说:"可以设想,非西方国家的评论家包括中国的在内,总有一天会对沈从文作出公正的评价:把沈从文、福楼拜、斯特恩、普罗斯特看成成就相等的作家。"总有一天,这一天什么时候来?

一九九二年十月二日

注　释

① 本篇原载《读书》1993 年第一期;初收《汪曾祺散文随笔选集》,沈阳出版社,1993 年 6 月。

《当代散文大系》总序①

中国是散文的大国。中国散文历史的悠久,大概可以算世界第一。先秦诸子,都能文章,恣肆谨严,风格各异。《史记》乃无韵之离骚,立记叙之模范。魏晋词赋,风神朗朗,韩愈起八代之衰,是文体上的一次大解放。欧阳修辞赡韵美。苏东坡行于当行,止于应止,使后世作家解悟:散文最大的特点,是自由。明季作家意识到语言的自然美,三袁张岱,是其代表。桐城义法,实本《史记》。龚定庵矫矢奇崛,遂为一代文宗。

中国的新文学、新诗、话剧、小说都是外来的形式,只有散文,却是土产。渊源有自,可资借鉴汲取的传统很丰厚。

鲁迅、周作人实是五四以后散文的两大支派。鲁迅悲愤,周作人简淡。后来作者大都是沿着这样两条路走下来的。江河不择细流,侧叶旁枝,各呈异彩。然其主脉,不离鲁迅、周作人。

中国散文主要继承的是本国的传统,但也不是没有接受外来的影响。三十年代初,翻译了法国的蒙田、挪威的别伦·别尔生的散文,波特莱尔、屠格涅夫的散文诗,泰戈尔、纪伯伦的散文诗,这些都扩展了中国散文作家的眼界。西班牙的阿索林的作品介绍进来的不多,但是影响是很深的。

三十年代写散文的人很多,四十年代写散文的少了,散文几乎降为小说的附庸。

五十年代写散文的又多了起来,一时名家辈出。对五十年代的散文有不同看法。有人以为这是一个高峰期;有人以为这时的散文有一个很大的缺点,即出现了"模式",使年轻的读者以为只有这样写才叫做散文。所谓"模式",一是不管什么题目,最后都要结到歌颂祖国,歌颂社会主义,卒章显其志,有点像封建时代的试帖诗,最后一句总要颂圣;二是过多的抒情,感情绵缠,读起来有"女郎诗"的味道。成绩和缺点都是存在的。

六十年代散文的势头不旺。"文革"以后只有大批判的文章,但那不能叫做散文。那时不但没有散文,也没有文学。

七十年代后期,党的十一届三中全会以后,思想解放,文学复苏,散文如江南草长。物极必反,这时的散文不但摆脱了"文革"文风,也摆脱了五十年代的"模式"。

近三四年散文的长势很好,出现了好几种散文杂志,一般文学杂志也用较显著的篇幅刊登散文,或出散文专号。散文的地位由附庸蔚为大观。有人预言1993年将是散文年。

为什么散文会兴旺起来? 一个是社会的原因,一个是文学的原因。中国人经过长期的折腾,大家都很累,心情浮躁,需要平静,需要安慰,需要一种较高文化层次的休息。尽管粗俗的文化还在流行,但是相当一部分人对此已经感到厌倦,他们需要品位较高的艺术享受,需要对人生独到的观察,对自成一家的语言的精美的享受。散文可以提供有文化的休息和这种精美的享受。散文可以说是应运而生。近年的散文自然也有相当多的平庸之作,但是总体上来说,质量是比较好的,出现了有自己的风格的散文家和足以传世的散文佳作。

近年散文写得好的,不少是女作家,这是个很值得研究的现象。什么原因? 我想是女作家的感觉更细一些,女作家写"女郎诗"未可厚非;女作家对功利更超脱一些,对"为政治服务"抛弃得更远一些。

近年散文也有些什么缺点? 我以为一是散文的天地还狭窄了一些。目前的散文,怀人、忆旧、记游的较多,其实书信、日记、读书笔记乃至交待检查,都可以是很好的散文。二是对散文的民族传统(包括五四以来的传统)继承得还不够,对外国散文作品借鉴得也不够。我们现在还很少散文家能写出鲁迅《二十四孝图》那样气势磅礴,纵横挥洒的"大"散文,能写出像弗吉尼亚·伍尔芙的《果园里》那样用意识流方法写出的精致的小品。

中国散文的前景是辉煌的。

一九九二年十月二十九日

注　释

① 本篇原载《当代作家评论》1993 年第一期，又载 1993 年 12 月 3 日《人民日报》，题为《散文的辉煌前景》，文字略有删节。该文是为《当代散文大系》（第一辑）（沈阳出版社，1993 年版）所作总序；初收《汪曾祺散文随笔选集》，沈阳出版社，1993 年 6 月。

《汪曾祺散文随笔选集》自序[①]

本集所收不是我的散文的全部,也很难说是精选。在编这本集子的同时,我还给另一家出版社编了一本随笔选。为了怕雷同得太多,大体上划分了一下:篇幅短小的归入随笔集,篇幅稍长的归入散文集。本来散文、随笔是很难划界的。就这样,也还有两集互见的。我原来很踌躇。出版社的编辑同志说:无妨,两本书的读者不是一样的。如果有读者同时买了两个集子,那就只好请你们原谅了。我没有存心使你们上当。

这本书的编法是进行了分类,将文章性质相近的归为一辑,共六辑。

第一辑是怀念师友的。第二辑是游记。第三辑是对人生的一点省悟。

第四辑是谈吃食的。没有想到我竟然写了这么多篇谈吃的文章!我在《中国烹饪》杂志上还发过一些食单之类的小文章,因为找不到了,没有收入。如果收进来,数量会更多。近年来文艺界有一种谣传,说汪曾祺是美食家。我不是像张大千那样的真正精于吃道的大家,我只是爱做做菜,爱琢磨如何能粗菜细做,爱谈吃。你们看:我所谈的都是家常小菜。谈吃,也是一种对生活的态度,对文化的态度。那么,谈谈何妨?

第五辑《城南客话》是应《中国文化》之约所开栏目的总题目。《中国文化》是一学术性很强的,严肃的大型文化刊物,找一个作家来开一个专栏,无非是调剂调剂,使刊物活泼一些。由于刊物的性质所决定,不得不谈一点有关文化,有关知识的问题。但只不过是一些读书笔记,卑之无甚高论,不足以登大雅之堂的。有人说这样的文章是学者散文,则吾岂敢。不过我倒是希望作家多写一点这一类的文章。王蒙同志前几年提出作家学者化的问题。唐弢同志曾慨叹中国近年很少学者小品，以为是一缺陷。我写这样的读书笔记也可以说是对王蒙同志、唐弢同志的意见的一点响应。我还有两篇稿子存在《中国文化》。《中国文化》半年出一期，发表将在明年，等不及了，就将已发表的几篇先收进来再说。

第六辑《逝水》是应长春《作家》杂志之约所写的带自传、回忆性质的系列散文。我本来是不太同意连续发表这样的散文的，因为我的生活历程很平淡，没有什么值得回忆的往事。《作家》固请，言辞恳挚，姑且应之。有言在先，写到初中生活，暂时打住。高中以后，写不写，什么时候写，再说。我真不知道读者要不要看这样的文章。也许这对了解一个作家童年所受的情绪的培育会有一点帮助，那就请随便翻翻吧。

一九九二年十月三十一日

注 释

① 本篇原载《汪曾祺散文随笔选集》，沈阳出版社，1993 年 6 月。

《成汉飚书法集》序[①]

成君汉飚写小说,兼善书法。这在中青年作家里是不多见的。现在的中青年作家,字都写得不像样子。现在的行情很俏的书法家,笔下往往不通。成君长于书法,故小说有文化味,能写小说,故书法雅致,无职业书法家的市井俗气,可谓难能。

成君写行楷,也写隶书,观其用笔,指实掌虚,意淡气平,笔力注于毫端,不似包世臣所说的"毫铺纸上",故运转自如,意在笔先。近世书家用力多在毫之中部,即笔"肚子"上,痴重瘫软,遂成"墨猪",成君书作注重多力丰筋。

成书结体,楷书近颜,而用笔有晋人意,隶书似多从张迁碑出,以少少变化,平稳中稍取欹侧为势,于侵夺退让间致意。王羲之字单看一个字,左右常不平衡,从整体看,各字之间痛痒相关,顾盼有情。隶书中《石门铭》、《西狭颂》每个字并非皆中规矩,通体则放逸有致。成君致力于此,已见成就。

写隶书,文须有汉魏韵味。尝见书法家用小篆、隶书写唐人诗《枫桥夜泊》、"停车坐爱枫林晚"以为不相配。成君写汉隶,宜读汉人文。成君以为然否?

一九九二年十月序于北京蒲黄榆

注　释

① 本篇原载《成汉飚书法集》,古吴轩出版社,1993年版。

一 点 意 见[①]

两年前张抗抗到洛阳看牡丹,春寒,牡丹没有开。抗抗很失望,回来写了篇散文《牡丹的拒绝》。我知道后,为她画了幅牡丹,绿花红叶子,题了四句诗:"看朱成碧且由他,大道从来只是斜,见说洛阳春索寞,牡丹拒绝著繁花。"希望这次十四大带来洛阳春暖,牡丹盛开。

我只有一点具体的意见:希望尽快举行第五次作代会。希望这次会能按正常程序进行,按作协章程办事,不要有人搞非程序活动。希望这次会能开成一个团结的会、民主的会,使大多作家都能心情舒畅的会。这次会开得成功,将会有助于文学的繁荣。希望通过这次座谈,能把这点声音传给全国作家,听听大家的意见。

注 释

① 本篇原载 1992 年 11 月 7 日《作家报》,是作者在学习十四大精神座谈会上的发言,有删节。

一个过时的小说家的笔记①

——曾明了小说集《风暴眼》代序

说实在话，我很怕给人写序。每一次写序，对我说起来，都是一次冒险。我能够多少说出几句比较中肯的话么？

曾明了(她也常用曾英的署名发表作品)在鲁迅文学院研究生班听过我的课，算是我的学生。前两年她就说，请我给她的小说集写一篇序。我不能不答应。但是有些为难。我没有看过她一篇小说。写序，要对作者负责，对读者负责，当然，也对我自己负责。因此，我感到一种压力。这篇序值不值得一写？曾明了身体不太好，总像有点精神不足的样子。她在班上很谦抑，在人多的场合话很少，不像有些女作家才华闪烁，语惊四座。我想，她的小说会是什么样子的呢？她到我家里来过几次，我发现她很有语言才能，很有幽默感，时有妙语(我的小孙女都记得她说过的笑话，并且到处转述给别人听)。当然，我觉得值得为她写一篇序，是在读了她的小说以后。

但是我不是评论家，说不出成本大套的道理。我只能作一点笔记，想到什么说什么。这样我就可以轻松一点，减轻所承负的压力。

我很喜欢《月丫儿》。

月丫儿有一颗金子样的心。浑金璞玉。她是"山里人"，却一脚跳进了文明世界，跳进知识分子生活的圈子。她干了一些"可笑"的事。"我"看《一千零一夜》看得像中了邪，月丫儿像巫婆一样阴阳怪气地呼叫起来："天灵灵，地灵灵，妖魔鬼怪全滚开！""叭叽一声将菜刀猛力砍在书桌上！她用鲜牛黄给姐姐敷在脸上治腮腺炎。小妹生病，昏睡了三天三夜，她给她去喊魂：小妹回来哟……小妹回来哟……"她没有知识，可是很爱知识，对知识分子充满敬意，充满非常真挚的深情。她赶上"文化大革命",可是在这个扭曲人性的大漩涡中站得笔直。爸爸被关进了牛棚,身体垮得一塌糊涂,"我"和月丫儿去给爸爸送鸡汤,月丫儿和看守对骂,骂着骂着就打起来了。看守男人照着月丫儿鼓鼓的胸脯打,月丫儿往后一退,拍打着自己的胸脯说:"老实告诉你,咱这儿可是咱贫下中农的爹妈给的,你照这儿打,打孬了山里人不拿砍猪的刀割下你的鸡巴才怪!"三个娃娃带领一家人来抄了爸爸的家。月丫儿劝爸爸:"财是身外物,没有还轻松,千好万好老师的书还在"。苗伯伯是个好作家,他答应过写写月丫儿。苗伯伯因为一个字上了吊,月丫儿说了好几遍:"他答应写俺的,答应过的,还没有写俺呢,他就没了⋯⋯"月丫儿就哭得眼睛不是眼睛嘴不是嘴了。多好的月丫儿呀!

月丫儿有一个自己找的情人山崽,两个人非常要好,但是月丫儿的娘生了重病,用了一个男人的钱,月丫儿的爹就把月丫儿给了那个男人。

月丫儿被男人拉走了。

半个月之后,山崽来了,抱着头大哭,哭回了气,说:"老师,月丫儿没了,月丫儿跳岩了⋯⋯"

月丫儿!

《蓝房子寡妇的恋人》在性质上和《月丫儿》相近,都写的是非常善良,非常真挚,非常美好的人。

这是一个有点奇特的故事。蓝房子寡妇是个南方城市里来的"知妹"——女知青,秀气,苗条。她的恋人却是个西北的农民,赶大车的,五大三粗,没有文化,而且是个哑巴。哑巴为了保护女知青,被捆绑、棒打,几死者数。他在酷寒中守护着女知青的小屋,冻得嘴唇上裂着四五道血口子。他们的爱是难于理解的,然而是美丽的。"她那腼腆而又大胆的神情,使他的心颤栗了一下,恐怕谁也无法解释他们之间发生了什么,只有他们自己明白,甚至不是明白,而只是感觉"。

他们经历了艰难曲折的道路,终于重逢。"胡大呀,仁慈的胡大,将生离死别降临给他们,又将相逢的悲喜赐给他们"。

月丫儿,哑巴大川,他们是河,是树,是雨。为了他们,世界才像个世界。人才值得活一回。

但是世界上坏人很多。《蓝房子寡妇的恋人》里的马富是坏人。杨主任是坏人。《遥远的故事》里的可以乱杀知识分子的"丈夫"是坏人。尤其坏的是《小竹》里的丈夫。温文尔雅,眉清目秀,却是一个坏透了的伪君子,惯用软刀子杀人,手段很毒,他可以不动声色地整人,不显山不露水地把一个喜欢小竹的青年一再调动,调到无法生活的边远地区去。这样的人会不断地得到提升。这种人的名字叫做"干部"。小竹是悲哀的,因为有这样的丈夫。

曾明了当过知青,她的小说有好几篇是写知青的。知青问题是中国历史上的一块癌肿。是什么人忽然心血来潮,把整整一代天真,纯洁,轻信,狂热的年轻学生("老三届")放到"广阔的天地"里去的?这片天地广阔,但是贫穷,寒冷,饥饿。尤其可怕的是这片天地里有狼。发出那样号召的人难道不知道下面的基层干部是怎么回事?把青年女学生交给这些人,不正是把羔羊捆起来往狼嘴里送。

我们对知青,尤其是女知青,是欠了一笔债的。

明了计划写一个中篇《青竹湾》是写知青的。她跟我谈过这篇小说的梗概,我认为她的构思已经成熟,不知为什么到现在还没有写出来。如果写出来,将是一声裂人心魄的悲恸的控诉。

《风暴眼》无疑是一篇力作。

这是一篇奇特的小说。

这是一片神秘的,保留着原始状态的,苍茫、荒凉、无情的土地,一个被胡大遗忘在戈壁滩上的孤村。

这里有很少的人,很多的狼。人狼杂处。

狼会做礼拜:

……

就在这时,璇婆从戈壁滩那望尽望不尽之处,看见一群狼从古道尽头飘逸而出,皓月之下狼目如磷火一般闪闪烁烁,在空旷的荒漠上如幽灵一般缓缓游弋。

璇婆就虚晃了身子,呆呆望着。

狼群到了黄土梁便驻步停落,如人一般蹲坐,面对那轮亘古不变之月,默立久久。

此时,月正中天,青辉满盈盈照了黄土梁,狼的身子从荒漠中离析出来,在戈壁映出尊尊黑影如画一般冥静。

突然,一声苍老、凄怆的狼嗥从黄土梁上啸啸传出,在空寂的戈壁滩上跌宕起伏。悲怆的嗥叫慢慢变成哀伤的低哭! 哭声如泣如诉,凄婉悱恻,在茫茫天地间索行飘绕。接着群狼应着低低的哭泣齐声嗥叫。

"噢 呜——噢 呜——噢 呜——呜——呜——呜——啊——啊——啊!"嗥声如风暴一般席卷着荒漠深远的沉默。

群狼嗥叫声由疯狂渐渐转为凄惶的哀嚎,如绵绵不息的痛苦呻吟,盘旋在荒漠的上空,久久不息。

……

珬婆听着听着,就惊了脸,尖锐地叫道:"狼在哭啊……"

……

狼的哭嚎传入村里,村人听了,纷纷出屋面露恓惶之色,看一地的月光亮得惊人。于是村里人说:"狼做礼拜呐!"

戈壁滩上刮了十天十夜风暴,石村幸亏在"风暴眼",石村得救了,但是,"石村村前村后的几眼水井一夜之间干枯竭底。公鸡从早至晚不停地打鸣,直到啼血而死。村狗呼天抢地地吠,直吠得晕死过去。"

这真是个怪地方。

这怪地方有一个怪女人,珬婆,谁也说不清她有多大年龄。她有一种特殊的感觉。她说要下黄沙了,天就准下黄沙。她说某口井要变苦了,那口井的水就准变苦。她像一个幽灵,飘飘忽忽,随时出现。

贯串整个小说的人物是尕。尕有一对大奶,晃晃荡荡,看得村人眼花缭乱。更准确地说,贯串全篇小说的是尕的一对大奶。可以说,这对大奶是有象征意义的。

尕的生活既平常,也曲折,也惊险。

——尕的丈夫木木到矿上做工,被砸死了。

尕遇到过长脚龙卷风,被刮上天,又落到地上。

木木的哥为了他们家不断后,强迫尕在戈壁上脱光了。尕在月光下露出辉煌的大奶。

尕遇了狼,和狼搏斗,竟把狼掐死了,——她的两个拇指断在狼的喉咙里!她遍体是伤,流着血,遇到一个独臂男人,男人说是天意,扑到尕的身上,尕怀了孕。

《风暴眼》所写的性是赤裸的,非常物质的,非诗的。

《风暴眼》写的是什么?写的是人?人和自然的对抗,人的生存。一要生存,二要繁衍。这是本能,是原始的,半动物性的,然而是神圣的。

《风暴眼》有一种杰克·伦敦式的粗犷,一种男性的力度。

我真想象不出那样一个纤弱的曾明了会写出这样一个小说。

曾明了的小说里除了主要人物,还有一些陪衬的人物。这些陪衬人物有的可以说是关键性的,有的是穿插性的。《月丫儿》的主要人物是月丫儿,苗伯伯是关键性人物,妈妈、"我",尤其是姐姐,是穿插性的人物。《裸血的太阳》里的会计女人是穿插性人物。《风暴眼》的琏婆的重要性超过关键性和穿插性,可以说是背景性的人物。这样,明了的小说就不是"一人一事",不单薄。这些关键性,穿插性的人物,造成主要人物生活的"典型环境"。安排这些人物,是要有匠心的。

明了的叙述语言有些是很"投入"的,有时遏制不住要把作者感情倾吐出来,比如:"胡大啊,仁慈的胡大,将生离死别的苦难降临给他们,又将相逢的悲喜赐给他们。"但是有时又对事件保持距离,保持冷淡,似乎无动于衷,不动声色,如《小竹》。但作者的爱憎不露自显。这样,明了的小说就既有水煮牛肉,也有开水白菜,浓淡不同,各有滋味。

明了的普通话说得不很标准。但是她的语感很好。她是四川人,小说的叙述语言有四川话,如"端端坐着","端端"是成都话。她在新疆呆了很久,懂得西北方言(我想是宁夏话),如"天呐,狼诉甚呢?狼祈求甚呢?狼也知人间的苦么?"这样,曾明了的语言就很有特点。有些语言本身是很幽默的,如爸爸把姐姐"彻头彻尾"地骂了一顿。我不赞成用一些很怪的语词或句子,如太阳分娩了出来。没有必要。

我不能谈到曾明了的全部小说。就这样,也够老夫儿一呛。

为什么我这篇代序用了这样一个题目?我觉得,任何作家总要过时的。上了岁数的人应该甘于过时,把位置让给更年轻的人。我的小说观念大概还停留在契诃夫时代。我觉得更年轻的作家总是应该,而且一定会盖过我们的。我希望报刊杂志把注意力挪一挪,不要把镜头只对着老家伙。把灯光开足一点,照亮中青年作家。

(一九九二年十二月八日)

注　释

① 本篇原载《绿洲》1993 年第五期,是为《风暴眼》(曾明了著,作家出版社,1994 年版)所作序;初收《汪曾祺文集·文论卷》,江苏文艺出版社,1993 年 9 月。

关 于 王 蒙①

这是一个笑话吗——

听说有一位文艺方面的报纸的主编看到该报的艺术版上的一篇文章提到王蒙,把编辑叫来,问:"王蒙什么时候又把手伸到书画上来了?"编辑答云:"这不是现在的王蒙,这是元代的画家。""那我怎么不知道?"这和"李时珍同志来了没有?"实在是异曲同工。

稍有一点中国美术史常识的,都知道王蒙。《辞海》就有"王蒙"条:

王蒙(? ——1385)元画家。……善诗文、书法,工人物,尤擅山水,得外祖赵孟𫖯法,更参酌唐宋诸家,以董源、巨然为宗。

而能变古,自立门户。写景多稠密,山川掩映,径路曲回,颇得幽深之致。用解索皴和渴墨点苔,表现林峦郁茂苍茫的气氛,为其独到处。对明清山水画的影响甚大,仅次于黄公望。后人把他与黄公望、吴镇、倪瓒合称为"元四家"……。

我不相信一个手握文艺生杀大权的主编会不知道"元四家"。我以为这是谣传。

但是,如果这是真事呢? 我不相信这是真事,这不知是哪个不怀好意的人编出来的笑话。编出这样笑话的人,可恶!

注 释

① 本篇原载 1992 年 12 月 16 日《新民晚报》,又载 1993 年 4 月 28 日《大连日报》。

语 文 短 简[①]

普通而又独特的语言

鲁迅的《高老夫子》中高尔础说:"女学堂越来越不像话,我辈正经人确乎犯不着和他们酱在一起"(手边无鲁迅集,所引或有出入)。"酱"字甚妙。如果用北京话说:"犯不着和他们一块掺和",味道就差多了。沈从文的小说,写一个水手,没有钱,不能参加赌博,就"镶"在一边看别人打牌。"镶"字甚妙。如果说是"靠"在一边,"挤"在一边,就失去原来的味道。"酱"字、"镶"字,大概本是口语,绍兴人(鲁迅是绍兴人),凤凰人(沈从文是湘西凤凰人),大概平常就是这样说的。但是在文学作品里没有人这样用过。

屠格涅夫的散文诗写伐木,有句云"大树缓慢地,庄重地倒下了。""庄重"不仅写出了树的神态,而且引发了读者对人生的深沉、广阔的感慨。

阿城的小说里写"老鹰在天上移来移去"。这非常准确。老鹰在高空,是看不出翅膀搏动的,看不出鹰在"飞",只是"移来移去"。同时,这写出了被流放在绝域的知青的寂寞的心情。

我曾经在一个果园劳动,每天下工,天已昏暗,总有一列火车从我们的果园的"树墙子"外面驰过,灯窗的灯光映在树墙子上,我一直想写下这个印象。有一天,终于抓住了。

> 东窗蜜黄色的灯光连续地映在果树东边的树墙子上,一方块,一方块,川流不息地追赶着……

"追赶着"，我自以为写得很准确。这是我长期观察、思索，才捕捉到的印象。

好的语言，都不是奇里古怪的语言，不是鲁迅所说的"谁也不懂的形容词之类"，都只是平常普通的语言，只是在平常语中注入新意，写出了"人人心中所有，而笔下所无"的"未经人道语"。

平常而又独到的语言，来自于长期的观察、思索、捉摸。

读诗不可抬杠

苏东坡《惠崇小景》诗云："春江水暖鸭先知"，这是名句，但当时就有人说："鸭先知，鹅不能先知耶？"这是抬杠。

林和靖咏梅诗："疏影横斜水清浅，暗香浮动月黄昏"，是千古名句。宋代就有人问苏东坡，这两句写桃杏亦可，为什么就一定写的是梅花？东坡笑曰："此写桃杏诚亦可，但恐桃杏不敢当耳！"

有人对"红杏枝头春意闹"有意见，说："杏花没有声音，'闹'什么？""满宫明月梨花白"，有人说："梨花本来是白的，说它干什么？"

跟这样的人没法谈诗。但是，他可以当副部长。

想　　象

闻宋代画院取录画师，常出一些画题，以试画师的想象力。有些画题是很不好画的。如"踏花归去马蹄香"，"香"怎么画得出？画师都束手。有一画师很聪明，画出来了。他画了一个人骑了马，两只蝴蝶追随着马蹄飞。"深山藏古寺"，难的是一个"藏"字，藏就看不见了，看不见，又要让人知道有一座古寺在深山里藏着。许多画师的画都是在深山密林中露一角檐牙，都未被录取。有一个画师不画寺，画了一个小和尚到山下溪边挑水。和尚来挑水，则山中必有寺矣。有一幅画画昨夜宫人饮酒闲话。这是"昨夜"的事，怎么画？这位画师画了一角宫门，一大早，一个宫女端着笸箩出来倒果壳，荔枝壳、桂圆壳、栗子壳、鸭脚

（银杏）壳……这样，宫人们昨夜的豪华而闲适的生活可以想见。

老舍先生曾点题请齐白石画四幅屏条，有一条求画苏曼殊的一句诗：“蛙声十里出山泉”。这很难画，“蛙声”，还要从十里外的山泉中出来。齐老人在画幅两侧用浓墨画了直立的石头，用淡墨画了一道曲曲弯弯的山泉水，在泉水下边画了七八只摆尾游动的蝌蚪。真是亏他想得出。

艺术，必须有想象。画画是这样，写文章也是这样。

一九九二年十二月二十六日

注　释

① 本篇原载 1993 年 3 月 22 日《语文报》；初收《塔上随笔》，群众出版社，
1993 年 11 月。

谈　幽　默①

《容斋随笔》载：关中无螃蟹。有人收得干蟹一只，有生疟疾的，就借去挂在门上，疟鬼（旧以为疟疾是疟鬼作祟）见了，不知是什么东西，就吓得退走了。《笔谈》云："不但人不识，鬼亦不识"。沈存中此语极幽默。

元宵节，司马温公的夫人要出去看灯，温公不同意，说自己家里有灯，何必到外面去看。夫人云："兼欲看人"，温公云："某是鬼耶？"司马温公胡搅蛮缠，很可爱。我一直以为司马先生是个很古怪的人，没想到他还挺会幽默。想来温公的家庭生活是挺有趣的。

齐白石曾为荣宝斋画笺纸，一朵淡蓝的牵牛花，几片叶子，题了两行字："梅畹华家牵牛花碗大，人谓外人种也，余画其最小者"。此老极风趣幽默。寻常画家，哪得有此。此是齐白石较寻常画家高处。

小时候看《济公传》：县官王老爷派两个轿夫抬着一乘轿子去接济公到衙门里来给太夫人看病。济公说他坐不来轿子，从来不坐轿子，他要自己走了去。轿夫说："你不坐，我们回去没法交待"。济公说："那这样，你们把轿底打掉，你们在外面抬，我在里面走"。轿夫只得依他。两个轿夫抬着空轿，轿子下面露着济公两只穿了破鞋的脚，合着轿夫的节奏拍嗒拍嗒地走着。实在叫人发噱。济公很幽默，编写《济公传》的民间艺人很幽默。

什么是幽默？

人世间有许多事，想一想，觉得很有意思。有时一个人坐着，想一想，觉得很有意思，会噗噗笑出声来。把这样的事记下来或说出来，便挺幽默。

《辞海》"幽默"条云:

> 英文 humour 的音译。通过影射、讽喻、双关等修辞手法,在善意的微笑中,揭露生活中乖讹和不通情理之处。

这话说得太死了。只有"在善意的微笑中"却是可以同意的。富于幽默感的人大都存有善意,常在微笑中。左派恶人,不懂幽默。

注　释

① 　本篇原载《大众生活》1993 年创刊号;初收《塔上随笔》,群众出版社,1993
　　年 11 月。

学 话 常 谈①

惊人与平淡

杜甫诗云:"语不惊人死不休",宋人论诗,常说"造语平淡"。究竟是惊人好,还是平淡好?

平淡好。

但是平淡不易。

平淡不是从头平淡,平淡到底。这样的语言不是平淡,而是"寡"。山西人说一件事、一个人、一句话没有意思。就说:"看那寡的!"

宋人所说的平淡可以说是"第二次的平淡"。

苏东坡尝有书与其侄云:

> 大凡为文,当使气象峥嵘,五色绚烂。渐老渐熟,乃造平淡。

葛立方《韵语阳秋》云:

> 大抵欲造平淡,当自组丽中来,然后可造平淡之境。落其华芬,然后可造平淡之境。

平淡是苦思冥想的结果。欧阳修《六一诗话》,说:

> (梅)圣俞平生苦于吟咏,以闲远古淡为意,故其构思极艰。

《韵语阳秋》引梅圣俞和晏相诗云:

> 因今适性情,稍欲到平淡。苦词未圆熟,刺口剧菱芡。

言到平淡处甚难也。

254

运用语言,要有取舍,不能拿起笔来就写。姜白石云:

人所易言,我寡言之。人所难言,我易言之,自不俗。

作诗文要知躲避。有些话不说。有些话不像别人那样说。至于把难说的话容易地说出,举重若轻,不觉吃力,这更是功夫。苏东坡作《病鹤》诗,有句"三尺长胫□瘦躯",抄本缺第五字,几位诗人都来补这个字。后来找来旧本,这个字是"搁",大家都佩服。杜甫有一句诗"身轻一鸟□",刻本末一字模糊不清,几位诗人猜这是什么字。有说是"飞",有说是"落"……后来见到善本,乃是"身轻一鸟过",大家也都佩服。苏东坡的"搁"字写病鹤,确是很能状其神态,但总有点"做",终觉吃力,不似杜诗"过"字之轻松自然,若不经意,而下字极准。

平淡而有味,材料、功夫都要到家。四川菜里的"开水白菜",汤清可以注砚,但是并不真是开水煮的白菜,用的是鸡汤。

方　言

作家要对语言有特殊的兴趣,对各地方言都有兴趣,能感受、欣赏方言之美,方言的妙处。

上海话不是最有表现力的方言,但是有些上海话是不能代替的。比如"辣辣两记耳光!"这只是用上海方音读出来才有劲。曾在报纸上读一只短文,谈泡饭,说有两个远洋轮上的水手,想念上海,想念上海的泡饭,说回上海首先要"杀杀搏搏吃两碗泡饭!""杀杀搏搏"说得真是过瘾。

有一个关于苏州人的笑话,说两位苏州人吵了架,几至动武,一位说:"阿要把倷两记耳光搭搭?"用小菜佐酒,叫做"搭搭"。打人还要征求对方的同意,这句话真正是"吴侬软语",很能表现苏州人的特点。当然,这是个夸张的笑话,苏州人虽"软",不会软到这个样子。

有苏州人、杭州人、绍兴人和一位扬州人到一个庙里,看到"四大金刚",各说了一句有本乡特点的话,扬州人念了四句诗:

四大金刚不出奇，

里头是草外头是泥。

你不要夸你个子大，

你敢跟我洗澡去！

这首诗很有扬州的生活特点。扬州人早上皮包水（上茶馆吃茶），晚上"水包皮"（下澡塘洗澡）。四大金刚当然不敢洗澡去，那就会泡烂了。这里的"去"须用扬州方音，读如 kì。

写有地方特点的小说、散文，应适当地用一点本地方言。我写《七里茶坊》，里面引用黑板报上的顺口溜："天寒地冻百不咋，心里装着全天下"，"百不咋"就是张家口一带的话。《黄油烙饼》里有这样几句："这车的样子真可笑，车轱辘是两个木头饼子，还不怎么圆，骨鲁鲁，骨鲁鲁，往前滚。"这里的"骨鲁鲁"要用张家口坝上口音读，"骨"字读入声。如用北京音读，即少韵味。

幽　　默

《梦溪笔谈》载：

"关中无螃蟹。元丰中，予在陕西，闻秦州人家收得一干蟹，土人怖其形状，以为怪物，每人家有病疟者，则借去挂门户上，往往遂差。不但人不识，鬼亦不识也。"

过去以为生疟疾是疟鬼作祟，故云。"不但人不识，鬼亦不识也"，说得非常幽默。这句话如译为口语，味道就差一些了，只能用笔记体的比较通俗的文言写。有人说中国无幽默，噫，是何言钦！宋人笔记，如《梦溪笔谈》、《容斋随笔》，有不少是写得很幽默的。

幽默要轻轻淡淡，使人忍俊不禁，不能存心使人发笑，如北京人所说"胳肢人"。

一九九三年二月十七日

注　释

①　本篇原载《汪曾祺文集·文论卷》,江苏文艺出版社,1993 年 9 月。

推荐《孕妇和牛》①

为什么要写一个孕妇?

写孕妇的小说我还没有见过。

这篇小说没有故事。就是写一个孕妇和一头牛(也是有孕的)作伴,去逛了一趟集,在回家的路上走。一路上人自在,牛也自在。后来,看见一个白花花的大石牌坊。后来,有一块"文化大革命"中被城里的粗暴的年轻人推倒的石碑。石碑上刻着字:忠敬诚直勤慎廉明和硕怡贤亲王神道碑。石碑被屁股们磨得很光滑。孕妇在石碑上坐下休息。后来,她向小学生要了一张纸、一枝铅笔,把十七个字描了下来。后来,孕妇和牛就回家了。神道碑肯定是有的。铁凝可能在光滑的石碑上坐过。铁凝也可能看到过一个孕妇。她于是坐在石碑上胡思乱想起来。一个大字不识,从来没有拿过笔的农村媳妇能够把这十七个笔画复杂的字照猫画虎地描下来,不大可能。然而铁凝愿意叫小媳妇描下来,为她肚子里的孩子描下来,她硬是描下来了,你管得着吗?

评论家会捉摸:这篇小说写的是什么?

再清楚不过了:写的是向往。或者像小说里明写出来的,"希冀"。或者像你们有学问的人所说的,"憧憬"。或者直截了当地说,写的是幸福。

古人说:"穷苦之言易好,欢愉之辞难工"。铁凝能做到"人所难言,我易言之"。这是一篇快乐的小说,温暖的小说,为这个世界祝福的小说。

人们爱用两个字形容铁凝的语言风格:"清新"。我不太喜欢这两个字,因为被人用得太滥了。而且用于这篇小说也不太贴切(《哦,香雪》倒可说是清新)。我找不出合适的字眼来摹状这篇小说。吴语里有一个字:糯,有些近似。曾有一位上海女记者说过我的文章很糯。北方人不能体会这种感觉。吴语区的人是都懂的。上海卖糖炒热白果的小贩吆喝:"阿要吃糖炒热白果,香是香来糯是糯"(其实是用铁丝编的小笼,把白果放在里面,在炭火上不停地晃动,烤熟了的,既不放糖,也不是炒)。"糯"只可意会,难以言传。细腻、柔软而有弹性……我也说不清楚。铁凝如果不能体会,什么时候我们到上海去,我买一把烤白果让你尝尝。不过听说上海已经没有卖"糖炒热白果"的了。

我说了半天,等于什么也没有说。也许什么都说了。科罗连柯说过:一个作家谈起另一个作家的小说,只要说"这一篇写得不错",就够了。我也只要说一句话就够了:我很喜欢这篇小说。

这篇小说"俊得少有"。

一九九三年三月一日

注 释

① 本篇原载《文学自由谈》1993 年第二期;初收《汪曾祺文集·文论卷》,江苏文艺出版社,1993 年 9 月。

推荐《秋天的钟》^①

　　《人民文学》1991 年 7、8 月合刊发表了《秋天的钟》,我想是一个误会。好像是闷热的天气里吹来一阵小凉风。这是一篇用意识流方法写的散文。不是有人反对意识流么。我和一位散文作家偶然谈起我的印象。散文家把我的印象写进了他的文章。《秋天的钟》的作者萌娘听到(或看到)我的意见,写了一封信给我。

　　我不认识萌娘,以前也没有看过她的作品。她在信里说她是我的学生,在鲁迅文学院听过我的课。她问我:这就是意识流么?

　　这篇散文主要写的是曾祖父和重孙女与曾祖父之间的亲情。曾祖父不是什么伟大人物,没有丰功伟绩,也没有说过带哲理性的名言,只是一个普通的,宁静淡泊的,坐在秋色里的老人。这种亲情里有眼泪,但并不号啕大哭,彻骨椎心。深挚而平静,就像秋天的钟。《秋天的钟》,这个题目取得很好。有人说:干嘛是秋天的钟?一年四季的钟还不都是一样么,一天 24 小时! 对这样的人你能说什么呢?

　　我说这是用意识流方法写的散文的时候,只是随便说说,没有认真考虑过是,还是不是。

　　意识流是个宽泛的概念。十九世纪以后,一些作家发现,人的意识是流动的,飘飘忽忽,断断续续的,不是三段论那样的规整的,于是他们用一种不同于古典现实主义的方法写作,希望写得更自然,更像生活的原貌,更亲切。生活本身的形式就是作品的形式。这是文学发展到一定时期必然的趋势。不约而同。不是威廉·詹姆士提出意识流的概念,才有人按照这个概念来写作。意识流是各色各样的,没有统一的规格。普鲁斯忒有普鲁斯忒的意识流。伍尔芙有伍尔芙的意识流。阿索林有阿索林的意识流。安东诺夫、苏克申都是意识流。上溯列·契诃

夫,有些小说也有意识流的痕迹。萌娘这篇散文有的地方很像伍尔芙,比如:

> 屋里静极了,我的声音从高高的屋顶扑向我。

我觉得说萌娘用了意识流的方法,大概没有错。于是我送给萌娘一本《名人小品》,让她看看伍尔芙的《果园里》。

萌娘是诗人(用意识流方法写作的作家多半是诗人),她的语言是诗的语言。比如:

> 曾祖父一动不动地坐在秋色里。
>
> 秋天在父亲的肩上一颠一颠的。
>
> 床板被泪水弹响了。

不过萌娘是涉笔成诗,不像有些写散文诗的诗人或散文家在那里"做"。

一九九三年三月二日

注　释

① 本篇原载《文学自由谈》1993 年第三期;初收《汪曾祺文集·文论卷》,江苏文艺出版社,1993 年 9 月。

红 豆 相 思^①

——读陈寅恪《柳如是别传·缘起》

陈寅恪先生学贯中西,才兼文史,是现代的大学问家,何以别出心裁,撰写《柳如是别传》? 其缘起乃在常熟白茆港钱氏故园中红豆一粒,则其用意可知矣。

寅恪先生对于钱谦益的态度不苛刻,不是简单的用"汉奸"二字将其骂倒,而是去理解他的以著书修史自解的情事。而对柳如是则推崇有加。先生感赋之诗有句"谁使英雄休入彀",注云"明南都倾覆,牧斋随例北迁,河东君独留金陵。未几牧斋南归,然则河东君之志可以推知也。"是以为柳如是的品格在钱谦益之上的,钱谦益身上的污泥,沾不到柳如是的身上。

寅恪先生淹博绝伦,而极谦虚,自谓"匪独牧翁之高文雅什,多不得其解,即河东君之清词丽句,亦有瞠目结舌,不知所云者"。怀笺释钱柳因缘诗之意,后二十年,始克属草。爬梳史实,寻绎诗意,貌其神韵,探得心源,又不知历若干寒暑。寅恪先生之于柳如是,可谓一往情深。《别传》是传记,又是一个长篇的抒情散文,既是真实的,又是诗意的。至于文章的潇洒从容,姿态横生,犹其余事。

一九九三年三月六日

注 释

① 本篇原载 1993 年 4 月 9 日《光明日报》"择菜随笔"专栏;初收《汪曾祺文集·文论卷》,江苏文艺出版社,1993 年 9 月。

阿索林是古怪的①

——读阿索林《塞万提斯的未婚妻》

阿索林是我终生膜拜的作家。

阿索林是古怪的。

《塞万提斯的未婚妻》是一篇古怪的散文,一篇完全不按常规写作的、结构极不匀称的散文。

这是一篇游记么?

就说是吧。

文章分为一、二两截。

一用颇为滑稽的笔调写我——一个肥胖、快乐、做父亲了的小资产阶级的"我",在乘火车旅行的途中的满足、快活、安逸的心情。这个"我"难道会是阿索林本人?

二写阿索林在古色古香的西班牙——塞万提斯的故乡爱斯基维阿斯的见闻。充满了回忆、怀旧,甚至有点感伤的调子。这里到处是塞万提斯痕迹,塞万提斯的气息。塞万提斯每天在他的睡眠中听过的悦耳的钟声。"塞万提斯广场"。一个小小的狭窄的厅,有一条小走廊通到一个铁栏杆,塞万提斯曾经倚在那里眺望那辽阔、孤独、静默、单调、幽暗的田野。最后是塞万提斯的未婚妻。一个俏丽而温文的少女。一只手拿着一盘糕饼,一只手拿着一个小盘子,上面放着一只斟满爱思基维阿司美酒的杯子,羞容满面,柔目低垂。这个活生生的现实中的少妇使阿索林从她的身上看出费尔襄多·沙拉若莱思的女儿、米古爱尔特·塞万提斯的未婚妻本人。夜来临了,阿索林想起了在黄昏时分,在忧郁的平原间,那位讽刺家对他的爱人所说的话——简单的话,平凡的话,比他的书中一切的话更伟大的话。这就是塞万提斯,真正的塞万提斯。

我们见过许多堂·吉河德的画像,钢笔画、铜版蚀刻、毕加索的墨笔画。这些画惊人地相似。我们把塞万提斯和堂·吉河德混同起来,以为塞万提斯就是这个样子。可笑的误会。阿索林笔下的塞万提斯才是真正的塞万提斯,一个和他的未婚妻说着简单、平凡、比他的书中一切话更伟大的话的温柔的诗人。

　　于是我们可以说《塞万提斯的未婚妻》是一篇对塞万提斯的小小的研究。只是阿索林所采取的角度和一般塞万提斯的研究者完全不同。

三月七日

注　释

　①　本篇原载 1993 年 4 月 30 日《光明日报》"择菜随笔"专栏;初收《汪曾祺文集·文论卷》,江苏文艺出版社,1993 年 9 月。

文 人 论 乐[①]

——读肖伯纳《贝多芬百年祭》

肖伯纳是个多面手。他写小说,写戏,写散文、政论,有一个时期还是报纸的音乐评论专栏的撰稿人。

我是个乐盲,尤其是对于西洋音乐。我不知道肖伯纳文章是不是说得有道理,也许音乐家认为他只是个三脚猫。但是我觉得他的文章很有特点,就是他写出了性格,贝多芬的性格和他的音乐的性格。这使贝多芬能够为普通人理解、接受。这是专业的音乐评论家、乐队指挥办不到的。

不能指出《贝多芬百年祭》和《华伦夫人的职业》、《魔鬼的门徒》有什么关系。但是这篇论文显然是一个小说家、戏剧家写的,它的力量在于它的文学性。

三月七日

注 释

① 本篇原载 1993 年 5 月 7 日《光明日报》"择菜随笔"专栏;初收《塔上随笔》,群众出版社,1993 年 11 月。

胡 同 文 化 ^①

——摄影艺术集《胡同之没》序

　　北京城像一块大豆腐,四方四正。城里有大街,有胡同。大街、胡同都是正南正北,正东正西。北京人的方位意识极强。过去拉洋车的,逢转弯处都高叫一声"东去!""西去!"以防碰着行人。老两口睡觉,老太太嫌老头子挤着她了,说"你往南边去一点。"这是外地少有的。街道如是斜的,就特别标明是斜街,如烟袋斜街、杨梅竹斜街。大街、胡同,把北京切成一个又一个方块。这种方正不但影响了北京人的生活,也影响了北京人的思想。

　　胡同原是蒙古语,据说原意是水井,未知确否。胡同的取名,有各种来源。有的是计数的,如东单三条、东四十条。有的原是皇家储存物件的地方,如皮库胡同、惜薪司胡同(存放柴炭的地方)。有的是这条胡同里曾住过一个有名的人物,如无量大人胡同、石老娘(老娘是接生婆)胡同。大雅宝胡同原名大哑巴胡同,大概胡同里曾住过一个哑巴。王皮胡同是因为有一个姓王的皮匠。王广福胡同原名王寡妇胡同。有的是某种行业集中的地方。手帕胡同大概是卖手帕的。羊肉胡同当初想必是卖羊肉的。有的胡同是像其形状的。高义伯胡同原名狗尾巴胡同。小羊宜宾胡同原名羊尾巴胡同。大概是因为这两条胡同的样子有点像羊尾巴、狗尾巴。有些胡同则不知道何所取义,如大绿纱帽胡同。

　　胡同有的很宽阔,如东总布胡同、铁狮子胡同。这些胡同两边大都是"宅门",到现在房屋都还挺整齐。有些胡同很小,如耳朵眼胡同。北京到底有多少胡同? 北京人说:有名的胡同三千六,没名的胡同数不清。通常提起"胡同",多指的是小胡同。

　　胡同是贯通大街的网络。它距离闹市很近,打个酱油,约二斤鸡蛋什么的,很方便,但又似很远。这里没有车水马龙,总是安安静静的。偶尔有剃头挑子的"唤头"(像一个大镊子,用铁棒从当中擦过,便发出嗡的一声)、磨剪子磨刀的"惊闺"(十几个铁片穿成一串,摇动作声)、算命的盲人(现在早没有了)吹的短笛的声音。这些声音不但不显得喧闹,倒显得胡同里更加安静了。

胡同和四合院是一体。胡同两边是若干四合院连接起来的。胡同、四合院,是北京市民的居住方式,也是北京市民的文化形态。我们通常说北京的市民文化,就是指的胡同文化。胡同文化是北京文化的重要组成部分,即便不是最主要的部分。

胡同文化是一种封闭的文化。住在胡同里的居民大都安土重迁,不大愿意搬家。有在一个胡同里一住住几十年的,甚至有住了几辈子的。胡同里的房屋大都很旧了,"地根儿"房子就不太好,旧房檩,断砖墙。下雨天常是外面大下,屋里小下。一到下大雨,总可以听到房塌的声音,那是胡同里的房子。但是他们舍不得"挪窝儿",——"破家值万贯"。

四合院是一个盒子。北京人理想的住家是"独门独院"。北京人也很讲究"处街坊"。"远亲不如近邻"。"街坊里道"的,谁家有点事,婚丧嫁娶,都得"随"一点"份子",道个喜或道个恼,不这样就不合"礼数"。但是平常日子,过往不多,除了有的街坊是棋友,"杀"一盘;有的是酒友,到"大酒缸"(过去山西人开的酒铺,都没有桌子,在酒缸上放一块规成圆形的厚板以代酒桌)喝两"个"(大酒缸二两一杯,叫做"一个");或是鸟友,不约而同,各晃着鸟笼,到天坛城根、玉渊潭去"会鸟"(会鸟是把鸟笼挂在一处,既可让鸟互相学叫,也互相比赛),此外,"各人自扫门前雪,休管他人瓦上霜"。

北京人易于满足,他们对生活的物质要求不高。有窝头,就知足了。大腌萝卜,就不错。小酱萝卜,那还有什么说的。臭豆腐滴几滴香油,可以待姑奶奶。虾米皮熬白菜,嘿! 我认识一个在国子监当过差,伺候过陆润庠、王垿等祭酒的老人,他说:"哪儿也比不了北京。北京的熬白菜也比别处好吃,——五味神在北京。"五味神是什么神? 我至今考查不出来。但是北京人的大白菜文化却是可以理解的。北京人每个人一辈子吃的大白菜摞起来大概有北海白塔那么高。

北京人爱瞧热闹，但是不爱管闲事。他们总是置身事外，冷眼旁观。北京是民主运动的策源地，"民国"以来，常有学生运动。北京人管学生运动叫做"闹学生"。学生示威游行，叫做"过学生"。与他们无关。

北京胡同文化的精义是"忍"。安分守己，逆来顺受。老舍《茶馆》里的王利发说："我当了一辈子的顺民"，是大部分北京市民的心态。

我的小说《八月骄阳》里写到"文化大革命"，有这样一段对话：

"还有个章法没有？我可是当了一辈子安善良民，从来奉公守法。这会儿，全乱了。我这眼面前就跟'下黄土'似的，简直的。分不清东西南北了。"

"您多余操这份儿心。粮店还卖不卖棒子面？"

"卖！"

"还是的。有棒子面就行。……"

我们楼里有个小伙子，为一点事，打了开电梯的小姑娘一个嘴巴。我们都很生气，怎么可以打一个女孩子呢！我跟两个上了岁数的老北京（他们是"搬迁户"，原来是住在胡同里的）说，大家应该主持正义，让小伙子当众向小姑娘认错，这二位同声说："叫他认错？门儿也没有！忍着吧！——'穷忍着，富耐着，睡不着眯着！'""睡不着眯着"这话实在太精彩了！睡不着，别烦躁，别起急，眯着，北京人，真有你的！

北京的胡同在衰败，没落。除了少数"宅门"还在那里挺着，大部分民居的房屋都已经很残破，有的地基柱础甚至已经下沉，只有多半截还露在地面上。有些四合院门外还保存已失原形的拴马桩、上马石，记录着失去的荣华。有打不上水来的井眼、磨圆了棱角的石头棋盘，供人凭吊。西风残照，衰草离披，满目荒凉，毫无生气。

看看这些胡同的照片，不禁使人产生怀旧情绪，甚至有些伤感。但是这是无可奈何的事。在商品经济大潮的席卷之下,胡同和胡同文化总有一天会消失的。也许像西安的虾蟆陵,南京的乌衣巷,还会保留一两个名目,使人怅望低徊。

再见吧,胡同。

(一九九三年三月十五日)

注　释

① 本篇原载不详,又载《中国文学》1993 年 10 月创刊号、《新华文摘》1993 年第十一期;初收《草花集》,成都出版社,1993 年 9 月。据《草花集》编入。

《榆树村杂记》自序[①]

我住的地方名叫蒲黄榆,是把东蒲桥、黄土坑、榆树村三个地名各取其一个字拼合而成的。东蒲桥原来有一座桥,后来在原处建了很大的立交桥,改名为玉蜓桥,据说从飞机上看,像一只大蜻蜓。我没有从飞机上看过,不知道像不像,只觉得是绕来绕去的一座大桥。黄土坑在我搬来的时候就只剩下一个地名,那一带全是店铺,既无黄土也无坑。榆树村六七年前还在,就在我们住的高层楼的对面。是个村子。从南边进去,老远就闻到一股很重的酸味,那是在煮猪食。附近有一个养猪场。有一条南北向的不宽的柏油路。路西住的多半是工厂的工人,每天可以看到一些男女青年骑自行车上下班。有一家喂养了二三十只火鸡,有个孩子每天赶它们出来吃菜叶子。跟这个孩子闲聊,知道养火鸡是很来钱的。往北,有一个出卖花木的小林场。有一座小庙,外形还像一座庙,檐牙翻翘,墙是涂红了的。庙好像是跟马有关系的,当初这地方大概养过马。现在庙里已经住了人家了,不好进去看,柏油路的东边是一片菜地,菜地东边一溜,住的都是菜农。我隔一两天就到菜畦旁边走走。人家逛公园,我逛菜园。逛菜园也挺不错,看看那些绿菜,一天一个样,全都鲜活水灵,挺好看。菜地的气味可不好,因为菜要浇粪。有时我也蹲下来和在菜地旁边抽烟休息的老菜农聊聊,看他们怎样搭塑料大棚,看看先时而出的黄瓜、西红柿、嫩豆角、青辣椒,感受到一种欣欣然的生活气息。

现在菜地和菜农和房子都没有了,榆树村没有了,成了方庄小区,高楼林立,都是新建的。我再没有菜园可逛了。

我的这些文章都是在榆树村对面的高楼里写的,故将此集名为《榆树村杂记》。

是为序。

一九九三年三月二十四日

注　释

①　本篇原载《榆树村杂记》,中国华侨出版社,1993 年 9 月。

《独坐小品》自序①

我的孙女两岁多的时候(她现在已经九岁了),大人问她长大了干什么,她说:"当作家。"——"什么是作家?"——"在家里坐着呗。"她大概看我老是坐着,故产生这样的"误读"。

我家有一对老沙发,还是我岳父手里置的,已经有好几十年,面料换了不止一次,但还能坐。坐在老沙发里和坐在真羊皮面新沙发里感觉有所不同。

我不能像王维"独坐幽篁里"那样的潇洒,也不是"今者吾丧我"那样地块然枯坐,坐着,脑子里总会想一点事。东想想,西想想,情绪、思想、形象就会渐渐清晰起来,这就是通常所说的构思。我的儿女们看到我坐在沙发里"直眉瞪眼",就知道我在捉摸一篇小说。到我考虑成熟了,他们也看得出来,就彼此相告:"快点,快点,爸爸有一个蛋要下了,快给他腾个地方!"——我们家在甘家口住的时候,全家五口人只有一张三屉桌,老伴打字,孩子做作业,轮流用这张桌子。到我要下蛋的时候,他们就很自觉地让给我。我的小说大都是这样写出来的。

这二年我写小说较少,散文写得较多。写散文比写小说总要轻松一些,不要那样苦思得直眉瞪眼。但我还是习惯在沙发里坐着,把全文想得成熟了,然后伏案著笔。

这些散文大都是独坐所得,因此此集取名为《独坐小品》。

近二三年散文忽然兴旺起来,报刊发表散文多了,有些刊物每年要发一期散文专号,出版社也愿意出散文集,据说是散文现在走俏,行情好,销得出去,这事有点怪。这是很值得研究的文学现象。

与此有关的还有一种现象,是这些年涌现的散文作家多半是两种人:一是女性作家,一是老人,为什么?

女作家的感情、感觉比较细,比较清新,这是散文写作所需要的。老人写散文的多起来,除了因为"庾信文章老更成",老年人的文笔比较成熟,比较干净,较自然,少做作,还因为老人阅历多一些,感慨较深,寄兴稍远。另外就是书读得比较多。说得更明白一些,就是老作家的散文比较有文化气息。大部分老作家的散文可以归入"学者散文"一类,有人说散文是老人的文体,这话似有贬意,即有些老作家的散文比较干枯,过于平直,不滋润,少才华。这也是实情。我今亦老矣,当以此为戒。

一九九三年三月二十六日

注 释

① 本篇原载《汪曾祺文集·文论卷》,江苏文艺出版社,1993 年 9 月;是为《独坐小品》(宁夏人民出版社,1996 年版)所作自序。

要　面　子①

——读威廉·科贝特《射手》

　　律师威廉·伊文爱打猎,是个神枪手。有一次科贝特和伊文结伴去打鹧鸪。打了一天,到天黑之前伊文打的鹧鸪已经有 99 只,他还要再打第一百只,凑个整数。被惊散的鹧鸪在四周叫唤着,一只鹧鸪从伊文脚下飞起,伊文立即开枪,没有打中。伊文说:"好了",边说边跑,像是要拾起那只鹧鸪。科贝特说:"那只鹧鸪不但没有死,还在叫呢,就在树林子里。"伊文一口咬定说是打中了,而且是亲眼看见它落地的。伊文一定要找到这只鹧鸪,难道可以放弃百发百中,名垂不朽的大好机会吗? 这可是太严重了。科贝特只好陪他找,在不到二十平米的地方,眼睛看着地,走了许多个来回,寻找他们彼此都心里明白是根本不存在的东西。有一次科贝特走到伊文前面,恰好回头一看,只见伊文伸手从背后的袋里拿出一只鹧鸪,扔在地上。科贝特不愿戳穿他,装作没看见,装作还在到处寻找。果然,伊文回到他刚扔鹧鸪的地方,异常得意的大叫:"这儿! 这儿! 快来!"伊文指着鹧鸪,说:"这是我对你的忠告,以后不要太任性!"他们到了一家农舍里,伊文把事情的经过告诉大家,还拿科贝特取笑了半天。

　　我看过一篇保加利亚的短篇小说《兔子》。三位先生下乡打兔子,一只也没有打着,不免有点沮丧,在一个乡下小酒馆里喝酒解闷。这时候进来另一位先生,手里提着三只兔子,往桌上一掼:"拿酒!"那三位先生很羡慕,说:"你运气好!"——"'运气'? 不,是本事!"于是讲开了猎兔经,正讲得得意洋洋,进来一个农民,提着一只兔子,对这位先生说:"先生,您把这只也买去吧,我少算点钱。"

　　《钓鱼》是高英培常说的相声段子。这是相声里的精品。有一个人见人家钓鱼，瞧着眼馋，他也想钓，——干嘛老拿钱买鱼吃！他跟老婆说："二他妈，给我烙一个糖饼，我钓鱼去"。钓了一天，一条没钓着。第二天还去钓："二他妈，给我烙两个糖饼，我钓鱼去。"还是没钓着。老婆说："没钓着？"——"去晚了。今天这一拨过去了。明儿还来一拨。——这拨都是咸带鱼。"街坊有个老太太，爱多嘴，说："大哥，人家钓鱼，人家会呀，你啦——"——"大妈，你这是怎么说话？人家会，我不会？明儿我钓几条，你啦瞧瞧！"第三天，"二他妈，给我烙三个糖饼！"——"二他爸，你这鱼没钓着，饭量可见长呀！"第三天，回来了，进门就嚷嚷："二他妈，拿盆！装鱼！"二他妈把盆拿出来，把鱼倒在盆里："啊呀，真不少哇！"街坊老太太又过来了，看看这鱼："大哥呀人家钓的鱼，大的大，小的小，你啦这鱼怎么都是一般大呀，别是买的吧？"——"这怎么是买的呢？这怎么是买的呢？你啦是怎么说话呢！"他老婆瞧瞧鱼，说"真不老少，横有 1.5 公斤多！"——"嘛？1.5 公斤多，2 公斤还高高儿的！"

　　这三个故事很相似。三个人物的共同处是死要面子，输心不输嘴。《射手》写得较为尖锐。《兔子》和《钓鱼》则较温和，有喜剧色彩。科贝特文章的结尾说："我一直不忍心让他知道：我完全明白一个通情达理的高尚的人怎样在可笑的虚荣心的勾引下，干出了骗人的下流事情。"这说得也过于严重，这种小伎俩很难说是"下流"。这种事与人无害，而且这是很多人共有的弱点，不妨以善意的幽默对待之。

一九九三年四月五日

注　释

①　本篇原载 1993 年 4 月 30 日《大连日报》；初收《汪曾祺文集·文论卷》，江苏文艺出版社，1993 年 9 月。

精辟的常谈^①

——读朱自清《论雅俗共赏》

朱先生这篇文章的好处,一是通,二是常。

朱先生以为"雅俗共赏"这句成语,"从语气看来,似乎雅人多少得理会到甚至迁就着俗人的样子,这大概是在宋朝或者更后罢。"这说出了"雅俗共赏"的实质,抓住了中国文学发展的一个关键。

朱先生首先找出"雅俗共赏"的社会原因,那就是从唐朝安史之乱之后,"门第迅速地垮了台,社会的等级不像先前那样固定了,'士'和'民'这两个等级的分界不像先前的严格和清楚了,彼此的分子在流通着,上下着,而上去的比下来的多",上来的士人"多少保留着民间的生活方式和生活态度",他们"要重新估定价值,至少也得调整那旧来的标准与尺度。'雅俗共赏'似乎就是新提出的尺度或标准"。这是非常精辟的唯物主义的分析。

朱先生提出语录、笔记对"雅俗共赏"所起的作用。

朱先生对文体的由雅入俗作了简明的历史回顾,从韩愈、欧阳修、苏东坡到黄山谷,是一脉相承的。黄山谷提出"以俗为雅",可以说是纲领性的理论。

从诗到词,从词到曲,到杂剧、诸宫调,到平话、章回小说,到皮黄戏,文学一步比一步更加俗化了。我们还可以举出"打枣竿"、"挂枝儿"之类的俗曲。这是文学发展的必然趋势,任何人也奈何不得。

这样,"有了白话正宗的新文学"就是水到渠成、顺理成章的事。

其后便有"通俗化"和"大众化"。

朱先生把好几百年的纷纭复杂的文学现象绺出了一个头绪,清清楚楚,一目了然。一通百通。朱先生把一部文学史真正读通了。

朱先生写过一本《经典常谈》。"常谈"是"老生常谈"的意思。这是朱先生客气,但也符合实际情况:深入浅出,把很大的问题,很深的道理,用不多的篇幅,浅近的话说出来。"常谈",谈何容易!朱先生早年写抒情散文,笔致清秀,中年以后写谈人生、谈文学的散文,渐归简淡,朴素无华,显出阅历、学问都已成熟。用口语化的语言写学术文章,并世似无第二人。

《论雅俗共赏》是一篇标准的"学者散文",一篇地地道道的 Essay。

注　释

① 本篇原载 1993 年 4 月 16 日《光明日报》"择菜随笔"专栏;初收《汪曾祺文集·文论卷》,江苏文艺出版社,1993 年 9 月。

生命的极致[①]

——读曾明了的小说《风暴眼》

这是一篇奇特的小说。

这是一片神秘的,保留着半原始状态的,苍茫、荒凉、无情的,多灾多难,被胡大遗忘在戈壁滩上的孤村。

这里有很少的人,很多的狼。人狼杂处。

狼会做礼拜!

......

就在这时,珏婆从戈壁滩那望尽望不尽之处,看见一群狼从古道尽头飘逸而出,皓月之下狼目如磷火一般闪闪烁烁,在空旷的荒漠上如幽灵般缓缓游弋。

珏婆就虚晃了身子,呆呆望着。

群狼到了黄土梁,便如人一般蹲坐,面对那轮亘古不变之月,默立久久。

此时,月正中天,清辉满盈盈照了黄土梁,狼的身子从荒漠中离析出来,于戈壁映出尊尊黑影如画一般冥静。

突然,一声苍老、凄怆的狼嗥从黄土梁上啸啸传出,在空寂的戈壁滩上跌宕起伏。悲怆的嗥叫慢慢变成哀伤的哭泣,呜呜咽咽,悱恻而凄婉,于茫茫天地间萦纡飘绕:

"噢 呜——噢 呜——噢 呜——呜——呜——呜——啊——啊——啊!"接着,群狼的哭泣变成号咷,嗥声如风暴一般袭卷着荒漠深远的沉默。

群狼嗥叫由疯狂转为凄惶的哀嚎,如绵绵不息的痛苦呻吟,盘旋在荒漠的上空,久久不息。

此时，唯有一轮沉默的月，悬照一地的苍凉。

　　琏婆听着听着，就惊了脸，尖锐地叫道：

　　"狼在哭啊……"

　　琏婆就颤抖着身子，捂了脸，觉着心随狼的哭声去了，便畅了心怀随了狼一齐哭。

　　琏婆仰满脸泪水，断肠似的对月说：

　　"天呐，狼诉甚呢？狼祈求甚呢？狼也知人间的苦么？"

　　狼的哭嚎传入村里，村人听了，纷纷出屋，伫立门旁，面露恓惶之色，看一地的月光亮得惊人。于是村人说："狼作礼拜呐！"

　小说多次写到狼。戈壁滩上的生物，除了蚂蚁、草鼠、乌鸦、野兔，主要的就是狼。石村的人简直是在狼吻下讨生活。这篇小说，也可以说是人狼互斗的一页历史。

　群狼袭劫石村的羊，人狼大战，琏婆的参用枪疯狂猛烈地射击，打死一只母狼，提了三只粉红色的狼崽子，煮吃了。第二天高大如牛的公狼蓝眼睛喷着复仇的火焰，扑倒了琏婆的参，立即掏了他的五脏六腑。三天后群狼洗劫了村子，把村人都吃了。只剩下琏婆和她被她的亲参强奸了生下的孩子。这就是木木的哥哥。这个婴儿是戈壁上一个男人从狼嘴里夺下来的，因此叫做"狼剩"。尕在风暴后和一只饥饿的狼作殊死的搏斗，竟把狼掐死了，她的两个拇指断在狼的喉骨里！

　小说的结尾，还是收在狼做礼拜上。

　　埋了被洪水冲来的男人的当天夜里，月亮又亮的惊人了。夜里，尕的儿惶恐地推醒尕，说："娘啊。狼哭……"

　　尕静静地听，远处传来悲凉的哭泣声，哭声绵长悠远，似一切深广久远的苦痛在戈壁深处寂寞地痉挛。

　　尕神情溟濛，对儿说"狼作礼拜呐！"

　始于狼，终于狼，完完整整一首狼嗥的哀乐，这构思是颇见匠心的。除了狼，戈壁滩上有风暴。

　　长脚风是大漠的特产。晴丁丁的天，冷不防拔地而起，把地上的破烂物什卷上天,黄黄的如一巨妖,扭扭捏捏摆动着庞大的腰肢,在荒漠上速速地行走。有时路过村庄,将猝不及防的鸡卷上天,在空中像凤凰翩翩起舞;风软时徐徐坠下。鸡落地之后,就傻唰唰伸直脖子朝前跑,撞了人也不拐弯,直到撞在尖硬的物体上,晕死过去。是公鸡就成天打鸣,直到累得啼血而死。于是村人都忌讳这风,遇到这种风,村人就感到大难要临头,终日惶惶不安。

风暴有风暴眼。

狼作礼拜不久的日子,风暴在戈壁滩上疯狂地撕掠了十天十夜,毁了无数无数的生灵,唯有石村处在这场风暴的风暴眼中,人兽安详。村人惶惶然站在昏黄的天日下,茫然四顾,风暴如怪兽在四周嘶鸣狂啸,村人齐齐呼道:"风暴眼啊! 天呐,石村得救了……"于是,众人对天长磕不已。

尕在戈壁上遇到了风暴:

......

忽然一个巨大的沙墙拔地而起,以不可思议的速度旋转着,从东南方向过来,发着"喝喝喝"咄咄逼人的响声。就在这一刹那,尕突然被一只巨手提起抛向空中。尕就感到了自己在自由自在地飞翔。尕感到自己很轻盈,轻得像鹅毛一样微不足道。尕感到肉体和灵魂两不相依地在无边无际的空中,时而高高扬起,时而缓缓落下;时而感到生命在躯壳中张扬起的兴奋胀痛;时而又使她感到生命毁灭的绝望和悲怆。许多声朝尕扑来——狼的哭嚎,人的嘶噪,这些声音都从她们肌肤磨擦而过,渐渐变成模糊的遥远……

......

尕醒来的时候,世界变得非常宁静……

尕歇斯底里地叫起来:"天啦,风暴眼,风暴眼啊!"

尕突然双膝跪地,对天长磕不已。她欣喜若狂地喊道:"咱得救了,胡达啊,咱得救了!"

最后是冰川崩溃,黄浪滔天。

> 尕的儿长到三岁那年,日头毒毒照了戈壁滩四十天。天山沉寂了千年的冰川,在毒日下发出喀喀嚓嚓的颤抖声。终于在一天深夜,一声惊心动魄的巨响,冰川崩溃而下,如巨兽一般撕掠着大汉。戈壁滩在一夜之间腾起滔滔黄浪,淹没了村庄,淹没了田野,水过之处,人兽皆无。

戈壁滩上的人,石村的村人,就是在这样的此起彼伏的大灾难中存活下来的。狼害、长脚旋风、洪水,都是风暴。整个世界是一场无尽无休的大风暴,人类只有在风暴眼中偷活下来。我们都是风暴眼中的幸存者。

这篇小说写的是什么?

写的是人。人和自然的抗争,人的生存。一要生存,二要繁衍。

《风暴眼》是写性的。

珊婆年轻时和一个穿紫色长袍外乡青年的恋情,只是一点刻骨的回忆,一些抹不掉的幻想——珊婆这个人物就是一个幻想。

只有尕和木木的性爱是美的,然而这是幻梦。

> 尕躺下之后,睡的迷糊,于是就有了与木木快活的梦。梦见自己变成柔柔顺顺一条河,宽宽地流淌着。木木变成一条闪亮的鱼,向着河的深处游去。木木通身波光粼粼,在河心穿梭起簇簇浪花,卷起了尕快活的呼叫,尕亲眼看见自己的身体在阵阵颤抖,摇出一河的欢笑,尕冲河心的木木说:"快活! 快活!"

其余几处所写的性都是赤裸的、非常物质的、非诗的。

珊婆的爹是一头兽物。

木木的哥从尕身后扑去,抱住了尕一对大奶,疯疯癫癫地喊:"脱光了,这月多亮敞!"他是为了"咱家不能断子绝孙啊"!

尕生了一个儿。那是在她和狼搏斗,浑身是血的情况下,被一个孤身的独臂男人连续强奸两次而"做"下的。村人对她怀了孕,生了儿,并无议论。尕的儿三岁那年,洪水泡烂了一具男尸,尕认出了男尸的独臂,孕拉过儿,说:"儿啊,跟你爹磕头了。"村人见孕这般举动,便恍然大悟。孕就忙前忙后办丧事了。木木的哥把自己的棺木抬来,把男人装殓了。第二天清晨,木木的哥哥带领村人,把唢呐吹得凄惶,吹得悠扬。那势头与木木当年出殡一般。孕与儿都扎了重孝,走在队伍前面,孕阔着声哭。俨然这个无名男子是木木家的人。木木的哥说:"给儿取甚姓名?"孕垂着头望儿,说:"就姓木木家的姓吧。"孕拉过儿,说:"儿呐,认你大伯了。"木木的哥脸上的肌肉立刻就抖散了,颤着声说:"那是,那是……"便上前把孕的儿抱了。这些,在城市里的文明人看起来,实在是莫名其妙,这算怎么回事呢?孕的儿就算是木木的后代了,这家就延续下来,不断了?戈壁滩上的人的伦理道德观念和城市人多么不一样!

这篇小说写得很有男性的力度,一种杰克·伦敦式的粗犷和野性。我真想象不出,曾明了那样的文弱,怎么会写出这样一篇小说?

这篇小说的时序是错乱的,结构是跳动的,情节,事件一再闪回,看了使人有点眼花缭乱。不过这样的题材用这样的结构方法是合适的。

小说的语言和曾明了以前的小说(如《月丫儿》)是不一样的。她往往把形容词作动词、名词用。如"精细地听唢呐高一声低一声的恓惶";"枯树上栖了几只乌鸦,在月光下黑成一团迷糊,见有人来,就发几声愁惨的叫声,给这世界凝重了凄凉。"看起来,曾明了在语言上有一种新的追求。试验一下句式、语词的新的处理,也好。人写东西,不能老是一样。

一九九三年五月十九日

注　释

① 本篇原载《当代》1993 年第四期。

文 集 自 序①

朋友劝我出一个文集,提了几年了,我一直不感兴趣。第一,我这样的作家值得出文集么?第二,我今年73岁,一时半会还不会报废,我还能写一点东西,还不到画句号的时候。我的这位朋友是个急脾气,他想做的事就一定要做到,而且抓得很紧。在他的不断催促下,我也不禁意动。我出的书很分散,这里一本,那里一本,有几本已经绝版。有的读者或研究我的学生想搜罗我的作品的全部,很困难。有一个文集,他们翻检起来就可以省一点事。编一个文集,就算到了一站吧。我也可以歇一歇脚,稍事休整,考虑一下下面的路怎么走,我还能写什么,怎么写。于是接受了朋友的建议。

把作品大体归拢了一下,第一个感觉是:才这么一点!半个世纪过去了,我都干了些什么?时间的浪费真是一件可怕的事。不是我一个人,大部分作家都如此。大半时间都是在运动中耗掉的。邓小平同志说运动耽误事,这是一句很真实也很沉痛的话。"左"的文艺思想又扼杀了很多人的才华。老是怕犯错误,怕挨整,那还能写出多少好作品?半个世纪以来中国文学所走过的道路,是值得大家都来反省一下的。

文集共四卷。第一卷是短篇小说(分上、下册),第二卷是散文,第三卷是文论,第四卷是戏曲剧本。

我是四十年代开始写小说的。以后是一段空白。六十年代初发表过三篇小说。到八十年代又重操旧业,而且一发而不可收,发表小说的数量不少。这个现象有点奇怪。为什么会出现这样的现象呢?

我在八十年代初发表的一些小说,只能说是"王杨卢骆当时体","至今已觉不新鲜"。现在的青年作家看了那些小说,会说"这有什么?"但在初发表时是颇为"新鲜"的。那时有青年作家看了《受戒》,睁大了眼睛问："小说也是可以这样写的？"他们原来以为小说是只能"那样"写的，于此可见作家的文艺思想被束缚到了何种程度。

"那样"写的小说是哪样的小说？

得有思想性。

小说当然要有思想。我以为思想是小说首要的东西。但必须是作者自己的思想，不是别人的思想。一个小说家对于生活要有自己的感受，自己的思索，自己的独特的感悟。对于生活的思索是非常重要的，要不断地思索，一次比一次更深入的思索。一个作家与常人的不同，就是对生活思索得更多一些，看得更深一些。不是这样，要作家有什么用？但是一些理论书中所说的"思想性"实际上是政治性。"为政治服务"是一个片面性的、不好的口号。这限制了作家的思想。新时期以来文学创作有一种倾向，即从"为政治"回归到"为人生"。我以为这种倾向是好的，这拓宽了文学创作的天地。政治不能涵盖人生的全部内容。

其次很多人心目中对小说叙事模式有个一定之规。他们不知道小说创作方法第一必须打破常规。大家都是一个写法，都是"那样"的小说，那还有什么多样化的风格？

我的一些"这样"的小说可能使青年作家受到某种启发，差堪自慰。但是他们都已经走到我的前面了，我应该向他们学习。

我希望青年作家还能从我这里接受的一点影响是：语言的朴素。

这几年散文忽然走起俏来了。报刊发散文的多起来。专登散文的刊物就有好几家。出版社争出散文。散文的势头很"火"。而且方兴未艾，不是"樱桃桑椹，货卖当时"。这是好事。为什么现在愿意读散文的人那样多，什么原因，我到现在还没有捉摸透。

我本来是写小说的，写散文是"搂草打兔子——捎带脚"。这几年情况变了，小说写得少了，散文写得多了，有一点本末倒置。每天睡醒，赖在床上不起来，脑子想的就是今天写一篇什么散文。写散文渐成我的正业。去年到今年，我应出版社之请，接连编了五个散文集，编得我自己都有点不耐烦了。

为什么有人愿意读我的散文，原因我也一直捉摸不出来。

《蒲桥集》的封面有一条广告，是我自己写的（应出版社的要求）：

> 齐白石自称诗第一，字第二，画第三。有人说汪曾祺的散文比小说好，虽非定论，却有道理。

> 此集诸篇，记人事、写风景、谈文化、述掌故，兼及草木虫鱼、瓜果食物，皆有情致。间作小考证，亦可喜。娓娓而谈，态度亲切，不矜持作态。文求雅洁，少雕饰，如行云流水。春初新韭，秋末晚菘，滋味近似。

这实在是老王卖瓜。"春初新韭，秋末晚菘"，吹得太过头了。广告假装是别人写的，所以不脸红。如果要我自己署名，我是不干的。现在老实招供出来（老是有人向我打听，这广告是谁写的，不承认不行），是让读者了解我的"散文观"。这不是我的成就，只是我的追求。

我以为散文的大忌是作态。

散文是可以写得随便一些的。但是我并不认为什么样的内容都可以写进散文，什么样的文章都可以叫做散文。散文总得有点见识，有点感慨，有点情致，有点幽默感。我的散文会源源不断地写出来，我要跟自己说：不要写得太滥。要写得不滥，没有别的法子，只有多想想事，多接触接触人，多读一点书。

文论卷一部分是创作谈。我不是搞理论的，只能说一点形而下的问题，卑之无甚高论。谈语言的较多，也还可以看看。《中国文学的语言问题》中说语言的暗示性和流动性，是我捉摸出来的，哪本书里也没有见过，无所本。很难说有什么科学性。往好里说，是一点心得；往坏里说是"瞎咧咧"。

一部分是评论。如果不是报刊指名约稿，我是不会写评论的。都是写东西的人，干嘛要对别人的作品说三道四，品头论足？科罗连柯就批评过高尔基写的文学评论，说他说得太多。科罗连柯以为，一个作家评论另一个作家的作品,只要说:"这一篇写得不错,就够了。"我非常赞成科罗连柯的意见。但是只是这样一句话,报刊主编是不会"放过身"的,他们要求总得像一篇文章。于是,只好没话找话说。

我写的评论是一个作家写的评论,不是评论家写的评论,没有多少道理,可以说是印象派评论。现在写印象派评论的人少了。我觉得评论家首先要是一个鉴赏家,评论首先需要的是感情,其次才是道理,这样才能写得活泼生动,不至于写得干巴巴的。评论文章应该也是一篇很好的散文。现在的评论家多数不大注意把文章写好,读起来不大有味道。

另一部分是序跋,主要是序。有几篇是我自己的几个集子的序,只是交待一下集中作品写作的背景和经过。更多的是为一些青年作家写的序。顾炎武说"人之患在好为人序",我并不是那样好为人序,因为写起来很费劲。要看作品,还要想问题。但是花一点功夫,为年轻人写序,为他们鸣锣开道,我以为是应该的,值得的。我知道年轻作家要想脱颖而出,引起注意,坚定写作的信心,是多么不容易。而且有那么一些人总是斜着眼睛看青年作家的作品,专门找"问题",挑鼻子挑眼。"世人皆欲杀,吾意独怜才",这样的胸襟他们是没有的。才华,是脆弱的。因此,我要为他们说说话。我写的序跋难免有一些溢美之词,但不是不负责任地胡乱吹捧,那样就是欺骗读者,对作者本人也没有好处。

我写的文论大都是心平气和的,没有"论战"的味道。但有些也是有感而发,有所指的。我是个凡人,有时也会生气的。

京剧原来没有剧本,更没有剧作家。大部分剧种(昆曲、川剧除外)都不重视剧本的文学性。导演、演员可以随意修改剧本。《范进中举》、《小翠》、《擂鼓战金山》都演出过,也都被修改过。《裘盛戎》彩排过,被改得一塌糊涂。我是不愿意去看自己的戏演出的。文集所收的剧本都是初稿本,是文学本,不是演出本。

有人问我以后还写不写戏,不写了!

一九九三年五月二十三日

注　释

① 　本篇原载《汪曾祺文集·小说卷》，江苏文艺出版社，1993 年 9 月。

却顾所来径　苍苍横翠微[①]

我一九四〇年开始发表小说,那年我二十岁。屈指算来,已经有半个世纪了。最初的小说是沈从文先生《各体文习作》和《创作实习》课上所交的课卷,经沈先生寄给报刊发表的。四十年代写的小说曾结为《邂逅集》,一九四八年由文化生活出版社出版,以后是一段空白。一九四九年到六十年代,我没有写小说。一九六二年写了三个短篇,在中国少年儿童出版社出了一个小集子《羊舍的夜晚》。以后又是一段空白。到八十年代初,我忽然连续发表了不少小说,一直到现在。

我家的后园有一棵藤本植物,家里人都不知道是什么东西,因为它从来不开花。有一年夏天,它忽然暴发似的一下子开了很多很多白色的、黄色的花。原来这是一棵金银花。我八十年代初忽然写了不少小说,有点像那棵金银花。

为什么我写小说时作时辍,当中有那样长的两大空白呢?

我的小说《受戒》发表后引起一点震动。一个青年作家睁大了眼睛问:"小说也是可以这样写的?"他以为小说只能"那样"写,这样写的小说他没有见过。那样写的小说是哪样的呢?要写好人好事,写可以作为大家学习的榜样的先进人物、模范、英雄,要有思想性,有明确的主题……总之,得"为政治服务"。我写不了"那样"的小说,于是就不写。

八十年代为什么又写起来了呢?因为气候比较好。当时强调要解放思想,允许有较多的创作自由。"这样写"似乎也是可以的,于是我又写了。

北京市作家协会举行过我的作品的讨论会,我作了一次简短的发言,题目是《回到现实主义,回到民族传统》。为什么说"回到"?因为我的小说有一个时期是脱离现实的,受西方文学的影响比较大。

我年轻时写小说，除了师承沈从文，常读契诃夫，还看了一些西方现代派的作品，如阿索林、弗·伍尔芙，受了一些影响。我是较早的，也是有意识地运用意识流方法写作的中国作家之一。

有一次，我和一个同学从西南联大新校舍大门走出来。对面的小树林里躺着一个奄奄一息的士兵。他就要死了，像奥登诗所说，就要"离开身上的虱子和他的将军"了。但还有一口气。他的头缓慢地向两边转动着。我的同学对我说："对于这种现象，你们作家要负责！"我当时想起一句里尔克的诗："他眼睛里有些东西，决非天空。"

以后我的作品里表现了较多的对人的关怀。我曾自称为"中国式的抒情的人道主义者"。

我是一个中国人。一个人是不能脱离自己的民族的。"民族"最重要的东西是它的文化。一个中国人，即使没有读过什么书，也是在文化传统里生活着的。有评论家说我受了道家思想的影响，有可能，我年轻时很爱读《庄子》。但我觉得我受儒家思想影响更大一些。我所说的"儒家"是曾点式的儒家，一种顺乎自然，超功利的潇洒的人生态度。因为我写的人物身上有传统文化的印迹，有的评论家便封我为"寻根文学"的始作俑者。看来这顶帽子我暂时只得戴着。

小说里最重要的是什么？我以为是思想。是作家自己的思想，不是别人的思想。是作家用自己的眼睛对生活的观察（我称之为"凝视"），自己的感受，自己的思索，自己对人生的独特的感悟。思索是非常重要的。接触到生活，往往不能即刻理解这个生活片段的全部意义。得经过反复的，一次比一次深入的思索，才能汲出生活的底蕴。作家和常人的不同，无非是对生活想得更多一点，看得更深一点。我有的小说重写过三四次。重写一次，就是一次更深的思索。

与此有关的是文学的社会功能问题。作家的使命感、社会责任，或艺术良心，这些还要不要？有一些青年作家对这一套是很腻味的。我以为还是要的。作品写出来了，放在抽屉里，是作家自己的事。拿出去发表了，就是社会的事。一个作品对读者总会产生这样那样的影响，这事不能当儿戏。但是我觉得作品的社会影响不能看得太直接，要求立竿见影。应该看得更宽一点。我以为一个作家的作品是引起读者对生活的关心、对人的关心,对生活、对人持欣赏的态度,这样读者的心胸就会比较宽厚,比较多情,从而使自己变得较有文化修养,远离鄙俗,变得高尚一点、雅一点,自觉地提高自己的人品。

我六十岁写的小说抒情味较浓,写得比较美,七十岁后就越写越平实了。这种变化,不知道读者是怎么看的。

(一九九三年六月十九日)

注　释

① 本篇原载 1993 年 6 月 26 日《光明日报》;初收《塔上随笔》,群众出版社, 1993 年 11 月;又收《矮纸集》,是为跋,长江文艺出版社,1996 年 3 月。

《草花集》自序[①]

我曾给《中国作家》画了一幅画，另题了一首诗。诗如下：

我有一好处，

平生不整人。

写作颇勤快，

人间送小温。

或时有佳兴，

伸纸画暮春。

草花随目见，

鱼鸟略似真。

只可自怡悦，

不堪持赠君。

君若亦欢喜，

携归尽一樽。

"草花"需要作一点解释。"草花"就是"草花"，不是"花草"的误写。北京人把不值钱的，容易种的花叫"草花"，如"死不了"、野茉莉、瓜叶菊、二月兰、西番莲、金丝荷叶……"草花"是和牡丹、芍药、月季这些名贵的花相对而言的。草花也大都是草本。种这种花的都是寻常百姓家，不是高门大户。种花的盆也不讲究。有的种在盆里，有的竟是一个裂了缝的旧砂锅，甚至是旧木箱、破抽屉，能盛一点土就得。辛苦了一天，找个阴凉地方，端一个马扎或是折脚的藤椅，沏一壶茶，坐一坐，看看这些草花，闻闻带有青草气的草花的淡淡的香味，也是一种乐趣。我的散文多轻贱平常。因为出版社要求文章短小，一些篇幅较长，有点分量的散文都未选。于是这个集子就更加琐碎了。这真像北京人所说的"草花",因名之为《草花集》。

　　散文是"家常"的文体,可以写得随便一些。但是散文毕竟是散文。我并不赞成什么内容都可以写进散文里去,什么文章都可以叫做散文,正如草花还是花,不是狗尾巴草。我这一集里的文章可能有一些连草花也够不上,只是一把狗尾巴草。那,就请择掉。

一九九三年六月二十一日

注　释

① 　本篇原载《草花集》,成都出版社,1993 年 9 月。

思想·语言·结构①

今天让我谈小说。没有系统，只是杂谈。杂谈也得大体有个范围，野马不能跑得太远。有个题目，是思想·语言·结构。

小说里最重要的是什么？我以为是思想。这不是理论书里所说的思想性、艺术性的思想。一般所说的思想性其实是政治性。思想是作者自己的思想，不是别人的思想，不是从哪本经典著作里引伸出来的思想。是作家自己对生活的独特的感受，独特的思索和独特的感悟。思索是很重要的。我们接触到一个生活的片段，有所触动，这只是创作的最初的契因，对于这个生活片段的全部内涵，它的深层的意义还没有理解。感觉到的东西我们还不能理解它，只有理解了的东西才能更深地感觉它。我以为这是对的。理解不会一次完成，要经过反复多次的思索，一次比一次更深入地思索。一个作家和普通人的不同，无非是看得更深一点，想得更多一点。我有的小说重写了三四次。为什么要重写？因为我还没有挖掘到这个生活片段的更深、更广的意义。我写过一篇小说很短，大概也就是两千字吧，改写过三次。题目是《职业》。刘心武拿到稿子，说："这样短的小说，为什么要用这样大的题目。"他看过之后，说："是该用这么大的题目"。《职业》是个很大的题目。职业是对人的限制，对人的框定，意味着人的选择自由的失去，无限可能性的失去。这篇小说写的是一个十一二岁的孩子，正是学龄儿童，如果上学，该是小学五六年级。但是他没有上学。他过早地从事了职业，卖两种淡而无味的食品：椒盐饼子西洋糕。他挎一个腰圆形的木盆，一边走一边吆喝。他的吆喝是有腔有调的，谱出来是这样：

$$| \ 5 \ 5 \quad 6- \ - | \ 5 \ 3 \ 2\cdot \ \| - \ -$$
椒盐　　饼子　西洋　糕

（这是我的小说里唯一带曲谱的。）

这条街（文林街）上有一些孩子，比卖椒盐饼子西洋糕的略小一点，他们都在上学。他们听见卖椒盐饼子西洋糕的孩子吆喝，就跟在身后摹仿他，但是把词儿改了，改成：

$$| \ 5 \ 5 \quad 6- \ - | \ 5 \ 3 \ 2\cdot \ \| - \ -$$
捏着鼻子——吹洋号。

卖椒盐饼子西洋糕的孩子并不生气，爱学就学去吧！

他走街串巷吆喝，一心一意做生意。他不是个孩子，是个小大人。

一天，他暂时离开了他的职业。他姥姥过生日，他跟老板请了半天假，到姥姥家去吃饭。他走进一条很深的巷子，两头看看没人，大声吆喝了一句："捏着鼻子—吹洋号！"

这是对自己的揶揄调侃。这孩子是有幽默感的。他的幽默是很苦的。凡幽默，都带一点苦味。

写到这里，主题似乎已经完成了。

写第四稿时我把内容扩展了一下，写了文林街上几种叫卖的声音。有一个收买旧衣烂衫的女人，嗓子非常脆亮，吆喝"有——旧衣烂衫找来卖！"一个贵州人卖一种叫化风丹的药："有人买贵州遵义板桥的化风丹？"每天傍晚，一个苍老的声音叫卖臭虫药、跳蚤药、虼蚤药。苗族的女孩子卖杨梅，卖玉米（即苞谷）粑粑。戴着小花帽，穿着扳尖的绣花布鞋，声音娇娇的。"卖杨梅——""玉麦粑粑——"她们把山里的初秋带到了昆明的街头。

这些叫卖声成了卖椒盐饼子西洋糕的背景。

"椒盐饼子西洋糕！"

这样，内涵就更丰富，主题也深化了，从"失去童年的童年"延伸为："人世多苦辛"。

我写过一篇千字小说，《虐猫》，写文化大革命中的孩子。文化大革命把人的恶德全都暴露出来，人变得那么那么自私，残忍。孩子也受了影响。大人整天忙于斗争,你斗我,我斗你。孩子没有人管,他们就整天瞎玩。他们后来想出一种玩法,虐待猫,把猫的胡子剪了,在猫尾巴上拴一串鞭炮,点着了。他们想出一种奇怪的恶作剧,找四个西药瓶盖,翻过来,放进万能胶,把猫的四只脚焊在里头。猫一走,一滑,非常难受。最后想出一个简单的玩法,把猫从六楼上扔下来,摔死。这天他们又捉住一只大花猫,用绳子拴着拉回来。到了他们住的楼前,楼前围着一圈人:一个孩子的父亲从六楼上跳下来了,这几个孩子没有从六楼上把猫往下扔,他们把猫放了。

如果只写到这几个孩子用各种办法虐待猫,是从侧面写文化大革命对人性的破坏,是"伤痕文学"。写他们把猫放了,是人性的回归。我们这个民族还是有希望的。

想好了最后一笔,我才能动手写这篇小说,一千字的小说,我想了很长时间。

谈谈语言的四种特性:内容性、文化性、暗示性、流动性。

一般都把语言看成只是表现形式。语言不仅是形式,也是内容。语言和内容(思想)是同时存在,不可剥离的。语言不只是载体,是本体。斯大林说语言是思想的直接的现实,我以为是对的。思想和语言之间并没有中介。世界上没有没有思想的语言,也没有没有语言的思想。读者读一篇小说,首先被感染的是语言。我们不能说这张画画得不错,就是色彩和线条差一点;这支曲子不错,就是旋律和节奏差一点。我们也不能说这篇小说写得不错,就是语言差一点。这句话是不能成立的。可是我们常常听到这样的评论。语言不好,小说必然不好。语言的粗俗就是思想的粗俗,语言的鄙陋就是内容的鄙陋。想得好,才写得好。闻一多先生在《庄子》一文中说过:"他的文学不仅是表现思想的工具,似乎也是一种目的"。我把它发展了一下:写小说就是写语言。

语言是一种文化现象。语言的后面都有文化的积淀。古人说"无一字无来历",其实我们所用的语言都是有来历的,都是继承了古人的语言,或发展变化了古人的语言。如果说一种从来没有人说过的话,别人就没法懂。一个作家的语言表现了作家的全部文化素养。作家应该多读书。杜甫说:"读书破万卷,下笔如有神。"是对的。除了书面文化,还有一种文化,民间口头文化。李季对信天游是很熟悉的,赵树理一个人能唱一出上党梆子,口念锣鼓、过门,手脚齐用使身段,还误不了唱。贾平凹对西北的地方戏知道得很多。我编过几年《民间文学》,深知民间文学是一个海洋,一个宝库。我在兰州认识一位诗人。兰州的民歌是"花儿"。花儿的形式很特别。中国的民歌(四句头山歌)是绝句,花儿的节拍却像词里的小令。花儿的比喻很丰富,押韵很精巧。这位诗人怀疑这是专业诗人的创作流传到民间去的。有一次他去参加一个花儿会,跟婆媳二人同船。这婆媳二人把这位诗人"唬背了"。她们一路上没有说一句散文,所有对话都是押韵的。韵脚对民歌的歌手来说,不是镣铐,而是翅膀。这个媳妇到娘娘庙去求子。她跪下祷告,不是说送子娘娘,你给我一个孩子,我为你重修庙宇,再塑金身……只有三句话:

> 今年来了我是跟您要着哪,
> 明年来了我是手里抱着哪,
> 咯咯嘎嘎地笑着哪。

三句话把她的美好的愿望全都表现出来了,这真是最美的祷告词。这三句话不但押韵,而且押调,"要"、"抱"、"笑"都是去声。而且每句的句尾都是"着哪"。

民歌的想象是很奇特的。乐府诗《枯鱼过河泣》:

> 枯鱼过河泣。
> 何时悔复及,
> 作书与鲂鲔,
> 相教慎出入。

研究乐府诗的学者说:"汉人每有此奇想"。枯鱼(干鱼)怎么还能写信呢?

我读过一首广西民歌,想象也很"奇",与此类似:

> 石榴花开朵朵红,
> 蝴蝶写信给蜜蜂,
> 蜘蛛结网拦了路,
> 水漫蓝桥路不通。

我曾经想过一个问题:民歌都是抒情诗(情歌),有没有哲理诗?少,但是有。你们湖南邵阳有一首民歌,写插秧,湖南叫插田:

> 赤脚双双来插田,
> 低头看见水中天。
> 行行插得齐齐整,
> 退步原来是向前。

"低头看见水中天",有禅味。"退步原来是向前",是哲学的思辨。

民歌有些手法是很"现代"的。我在你们湖南桑植——贺老总的家乡,读到一首民歌:

> 姐的帕子白又白,
> 你给小郎分一截。
> 小郎拿到走夜路,
> 好比天上蛾眉月。

这种想象和王昌龄的《长信秋词》的"玉颜不及寒鸦色,犹带昭阳日影来"有相似处。

我读过一首傣族民歌,只有两句:

> 斧头砍过的再生树,
> 战争留下的孤儿。

两句,说了多少东西! 这不是现代派的诗么? 一说起民歌,很多人都觉得很"土",其实不然。

我觉得不熟悉民歌的作家不是好作家。

语言的美要看它传递了多少信息,暗示出文字以外的多少东西,平庸的语言一句话只是一句话,艺术的语言一句话说了好多句话。即所谓"言外之意","弦外之音"。

朱庆余《近试上张水部》,本是刺探一下当前文风所尚,写的却是一个新嫁娘:

> 洞房昨夜停红烛,
>
> 待晓堂前拜舅姑,
>
> 妆罢低声问夫婿,
>
> 画眉深浅入时无?

这四句诗没有一句写到这个新嫁娘的长相,但是宋朝人(是洪迈?)就说这一定是一个绝色的美女。

崔颢的《长干曲》:

> 君家何处住,
>
> 妾住在横塘。
>
> 停舟暂借问,
>
> 或恐是同乡。

这四句诗明白如话,好像没有说什么东西,但是说出了很多很多东西。宋人(是苏辙?)说这首诗"墨光四射,无字处皆有字"。

中国画讲究"留白","计白当黑"。小说也要"留白",不能写得太满。十九世纪和二十世纪的作者和读者的关系变了。十九世纪的小说家是上帝,他什么都知道,比如巴尔扎克。读者是信徒,只有老老实实地听着。二十世纪的读者和作者是平等的,他的"参与意识"很强。他要参与创作。我相信接受美学。作品是作者和读者共同完成的。如果一篇小说把什么都说了,读者就会反感:你都说了,要我干什么?一篇小说要留有余地,留出大量的空白,让读者可以自由地思索、认同、判断、首肯。

要使小说语言有更多的暗示性,唯一的办法是尽量少写,能不写的就不写。不写的,让读者去写。古人说:"以己少少许,胜人多多许",

写少了，实际上是写多了，这是上算的事。——当然，这样稿费就会少了。——一个作家难道是为稿费活着的么？

语言是活的，流动的。语言不是像盖房子似的，一块砖一块砖叠出来的。语言是树，是长出来的。树有树根、树干、树枝、树叶，但是是一个有机的整体。树的内部的汁液是流通的。一枝动，百枝摇。初学写字的人，是一个字一个字写出来的，书法家写字一行一行地写出来的。中国书法讲究"行气"。王羲之的字被称为"一笔书"，不是说从头一个字到末一个字笔划都是连着的，而是说内部的气势是贯串的，写好每一个句子是重要的。福楼拜和契诃夫都说过一个句子只有一个最好的说法。更重要的是处理好句与句之间的关系。你们湖南的评论家凌宇曾说过：汪曾祺的语言很奇怪，拆开来看，都很平常，放在一起，就有一种韵味。我想谁的语言都是这样的，七宝楼台，拆下来不成片段。问题是怎样"放在一起"。清代的艺术评论家包世臣论王羲之和赵子昂的字，说赵字如士人入隘巷，彼此雍容揖让，而争先恐后，面形于色。王羲之的字如老翁携带幼孙，痛痒相关，顾盼有情。要使句与句，段与段产生"顾盼"。要养成一个习惯，想好一段，自己能够背下来，再写。不要写一句想一句。

中国人讲究"文气"，从《文心雕龙》到桐城派都讲这个东西。我觉得讲得最明白，最具体的，是韩愈。韩愈说：

> 气，水也；言，浮物也。水大而物之浮者大小毕浮。气盛则言
> 之短长与声之高下皆宜。

后来的人把他这段话概括成四个字："气盛言宜"。韩愈提出一个语言的标准："宜"。"宜"，就是合适、准确。"宜"的具体标准是"言之短长"与"声之高下"。语言构造千变万化，其实也很简单：长句子和短句子互相搭配。"声之高下"指语言的声调，语言的音乐性。有人写一句诗，改了一个字，其实两个字的意思是一样的，为什么要改呢？另一个诗人明白："为声俊耳"。要培养自己的"语感"，感觉到声俊不俊。中国语言有四声，构成中国语言特有的音乐性。一个写小说的人要懂

得四声平仄，要读一点诗词，这样才能使自己的语言"俊"一点。

结构无定式。我曾经写过一篇谈小说的文章，说结构的精义是，随便。林斤澜很不满意，说："我讲了一辈子结构，你却说'随便'！"我后来补充了几个字："苦心经营的随便"，斤澜说："这还差不多"。我是不赞成把小说的结构规定出若干公式的：平行结构、交叉结构、攒珠式结构、橘瓣式结构……我认为有多少篇小说就有多少种结构方法。我的《大淖记事》发表后，有两种不同的意见。有人认为这篇小说的结构很不均衡。小说共五节，前三节都是写大淖这个地方的风土人情，没有人物，主要人物到第四节才出现。有人认为这篇小说的好处正在结构特别，我有的小说一上来就介绍人物，如《岁寒三友》，《复仇》用意识流结构，《天鹅之死》时空交错，去年发表的《小芳》却是完全的平铺直叙。我认为一篇小说的结构是这篇小说所表现的生活所决定的。生活的样式，就是小说的样式。

过去的中国文论不大讲"结构"，讲"章法"。桐城派认为章法最要紧的是断续和呼应。什么地方该切断，什么地方该延续；前后文怎样呼应。但是要看不出人为的痕迹。刘大櫆说："彼知有所谓断续，不知有无断续之断续；彼知有所谓呼应，不知有无呼应之呼应"。章太炎论汪中的骈文："起止自在，无首尾呼应之式。"这样的结构，中国人谓之"化"。苏东坡说"大略如行云流水，初无定质，但常行于所当行，止于所不可不止，文理自然，姿态横生"（《答谢民师书》）。文章写到这样，真是到了"随便"的境界。

小说的开头和结尾要写好。

古人云："自古文章争一起"。孙犁同志曾说过：开头很重要，开头开好了，下面就可以头头是道。这是经验之谈。要写好第一段，第一段里的第一句。我写小说一般是"一遍稿"，但是开头总要废掉两三张稿纸。开头以峭拔为好。欧阳修的《醉翁亭记》原来的第一句是："滁之四周皆山。"起得比较平。后来改成"环滁皆山也"，就峭拔得多，领起了下边的气势。我写过一篇小说《徙》。这篇小说是写我的小学的国文老师的，他是小学校歌的歌词作者，我从小学校歌写起。原来的开头是：

　　世界上曾经有过很多歌，都已经消失了。

　　我到海边转了转（这篇小说是在青岛对面的黄岛写的），回来换了一张稿纸，重新开头：

　　很多歌消失了。

　　这样不但比较峭拔，而且有更深的感慨。
　　奉劝青年作家，不要轻易下笔，要"慎始"。
　　其次，要"善终"，写好结尾。
　　往往有这种情况，小说通篇写得不错，可是结尾平常，于是全功尽弃。结尾于"谋篇"时就要想好，至少大体想好。这样整个小说才有个走向，不至于写到哪里算哪里，成了没有脑线的一风筝。
　　有各式各样结尾。
　　汤显祖评《董西厢》，说董很善于每一出的结尾。汤显祖认为《董西厢》的结尾有两种，一种是"煞尾"，一种是"度尾"，"煞尾""如骏马收缰，寸步不移"；"度尾""如画舫笙歌，从远处来，过近处，又向远处去"。汤显祖不愧是大才子，他的评论很形象，很有诗意，我觉得结尾虽有多种，但不外是"煞尾"和"度尾"。

　　　　　　　　　　　　　一九九三年八月十七日在北京追记

注　释

① 本篇原载《大地》1994 年第三、四期合刊，是 1993 年 8 月 3 日在湖南娄底地区文学报告会上的讲话；初收《塔上随笔》，群众出版社，1993 年 11 月。

文 章 余 事①

写字·画画·做饭。

我正经练字是在小学五年级暑假。我的祖父不知道为什么一高兴，要亲自教我这个孙子。每天早饭后，讲《论语》一节，要读熟，读后，要写一篇叫做"义"体的短文。"义"是把《论语》的几句话发挥一通，这其实是八股文的初阶。祖父很欣赏我的文笔，说是若在"前清"，进学是不成问题的。另外，还要写大字、小字各一张。这间屋子分里外间，里间是一个佛堂，供着一尊铜佛。外间是祖母放置杂物的地方，房梁上挂了好些干菜和晾干了的粽叶。我就在干菜、粽叶的气味中读书、作文、写字。下午，就放学了，随我自己玩。

祖父叫我临的大字帖是裴休的《圭峰定慧禅师碑》，是他从藏帖中选出来的。裴休写的碑不多见，我也只见过这一种。裴休的字写得安静平和，不像颜字柳字那样筋骨弩张。祖父所以选中这部帖，道理也许在此。

小学六年级暑假，我在三姑父家从韦子廉先生学。韦先生每天讲一篇桐城派古文，让我写篇大字。韦先生是写魏碑的，曾临北碑各体，他叫我临的是《多宝塔》。《多宝塔》是颜字里写得最清秀的，不像《大字麻姑仙坛》那样重浊。

有人说中国的书法坏于颜真卿，未免偏激。任何人写碗口大的字，恐怕都得有点颜书笔意。蔡襄以写行草擅名，福州鼓山上有他的两处题名，写的是正书，那是颜体。董其昌行书秀逸，写大字却用颜体。歙县有许国牌坊，坊额传为董其昌书，是颜体。

读初中后，父亲建议我写写魏碑，写《张猛龙》。他买来一种稻草做的高二尺，宽尺半，粗而厚的纸，我每天写满一张。

《圭峰碑》、《多宝塔》、《张猛龙》，这是我的书法的底子。

祖父拿给我临的小楷是赵子昂的《闲邪公家传》。我后来临过《黄庭》、《乐毅》，时间都很短。1943年云南大学成立了一个曲社，拍曲子。曲谱石印，要有人在特制的石印纸上，用特制的石印墨汁，端楷写出印制。这差事落在我的头上。我凝神静气地写了几十出曲谱，用的是晋人小楷笔意。我的晋人笔意不是靠临摹，而是靠"看"，看来的。

有一个时期，我写的小楷效法倪云林、石涛。

1947、48年我还能用结体微扁的晋人小楷用毛笔在毛边纸上写稿、写信。以后改用钢笔，小楷功夫就荒废了。

习字，除了临摹，还要多看，即"读帖"。我的字受"宋四家"（苏、黄、米、蔡）的影响，但我并未临过"宋四家"，是因为爱看，于不知不觉中受了感染。

对于"宋四家"，自来书法家颇多贬词。有人以为中国书法一坏于颜真卿，二坏于"宋四家"。这话不能说毫无道理。"宋四家"对于二王，对于欧薛，确实是一种破坏。但是，也是革新。宋人书法的特点是解放，有较多的自由，较多的个性。"四家"的"蔡"木指蔡京，因为蔡京人太坏，被开除了，代之以蔡襄。其实蔡京的字是写得很好的，有人以为应为"四家"之冠，我同意。苏东坡多用偏锋，书体颇近甜俗。黄山谷长撇大捺，做作。米芾字不宜多看，多看了会受其影响，终身摆脱不开。米字流畅洒脱，而书品不高，他自称是"臣书刷字"。我的书品也只是尔尔，无可奈何！

我没有正式学过画。我父亲是画家，年轻时画过工笔画，中年后画写意花卉。他没有教过我。只是在他作画时，我爱在旁边看，给他抻抻纸。我家有不少珂罗版印的画册，我没事时就翻来覆去一本一本地看。画册以四王最多，还有，不知为什么有好几本蓝田叔的。我对四王、蓝田叔都没有太大兴趣，及见徐青藤、陈白阳及石涛画，乃大好之。我作画只是自己瞎抹，无师法。要说有，就是这几家（石涛偶亦画花卉，皆极精）。我作画不写生，只是凭印象画。曾为《中国作家》画水仙，另纸题诗一首,中有句云:"草花随目见,鱼鸟略似真"。我画的鸟,我的女儿称之为"长嘴大眼鸟"。我的孙女有一次看艺术纪录片《八大山人》,说:"爷爷画的鸟像八大山人——大眼睛"。写意画要有随意性,不能过事经营,画得太理智。我作画,大体上有一点构思,便信笔涂抹,墨色浓淡,并非预想。画中国画的快乐也在此。曾请人刻了两方闲章,刻的是陶弘景的两句诗:"岭上多白云","只可自怡悦"。有人撺掇我开展览会,我笑笑。我的画作为一个作家的画,还看得过去,要跻身画家行列,是会令画师齿冷的。

有人说写字、画画,也是一种气功。这话有点道理。写字、画画是一种内在的运动。写字、画画,都要把心沉下来。齐白石题画曰"心闲气静时一挥"。心浮气躁时写字、画画,必不能佳。写字画画可以养性,故书画家多长寿。

我不会做什么菜。可是不知道怎么竟会弄得名闻海峡两岸。这是因为有过几位台湾朋友在我家吃过我做的菜,大事宣传而造成的。我只能做几个家常菜。大菜,我做不了。我到海南岛去,东道主送了我好些鱼翅、燕窝,我放在那里一直没有动,因为不知道怎么做。有一点特色,可以称为我家小菜保留节目的有这些:

拌荠菜、拌菠菜。荠菜焯熟,切碎,香干切米粒大,与荠菜同拌,在盘中用手抟成宝塔状,塔顶放泡好的海米,上堆姜米、蒜米。好酱油、醋、香油放在茶杯内,荠菜上桌后,浇在顶上,将荠菜推倒,拌匀,即可下箸。佐酒甚妙。没有荠菜的季节,可用嫩菠菜以同法制。这样做的拌菠菜比北京用芝麻酱拌的要好吃得多。这道菜已经在北京的几位作家中推广,凡试做者,无不成功。

干丝。这是淮扬菜,旧只有烫干丝,大白豆腐干片为薄片(刀工好的师傅一块豆腐干能片十六片),再切为细丝。酱油、醋、香油调好备用。干丝用开水烫后,上放青蒜米、姜丝(要嫩姜,切极细),将调料淋下,即得。这本是茶馆中在点心未蒸熟之前,先上桌佐茶的闲食,后来饭馆里也当一道菜卖了。煮干丝的历史我想不超过一百年。上汤(鸡汤或骨头汤)加火腿丝、鸡丝、冬菇丝、虾籽同熬(什么鲜东西都可以往里搁),下干丝,加盐,略加酱油,使微有色,煮两三开,加姜丝,即可上桌。聂华苓有一次上我家来,吃得非常开心,最后连汤汁都端起来喝了。北京大方豆腐干甚少见,可用豆腐片代。干丝重要的是刀工。袁子才谓"有味者使之出,无味者使之入",干丝切得极细,方能入味。

烧小萝卜。台湾陈怡真到北京来,指名要我做菜,我给她做了几个菜,有一道是烧小萝卜。我知道台湾没有小红水萝卜(台湾只有白萝卜)。做菜看对象,要做客人没有吃过的,才觉新鲜。北京小水萝卜一年里只有几天最好。早几天,萝卜没长好,少水分,发艮,且有辣味,不甜;过了这几天,又长过了,糠。陈怡真运气好,正赶上小萝卜最好的时候。她吃了,赞不绝口。我做的烧小萝卜确实很好吃,因为是用干贝烧的。"粗菜细做",是制家常菜不二法门。

塞肉回锅油条。这是我的发明,可以申请专利。油条切成寸半长的小段,用手指将内层掏出空隙,塞入肉茸、葱花、榨菜末,下油锅重炸。油条有矾,较之春卷尤有风味。回锅油条极酥脆,嚼之真可声动十里人。

炒青苞谷。新玉米剥出粒,与瘦猪肉末同炒,加青辣椒。昆明菜。

其余的菜如冰糖肘子、腐乳肉、腌笃鲜、水煮牛肉、干煸牛肉丝、冬笋雪里蕻炒鸡丝、清蒸轻盐黄花鱼、川冬菜炒碎肉……大家都会做,也都是那个做法,不列举。

做菜要有想象力,爱捉摸,如苏东坡所说,"忽出新意";要多实践,学做一样菜总得失败几次,方能得其要领;也需要翻翻食谱。在我所看的闲书中,食谱占一个重要地位。食谱中写得最好的,我以为还得数袁子才的《随园食单》。这家伙确实很会吃,而且能说出个道道。如前面所说:"有味者使之出,无味者使之入"。实是经验的总结。"荤菜素油炒,素菜荤油炒",尤为至理名言。

做菜的乐趣第一是买菜。我做菜都是自己去买的。到菜市场要走一段路,这也是散步,是运动。我什么功也不练,只练"买菜功"。我不爱逛商店,爱逛菜市。看看那些碧绿生青、新鲜水灵的瓜菜,令人感到生之喜悦。其次是切菜、炒菜都得站着,对于一个终日伏案的人来说,改变一下身体的姿势是有好处的。最大的乐趣还是看家人或客人吃得很高兴,盘盘见底。做菜的人一般吃菜很少。我的菜端上来之后,我只是每样尝两筷,然后就坐着抽烟、喝茶、喝酒。从这点说起来,愿意做菜给别人吃的人是比较不自私的。

诗曰:

> 年年岁岁一床书,
> 弄笔晴窗且自娱。
> 更有一般堪笑处,
> 六平方米作郇厨。

一九九三年八月十三日

注　释

① 本篇原载《今日生活》1993 年第六期"创作外的创作"栏目,收入本卷时略去栏目主持张抗抗的导语部分;初收《塔上随笔》,题为《文章余事》,群众出版社,1993 年 11 月。

我 的 世 界^①

外面的世界很精彩，我的世界很平常。

我的家乡是一个水乡，到处是河。可是我既不会游泳，也不会使船，走在乡下的架得很高的狭窄的木桥上，心里都很害怕。于此可见，我是个没出息的人。高邮湖就在城西，抬脚就到，可是我竟然没有在湖上泛过一次舟，我不大爱动。华南人把到外面创一番事业，叫做"闯世界"，我不是个闯世界的人。我不能设计自己的命运，只能由着命运摆布。

从出生到初中毕业，我是在本城度过的。这一段生活已经写在《逝水》里。除了家、学校，我最熟悉的是由科甲巷至新巷口的一条叫做"东大街"的街。我熟习沿街的店铺、作坊、摊子。到现在我还能清清楚楚地描绘出这些店铺、作坊、摊子的样子。我每天要去玩一会的地方是我祖父所开的"保全堂"药店。我认识不少药，会搓蜜丸，摊膏药。我熟习中药的气味，熟习由前面店堂到后面堆放草药的栈房之间的腰门上的一副蓝漆字对联："春暖带云锄芍药，秋高和露种芙蓉"。我熟习大小店铺的老板、店伙、工匠。我熟习这些属于市民阶层的各色人物的待人接物，言谈话语，他们身上的美德和俗气。这些不仅影响了我的为人，也影响了我的文风。

我的高中一二年级是在江阴读的，南菁中学。江阴是一个江边的城市，每天江里涨潮，城里的河水也随之上涨。潮退，河水又归平静。行过虹桥，看河水涨落，有一种无端的伤感。难忘缲墩看梅花遇雨，携手泥涂；君山偶遇，遂成离别。几年前我曾往江阴寻梦，缘悭未值。我这辈子大概不会有机会再到江阴了。

高三时江阴失陷了，我在淮安、盐城辗转"借读"。来去匆匆，未留只字。

我在昆明住过七年,1939—1946。前四年在西南联大。初到昆明时,身上还有一点带去的钱,可以吃馆子,骑马到黑龙潭、金殿。后来就穷得丁当响了,真是"囚首垢面,而读诗书"。后三年在中学教书,在黄土坡观音寺、白马庙都住过。

1946年夏至1947年冬,在上海,教中学。上海无风景,法国公园、兆丰公园都只有一点点大。

1948年我在午门历史博物馆工作。我住的地方很特别,在右掖门下,据说原是锦衣卫值宿的所在。

1949年3月,参加四野南下工作团。五月,至汉口,在硚口二女中任副教导主任。

50年夏,回北京。在东单三条、河泊厂都住过一阵。

1958年被打成右派,下放张家口沙岭子农业科学研究所劳动。我和农业工人——也就是农民在一起生活了四年,对农村、农民有了比较切近的认识。

1961年底回北京后住甘家口。不远就是玉渊潭,我几乎每天要围着玉渊潭散步,和菜农、遛鸟的人闲聊,得到不少知识。

我在一个京剧院当了十几年编剧。认识了一些名角,也认识了一些值得同情但也很可笑的小人物,增加了我对"人生"的一分理解。

我到过不少地方,到过西藏、新疆、内蒙、湖南、江西、四川、广东、福建,登过泰山,在武夷山和永嘉的楠溪江上坐过竹筏……但我于这些地方都只是一个过客,虽然这些地方的山水人情也曾流入我的思想,毕竟只是过眼烟云。

我在这个世界走来走去,已经走了73年。我还能走得多远,多久?

一九九三年九月八日

注　释

① 本篇原载1993年12月12日《文汇报》;初收《逝水》,题为《自序·我的世界》,中国青年出版社,1996年3月。

创作的随意性①

我有一次到中国美术馆看齐白石画展。有一幅尺页，画的是荔枝。其时李可染恰恰在我的旁边，说："这张画我是看着他画的。荔枝是红的，忽然画了两颗黑的，真是神来之笔！"这是"灵机一动"，可以说是即兴，也可以说是创作过程中的随意性。

作画，总得先有个想法，有一片思想，一团感情，一个大体的设计，然后落笔。一般说，都是意在笔先。但也可以意到笔到，甚至笔在意先，跟着感觉走。

叶燮论诗，谓如泰山出云，如果事前想好先出哪一朵，后出哪一朵，怎样流动，怎样堆积，那泰山就出不成云了，只是随意而出，自成文章。这说得有点绝对，但是写诗作画，主要靠情绪，不能全凭理智，这是对的。

郑板桥反对"胸有成竹"，说胸中之竹，已非眼中之竹，笔下之竹又非胸中之竹。事实也正是这样。如果把胸中的成竹一枝一叶原封不动地移在纸上，那竹子是画不成的，即文与可也并不如是。文与可的竹子是比较工整的，但也看出有"临场发挥"处，即有随意性。

写字、作诗、作画，完成之后，不会和构思时完全一样。"殆其篇成，半折心始"。

也有这样的画家，技巧熟练，对纸墨的性能掌握得很好，清楚地知道，这一笔落到纸上，会有什么样的效果，作画是很理智的。这样的画，虽是创作，实同临摹。

一九九三年九月十一日

注　释

① 本篇原载《塔上随笔》，群众出版社，1993 年 11 月。

读 诗 抬 杠①

"春江水暖鸭先知",有人说:"鸭先知,鹅不先知耶?"鹅亦当先知,但改成"春江水暖鹅先知",就很可笑。"五月临平山下路,藕花无数满汀洲",有人说:"为什么是五月?应是六月,六月荷花始盛。"有人和他辩论,说:"五月好",他说:"有何好!你只是读得惯了!""疏影横斜水清浅,暗香浮动月黄昏",有人说:"为什么一定是梅花?用之桃杏亦无不可。"东坡闻之,笑曰:"用之桃杏诚亦可,但恐桃杏不敢当耳!"读诗不可死抠字面,唯可意会。一种花有一种花的精神品格。"水清浅"、"月黄昏",只是梅花的精神品格,别的花都无此高格,若桃花,只宜"桃花乱落如红雨";杏花只宜"红杏枝头春意闹"。其人不服,且曰:"'红杏枝头春意闹'不通!杏花不能发出声音,怎可说'闹'?"对这种人只有一个办法,给他一块锅饼,两根大葱,抹一点黄酱,让他一边蹲着吃去。

一九九三年九月十二日

注 释

① 本篇原载《塔上随笔》,群众出版社,1993 年 11 月。

诗 与 数 字①

　　杜牧诗:"千里莺啼绿映红,水村山郭酒旗风。南朝四百八十寺,多少楼台烟雨中。"杨升庵以为"千里"当作"十里",千里之外,莺声已不可闻。杨升庵是才子,著书甚多,但常有很武断的话。"千里"是宏观。诗题是《江南春》,泛指江南,并非专指一个地区。"四百八十寺"也是极言其多,未必真是四百八十座庙。诗里的数字大都是宏观。"千山鸟飞绝,万径人踪灭"、"群山万壑赴荆门","千"、"万",都不是实数。"千里江陵一日还",也不是整整一千里(郦道元《水经注》:"有时朝发白帝,暮到江陵,其间千二百里")。

　　以数字入诗,好像是中国诗的特有现象,非常普遍。骆宾王尤喜用数字,被称为"算博士",但即是骆宾王,所用数字也未必准确。有的诗里的数字倒可能是确数,如"故乡七十五长亭"。

一九九三年九月十七日

注　释

① 　本篇原载《塔上随笔》,群众出版社,1993 年 11 月。

沙弥思老虎①

袁子才《子不语》有一则《沙弥思老虎》：

> 五台山某禅师收一沙弥，年甫三岁。五台山最高，师徒在山顶修行，从不一下山。
>
> 后十余年，禅师同弟子下山。沙弥见牛、马、鸡、犬，皆不识也。师因指而告之曰："此牛也，可以耕田；此马也，可以骑；此鸡、犬也，可以报晓，可以守门。"沙弥唯唯。少顷，一少年女子走过，沙弥惊问："此又是何物？"师虑其动心，正色告之曰："此名老虎，人近之者，必遭咬死，尸骨无存。"
>
> 晚间上山，师问："汝今日在山下所见之物，可有心上思想他的否？"曰："一切物都不想，只想那吃人的老虎，心上总觉舍他不得。"

这是一个很有意思的故事，在《子不语》的许多谈狐说鬼的故事中显得很特别，袁枚这一篇的文章也很清峻可喜，虽是浅近的文言，却有口语的神采。

这个故事我好像在哪里见过。想了一想，大概是薄伽丘的《十日谈》。《十日谈》成书约在1350—1353年间，袁子才卒于1798年，相距近450年。薄伽丘是文艺复兴时期的意大利作家，袁枚是中国的乾隆年间的文人。这个故事是怎样传到中国来，怎样被袁枚听到的？这是非常有趣的事。

也许我记错了，这故事不见于《十日谈》（手边无《十日谈》，未能查对），而是在另外的书里。但是可以肯定，这个故事是外来的，是从西方传入的。这里面的带有人文主义色彩的思想，非中土所有，也不是袁子才这样摆不脱道学面具的才子所本有。

一九九三年九月二十八日

注 释

① 本篇原载《塔上随笔》，群众出版社，1993 年 11 月；又载 1996 年 9 月 23 日《长春日报》，略有改动。

《花帜》印象①

我最近很忙,梁凤仪赠给我的书没有来得及看。昨天下定决心,用一天时间突击读书,不想一天客人不断,只看了一本《花帜》,还没有看完。这样跑百米式的看书,是说不出什么来的。我只能谈一点印象。

梁凤仪的小说主要是写香港的。这是一个花花世界。小说所写的生活、环境、人物,股票、地皮,醉涛小筑、豪华酒店,金融大亨、豪商巨贾、名花艳妇、乃至黑社会人物……这些都是大陆读者所不熟悉的。但是从梁凤仪的叙述描写中,我们可以感受到这个大商港的声音、颜色、气味,觉得还是可以了解的。梁凤仪的小说具有很大的认识作用。将来香港回归,梁凤仪的小说是有参考价值的。

《花帜》所写的主要人物是杜晚晴,这是一个很独特的典型,她是一个交际花,一个高级的妓女。她的外祖母是"老辈",母亲是红舞女,这一家可谓"娼妓世家"。但是杜晚晴的品格很高,美而不俗,可以说是"出淤泥而不染"。

她靠她的"服务"挑起了几代人的生活,忍辱负重,无矜色,无怨言,很难得。

她身在花国,却有侠气。她在顾世均濒于破产的时候拉了他一把,不图什么,只是为了友情。她保护了误杀黑社会头子的儿子的罗某,甚至因此而被歹徒洒了镪水。照北京话说,这个女人很"仗义"。

杜晚晴很聪明。她周旋于众多的金融巨头之间,应付裕如,大大方方,举止言谈很得体,很有分寸,而且很诚恳,不是像上海话所说的"灌米汤"。她为了帮助顾世均而向许劲借钱,小说写她和许劲的对话是很精彩的。

…………

真是个明白人，许劲暗暗称赞。且忽然感动了，握着晚晴的手，说：

"如果我有一天也蒙尘落难，你也一样如此待我。"

"但愿没有那么一天！"

许劲知道杜晚晴并不滑头，不会巴巴的卖弄一张只会逗人的嘴。她跟顾世均的情分不同，任何人都知道是谁带杜晚晴出身。如果晚晴轻率地答：

"劲哥如果有难，晚晴赴汤蹈火，在所不惜，一定救你于水深火热之中。"

这么一说，反而是巴结之辞，而缺真诚。

杜晚晴不是这么低装的一块料子。她的义气是千真万确的，是踏实的，这才惹人好感。

梁凤仪的小说是情节性小说，但在情节的进行中时常会出现一些带哲理性的议论。比如：

任何人赚到手的钱都是血泪钱，不因人从事的贵贱职业而异，苦力如是，娼妓如是，财阀如是。

比如：

…………

她从未思考过这样深入的，却苛刻得令她微微感到痛楚的问题。

她望出车窗之外，甩一甩头，不打算再钻牛角尖。

彼此都是没有选择的人。

司机不能走出去。

晚晴不能走回来。

于是，都只有心平气和，循着命运的安排好好的生活下去。

长城在望了。

这些对于人生的感喟都是夹叙夹议，水到渠成，顺理成章，不是生硬地卖弄哲理,因此很自然。这些议论提高了小说的思想深度。

梁凤仪的语言有其特点,很快。句子、段落都很短,有跳动感。这是符合生活节奏,也是符合人物的心理节奏的。

梁凤仪写作惊人地快。太快了,有些地方就难免稍欠推敲,不够凝练。

注　释

①　本篇原载《梁凤仪现象》,庞冠编,人民文学出版社,1993 年 9 月。

《塔上随笔》序①

北京人把高层的居民楼叫"塔楼"。我住的塔楼共十五层,我的小三居室宿舍在十二层,可谓高高在上。住在高层有许多缺点。第一是不安静。我缺乏声学常识,搬来之前,以为高处可以安静些,岂料声音是往上走的,越高,下面的声音听得越清楚。窗下就是马路。大汽车、小汽车,接连不断。附近有两个公共汽车站,隔不一会,就听见售票员报站:"俱乐部到了,请先下后上"。"胡敏!胡敏!""牛牛,牛牛,牛牛……"不远有一个内燃机厂,一架不知是什么机器,昼夜不停地一个劲儿哼哼。尤其不好的,是"接不上地气"。

我这些文章都是在塔楼上写的,因名之为《塔上随笔》,别无深意。没有哲理,也毫不神秘。

这些文章的缺点也正是接不上地气,——和现实生活的距离比较远。

我实在分不清散文、随笔、小品的区别。

散文是一大类,凡是非小说的,用散文形式写的文章,都可说是"散文"。什么是"随笔"?我隐隐约约地觉得游记、带点学术性的论文,像我写过的《天山行色》《花儿的格律》,不能说是随笔。因此这一类的文章,本集都没有选。随笔大都有点感触,有点议论,"夹叙夹议"。但是有些事是不好议论的,有的议论也只能用曲笔。"随笔"的特点恐怕还在一个"随"字,随意、随便。想到就写,意尽就收,轻轻松松,坦坦荡荡。至于"随笔"、"小品",就更难区别了。我编过自己的两本小品,说是随笔,也无不可。

近二三年散文忽然兴旺起来,当时我很高兴。听说现在散文又不那么"火"了,今年下半年已经看出散文的势头有点蔫了。我觉得这也未始不是好事。也许在冷下来之后，会出现一些好散文，——包括随笔、小品。

一九九三年十月四日

注　释

① 　本篇原载《塔上随笔》，群众出版社，1993 年 11 月。

美——生命①

——《沈从文谈人生》代序

我在做一件力不从心的事。

我发现我对我的老师并不了解。

曾经有一位评论家说沈先生是"空虚的作家"。沈先生说这话"很有见识"。这是反话。有一位评论家要求作家要有"思想"。沈先生说："你们所要的'思想'，我本人就完全不懂你说的是什么意义。"这是气话。李健吾先生曾说："说沈从文没有哲学。沈从文怎么没有哲学呢？他最有哲学。"这是真话么？是真话。

不过作家的哲学都是零碎的，分散的，缺乏逻辑，缺乏系统，而且作家所用的名词概念常和别人不一样，有他的自己的意义，因此寻绎作家的哲学是困难的。

沈先生曾这样描述自己：

> 我就是个不想明白道理却永远为现象所倾心的人。我看一切，却并不把那个社会价值挺加进去，估定我的爱憎。我不愿以价钱上的多少来为万物作一个好坏的批评，却愿意考查它在我官觉上使我愉快不愉快的份量。我永远不厌倦的是"看"一切。宇宙万汇在运动中，在静止中，在我的印象里，我都能抓定它的最美的最调和的风度，但我的爱好显然却不能同一般目的相合。我不明白一切同人类生活相联结时的美恶。另外一句话说来，就是我不大能领会伦理的美。接近人生时，我永远是个艺术家的感情，却绝不是所谓道德君子的感情。（《从文自传·女难》）

这段话说得很美。说对了么？说对了。但是只说对了一半。沈先

生并不完全是这样。在另一处,沈先生说:

> 曾经有人询问我:"你为什么要写作?"
>
> 我告他我这个乡下人的意见:"因为我活到这个世界里有所爱。美丽,清洁,智慧,以及对全人类幸福的幻影,皆永远觉得是一种德性,也因此永远使我对它崇拜和倾心。这点情绪同宗教情绪完全一样。这点情绪促我来写作,不断地写作,没有厌倦,只因为我在各个作品各种形式里,表现我对于这个道德的努力。"(《篱下集题记》)

沈先生在两段话里都用了"倾心"这个字眼。他所倾心的对象即使不是互相矛盾的,但也不完全是一回事。只有把"最美的最调和的风度"和"德性"统一起来,才能达到完整的宗教情绪。

沈先生是我见过的唯一的(至少是少有的)具有宗教情绪的人。他对人,对工作,对生活,对生命,无不用一种极其严肃的,虔诚笃敬的态度对待。

沈先生曾说:

> 我崇拜朝气,欢喜自由,赞美胆量大的,精力强的……这种人也许野一点,粗一点,但一切伟大事业伟大作品就只这种人有分。

(《篱下集题记》)

沈先生又说:

> 我是个对一切无信仰的人,却只相信"生命"。

写《沈从文传》的美国人金介甫说:"沈从文的上帝是生命"。

沈先生用这种遇事端肃的宗教情绪,像阿拉伯人皈依真主那样走过了他的强壮、充实的一生。这对年轻人体认自己的价值,是有好处的。这些年理论界提出人的价值观念,沈先生是较早地提出"生命价值"的,并且用他的一生实证了"生命价值"的人。

沈先生在文章中屡次使用的一个名词是"人性"。

> 这世界上或有想在沙基或水面上建造崇楼杰阁的人,那可不

是我。我只想造希腊小庙,选山地作基础,用坚硬石头堆砌它。精致,结实,匀称,形体虽小而不纤巧,是我理想的建筑。这小庙供奉的是"人性"。作成了,你们也许嫌它式样太旧了,形体太小了,不妨事。(《习作选集代序》)

我要表现的本是一种"人生的形式",一种"优美、健康、自然,而又不悖乎人性的人生形式"。(《习作选集代序》)

"人性"是一个引起麻烦的概念,到现在也没有扯清楚。是不是只有具体的"人性"——其实就是阶级性,没有抽象的人性,即人类共有的本性? 我们只能从日常的生活用语来解释什么是人性,即美的、善的,是合乎人性的;恶的、丑的,是不合人性的。通常说:"灭绝人性",这个人"没有人性",就是这样的意思。比如说一个人强奸幼女,"一点人性都没有"。沈先生把"优美"、"健康"和"不悖人性"联系在一起,是说"人性"是美的,善的。否定一般的,抽象的人性的一个恶果是十年浩劫的大破坏,而被破坏得最厉害的也正是"人性",以致我们现在要呼唤"人性的回归"。沈先生提出"人性",我以为在提高民族心理素质上是有益的。

什么是沈从文的宗教意识,沈从文的上帝,沈从文的哲学的核心? ——美。

黑格尔提出"美是生命"的命题。我们也许可以反过来变成这样的逆命题:"生命是美",也许这运用在沈先生身上更为贴切一些。

美是人创造的。沈先生对人用一片铜,一块泥土,一把线,加上自己的想象创造出美,总是惊奇不置。

沈先生有时把创造美的人和上帝造物混为一体。

这种美或由上帝造物之手所产生,一片铜,一块石头,一把线,一组声音,其物虽小,可以见世界之大,并见世界之全。或即"造物",最直接最简便的那个"人"。流星闪电刹那即逝,即从此显示一种美丽的圣境,人亦相同。一微笑,一皱眉,无不同样可以显出那种圣境。一个人的手足眉发在此一闪即逝的缥缈印象中,即无不可以见出造物者之手艺无比精巧。凡知道用各种感觉捕捉这种美丽神奇的光影的,此光影在生命中即终生不灭。但丁、歌德、曹植、李煜,便是将这种光影用文学组成形式,保留的比较完整的几个人。这些人写成的作品虽各不相同,所得启示必中外古今如一,即一刹那时被美丽所照耀,所征服,所教育是也。

"如中毒,如受电,当之者必喑哑萎悴,动弹不得,失其所信所守"。美之所以为美,恰恰如此。(《烛虚》)

沈先生对自然有一种特殊的敏感,有泛神倾向。他很易为"现象"所感动。河水,水上灰色的小船,黄昏将临时黑色的远山,黑色的树,仙人掌篱笆间缀网的长脚蜘蛛,半枯的柽柳,翠湖的猪耳莲,水手的歌声,画眉的鸣叫……都会使他强烈地感动,以至眼中含泪。沈先生说过:美丽总是使人哀愁的。

沈先生有时是生活在梦里的。

夜梦极可怪。见一淡绿白合花,颈弱而花柔,花身略有斑点青渍,倚立门边微微动摇。在不可知的地方好像有极熟习的声音在招呼:

"你看看好,应当有一粒星子在花中。仔细看看。"

于是伸手触之。花微抖,如有所怯。亦复微笑,如有所恃。因轻轻摇触那个花柄,花蒂,花瓣。近花处几片叶子全落了。

如闻叹息,低而分明。(《生命》)

这很难索解,但是写得多美!

沈先生四十岁以后一直是在梦与现实之间飘游的。

照我思索,能理解"我"。照我思索,可认识"人"。

这里的"我"、"人"都是复数,是抽象的"人",哲学的"我",而沈先生的思索,正如他自己所说,是"抽象的抒情"。

要理解一个作家,是困难的。

关先生编选的这本书虽是资料性的工具书,但从他的选择、分类上,可以看出是有自己的看法的。关先生的工作细致、认真,值得感谢。

一九九三年十月十四日

注 释

① 本篇原载《中华散文》1994 年第一期,是作者为《沈从文谈人生》(沈从文著,关克伦编,中国青年出版社,1994 年版)所作序;初收《汪曾祺全集》第六卷,北京师范大学出版社,1998 年 8 月。

《中国当代名人随笔·汪曾祺卷》序①

我已经出过两个散文集。有一个小品文集正在付印。在编这个集子的同时，又为另一出版社编一本比较全面的散文选。那么，这个集子怎么编法呢？为了避免雷同互见太多，确立了这样一些原则：

游记不选；

纪念师友的文章不选；

文论不选；

抒情散文不选。

剔除了这几点，剩下的，也许倒有点像个随笔集了。

是为序。

注　释

① 本篇原载《中国当代名人随笔·汪曾祺卷》，陕西人民出版社，1993 年 12 月。

散文应是精品①

　　近几年(也就是二三年吧),散文忽然悄悄兴起。散文有读者。在商品经济的冲击下,在流行歌曲、通俗小说、电视连续剧泛滥的时候,也还有一些人愿意一个人坐下来,泡一杯茶,看两篇散文,这是为什么?原因可能是:一、生活颠波,心情浮躁,人们需要一点安静,一点有较高文化意味的休息;在粗俗文化的扰攘之中,想寻找一种比较精美的艺术享受,散文可以提供这样的享受,包括对语言的享受。这些年,把语言看成艺术,并从中得到愉快的人逐渐多起来,这是我们这个民族文化素养正在提高的可喜的征兆。

　　散文天地中有一个现象值得玩味,即散文写得较多也较好的是两种人,一是女作家,二是老头子。女作家的感情、感觉比较细,这是她们写散文的优势。有人说散文是老人的文体,有一定道理。老年人阅历较多,感慨深远。老人读的书也较多,文章有较高的文化气息,多数老人的散文可归入"学者散文"。老年人文笔大都比较干净,不卖弄,少做作。但是往往比较枯瘦,不滋润,少才华,这是老人文章一病。

　　小说家的散文有什么特点?我看没有什么特点。一定要说,是有人物。小说是写人的,小说家在写散文的时候也总是想到人。即使是写游记,写习俗,乃至写草木虫鱼,也都是此中有人,呼之欲出。

注　释

①　本篇原载王必胜、潘凯雄编《小说名家散文百题》,长江文艺出版社,1994年版;初收《汪曾祺全集》第六卷北京师范大学出版社,1998年8月。

1994 年

小滂河的水是会再清的(代序)^①

　　我和陶阳是 50 年代认识的。那时他还很年轻,才从大学毕业。我们都在民间文艺研究会工作。陶阳在大学时就写诗。我看过他在报纸上发表的诗,看过他尚未写定的诗稿。我觉得他是一个农民的儿子,他是喝小滂河的清水长大的。我一直还记得他的一句诗:

　　　　家乡的高粱杀了吗?

　　(我们曾经讨论过"杀"字应该怎么写。)

　　后来我离开了民间文艺研究会,和陶阳只有一两次稿件上的往来,很少再联系。他后来从事神话和民间文学历史的研究,出版几本很有分量的专著。我未见他发诗,我以为他已经"洗手不干",放弃写诗了。

　　不料他给我送来新编的一卷诗,让我写一个序。

　　陶阳曾在日本住了 4 个月。这个集子都是在日本写的,或写日本的。集名《扶桑风情》,我认为是合适的。"扶桑"不只是一个地理概念,而且寄托了一个中国人对日本的感情,从历史到现代的源远流长的感情。

　　4 个月不算短,也不算长,能够写出多少东西?我有过这样的经验:到一个地方住了几天,想写一点感受印象,结果是觉得很一般化,抓不到什么东西,甚至觉得不值一写,于是废然而止。用散文写游记,有点像"冬瓜撞木钟"——不响。

　　陶阳另辟蹊径,写诗的他用诗人的角度,诗人的眼睛,诗人的感情看日本。于是便和一般的用散文写的记游叙事的流水账不同。

两道黑黑的眉毛，
一双水汪汪的眼睛，
墨染的发丝粉白的脸，
口似樱桃艳丽鲜红。

锦绣豪华的古装和服，
端庄富贵而柔美多情，
又宽又长的大水袖，
在清风中袅袅飘动。

蹒跚的洁白的木屐，
沉重而又轻盈，
像一只美丽的蝴蝶，
飞翔在芬芳的花丛。

(《穿和服的日本姑娘》)

这本来也是一个平淡的印象，平常人看一眼也就过去了，但是诗人怦然心动，他从东京街头日本少女一双素足上看到一种美。这种美带点凄婉的味道，这是一种难忘的、永恒的美。陶阳不虚此行。

陶阳的诗一般都是明白如话的。他不故弄玄虚，不"朦胧"，不晦涩难懂。但是并不就事论事，他有时有更多的联想，更多的意象，对人生有更多的感悟，更深更广的思索，如《新宿之夜》：

天在下雨，
地在流动。
流动的花花世界，
流动的万家灯火。

流动的霓虹，
像流动的云，

流动的车灯，
　　像流动的河。

　　流动的音乐，
　　流动的感情，
　　流动的少女，
　　招徕流动的客。

　　新宿之夜，
　　一切在流动，
　　流动着欢乐，
　　也流动着罪恶。

　　陶阳的诗体是比较自由的格律诗。他并不把诗行弄得过分规整（如"五四"时期的"豆腐干体"），但每一行的音步是接近的，不搞过分参差（像现在许多诗人的自由诗）。陶阳押的韵是鲁迅所说的"大体相近的韵"，并不十分严格，有些地方甚至是不押韵的，但是陶阳很注意韵律感。比如《酉之市》接连在句尾用了一串"库玛黛"，这造成一种鲜明的节奏，一种迫切热情的祈望，这首诗的音乐感很强烈。这些使我这个比较熟悉新诗传统的俗人觉得很亲切，我以为这也是兼通雅俗的途径，——我是反对把诗的形式搞得奇里古怪的，比如两个字占一行。

　　既是写日本的诗，又是小诗，不妨有意识的接受一点日本俳句的影响。比如《蟋蟀》是完全可以写成俳句的。要有俳句的味道，我以为是尽量含蓄，尽量不要直白，不要"理胜于情"，如陶阳的一位朋友所说，不要"实在"。此集有些首就太"实在"了。

　　我久不读诗，更少写诗。陶阳叫我写序，我只能说一点"大实话"。

　　小潢河的水被污染了，还会再清的。陶阳的心态也会像很多人一样，不免浮躁，但是他的诗情还会重新流动，像年轻时一样的清甜。

一九九四年三月一日

注　释

① 本篇原载《文艺界通讯》1994 年第四期，又载 1995 年 8 月 3 日《光明日报》。该文是为《扶桑风情》(陶阳著，南海出版公司，1994 年版) 所作序；初收《汪曾祺全集》第六卷，北京师范大学出版社，1998 年 8 月。

"春兰·世界华文微型小说大赛"作品评语[①]

《小站歌声》

这是一篇凄凉的小说。

苗老师要离开山村、离开学校了。老师原想在深夜里悄悄走的,没想到全班四十个学生都站在车站上为她送行。

班长说:"咱们为苗老师唱一首《好人一生平安》吧!"

歌声表达了孩子们对老师的爱戴、不舍,也寄托了四十个孩子对老师的祝福。

火车徐徐开动,孩子追着火车唱。

苗老师在车上失声痛哭。

小说的结尾出人意料的。苗老师告诉学生,说她要到千里之外的地方和男朋友结婚,以后不回来了。她没有让孩子知道,她不是去结婚,而是三天前体检,查出了她患了白血病,她的"一生"就要结束了。

孩子们不知道老师得了白血病,他们还祝福老师一生平安。这增加了这篇小说的凄凉。

小说的感情是含蓄的,眼泪是尽可能地深藏着的。

这是一首用小说形式写的抒情诗,或者可以说是一篇抒情诗体的小说。这样的诗体小说,在目前的小说里是不多见的。

《除　法》

这是一篇奇特的小说。从思想(内容)到形式,都很奇特。因为奇特,所以叫做"荒诞小说"。什么是"荒诞"？就是不知道说的是什么。

分蚊子,这种事在生活里是没有的,非现实的。但是这种人却是有的,是现实的:他们热爱除法,竭力保卫除法的原则,除法的科学性。蚊子咬是次要的(当然也不好受),但除的尽除不尽是更重要的。他们是政治家。

这篇荒诞小说是我这次仅见的一篇。但是小说不可没有荒诞。如果没有荒诞,就没有现代文学。

《新式扑克游戏》

这当然是一篇讽刺小说。

名片这东西不知始于何时,大概很早了,原来是木头削成的,上面写字,叫做"名刺",汉朝以后改用纸,但也还叫"名刺",或叫"谒",或叫"名帖"。名帖比较大,有四指宽,一拃长。后来改小了,由软纸改为卡片。名刺原来是手写的,而且多半是"投刺"的人自己书写的。后改为铅字印刷,也缩小到扑克牌大小,就成了现在通用的名片。"名刺"原来所起的作用是自我介绍而已,一般只是写上自己的名字。偶尔也有写出官职的,但较少。现在的名片都印了"片主"的官衔职务。有的名片在左上角印了好多称呼,好几行,一大排。名片官衔多,反映了当前一定程度内的价值观。

到了一个地方去办事,开会,乃至应酬吃饭,都会接到好些名片,越积越多。好多"片主"的姓名、模样、在何处高就,我早就没有印象,可是又不能丢掉,真不知如何处理。

有两位坐火车的老兄想出一个高招:用名片打扑克。这主意不错。打这种新式扑克,也得立点规矩:官大的"牌"(名片)压官小的,大官可以把小官吃掉。

但是这也有困难,因为"片主"不属于一个系统,谁的官大,谁的官小,不好确定。一个地区文联办公室主任和一个饭店的特一级厨师,谁的官大?

名片并不能反映一个人的价值。

因此我对越积越多的名片，无法处理，只好把它们堆在抽屉里。

注　释

① 本篇原载《春兰·世界华文微型小说大赛获奖作品集》，上海文艺出版社，1994 年 12 月；初收《汪曾祺全集》第八卷，北京师范大学出版社，1998 年 8 月。

写　景^①

写景实不易。

郦道元《水经注·三峡》：

> 自三峡七百里中，两岸连山，略无阙处，重岩叠嶂，隐天蔽日。自非亭午夜分，不见曦月。

我曾三过三峡，想写写对三峡的印象，但是无从措手，只写了一首绝句，开头说"三过三峡未有诗，只余惊愕拙言辞"，然而郦道元用了极短的几句话，就把三峡全写出来了，非常真切，如在目前，真是大手笔！

柳宗元《至小丘西小石潭记》：

> 潭中鱼可百许头，皆若空游无所依。日光下澈，影布石上，佁然不动；俶尔远逝，往来翕忽，似与游者相乐。

这写的是鱼，实际上写的是水。鱼之游动如此，则水之清澈可知。这种借鱼写水的手法，为后来许多诗文所效法，而首创者实为柳宗元。

苏轼《记承天寺夜游》：

> 庭下如积水空明，水中藻、荇交横，盖竹柏影也。

这写的是月色，但不见月字。写此景，不说出是何景，只写出对景的感觉，这是中国的传统方法。自来写月色者，以东坡此文写得最美。

姚鼐《登泰山记》：

> ……道中迷雾冰滑，磴几不可登。及既上，苍山负雪，明烛天南，望晚日照城郭，汶水、徂徕如画，而半山居雾若带然。

中国人写诗文都讲究"炼"字，用"未经人道语"，但炼字不可露痕迹,要自然,好像不是炼出来的,"自下得不觉"。姚文"负"字、"烛"字、"居"字都是这样。"居"字下得尤好。

　　写散文,多读几篇古文有好处。

一九九四年五月九日

注　释

①　本篇原载 1994 年 8 月 15 日《新民晚报》。

抒情考古学①

——为沈从文先生古代服饰研究三十周年作

研究文物和写小说，在沈从文先生身上是并行不悖的，甚至可以说是一回事，他很早就对文物产生极大的兴趣，他年轻时曾在一个统领官身边作书记（文书）。除了为这位统领官抄录文稿，还帮他保管他所收藏的字画、碑帖、铜器、瓷器。沈先生在自传里说："我从这方面对于这个民族在一段长长的年份中，用一片颜色，一把线，一块青铜或一堆泥土，以及一组文字，加上自己生命作成的种种艺术，皆得了一个初步普遍的认识。由于这点初步认识，使一个以鉴赏人类生活与自然现象为生的乡下人，进而对于人类智慧光辉的领会，发生了极宽泛而深切的兴味（《学历史的地方》）。"

这种兴味与日俱增，终生不舍。沈先生从一个作家转业成为文物专家，世界上有很多人觉得奇怪，其实也不奇怪。几十年来，他对文物鉴赏习染已深，掉进文物，再也拔不出来了。

沈先生的治学精神首先是非常执着，非常专心。金岳霖先生曾说沈先生揪住什么东西就不轻易放过。有时为了弄清楚一个问题，一坐下去就是十几个小时。在历史博物馆钻在库房里看资料，下班时还不出来，几次被工友锁在里面——工友以为库房里已经没有人了。

沈先生笔头很勤。他的记性极好，但还是随时作了很多笔记、卡片。我曾经借阅过他的一本《中国陶瓷史》，他在这本书的天头、地脚、页边密密麻麻地写满了蝇头小楷批注，还贴了很多字条。他作的批注比书的正文还要多。沈先生看过的书，每一本都留下他的笔迹。他作的这些笔记对后学者都是有用的，都很有价值。

沈先生研究问题，是把文物和文献联系起来研究的。不像古董商人只是注重釉彩、纸质、印章,也不像一些专家不接触实物,只熟悉文字资料,"以书说书"。

沈先生可以说是文物学的一个通人,他对文物的方方面面都有兴趣:青铜器、漆器、瓷器、丝绸、刺绣、服饰、镜子、扇子、胡子,乃至古代的马戏。他注意一时期文物的相互影响。他常说:"凡事不孤立,凡事有联系。"

沈先生治文物常于小处入手,而于大处着眼,既重微观,也重宏观。他总是把文物和当时的社会生活联系起来,把文物放在一定的历史背景上来考察。文物是物,但是沈先生能从"物"中看出"人"。他所关心的不只是花花朵朵、坛坛罐罐,而是人。我曾戏称沈先生所从事的是"抒情考古学"。在他80岁时,我曾写了一首诗送给他,有两句是:"玩物从来非丧志,著书老去为抒情。"在文物面前,与其说沈先生是一个学者,不如说他是一位诗人。正因为他是诗人,才能在文物研究上取得这样大的成绩。

沈先生的两位助手,王㐀和王亚蓉,在治学的态度和方法上都受了沈先生很深的影响。他们为了考察江陵楚墓,整天跪在邦硬的地上,以致两个人的膝盖都长了趼子。这样顽强的精神,也真有点诗人气质。

注　释

① 本篇原载 1994 年 7 月 14 日《北京晚报》。

《中学生文学精读·沈从文》前言^①

沈从文是现代中国文学的大师。

他的一生很富于传奇性。

他是凤凰人。凤凰是湘西(湖南西部)一个偏僻边远小城。小城风景秀美,人情淳朴,但是地方很落后野蛮。统治小城的是地方的驻军,他们把杀人不当回事。有时一次可杀五十人,到处都挂的是人头。有时队伍"清乡"(下乡捉土匪),回来时会有个孩子用小扁担挑着两颗人头。这人头也许是他的叔父的,也许就是他的父亲的。沈先生就在这小城里过了十几年"痛苦怕人"的生活。

沈先生有少数民族血统。《从文自传》里说:"祖父本无子息,祖母为住乡下的叔祖父沈洪芳娶了个苗族姑娘,生了两个儿子,把老二过房作儿子。"这个苗族女人实是沈先生的祖母。沈先生说:"我照血统说,有一部分应属于苗族。"后来沈先生在填写履历表时,在"民族"一栏里填的就是苗族。

也许正是因为他有少数民族血统,对他的成长产生很大影响:身体虽然瘦小,性格却极顽强。

沈先生从小当兵,在沅水边走过很多地方。

"五四运动"的浪潮波及到湘西,沈从文受到民主、自由思想的影响,他想:不成!不能就这样糊里糊涂地活下去。于是一个人冒冒失失地闯进了北京(当时叫北平)。

他小学都没有毕业,连标点符号都不会,就想用一枝笔打出一个天下。他住在酉西会馆(清代以前,各地在北京都有"会馆",免费供进京应试的举子居住)。经常为找点东西"消化消化"而发愁。北京冬天很冷(冷到零下二十几度),沈先生却穿了很单薄的衣裳过冬。没有钱买煤,生不起火,沈先生就用棉被裹着,坚持写作。

（香港的同学,你们大概很难想象这种滋味!）

他真的用一枝笔打出了天下。从二十年代初到四十年代末,他写出了几十本小说和散文,成了当时在青年中最受欢迎的作家之一。

沈从文热爱家乡,五百里长的沅水两岸的山山水水,在他的笔下是那样秀美鲜明,使人难忘。

他爱家乡人,他爱各种善良真实的人。他从审美的角度看家乡人,并不用世俗的道德观念对他们苛求责备。他说他对农民和士兵怀了"不可言说的温爱"。他写水边的妓女,写多情的水手。他特别擅长写天真、美丽、聪明、纯洁的农村少女,创造了一系列农村少女的形象:三三、翠翠、夭夭、萧萧……

他的叙述方法是多样的,试验过多种结构式样。可以全篇用对话组成,也可以一句对话也没有。

他是一个文体家。他的语言是很独特的。基本上用的是以普通话为基础的口语,但是掺杂了文言文和方言。他说他的文字是"文白夹杂"。但是看起来很顺畅,并不别扭。有的评论家说这是"沈从文体"。这种"沈从文体"影响了很多青年作家。

一九四九年以后,沈先生忽然停止了写作,转而从事文物研究。他在文物研究上取得很大的成绩,出了好几本书。于是我们得到一个优秀的物质文化史的专家,却失去了一个无与伦比的天才的伟大作家。[2]

一九九四年七月

注 释

[1] 本篇原载《中学生文学精读·沈从文》,三联书店(香港)有限公司,1995年版;初收《汪曾祺全集》第六卷,北京师范大学出版社,1998年8月。

[2] 关于沈先生的转业,我曾写过一篇《沈从文转业之谜》,可参看。

沈从文作品题解、注释、赏析^①

《边　城》

【题解】

　　"边城"是边远、偏僻的小城的意思。这里的县治在镇筸,亦称凤凰厅,所以沈先生在履历表上"籍贯"一栏里填的是"湖南凤凰"。有的作家(如施蛰存先生)称沈先生为"沈凤凰"。——以地名作为称呼,表示对这人的倾倒尊敬,这是中国过去的习惯。《边城》所写的小城,地名叫做"茶峒"。

　　"边城"不只是一个地理概念,它表示这地方离开大城市,离开现代文明都很远。离开知识分子很远,离开当时文学风尚也很远。沈先生当时的文学界"为一些理论家,批评家,聪明出版家,以及习惯于说谎造谣的文坛消息家,通力协作造成一种习气所控制所支配,他们的生活,同时又实在与这个作品所提到的世界相去太远了。他们不需要这种作品,本书也就并不希望得到他们。"沈从文是有意识地和这一些不沾边的。

　　但是沈先生并不抛弃所有的读者。"我这本书只预备给一些'本身已离开学校,或始终就无从接近学校;还认识些中国字,置身于文学理论、文学批评以及说谎造谣消息所达不到的那种职务上,在那个社会里生活,而且极关心全个民族在空间与时间下所有的好处与坏处'的人去看。他们真知道当前农村是什么,想知道过去农村是什么,他们必也愿意从这本书上同时还知道世界上一小角隅的农村与军人。我所写到的世界,即或在他们全然是一个陌生的世界,然而他们的宽容,他们向一本书去求取安慰与知识的热忱,却一定使他们能够把这本书很从容读下去的"。

"我的读者应是有理性,而这点理性便基于对中国现社会变动有所关心,认识这个民族的过去伟大处与目前堕落处,各在那里很寂寞的从事与民族复兴大业的人。这作品或者只能给他们一点怀古的幽情,或者只能给他们一次苦笑,或者又将给他们一个噩梦,但同时也说不定,也许尚能给他们一种勇气同信心。"

这是理解《边城》的一把钥匙,也是理解沈老其他作品的钥匙。

希望香港的中学同学从《边城》感受、了解他们完全不熟悉的另一世界生活,并且从这个小说里得到一种生活的勇气与信心。

【注释】

〔1〕茶峒　"峒"音洞(dòng)。部分少数民族如苗族、侗族、壮族聚居地区的泛称。茶峒因为沈从文小说《边城》出了名,而许多人又不认识这个"峒"字,现在有人干脆把"茶峒"写成了"茶洞"。

〔2〕悖　是违反的意思。

〔3〕黄麂　小型鹿类动物。

〔4〕吊脚楼　房子一半着陆,一半用木柱支撑着,上铺木板,悬空在水面,叫做"吊脚楼"。

〔5〕紫花布衣裤　本色的白布,并不是染了紫色图案的布。

〔6〕厘金局　旧中国在水陆关卡设立机关征收商业税,叫做收厘金。这些关卡便称为厘金局。

〔7〕幡信　幡是旗帜,可以传令,故称幡信。

〔8〕双料的美孚灯罩　过去中国点灯用煤油。煤油多是美孚洋行进口,于是一般人把点美孚煤油的灯叫做"美孚灯"。美孚灯上罩的玻璃灯罩叫"美孚灯罩"。"双料的美孚灯罩"是加厚的。

〔9〕"自己既在粮子里混过日子",即当过兵。过去把"当兵"叫做"吃粮"。

〔10〕傩送 "傩"读 nuó。古时驱逐疫鬼的仪式。"大傩"是驱鬼逐疫的舞蹈,原于原始巫舞。湘西人信巫,对傩神很崇拜。"傩送"表示这是傩神送来的儿子,一定会得到傩神的保佑,诸事顺遂。

〔11〕岳云 岳飞的儿子,地方戏的岳云扮相很英俊。

〔12〕梁红玉老鹳河水战擂鼓 韩世忠阻击金兵,梁红玉擂鼓助战,实在黄天荡,不在老鹳河。沈先生此处是误记。又此句字序似有小误。

〔13〕牛皋水擒杨幺 事见小说《精忠说岳传》。

〔14〕本篇的引文都摘自《边城题记》。

〔15〕"摆渡的张横" 张横是《水浒传》里的人物,外号"浪里白条"。

〔16〕洛阳桥并不是一个晚上造得好的 洛阳桥一称"万安桥",在福建省泉州市东北同惠安县交界的洛阳江上。由北宋政治家蔡襄主持修建,历时六年始告竣工(1053—1059)。关于这座桥有许多传说故事。

〔17〕穿了白家机布汗褂 "家机布"是自己家用机织的白布。

〔18〕虎耳草 多年生草本,有匐枝,全株有细毛。叶沿地丛生,状如心,下面紫红色。供观赏。

〔19〕"王祥卧冰"、"黄香扇枕" 这是"二十四孝"里的故事。王祥的母亲病了,冬天想吃鱼,王祥就脱光了衣服卧在冰上,冰化了,跳出了一对鲤鱼。王祥的母亲喝了鱼汤,病就好了。黄香的父亲怕热,黄香就在父亲睡觉之前,用扇子把枕头扇凉。一说是黄香躺在席子上让蚊子咬。蚊子吸饱了血,就不会再咬他的父亲了。

〔20〕下殡 殡音四,是埋棺的坑。

【赏析】

《边城》可以说是沈先生的代表作。

故事很简单。

茶峒有一个渡口,渡口有一条渡船。渡船不用篙桨,船头竖了   枝小竹竿,挂着一个可以活动的铁环,溪岸两端水面横牵了一段竹缆,有人过渡时把铁环挂在竹缆上,船上人就引手攀缘那条缆索,慢慢的牵船过对岸去。管理渡船的是一个老人。老人身边有一个孙女,叫翠翠,还有一只黄狗。

镇筸有个管水码头的,名叫顺顺。顺顺有大小四只船,日子过得很宽绰。他仗义疏财,乐于助人。河边船上有一点小小纠纷,得顺顺一句话,即刻就解决了。因此很得人望,名声很好。

顺顺有两个儿子,老大叫天保,老二叫傩送。一个十八岁,一个十六。

两兄弟都喜欢弄船老人的孙女翠翠。

翠翠爱二老,不爱大老。

大老因为得不到翠翠的爱,负气坐船往下水去。船到险滩,搁在石包子上,大老想把篙子撑着,人就弹到水里去。

大老淹坏了,二老傩送觉得大老是因为翠翠死的,心里有了障碍。

他还是爱翠翠的。在和父亲拌了两句嘴之后,也坐船下行了。

大雷雨之夜,弄船的老爷爷死了。

二老还不回来。

"这个人也许永远不回来了,也许'明天'回来!"

这是一个爱情故事,但是写得很含蓄,很纯净,很清雅。

小说生活气息很浓,不断穿插许多过端午、划龙船、追鸭子、新娘子、花轿等等细节,是一幅一幅的湘西小城的风俗画。甚至粉丝、红蜡烛……都呈现出浓郁的色彩。

沈从文是写景的圣手。他对景色似乎有一种特殊的记忆能力。他说:"我想把我一篇作品里所简单描绘过的那个小城,介绍到这里来。这虽然只是一个轮廓,但那地方一切情景,欲浮凸起来,仿佛可用手去摸触"(《从文自传·我所生长的地方》)。如:

> ……若溯流而上,则三丈五丈的深潭皆清澈见底。深潭为白日所映照,河底小小白石子,有花纹的玛瑙石子,全看得明明白白。水中游鱼来去,全如浮在空气里。两岸多高山,山中多可以造纸的

细竹,长年作深翠颜色,逼人眼目。近水人家多在桃杏花里,春天时只需注意,凡有桃花处必有人家,凡有人家处必可沽酒。夏天则晾晒在日光下耀目的紫花衣裤,可以作为人家所在的旗帜。秋冬来时,房屋在悬崖上的,滨水的,无不朗然入目。黄泥的墙,乌黑的瓦,与四周环境极其调和,使人迎面得到的印象,实在非常愉快。

沈先生不是一个工笔重彩的肖像画家,不注意刻画"性格",他写人,更注重人的神态、气质。如写翠翠:

> 翠翠在风日里长养着,把皮肤变得黑黑的,触目为青山绿水,一对眸子清明如水晶。自然既长养她且教育她,为人天真活泼,处处俨然如一只小兽物。人又那么乖,如山头黄麂一样,从不想到残忍事情,从不发愁,从不动气。平时在渡船上遇陌生人对她有所注意时,便把眼睛瞅着那陌生人,作成随时皆可举步逃入深山的神气,但明白了人无机心后,就又从从容容在水边玩耍了。

《边城》是二十"开"淡设色册页,互相连续,而又自为首尾,各自成篇的抒情诗。这种结构方法比较少见。这是现代中国难得一见的牧歌。沈先生说这篇故事中"充满了五月中的斜风细雨,以及那点六月中夏雨欲来时闷人的热和闷热中的寂寞"。我们还可以说这里充满了春秋两季的飘飘忽忽的轻云薄雾。《边城》是一把花,一个梦。

《牛》

【题解】

这是一篇写人与牛的关系的小说。

大牛伯在荞麦田里为一点小事生了他的心爱的小牛的气,用榔槌不知轻重地打了小牛的后脚一下,把牛脚打坏了,牛脚瘸了,不能下田拉犁。

牛脚不好,大牛伯只好放小牛两天假,让它休息休息,玩两天。

可是田里的活耽误不得。五天前刚下过一阵雨,田里的土都酥软了,天气又很好,正是犁田的好时候。

大牛伯到两里外场集上找甲长,——这甲长既是地方小官,也是本地牛医。偏偏甲长接到通知,要叫他办招待筹款,他骑上马走了。

大牛伯打听到十里远近得虎营有个师傅会治牛病,就去专诚去请。这位名医给小牛用银针扎了几针,把一些草药用口嚼烂,敷到扎针处,把预许的一串白铜制钱扛到肩上,走了。

小牛的脚不见好。

大牛伯就去向有牛的人家借牛用两三天,人家都不借。

大牛伯只好到附近庄子里去请帮工,用人力拖犁。两个帮工,加上大牛伯自己,总算趁好天气把土翻好了。

到第四天,小牛的脚好了,可以下田了。大牛伯因为顾恤到小牛的病脚,不敢悭吝自己的力气;小牛也因为顾虑主人的缘故,特别用力气只向前奔。他们一天耕的田比用人工两倍还多。

【注释】

〔1〕荞麦　一年生草本农作物,叶戟形,花白色或淡红色,结实三棱卵圆形,磨粉可擀面条或压饸饹,爽滑耐饥。名为麦,实非麦类。

〔2〕榔槌　木制的槌,一般打草鞋槌软稻草时用。

〔3〕簟(diàn)　晒谷物用的粗竹席。

〔4〕腰门　南方有些地方农村在大门外还有两扇只有半截的门,叫做"腰门"。

〔5〕印子钱　旧中国的一种高利贷。放债人以高利放出贷款,限借债人分期偿还,每次偿款都在预立的折子上加盖一印,故名"印子钱"。

【赏析】

除几个穿插性的角色,这篇小说只有两个"人物",大牛伯和他的小牛。这只小牛是通人性的。它对大牛伯有很深的感情。它尽力地为大牛伯犁田。他们的思想感情是可以交流的。大牛伯的心思,小牛完全体会得到。它跟大牛伯说话,用它的水汪汪的大眼睛。他们真是莫逆无间。

牛会做梦。

> 这牛迷迷糊糊时就又做梦,梦到它能拖了三具犁飞跑,犁所到处土皆翻起如波浪,主人则站在耕过的田里,膝以下皆为松土所掩,张口大笑。

大牛伯会同时和小牛做梦。

> 当到这可怜的牛做着这样的好梦时,那大牛伯是也在做着同样的梦的。他只梦到用四床大晒谷簟铺在坪里,晒簟上新荞堆高如小山。抓了一把褐色荞子向太阳下照,荞子在手上皆放乌金光泽。那荞就是今年的收成,放在坪里过斛上仓,竹筹码还是从甲长处借来的,一大捆丢到地下,哗的响了一声。而那参预这收成的功臣,——那只小牛,就披了红站在身边,他于是向它说话,神气如对多年老友。他说,"伙计,今年我们好了。我们可以把围墙打一新的了;我们可以换一换那两扇腰门了;我们可以把坪坝栽一点葡萄了;我们……"他全是用"我们"的字言,仿佛这一家的兴起,那牛也有分,或者是光荣,或者是实际。他于是俨然望到那牛仍然如平时样子,水汪汪的眼睛中写得有四个大字:"完全同意"。

小牛对大牛伯提出的意见,总是表示"好商量"。大牛伯梦到牛栏里有四只牛,就大声告给"伙计"说:

> "伙计,你应该有个伴才是事。我们到十二月再看吧。"
> 伙计想十二月还有些日子就点点头,"好,十二月吧。"

小说把小牛人化了,因此就有颇浓的童话色彩。这童话色彩其实是丰富的人情。

小说的语言带喜剧色彩,这是大牛伯的善良幽默的性格所致。比如:

见到主人，主人先就开口问他是不是把田已经耕完。他告主人牛生了病，不能做事。主人说，

"老汉子，你谎我。耕完了就借我用用，你那小黄是用木榔槌在背脊骨上打一百下也不会害病的。"

"打一百下？是呀，若是我在它背脊骨上打一百下，它仍然会为我好好做事。"

"打一千下？是呀也挨得下，我算定你是捶不坏牛的。"

"打一千下？是呀，……"

"打两千下也不至于……"

"打两千下，是呀，……"

说到这里两人都笑了，……

这样的时候，还能这样的说笑，中国农民的承受弹力真了不起！他们不是小小的挫折可能压垮的。

一切本来是很顺利，很圆满的。小牛的脚好了，荞麦田耕出来了，看样子十二月真可能给小牛找个伴，可是故事却来了个出人意料的结尾：到了十二月，荡里所有的牛全被衙门征发到一个不可知的地方去了，大牛伯只有成天到保长家去探询一件事可做。顺眼中望到自己屋角的大榔槌，就后悔为什么不重重的一下把那畜生的脚打断。

这就是中国的农民。他们没有自己的财产权，衙门中可以任意征用农民的耕牛，只要一句话！

小说的结尾是悲剧。因为前面充满童话色彩，喜剧色彩，就使得这悲剧让人感到格外的沉痛。

《丈　夫》

【题解】

题目是《丈夫》，别有意味。为什么是"丈夫"？因为这是一个有点特别的丈夫。这不是娶了老婆居家过日子的丈夫。这是从事"古老职

业"的女人——妓女的丈夫。

湘西水上的妓女有两种,一种是在吊脚楼上做"生意"的。长期的包占也可以,短时间的"关门"也可以。"婊子爱钞",对到楼上来烧烟胡闹的川东客人,常常会掏空他们的荷包,但对有情有义的水手,则银钱就在可有可无之间了。《柏子》所写的便是这种妓女。这种妓女的爱是强烈的,美丽的。一种,是在船上做"生意"的,这种船被称为"花船"。

> 船上人,她们把这件事也像其余地方一样,这叫做"生意"。……她们从乡下来,从那些种田挖园人家,离了乡村,离了石磨和小牛,离了那年青而强健的丈夫,跟随到一个熟人,就来到这船上做生意了。

> ……事情非常简单,一个不亟亟于生养孩子的妇人,到了城里,能够每月把从城里两个晚上所得的钱,送给那在乡下诚实耐劳种田为生的丈夫处去,在那方面就可以过了好日子,名分不失,利益存在,所以许多年青的丈夫,在娶妻以后,把妻送出来,自己留在家里耕田种地安分过日子,也竟是极其平常的事。

然而这毕竟不是平常的事。有的丈夫不要过这样的生活,不要当这样的"丈夫"! 他们的心不平静。照现在流行的说法:他们觉得很"失落"。

这篇小说写的就是一个丈夫的"失落"。

【注释】

〔1〕灯笼子认不得人　灯笼子,子弹的暗语。

〔2〕孤王酒醉桃花宫,韩素梅生来好貌容　1930 年在《小说月报》上发表时本无此二句,这是 1957 年校改时加上的。这是刘鸿声唱的京剧《斩黄袍》里的唱词。湖南地方戏(湘剧、花鼓戏)有没有《斩黄袍》这出戏、戏里有没有"孤王酒醉桃花宫"这样的唱词,待考。不过刘鸿声的《斩黄袍》当时唱得很红,全国各地爱哼哼京剧的人都会唱这两

句,那两个喝醉了的兵痞子唱这两句风行一时的京剧,是有可能的。沈先生在北京住了很久,正是刘鸿声大红的时候,街头巷尾听熟了这两句《斩黄袍》,以致写进小说,也是可能的,正如同鲁迅把"先帝爷白帝城叮咛就"(《空城计》唱词)写进小说里一样。

〔3〕归一　一切准备妥当,叫做"归一",西南诸省都有此说法。

【赏析】

这些丈夫逢年过节有时会从乡下来到城里,见见自己的媳妇,好像走一趟远亲。

有一个丈夫(不知道他叫什么名字)从乡下来看他的媳妇,媳妇名叫老七。

丈夫在船上只住了两天,可是在这两天内,一个乡下男人的感情历程是复杂的。

夫妻的感情是和睦的,也不缺少疼爱。见了面,老七就问起"上次的五块钱得了没有","我们那对小猪生儿子没有"这一类的家常话。丈夫特为选了一坛特大的栗子送来,因为老七爱吃这个。丈夫有口含冰糖睡觉的习惯,老七在接客过程中还悄悄爬进丈夫睡觉的后舱,在他嘴里塞一片冰糖……

但是丈夫对这样的生活很不习惯。

首先是媳妇变了样:大而油光的发髻,用小镊子扯成的细细眉毛,脸上的白粉同绯红的胭脂,以及那城市里人神气派头,城市里人的衣裳,都一定使从乡下来的丈夫感到极大的惊讶,有点手足无措。

晚上,来了客(嫖客),喝过一肚子烧酒,摇摇荡荡的上了船。一上船就大声的嚷,要亲嘴要睡。于是这丈夫不必指点,也就知道怯生生的往后舱钻去,躲在那后梢舱上去低低的喘气。

来了一个大汉,是"水保",老七的干爹。这水保对丈夫发生了兴趣,和他东拉西扯地扯了许多闲话。这水保和气得很,但是临行时却叫他告诉老七:"告她晚上不要接客,我要来。"

"他记忆得到那嘱咐,是当到一个丈夫面前说的!"该死的话,是当到一个丈夫面前说的!

两个喝得烂醉的兵上了船,大呼小叫撒酒疯,连领班的大娘也没有办法。老七急中生智,拖着醉兵的手,安置到自己的大奶上。醉鬼这才安静了下来。

半夜里,水保领着四个武装警察来查船(他们是来查"歹人"的)。查完了,一个警察回来传话:"你告老七,巡官要回来过细考察她一下。"

丈夫不明白:为什么巡官还要回来考察老七。

丈夫是年青强健的男人,当然会有性的欲望。

老七有意的在把衣服解换时,露出极风情的红绫胸襟。老七也真不好,你干嘛逗丈夫的"火"!

丈夫愿意同老七在床上说点家常私话,商量件事情,就傍床沿坐定不动。

大娘像是明白男子的心事,明白男子的欲望,也明白他不懂事,故只同老七打知会,"巡官就要来的!"

老七咬着嘴唇不作声,半天发痴。

男子一早起就要走路。"干爹"家的酒席也不想去吃,夜戏也不想看,"满天红"的荤油包子也不想吃。

一定要走了,老七很为难,走出船头呆了一会,回身从荷包里掏出昨晚上那兵士给的票子,又向大娘要了三张,塞到男子手心里去。

男子摇摇头,把票子撒到地上去,像小孩子那样莫名其妙地哭起来。

这个丈夫为什么要哭?他这两天受了很大的屈辱,他的感情受了极其严重的伤害。他是个男人,是个丈夫,是个人。他有他的尊严,他的爱。有的评论家说:这篇小说写的是人性的回归,可以同意。

这篇小说的结尾非常简单:

水保来船上请远客吃酒,只有大娘同五多在船上。问到时,才明白两夫妇一早都回转乡下去了。

一个非常耐人寻味的结尾。

《贵　生》

这篇小说写的是命运。

贵生是一个单身汉子，以砍柴割草为生，活得很硬朗自重。他常去城里卖柴卖草，就把钱换点应用东西。他买了猪头、挂在柴灶上熏干。半夜里点了火把，用镰刀砍了十几条大鲤鱼，也揉了盐风得干干的。"两手一肩，快乐神仙。"

桥头有一个浦市人姓杜的开的小杂货铺。杂货铺的地点很好。门外有三棵大青树，夏天特别凉快。冬天在亭子里烧了树根和油枯饼，火光熊熊，引得过路人一边买东西，一边就火边抽烟谈话，杜老板人缘很好。

贵生常到小铺里来坐坐，和铺子里大小都合得来。杜老板有个女儿名叫金凤。贵生对金凤很好。山上多的是野生瓜果，栗子榛子不出奇，三月里给她摘大莓，八九月还有本地特有的，样子像干海参，瓤白如玉如雪的八月瓜，尤其逗那女孩子喜欢。

杜老板有心把金凤许给贵生，招婿上门，影影绰绰，旁敲侧击地和贵生提过。贵生知道杜老板是在装套子捉女婿，但是拿不定主意是不是往套子里钻。贵生有点迷信：女的脸儿红中带白，眉毛长，眼角向上飞，是个"剋"相，不剋别人得剋自己，到十八岁才过关。金凤今年满十六岁，贵生往后退了一步，决定暂时不上套。

但是他又想，一切风总不会老向南吹，不定什么时候杜老板改变主意，也说不定一个贩运黄牛、水银的贵州客人会把金凤拐走，这件事还得热米打粑粑，得快。贵生上街办了一点货，准备接亲。

这一带二里之内的山头都归张家管业。山上种着桐子树。张家非常有钱，两弟兄——四老爷、五老爷都极其荒唐。四爷好嫖，把一个实缺旅长都嫖掉了。五爷好赌，一夜能输几百上千大洋。四爷劝五爷，不

350

能这样老输,劝他弄一个"原汤货"冲一冲晦气。

桐子熟了,四爷、五爷带着长工伙计上山打桐子。

回来的时候路过杜家铺子,进去坐坐,四爷一眼看见金凤,对五爷说:"眉毛长,眼睛光,一只画眉鸟,打雀儿!"

五爷要娶金凤做小。

贵生听到别人议论,好像挨了一闷棍。

他问杜老板:"听说你家有喜事,是真的吧?"

他去找金凤,金凤正在桥下洗衣。他见金凤已经除了孝(她原来戴着娘的孝),乌光的大辫子上插了一朵小红花。一切都完了。

半夜里,忽然围子里的狗都狂叫起来,天边一片红,着火了。有人急忙到围子里来报信:桥头杂货铺烧了;贵生的房子也走了水。一把火两处烧,十分蹊跷。

鸭毛伯伯心里有点明白:火是贵生放的。

贵生一肚子怨气,他只有用这活办法来泄愤。

鸭毛回头见金凤哭着,心里说:"丫头,做小老婆不开心? 回去一索子吊死了吧,哭什么!"

鸭毛对金凤的责备有欠公平。金凤曾经对贵生说过:"什么四老爷、五老爷,有钱就是大王,糟蹋人,不当数……"她今天就被糟蹋了! 这事大概是老子做的主,但从辫子上的那朵小红花,可以想见她是点了头的。你叫她有什么办法呢? 一只眉毛长,眼睛光的画眉鸟,在这二里内,是逃不出老爷的手心的!

【注释】

〔1〕王大娘补缸匠 《锔大缸》是一出武打神怪戏。旱魃化为王大娘,取死人噎食罐化为黄磁缸,用以抵御雷劫。后为巨灵神撞裂。王大娘找人补缸。观音乃遣土地幻化为补缸匠人,假作修锔,故意将王大娘的缸打破。

〔2〕卖柴耙的程咬金 故事见《隋唐演义》程咬金没有发迹的时候,曾靠卖柴耙(此字正写应作"筢")为生,此剧即演此事。

〔3〕油枯饼　油料植物的子实,经榨油后剩下的残渣,一般成饼状。

〔4〕塍　田地间较宽的路界,这是湖南特有的说法。

〔5〕花骨头迷心　花骨头指麻将牌。但这位五老爷是什么牌都赌的。如"字牌"是纸制的,并非"花骨头"。

〔6〕〔7〕"挂衣"、"开苞",都是花钱使妓女第一次接客的意思。

〔8〕杜鹃和竹雀鸣叫声——作者注。

【赏析】

这是一个悲剧,但沈先生有意写得很轻松。

贵生是一个知足的人,活得无忧无虑。他认为什么都很有意思。土坎上的芭茅草开着白花,在风里摇,仿佛向人招手,说:"来,割我,乘天气好磨快你的刀,快来割我,挑进城里去,捌百钱担,换半斤盐好,换一斤肉也好,随你的意!"

贵生打算结亲了,他做了一点简单而又平常的梦:把金凤接过来,他帮她割草喂猪,她帮他在桥头打豆腐。就是这点简单平常的梦,也被五老爷打破了。

这篇小说的特点是人物比较多,对话也比较多。长工、仆人一边喝酒,一边闲聊。他们所说的话题除了一些关于新娘子出嫁的一些粗俗笑话之外,主要是对"命"的看法。四爷的狂嫖,五爷的滥赌,他们都认为是命里带来的。鸭毛伯伯对"命"有一番精辟议论:"花脚狗不是白面猫,各有各的脾气。银子到手哗喇哗喇花,你说莫花,这哪成! 这些人一事不作偏有钱,钱财像是命里带来的。命里注定它要来,门板挡不住;命里注定它要去,索子链子缚不住。……你我是穷人,和黄花姑娘无缘,和银子无缘,就只和酒有点缘分。我们喝了这碗酒,再喝一碗罢。"

这些长工佣人不明白他们的命为什么不好,这是谁造成的,能不能把自己的命改变改变,怎样改变?

注　释

① 本篇原载《中学生文学精读·沈从文》，三联书店（香港）有限公司，1995
　年版；题目为收入本卷时编者所加；注释为作者为沈从文作品所做；初收
　《汪曾祺全集》第六卷，北京师范大学出版社，1998 年 8 月。

濠 河 逝 水 [①]

——代序

崇川是南通的古名。现在有些年轻人只知有南通,连崇川这个名称也不大知道了。老一辈的人是还记得崇川的城门街道的。崇川城脚有一条护城河,人称濠河。濠河通江入海,原来来往船只很多,载人运货,是重要的交通渠道,后来因种种原因,在交通上不起多大作用了。山水城郭,起落兴废,也是很自然的。

濠河水上人家多半是从苏北飘来的,他们是从里下河兴化、泰兴、高邮一带来的。苏北地势低,常闹水灾。大水淹了他们的家乡,为了谋生觅食,就划了小船到了崇川。他们有的在河岸上搭个棚子,有的就终年住在船上,真是"浮家泛宅"。有些人家在这里寄居已经有些年了,但是乡音不改,说的还是苏北话。他们的生活方式、风俗习惯,也大都保留苏北人的特点。

他们都是穷苦人,做的是卑贱的营生。用稁网稁螺蛳、蚬子卖;做铜匠,用芦竹做小笛子,吹糖人;卖自染色纸做的小玩意,卖烧饼;开"老虎灶"——卖开水……

如果运气好,不遇猝然而来的不幸,他们的日子是过得下去的,而且能得到一点生活的乐趣。这里的女人也爱俏。她们的头发总是梳得亮光光的,还要在发髻旁插一朵栀子花或两个小红绒球,而且爱搽雪花膏。男的晚饭还要喝酒。他们的女人把木盆反扣过来,这便是桌子。木盆底上放两个碟子:炒黄豆、炸花生仁、炒螺蛳、煮小鱼。

喝了酒,男的就天南地北地扯闲。

但是这种似乎平静的,知足的生活是没有保证的。一遇风吹雨打,就会被摧毁。天灾人祸。

354

一日暴风雨,濠河发了疯。邹百顺家的一只稛螺蛳赖以维生的小船的缆绳绷断了,船在桥墩上撞成碎片。

　　邹百顺的大儿子才十三岁,就到纱厂里当了落纱工。为了领到牌子,提早赶到厂里,厂外的铁丝栅栏还关得紧紧的。他想翻栅栏进去,一伸手,再不能动,栅栏上通了电!

　　邹百顺半夜里跳了河。他"生在水上,在水上飘荡了一生,还是归到水里去了!"

　　在铜匠李麻子的主持下,办了百顺的丧事。

　　开了两家粮店的镇长许维善,外号"跛脚骚驴",六十开外了。他到百顺家来逼债,一眼瞥见了百顺的女儿莲子,顿起邪念。他竟然叫他的管帐先生到百顺家提出要莲子做"焐脚丫头"。"焐脚丫头"即小老婆。这年莲子十六。跛脚骚驴有钱有势,百顺女人听从李麻子老婆劝告,只好全家到苏北躲起来。

　　中国是个不断搞政治运动的国家,崇川这样的小地方也是各项运动应有尽有。哑陆一家几代行医,医术高明,被当地人称赞"是个人物"。就因为说了几句直话被打成右派,下放劳动。陆先生一气之下,用祖传的金针挑断舌下的筋,从此不再说话。开老虎灶的苏万金是个老实本分的人,文化大革命两个造反派恶斗,他在黑夜里被一派绑走,打断了肋骨,被扔在河里,成了一具不明不白的"流尸"。

　　但是崇川还是好人多,他们富同情心,有正义感,不会落井下石,乘人之危。李麻子把邹百顺家的事当着自己的事。百顺死后,邹李两家就一起过了。卖烧饼的小癞子曾想娶百顺的女儿莲子。百顺一死,有个叫金宝的跟他说:"小癞子,这回女婿做定了。"小癞子说:"孤儿寡女的,更不好去。不知道的说我失火抢木炭。"金宝说:"礼也送了,孝子也做过了,做不成女婿真不值……"小癞子说:"你怎么这样说的沙……都是苦瓜卵子,能不帮着点儿?"小癞子穷,也长得丑,人品却是高尚的。

　　这里是有爱情的。尼姑惠修对坤侯的感情,小凤对周侉子的感情,小翠对哑陆的感情,都是纯真的,深挚的。

崇川是中国社会的一个角落。过去是一座不大的城，但是有爱有恨。正像濠河一样，虽不壮阔浩渺，但是随着时间的运行，不断向前流动，也有起伏波澜。

我没有到过崇川，但是，黄步千的小说集子，告诉了我这些普普通通的人和他们平平常常的故事。

黄步千的语言是朴素的，且有苏中的地方色彩。他用的语言基本上是叙述性的，他不大注重描写，不重抒情，也很少用比喻。但是有些地方虽只是叙述，而在叙述中带着感情。比如：开老虎灶的苏三想送掉一个小丫头，他的朋友任瘸子说：

"送孩子？送小丫头？亏你说得出口！穷就穷过呗！"

"小丫头不是你生的？不是你的亲骨肉？你的心好狠哪！"红鼻子抱起小丫头。

"我也是为了孩子呀……与其捆在一块受罪，不如让她找个好人家，找条活路……"苏三的眼睛红红的。

不是吃了酒。一碗酒放在桌上，一口还没有喝。

他从红鼻子手里抱过小丫头时，两行眼泪已抛了下来。

苏三也会哭！

苏三也不知道自己会哭。

这种藏感情于叙述之中的语言，我以为是最好的小说语言。

又如：

一天，小翠一拐一拐进了门。他见她裤子腿上撕了一大块，才知道她被狗咬了，才知道她在讨饭。

陆先生一边替她清洗，一边眼泪直淌。小翠说："你怎么哭了？我又不痛。"

陆先生抖了半天嘴唇，突然蹦出一句话来："这都、是、为、的、我……"

陆先生三年没有说过一句话，小翠听了一惊："你不哑！"

陆先生自己先也一惊，然后抓住小翠的肩膀，说："你，真好！

就是、石头、也要说话……"

小翠顿时一阵热烘,顺势仄在陆先生的胸口。

夜,静极了。偶尔,可以听见小塘里草鱼跳蹦的声音。鱼咬仔了。

这写得非常美。"夜,静极了。偶尔,可以听见小塘里草鱼跳蹦的声音。鱼咬仔了。"这是真有隐喻意义、象征意义的抒情诗。

步千是有诗才的,我希望他向这方面发展,使自己的作品更有诗意。——当然,不要刻意求之。

我不知道步千的这个集子的小说前后写了多长时间,但据我的印象,数量太少了。步千应该写得更多,——他还有更多的生活可以写。写作要持续不断,不能写一阵又放下。一曝十寒,是成不了大气候的。

一九九四年八月

注 释

① 本篇原载《崇川纪事》,黄步千著,江苏文艺出版社,1995 年版;初收《汪曾祺全集》第六卷,北京师范大学出版社,1998 年 8 月。

《职业》自赏①

作家在谈到自己的作品时总要谦虚一番,很少称为"自赏"的。这又何必。庄子云:"如鱼饮水,冷暖自知",一个人写作时有过什么激动,在作品里倾注了什么样的感情,是不是表达了想要表达的东西,是不是恰到好处,可以"提刀却立,四顾踌躇",这只有作家自己感受最深。那么"自赏"一下,有何不可?

有不少人问我:"你自己最满意的小说是哪几篇?"这倒很难回答。我只能老实说:大部分都比较满意。"哪一篇最满意?"一般都以为《受戒》、《大淖记事》是我的"代表作",似乎已有定评,但我的回答出乎一些人的意外:《职业》。

山西的评论家兼小说家李国涛,说我最好的小说是《职业》。有一位在新疆教古典文学的教授说他每读《职业》的结尾都要流泪。这使我觉得很欣慰。

《职业》是一篇旧作。近半个世纪中,我曾经把它改写过三次,直到80年代,又写了一次,才算定稿。

为什么我要把这篇短短的小说(我很反对"小小说"这种提法)不厌其烦地一再改写呢?

第四稿交给《人民文学》后,刘心武说:"为什么这样短的小说用这样大的题目?"他读了原稿,说:"是得用这样大的题目"。

职业是对人的框定,是对人的生活无限可能的限制,是对自由的取消。一个人从事某种职业,就会死在这个职业里,他的衣食住行,他的思想,全都是职业化了的。

小说中那个卖"椒盐饼子西洋糕"的孩子是一个真人。我在昆明的文林街每天可以看到他。我最初只是对他有点怜悯:一个十一二岁孩子,"学龄儿童",却过早地从事职业,为了养家。他的童年是没有童年的童年,他在暂时摆脱他的职业时高喊了一声街上的孩子摹仿他的叫卖声,是一种自我调侃,一种浸透苦趣的自我调侃。同时,这也是对于被限制的生活的抗议。

第四稿我增写了一些别的叫卖,作为这个卖椒盐饼子西洋糕的叫卖声音的背景。有的脆亮、有的苍老,也有卖杨梅和玉麦粑粑的苗族女孩子的娇嫩的声音。这样是为了注入更多的生活气息。这样,小说的主题就比原来拓宽了,也深化了。从童年的失去,扩展成为:

人世多苦辛。

注　释

① 本篇原载《文友》1994 年第八期。

我的文学观①

我对文学讲究社会物质效益表示不耐烦。文学是严肃的,文学不能玩,作品完成后放在抽屉里是个人的事,但发表出来就是社会的事,必然对读者产生影响。

但文学的影响是潜在的,不具体的,用一句话来说就是潜移默化的,它不是直接的立竿见影的作用,不是简单的立刻显出物质影响的作用。像过去说的看过一个戏就去扛枪打鬼子。这样的事不可能,这也不是文学的使命。

文学的使命和作用可用那句古诗形容。"随风潜入夜,润物细无声。"文学的作用主要在于提高读者的人格品位,提高人类的整体素质。现在有一些年轻人的确趣味不高,要提高人类的趣味,我认为唯一有效的是文学,或者说文学是最有效的。

不要没烟抽了就写篇文章换烟钱,要把文学看成庄严的事业。

我上面说的是我的文学观,也是说给文学青年的话,如果还要说,我想有一点很重要,那就是思索。

现在流派很多,不要去理会,主张感受生活,观察生活是对的,但仅仅有所触动就动笔,马上写,是不能出现深层次的作品的,要想很多,整个创作过程思索很重要。有些年轻人没想好就写,自己还没想圆又怎么能写出好文章。之所以浮泛,是因为对生活没有更深的理解。

注　释

① 本篇原载《文友》1994 年第八期。

使这个世界更诗化^①

关于文学的社会职能有不同的说法。中国古代十分强调文艺的教育作用。古代把演剧叫作"高台教化",即在高高的舞台上对人民进行形象的教育,宣扬封建伦理道德,——忠、孝、节、义。三十、四十年代以后,马克思主义理论家认为文艺的功能首先在教育,对读者和观众进行政治教育,要求文艺作品塑造可供群众学习的英雄模范人物。有人不同意这种看法,认为文艺不存在教育作用,只存在审美作用。我认为文艺的教育作用是存在的,但不是那样的直接,那样"立竿见影"。让一些"苦大仇深"的农民,看一出戏,立刻热血沸腾,当场要求报名参军,上前线打鬼子,可能性不大(不是绝对不可能),而且这也不是文艺作品应尽的职责。文艺的教育作用只能是曲折的,潜在的,像杜甫的诗《春夜喜雨》所说:"随风潜入夜,润物细无声",使读者(观众)于不知不觉中受到影响。我觉得一个作家的作品总要使读者受到影响,这样或那样的影响。一个作品写完了,放在抽屉里,是作家个人的事。拿出来发表,就是一个社会现象。我认为作家的责任是给读者以喜悦,让读者感觉到活着是美的,有诗意的,生活是可欣赏的。这样他就会觉得自己也应该活得更好一些,更高尚一些,更优美一些,更有诗意一些。小说应该使人在文化素养上有所提高。小说的作用是使这个世界更诗化。

这样说起来,文艺的教育作用和审美作用就可以一致起来,善和美就可以得到统一。

因此,我觉得文艺应该写美,写美的事物。鲁迅曾经说过,画家可以画花,画水果,但是不能画毛毛虫,画大便。丑的东西总是使人不愉快的。前儿年有一些青年小说家热中于写丑,写得淋漓尽致,而且提出一个不知从哪里来的奇怪的口号:"审丑作用",以为这样才是现代主义。我作为一个七十四岁的作家,对此实在不能理解。

美,首先是人的精神的美、性格的美、人性美。中国对于性善、性恶,长期以来,争论不休。比较占上风的还是性善说。我们小时候读启蒙的教科书《三字经》,开头第一句话便是"人之初,性本善"。性善的标准是保持孩子一样纯洁的心,保持对人、对物的同情,即"童心"、"赤子之心"。孟子说:"大人者不失其赤子之心者也"。

人性有恶的一面。"文化大革命"把一些人的恶德发展到了极致,因此有人提出"人性的回归"。

有一些青年作家以为文艺应该表现恶,表现善是虚伪的。他愿意表现恶,就由他表现吧,谁也不能干涉。

其次是人的形貌的美。

小说不同于绘画,不能具体地表现一个人的外貌,但小说有自己的优势,写作家的主体印象。鲁迅以为写一个人,最好写他的眼睛。中国人惯用"秋水"写女人眼睛的清澈。"巧笑倩兮,美目盼兮"是写美女的名句。

小说和绘画的另一不同处,即可以写人的体态。中国写美女,说她"烟视媚行"。古诗《孔雀东南飞》写焦仲卿妻"珊珊作细步,精妙世无双",这比写女人的肢体要聪明得多。

不具体写美女,而用暗示的方法使读者产生美的想象,是高明的方法。唐代的诗人朱庆余写新嫁娘:

> 洞房昨夜停红烛,待晓堂前拜舅姑。
> 妆罢低声问夫婿,画眉深浅入时无?

宋代的评论家说:此诗不言美丽,然味其辞义,非绝色女子不足以当之。

有两句诗:

> 行到中庭数花朵,蜻蜓飞上玉搔头。

也让人想象到,这是一个很美的女人。

有时不直接写女人的美,而从看到她的人的反应中显出她的美。汉代乐府《陌上桑》写罗敷之美:

> 行者见罗敷,下担捋髭须。少年见罗敷,脱帽著帩头。
>
> 耕者忘其犁,锄者忘其锄。来归相怨怒,但坐观罗敷。

这种方法和《伊里亚特》写海伦皇后的美很相似。

中国人对自然美有一种独特的敏感。

郦道元《水经注·三峡》:

> 自三峡七百里中,两岸连山,略无阙处;重岩叠嶂,隐天蔽日,自非亭午夜分,不见曦月。

短短的几句话,就把三峡风景全写出来了。这样高度的概括,真是大手笔!

柳宗元《至小丘西小石潭记》:

> 潭中鱼可百许头,皆若空游无所依。日光下澈,影布石上,怡然不动;俶尔远逝,往来翕忽,似与游者相乐。

通过鱼影,写出水的清澈,这种方法为后来许多诗人所效法,而首创者实为柳宗元。

苏轼《记承天寺夜游》:

> 庭下如积水空明,水中藻荇交横,盖竹柏影也。

这写的是月色,但没有写出月字。

古人要求写自然能做到"状难写之景如在目前",作为一个中国作家,应该学习、继承这个传统。

注　释

① 本篇原载《读书》1994 年第十期;**初收《汪曾祺全集》**第六卷,北京师范大学出版社,1998 年 8 月。

《中国京剧》序①

小小年纪,他就会唱:

"一马离了西凉界。"

——卞之琳

卞之琳是浙江人,说起话来北方人听起来像南方话,南方人听起来像北方话。他大概不大看京剧。但是生活在北京这个环境里,大街小巷随时听得到京剧,真是"洋洋乎盈耳"。我觉得卞之琳其实是很懂京剧的。这个唱"一马离了西凉界"的孩子,不但会这句唱腔,而且唱得"有味儿",唱出了薛平贵满腹凄怆的感情。

京剧作为一种"非书面文化",其影响之深远,也许只有国画和中国烹饪可以与之相比。

京剧文化是一种没有文化的文化。京剧原本是没有剧作者的。唐三千,宋八百的本子不知是什么人,怎么"打"出来的。周扬说过京剧对于历史事件、历史人物往往是简单化的。但是人们容忍了这种简单化,习惯于简单化。有的京剧歪曲了历史。比如刘秀并没有杀戮功臣,云台二十八将的结局是很风光的,然而京剧舞台上演的是《打金砖》。谁也没有办法。观众要看,要看刘秀摔"硬僵尸"。京剧有一些是有文学性的,时有俊语,如"走青山望白云家乡何在"(《桑园寄子》)、"一轮明月照芦花"(《打渔杀家》),但是大部分唱词都很"水"。有时为了"赶辙",简直不知所云。《探皇陵》里的定国公对着皇陵感叹了一番,最后一句却是"今日里为国家一命罢休",这位元老重臣此时并不面临生与死的问题啊,怎么会出来这么一句呢? 因为这一段是"由求"辙。

《二进宫》李艳妃唱的是"李艳妃设早朝龙书案下"。张君秋收到一个小学生的信,说"张叔叔,您唱的李艳妃怎么会跑到书桌底下去设早朝呀?"君秋也觉得不通,曾嘱我把这一段改改。没法改,因为全剧唱词都是这样,几乎没一句是通的。杨波进宫前大唱了一段韩信的遭遇,实在是没来由。听谭富英说,原来这一段还唱到"渔樵耕读",言菊朋曾说要把这段教给他。听说还有在这段里唱"四季花"的。有的唱词不通到叫人无法理解,不通得奇怪,如《花田错》的"桃花怎比杏花黄"。桃花杏花都不黄,只因为这段是"江阳"。京剧有些唱词是各戏通用的,如[点将唇]"将上英豪,儿郎虎豹……"长靠戏的牌子[石榴花]、[粉蝶儿]都是一套,与剧情游离。有的武生甚至把《铁笼山》的牌子原封不动地唱在《挑滑车》里。有的戏没有定本,只有一个简略的提纲,规定这场谁上,"见"谁,大体情节,唱念可以由演员随意发挥,谓之"提纲戏"、"幕表戏"或"跑梁子"。马长礼曾在天津搭刘汉臣的班。刘汉臣排《全本徐策》,派长礼的徐夫人。有一场戏是徐策在台上唱半天,"甩"下一句"腿",徐夫人上,接这句"腿"。长礼问:"我上去唱什么?"——"你只要听我在头里唱什么辙,缝上,就行了。"长礼没听明白刘汉臣唱的什么,只记住是"发花"辙。一时想不出该唱什么。刘汉臣人称"四爷",爱在台上"打哇呀",这天他又打开了哇呀,长礼出场,接了一句:"四爷为何打哇呀?"

既然京剧是如此的没文化,为什么能够存在了小二百年,为什么会有那么多演员,有才华的演员,那么多观众,那么多戏迷,那么多票友,艺术造诣很深的名票?像红豆馆主这样的名票,像言菊朋这样下海的票友,他们都是有文化的,未必他们不知道京剧里有很多"水词",很多不通的唱词?但是他们照样唱这种不通的唱词,很少人想改一改(改唱词就要改唱腔)。京剧有一套完整的程式,唱、念、做、打、手、眼、身、法、步。这些程式可以有多种组合,变化无穷,而且很美。京剧的念白是一个古怪的东西,它是在湖北话的基础上(谭鑫培的家里是说湖北话的,一直到谭富英还会说湖北话)形成的一种特殊的语言,什么方言都不是,和湖北话也有一定的距离(谭鑫培的道白湖北味较浓,听《黄金台》唱片就可发现）。但是它几乎自成一个语系，就是所谓"韵白"。一般演员都能掌握，拿到本子，可以毫不费事地按韵白念出来。而且全国京剧都用这种怪语言。这种语言形成一种特殊的文体，尤其是大段念白，即顾炎武所说的"整白"（相对于"散白"），不文不白，似骈似散，抑扬顿挫，起落铿锵，节奏鲜明，很有表现力（如《审头刺汤》、《四进士》）。京剧的唱是一个更加奇怪的东西。决定一个剧种的特点的，首要的是它的唱。京剧之所以能够成为全国性的大剧种，把汉剧、徽剧远远地甩在后面，是因为它在唱上大大地发展了。京剧形成许多流派，主要的区别在唱。唱，包括唱腔和唱法，更重要的是唱法，因为唱腔在不同流派中大同小异。中国京剧的唱有一个玄而又玄的概念，叫做"味儿"，有味儿，没味儿；"挂"味儿，不"挂"味儿。这在外国人很难体会。帕瓦罗蒂对余叔岩的唱法一定不能理解，他不明白"此一番领兵……"的"撤"是怎么弄出来的。他一定也品不出余派的"味儿"。京剧的唱造成京剧鲜明的民族特点。在代代相传、长期实践中，京剧演员总结出了一些唱念表演上的带规律性的东西，如"先打闪，后打雷"——演唱得"蓄势"，使观众有预感。如"逢大必小，逢左必右"，这是概括得很好的艺术辩证法。如台上要是"一棵菜"，——强调艺术的完整性。

京剧演员大都是"幼而失学"，没有读过多少书，文化程度不高。裘盛戎说他自己是没有文化的文化人，没有知识的知识分子。但是很奇怪，没有文化，对艺术的领悟能力却又非常之高。盛戎排过《杜鹃山》，原来有一场"烤番薯"，山上断粮，以番薯代饭，番薯烤出香味，雷刚惦记山下乡亲在受难，想起乡亲们待他的好处，有这样两句唱：

> 一块番薯掰两半，
> 曾受深恩三十年。

设计唱腔的同志不明白"一块番薯掰两半"是什么意思。盛戎说："这怎么不明白？'一块番薯掰两半'，有他吃的就有我吃的！"他在唱法上这样处理："掰两半"虚着唱，带着遥远的回忆；"深恩"二字用了浑厚的胸腔共鸣，倾出难忘的深情。盛戎那一代的名演员都非常聪明，理解得到,就表现得出。李少春、叶盛兰都是这样。他们是一代才人,一批京剧才子,这一代演员造成京剧真正的黄金时期。为什么会这样?因为他们是在几代人积累起来的京剧文化里长大的。

京剧文化成了风靡全国的文化,一种独特的文化传统。这种文化不仅造就了京剧自身,也影响了其他艺术,诸如年画、木雕、泥人、刺绣。不能不承认,京剧文化是一种文化,虽然它是没有文化的文化。又因为它是没有文化的文化,所以现在到了"夕阳无限好,只是近黄昏"的时候。这是一种没有文化的文化,这是京剧走向衰落的根本原因。命中注定,无可奈何。

徐城北从事京剧工作有年。他是"自投罗网"。他的散文、杂文、旧体诗词都写得很好,但是却选中了京剧。他写剧本,写关于京剧的文章。用现在流行的说法,很"投入"。同时他又能跳出京剧看京剧,很"超脱"。他的文章既不似一般票友那样陈旧,也不像某些专业研究者那样罗嗦。他写过概论性的文章,写过戏曲史的札记,也写过专题的论文。他对"梅兰芳文化现象"的研究,我以为是深刻的,独到的。现在他又写了一本《京剧文化初探》,我以为开拓了一个新的领域。自来谈京剧的书亦多矣,但是从文化角度审视京剧的,我还没有见过。城北所取的角度,是新的角度。也许只有从文化角度审视京剧,才能把京剧说清楚。既然"初探",自然是草创性的工作,要求很深刻、很全面,是不可能的。更深入的探求,扩大更广阔的视野,当俟来日。

一九九四年十一月三十日

注 释

① 本篇原载《中国京剧》,徐城北著,广东旅游出版社,1996 年版;初收《汪曾祺全集》第六卷,北京师范大学出版社,1998 年 8 月。

1995 年

小议新程派[①]

中国京剧有"四大名旦",各有特点。梅(兰芳)雍容华贵。尚(小云)英姿飒爽。荀(慧生)妩媚玲珑。其中最具风格,与众不同的是程(砚秋)。

程的风格概括起来,可以说是含蓄、深沉比较内在。

程年轻时的戏路子本来是很宽的。除了《汾河湾》、《武家坡》这样的青衣戏之外,花旦戏也唱。解放前我看过一张旧报纸,有一版是京剧广告,程砚秋演的竟是《贵妃醉酒》!程砚秋的《醉酒》会是怎么样的呢?和路玉珊、梅兰芳都会有所不同吧。看来一个演员都得有个博采众长、兼收并蓄的阶段,过早的"归宗",只认定一个流派,并无好处。

程砚秋逐渐形成自己的流派,并在旦角中产生很大的影响,有一个时期几乎成了"十旦九程"。

程派的特点不只是千回百转,回肠荡气的唱腔,当然"程腔"是程派的主要特点,程注重人物,注重意境。

一般来说,程的戏不太追求场面热闹,情节曲折。他曾经一个晚上只演一出《贺后骂殿》,这出戏几乎没有情节,只是贺后在金殿上把赵匡义骂了一通,唱了一大段二黄,全剧只有几十分钟。在天蟾舞台那样大的剧场,只唱了那么短的一出戏,只有程砚秋敢这样干!

他的新编戏"私房本戏",《锁麟囊》算是情节比较曲折的。《文姬归汉》情节非常简单,严格说起来,这不是一出戏,是一首诗,一首抒情诗。《祝英台抗婚》是一出清唱剧。《荒山泪》的水袖圆场是一场中国舞蹈。程的水袖功极好,但是他并不追求表面的强烈。不是在那里

"耍"水袖,而是在圆场中表现人物,有一种内在的美。

程的剧本,演唱都比较"冷"。《董解元西厢记》说"冷淡清虚最难做",能把戏唱"冷"了,而又使观众得到深深的感染,这是非常不容易的。程砚秋重视"四功五法",但是法在外而功在内,程的功是"内功"。中国字画讲究"元气内敛",程砚秋正是这样。他的艺术是中国戏曲里的太极拳。程的太极拳打得很好,说他的演唱受了太极拳的影响,不是没有道理。

李世济是程砚秋的嫡传弟子,有些戏曾得程的亲授。除了她的嗓音、扮相像程之外,更重要的是她对程的美学观点深有体会,不是亦步亦趋,得其形似。

我有些年没看李世济的戏了,去年看了她一场《六月雪》的《法场》,给我很大的震撼。世济不只在《窦娥冤》的"冤"字上做文章,不只是委委屈屈、涕泗横流,她演的窦娥是一腔悲愤,问天不语,欲哭无泪,是对这个无是非、不公平的世界强烈的抗议。我想这是符合程砚秋塑造这个人物,也是符合关汉卿的悲剧的原意的。我觉得世济的表演艺术达到了一个新的境界。

世济在艺术上是个非常好强的人。她绝不想停留在已有的成就上。她在不断地探索,不断地试验,不断地追求。

对程先生的本子,有的地方,她敢作局部的修改,《祝英台抗婚》原本比较单薄,世济在"哭坟"一场加了大段的反二黄,抚今追昔,不能自已,这就使《抗婚》的感情更加深厚了。《祭塔》的"八大腔"也动了一些地方,在回叙中增感情,避免了京剧行话所说的"倒粪"。

世济在唱腔、唱法上突破得更多一些。这几年世济在程腔的婉转中试用了真声("大嗓")这就更加浑厚,更使人有苍凉感。但是世济的大小嗓结合得很好,泯然无迹,不使人觉得"夹生"。程派一般不走高腔。世济有时却在平腔中拔出一个壁立的高腔,在"哭头"中用得更多一些,鹤唳猿吟,有很强的穿透力,大小嗓、高低腔,交替使用"横看成岭侧成峰,高低远近各不同",这样做使程腔更加丰富了。

对于李世济的这种做法褒贬不一。贬之者曰:这是破坏传统,"欺师灭祖"；褒之者曰：这是创造革新，大胆突破，是对"程派"的真正忠实继承。有人称世济的演唱为"新程派"。褒也好，贬也好，反正"新程派"已经成为"既成事实"，为很多观众接受，抹杀不了。

世济既已成为"新程派"，我希望她继续试验下去，破釜沉舟，义无反顾！

注　释

① 　本篇原载《大成》第二五五期(1995 年 2 月出版)。

简论毛泽东的书法^①

毛泽东的书法,天下第一。毛的书体多变。他曾经写过颜字。我在韶山纪念馆曾见过他一张借《盛世危言》的便条,字作欧体,结体较长。在第一师范夜校里所写"教学日记",字竟是金冬心体。毛泽东而写金冬心,令人惊异。在延安所写的《论持久战》,一笔到底,异常流畅。"善书者不择笔"。《自己动手》、《丰衣足食》似是用小学生写大字的粗羊毫写成,然而筋力开张,笔酣墨满。进城以后写怀素。我觉得毛写怀素,实已胜过怀素。怀素是个没文化的人,所写帖语言不通,不能卒读,直一书僧而已。《苦笋帖》稍有气韵,《自叙帖》则拘谨而作态。毛泽东写怀素亦不拘一格。晚年参用李北海,结体略扁、姿媚转生。

他的字有些写得比较匀称规整,如所写《长恨歌》;有的比较奔放,如《远上寒山石径斜》。"书贵瘦硬方通神",毛书《万里悲秋常作客》是典型的瘦硬之笔。翩若惊鸿,细如游丝,至善尽美,叹观止矣。

注　释

① 　本篇原载 1995 年 5 月 19 日《中国艺术报》。

《矮纸集》题记①

　　小说集的编法大体不外两种。一种是以作品发表(成集)的先后为序;一种是以主题大体相近的归类。我这回想换一个编法:以作品所写到的地方背景,也就是我生活过的地方分组。编完了,发现我写的最多的还是我的故乡高邮,其次是北京,其次是昆明和张家口。我在上海住过近两年,只留下一篇《星期天》。在武汉住过一年,一篇也没有留下。作品的产生与写作的环境是分不开的。

　　这部小说集选写高邮的 20 篇,写昆明的 4 篇,写上海的 1 篇,写北京的 8 篇,写张家口的 3 篇,共计 36 篇,依序编排。

　　陆放翁诗云:"矮纸斜行闲作草,晴窗细乳戏分茶。"我很喜欢这两句诗,因名此集为《矮纸集》。"闲作草"、"细分茶",是一种闲适的生活。有一位作家把我的作品归于"闲适类",我不能辞其咎。但我并不总是很闲适,有时甚至是愤慨的,如《天鹅之死》。明眼人不难体会到。

　　关于方法,我觉得有一个现实主义、一个浪漫主义,顶多再有一个现代主义,就够了。有人提出"新写实"、"新状态"、"后现代",花样翻新,使人眼花缭乱。我觉得写小说首先得把文章写通。文字不通,疙里疙瘩,总是使人不舒服。搞这个主义,那个主义,让人觉得是在那里蒙事,或者如北京人所说"耍花活",不足取。

一九九五年六月记于北京

注　释

　　①　本篇原载《矮纸集》,长江文艺出版社,1996 年 3 月。

难得最是得从容①

——《裴盛戎影集》前言

千秋一净裴盛戎，

遗像宛然沐清风。

虎啸龙吟余事耳，

难能最是得从容。

裴盛戎幼年失学，文化不高，但是对艺术有特殊的秉赋。他的艺术感极好，对剧情、人物理解极深，反应极快，而且表现得非常准确。导演有什么要求，一点就破，和编剧、导演很默契。导过他的戏的导演都说：给盛戎导戏，很省事，不用"阐述"、"启发"这一套，几句话就行了。

《杜鹃山》(老本)有一场"打长工"，雷刚认为长工和地主是一回事，把长工打了，事后看到长工身上的伤痕，非常后悔。有这样两句唱：

他遍体伤痕都是豪绅罪证，

我怎能在他的旧伤痕上再加新伤痕！

唱腔是流水。练唱的时候我在旁边，说："老兄，你不能就这样'数'过去，得有个过程，得真看到伤痕，心里悔恨。"盛戎想了想说："我再来来。"其实也很简单，他把"旧伤痕上"唱"散了"，加了一个单音的弹拨乐小垫头，然后再回到原尺寸。这样，眼里、心里就都充满仇恨。在场听唱的，齐声说："好！就是这样！"《杜鹃山》有一稿有一场"烤番薯"。毒蛇胆在山下杀人放火，残害乡亲，雷刚受军纪约束，一时不能下山拯救百姓，心如火焚，按捺不住。山上断粮，只能每人发一个番薯当饭。番薯在火里烤出了香味，勾起雷刚想起乡亲们多年对他的好处：

一块番薯掰两半，

盛戎把两句压低了音量,唱得很"虚",表现出雷刚对乡亲们的思念,既深且远。

盛戎善于运用音色、体形的变化塑造不同的人物。他演的姚期端肃威重,俨然是一位坐镇一方的开国老臣,一位王爷。他演的周处(《除三害》),把开氅往肩上一搭,倚里歪斜地就下了场了,完全是一个痞子,一个天桥要胳臂的"杂不地"。——这种不从程式而从生活出发塑造人物的方法在花脸里很少见。

盛戎的身体条件不太好,不像"十全大面"金少山那样的魁梧。他比较瘦,但是也有他的优越条件:肩宽,腰细,扮戏很"受装"。他扮出来的《盗御马》的窦尔墩,箭衣板平。这样的箭衣装当得起北京人爱说的一个字:帅。裘派装是很讲究的。盛戎有一件平金白蟒,全用金线,绣的是一条整龙。这件一条龙的平金绣蟒真是美极了,——当然也得看是什么人穿。

盛戎的脸比较瘦削,勾出脸来不易好看,但是他能弥补自己的缺陷。他一般不演曹操,因为曹操的盔头压得低,更显得演员脸小。盛戎勾脸的特点是干净,细致,每一笔都有起落,有交待。姚期的眉子是略有深浅的,不是简单两个圆形的黑点子。包拯两颊揉红,恰到好处,不像有些唱花脸的演员把脸画成了两个大海茄子。即便是窦尔墩的花三块瓦,也是清清楚楚,一笔是一笔,不让人有"乱七八糟"之感。他弥补脸形的诀窍是以神带形,首先要表现出人物的品格气质,这样本来是一般化的脸谱就有了不一般的表情。他演的姚期,透过眼窝还能充分表现出眼神,并且眼神的内涵很丰富。

盛戎的戏也有节奏较快的,如《盗御马》,但是快而不乱。一般人物都演得很从容,不火暴,不论是什么性格,都有一种发自于中的儒雅,即一般常说的"书卷气"。这就提高了人物的品格,增加了人物的深度。花脸而有书卷气,此裘派之所以为裘派,这是寻常花脸所达不到的。

盛戎不大爱活动。他常出来遛个小弯,从西河沿到虎坊桥,脚步较慢,不慌不忙,潇潇洒洒,比许多知识分子更像知识分子,——盛戎曾自嘲,说他是个没有文化的文化人,一个没有知识的高级知识分子。到虎坊桥练功厅略坐一坐,找人聊聊天,功夫不大,就遛达回去了。他的家居生活也比较清简,他不喜欢高朋满座,吵嚷喧哗。偶尔在家请几个熟朋友,菜不过数道,但做得很讲究。有一次请唐在炘、熊承旭和我吃饭,有一盘香菜炒鸡丝。香菜是特供的,香菜肥而极嫩。有一次在鸿宾楼请我吃涮肉,涮的不是羊肉,而是鸿宾楼特为给留下的一块极嫩的牛肉。不要乱七八糟的佐料,只是一碟酱油,切几个蒜片。盛戎这种饮食口味,淡而能浓,存本味,得清香,和他对艺术的赏鉴是相关的。

除了看看报,给儿子拉胡琴吊嗓子,教徒弟,作身段示范,大部分时间盘膝坐在床上一个人捉摸戏。晚年特别重视气口。他说:花脸一句唱得用多少气?年轻时全凭火力壮,现在上了岁数,得在气口上下功夫。他精研气口,深有心得。比如《智取威虎山》李勇奇唱的"扫平那威虎山我一马当先",一般花脸都唱成"一马——当先",盛戎说,教我,我唱成这样:"我一马当——先","当"字唱在上面,和"一马当"一口气,然后换气,再单独唱"先",这样"先"字气才显足。他很欣赏《智取威虎山》"同志们语重心长"的"长"字唱断,不拖泥带水。他是唱花脸的,但对程派兴趣很大,认为花脸运腔,可以参考。

盛戎在台上,在平常生活里,都从容不迫,他走得可是过于匆匆了。他去世时才 56 岁,活到今天,也只是 80 岁,本来可以留下更多的东西,现在只搜集到不多的图片,可供后人凝眸怀想,是可悲也。

一九九五年九月二日

注 释

① 本篇原载《新剧本》1995 年第六期;初收《汪曾祺全集》第六卷,北京师范大学出版社,1998 年 8 月。

1996 年

《吃的自由》序[①]

符中士先生《吃的自由》可以说是一本奇书。

中国谈饮食的书很多。有些是讲烹饪方法的,可以照着做。比如苏东坡说炖猪头,要水少火微,"功夫到时它自美",是不错的。东坡云须浇杏酪。"杏酪"不知是怎么一种东西,想是带酸味的果汁。酸可解腻,是不错的,这和外国人吃煎鱼和牛排时挤一点柠檬汁一样的。东坡所说的"玉糁羹",不过是山羊肉煮碎米粥。想起来是不难吃的,但做法并不复杂。中国过去重吃羹汤。"三日入厨下,洗手作羹汤",不说"洗手炒肉丝"。"宋嫂鱼羹"也是羹,我无端地觉得这有点像宁波、上海人吃的黄鱼羹。《水浒传》林冲的徒弟也是"调和得好汁水","汁水"当亦是羹汤一类。"造羹"是不费事的,但《饮膳正要》里的驴皮汤却是气派很大:驴皮一张,草果若干斤。整张的驴皮炖烂,是很费事的。《饮膳正要》的作者不是一名厨师,而是一位位置很高的官员。驴皮汤是给元朝的皇上吃的,这本书可以说是御膳食谱,使官员监修,可见重视,但做法并不讲究,驴皮加草果,能好吃么? 看来元朝的皇帝食量颇大,而口味却很粗放。《饮膳正要》只列菜品,不说做法,更说不出什么道理。中国谈饮食的书写得较好的,我以为还得数《随园食单》,袁子才是个会吃的人,他自己并不下厨,但在哪一家吃了什么好菜,都要留心其做法,而且能总结、概括出一番"道理",如"有味者使之出,无味者使之入","荤菜素油炒,素菜荤油炒",这都是很有见地的。符先生谈河豚、熊掌,都曾亲尝,并非耳食,故真实,且有趣。

我喜欢看谈饮食的书。

但这本《吃的自由》和一般的食单、食谱不同，是把饮食当作一种文化现象来看的，谈饮食兼及上下四旁，其所感触，较之油盐酱醋、鸡鸭鱼肉要广泛深刻得多。

看这本书可以长知识。比如中国的和尚为什么不吃肉。有的和尚是吃肉的。《金瓶梅》送春药给西门庆的胡僧，"贫僧酒肉皆行"。他是"胡僧"，自然可以"胡来"。有名的吃肉的中国和尚是鲁智深。我在小说《受戒》中写和尚在佛殿上杀猪、吃肉，是我亲眼目睹，并非造谣。但是大部分和尚是不吃肉的，至少在人前是这样。和尚为什么不吃肉？我一直没查考过。看了符先生的文章，才知道这出于萧衍的禁令。萧衍这个人我略有所知，而且"见"过。苏州甪直的一个庙里有一壁泥塑，罗汉皆参差跌坐，正中一僧，著赭衣、风帽，据说即萧衍，梁武帝，鲁迅小说中的"梁五弟"，也看不出有什么特点。萧衍虔信佛律，曾三次舍身入寺为僧，这我是知道的，但他由戒杀生引伸至不许和尚吃肉，法令极严，我以前却不知道。萧衍是个怪人，他对农民残酷压迫，多次镇压农民起义，却疯狂地信佛，不许和尚吃肉，性格很复杂，值得研究。符先生倘有时间，不妨一试，能找到更多的有关他的资料，包括他的关于禁僧吃肉的诏令"文本"最好。

符先生谈喝功夫茶文，材料丰富。我是很爱喝福建茶的，乌龙、铁观音，乃至武夷山的小红袍都喝过，——大红袍不易得，据说武夷山只有几棵真的大红袍茶树。功夫茶的茶具很讲究，但我只见过描金细瓷的小壶、小杯。好茶须有好茶具，一般都是凑起来的。张岱记闵老子茶，说官窑、汝窑"皆精绝"，既"皆"精绝，则不是一套矣。《红楼梦》栊翠庵妙玉拿出来的也是各色各样的茶杯。符文说"玉书煨"、"孟臣罐"、风炉和"若深瓯"合称"烹茶四宝"。"四宝"当也是凑集起来的，并非原配，但称"四宝"，也可以说是"一套"了。中国论茶具似无专书，应该有人写一写，符先生其有意乎。

《卤锅》最后说：

> 这种消灭个性、强制一致的卤锅文化，到底好不好呢？如果不好，为什么还有那么多人喜欢卤锅呢？想来想去，还是想不明白。

看后不禁使人会心一笑。符先生哪里是想不明白呢,他是想明白了的,不过有点像北京人所说"放着明白的说糊涂的"。我想不如把话挑明了:有些人总想把自己的一套强加于人,不独卤锅,不独文化,包括其他的东西。

《吃的自由》将付排,征序于我。我原来能做几个家常菜,也爱看谈饮食的书,最近两年精力不及,已经"挂铲",由儿女下厨,我的老伴说我已经"退出烹坛",对符先生的书实在说不出什么,只能拉拉杂杂写这么一点,算是序。

一九九六年元月

注　释

① 本篇原载《吃的自由》,符中士著,人民文学出版社,1997 年版;初收《汪曾祺全集》第六卷,北京师范大学出版社,1998 年 8 月。

题 画 三 则[①]

一

"一路秋山红叶老圃黄花,不觉到了济南地界。到了济南,只见家家泉水,户户垂杨。"右引自《老残游记》。或曰:"这是陈辞滥调"。陈辞滥调也好嘛,总比那些奇奇怪怪,教人看不懂的语言要好一些。现在一些画家、文学家,缺少的正是这种陈辞滥调的功夫!

一九九六年一月

二

天竹是灌木,别有草本者,齐白石曾画。他爱画草本天竹,因为是他乡之物。而我宁取木本者,以其坚挺结实,果粒色也较深。齐白石自画其草本天竹,我画我的,谁也管不着谁。

天竹和蜡梅是春节胜景,天然的搭配。我的家乡特重白色花心的蜡梅,美之为"冰心蜡梅",而将紫色花心的一种贬之为"狗心蜡梅"。古人则重紫心的,称为"罄口檀心"。对花木的高低褒贬也和对人一样,一人一个说法,只好由他去说。

一九九六年一月

三

梅畹华家牵牛花碗大,人谓外人种也,余画其最小者。齐白石为荣宝斋画笺纸并题。白石题语很幽默,很有风趣。

白石老人尝谓:吾诗第一,字第二,画第三。此言有些道理。画之品位高低决定画中是否有诗,有多少诗。画某物即某物,即少内涵,无意境,无感慨,无喜笑怒骂,苦辣酸甜。有些画家,功力非不深厚,但恨少诗意。他们的画一般都不题诗,只是记年月。徐悲鸿即为不善题画而深深遗憾。

我一贯主张,美术学院应延聘名师教学生写诗,写词,写散文。一个画家,首先得是诗人。

一九九六年一月

注 释

① 本篇原载《随笔》1996 年第三期;后两则文字初收《汪曾祺全集》第六卷,题为《题画二则》,北京师范大学出版社,1998 年 8 月。

人间送小温[①]

　　曾画水仙数束，题诗一首。诗的开头几句是："我有一好处，平生不整人。写作颇勤快，人间送小温……"作家应该给人间送一点温暖，哪怕是很小的一点。作家应该引发读者对生活的信心，使读者感到生活是美好的，有希望的，从而提高读者的精神素质，使自己更崇高，更优秀，更美。

　　看电视，感受到一点：人的表情在发生普遍的变化，不像反右、大跃进、文化大革命……的时候，每个人都活得更沉重，很困惑。现在的人都显得很轻松，很愉快。人的精神面貌在不知不觉中发生变化了，这是改革开放的最难得的收获。

　　温暖的篝火在燃烧，作家应该往火里投进几束薪柴。

注　释

① 　本篇原载 1996 年 2 月 24 日《羊城晚报》。

《废名小说选集》代序[①]

冯思纯同志编出了他的父亲废名的小说选集,让我写一篇序,我同意了。我觉得这是义不容辞的事,因为我曾经很喜欢废名的小说,并且受过他的影响。但是我把废名的小说反复看了几遍,就觉得力不从心,无从下笔,我对废名的小说并没有真的看懂。

我说过一些有关废名的话:

> 废名这个名字现在几乎没有人知道了。国内出版的中国现代文学史没有一本提到他。这实在是一个真正很有特点的作家。他在当时的读者就不是很多,但是他的作品曾经对三十年代、四十年代的青年作家,至少是北方的青年作家,产生过颇深的影响。这种影响现在看不到了,但是它并未消失。它像一股泉水,在地下流动着。也许有一天,会汩汩地流到地面上来的。他的作品不多,一共大概写了六本小说,都很薄。他后来受了佛教思想的影响,作品中有见道之言,很不好懂。《莫须有先生传》就有点令人莫名其妙,到了《莫须有先生坐飞机以后》就不知所云了。但是他早期的小说,《桥》、《枣》、《桃园》和《竹林的故事》写得真是很美。他把晚唐诗的超越理性,直写感觉的象征手法移到小说里来了。他用写诗的办法写小说,他的小说实际上是诗。他的小说不注重写人物,也几乎没有故事。《竹林的故事》算是长篇,叫做"故事",实无故事,只是几个孩子每天生活的记录。他不写故事,写意境。但是他的小说是感人的,使人得到一种不同寻常的感动。因为他对于小儿女是那样富于同情心。他用儿童一样明亮而敏感的眼睛观察周围世界,用儿童一样简单而准确的笔墨来记录。他的小说是天真的,具有天真的美。因为他善于捕捉儿童的思想和情绪,他运用了

意识流。他的意识流是从生活里发现的，不是从外国的理论或作品里搬来的。……因为他追随流动的意识，因此他的行文也和别人不一样。周作人曾说废名是一个讲究文章之美的小说家。又说他的行文好比一溪流水，遇到一片草叶都要去抚摸一下，然后又汪汪地向前流去。这说得实在非常好。

我的一些说法其实都是从周作人那里来的。谈废名的文章谈得最好的是周作人。周作人对废名的文章喻之为水，喻之为风。他在《莫须有先生传》的序文中说：

> 这好像是一道流水，大约总是向东去朝宗于海，他流过的地方，凡有什么汊港弯曲，总得灌注潆洄一番，有什么岩石水草，总要披拂抚弄一下子，再往前走去，再往前去，这都不是他的行程的主脑，但除去了这些，也就别无行程了。

周作人的序言有几句写得比较吃力，不像他的别的文章随便自然。"灌注潆洄"、"披拂抚弄"，都有点着力太过。有意求好，反不能好，虽在周作人亦不能免。不过他对意识流的描绘却是准确贴切且生动的。他的说法具有独创性，在他以前还没有人这样讲过。那时似还没有"意识流"这个说法，周作人、废名都不曾使用过这个词。这个词是从外国迻译进来的。但是没有这个名词不等于没有这个东西。中国自有中国的意识流，不同于普鲁斯特，也不同于弗吉尼亚·吴尔芙，但不能否认那是意识流，晚唐的温（飞卿）李（商隐）便是。比较起来，李商隐更加天马行空，无迹可求。温则不免伤于轻艳。废名受李的影响更大一些。有人说废名不是意识流，不是意识流又是什么？废名和《尤利西斯》的距离诚然较大，和吴尔芙则较为接近。废名的作品有一种女性美，少女的美。他很喜欢"摘花赌身轻"，这是一句"女郎诗"！

冯健男同志（废名的侄儿）在《我的叔父废名》一书中引用我的一段话，说我说废名的小说"具有天真的美"以为"这是说得新鲜的，道别人之所未道"。其实这不是"道别人之所未道"。废名喜爱儿童（少年），也非常善于写儿童，这个问题周作人就不止一次地说过。我第一次读废名的作品大概是《桃园》。读到王老大和他的害病女儿阿毛说："阿毛，不说话一睡就睡着了"，忽然非常感动。这一句话充满一个父亲对一个女儿的感情。"这个地方太空旷吗？不，阿毛睁大的眼睛叫月亮装满了"，这种写法真是特别，真是美。读《万寿宫》，至程小林写在墙上的字："万寿宫丁丁响"，我也异常的感动，本来丁丁响的是四个屋角挂的铜铃，但是孩子们觉得是万寿宫在丁丁响。这是孩子的直觉。孩子是不大理智的，他们总是直觉地感受这个世界，去"认同"世界。这些孩子是那样纯净，与世界无欲求、无争竞，他们对世界是那样充满欢喜，他们最充分地体会到人的善良、人的高贵，他们最能把握周围环境的颜色、形体、光和影，声音和寂静，最完美地捕捉住诗。这大概就是周作人所说的"仙境"。

另一位真正读懂废名，对废名的作品有深刻独到的见解的美学家，我以为是朱光潜。朱先生的论文说："废名先生不能成为一个循规蹈矩的小说家，因为他在心境原型上是一个极端的内倾者。小说家须得把眼睛朝外看，而废名的眼睛却老是朝里看；小说家须把自我沉没到人物性格里面去，让作者过人物的生活，而废名的人物却都沉没在作者的自我里面，处处都是过作者的生活。"朱先生的话真是打中了废名的"要害"。

前几年中国的文艺界（主要是评论家）闹了一阵"向内转""向外转"之争。"向内转、向外转"与"向内看、向外看"含义不尽相同，但有相通处。一部分具有权威性的理论家坚决反对向内，坚持向外，以为文学必须如此，这才叫文学，才叫现实主义；而认为向内是离经叛道，甚至是反革命。我们不反对向外的文学，并且认为这曾经是文学的主要潮流，但是为什么对向内的文学就不允许其存在，非得一棍子打死不可呢？

废名的作品的不被接受，不受重视，原因之一，是废名的某些作品确实不好懂。朱光潜先生就写过："废名的诗不容易懂，但是懂得之后，你也许要惊叹它真好。"这是对一般人而言，对平心静气，不缺乏良知的读者，对具有对文学的敏感的解人而言的。对于另一种人则是另一回事。他们感觉到废名的文学对他们是一种潜在的威胁,会危及他们的左派正宗,一统天下。他们不像十年前一样当真一棍子打死,他们的武器是沉默,用不理代替批判。他们可以视若无睹,不赞一辞,仿佛废名根本不存在。他们用沉默来掩饰对废名,对一切高雅文学的刻骨的仇恨。他们是一些粗俗的人,一群能写恶札的文艺官。但是他们能够窃踞要津,左右文运。废名的价值被认识,他在中国现代文学史上的地位被真正的肯定,恐怕还得再过二十年。

一九九六年三月六日

注　释

① 本篇原载《中国文化》1996 年总第十三期,又载《芙蓉》1997 年第二期,题为《万寿宫丁丁响》;是为《废名小说选集》(冯思纯编,湖南文艺出版社,1997 年版)所作序;初收《汪曾祺全集》第六卷,北京师范大学出版社,1998 年 8 月。

哀哀父母,生我劬劳(代序)①

孝大概是一种东方的,特别是中国的思想。

"哀哀父母,生我劬劳"②,中国人对于父母的养育之恩总是不能忘记。父母养育儿女,也确实不容易。我有个朋友,父亲早丧,留下五个孩子,他的四个弟弟妹妹(他是老大),全靠母亲一手拉扯大的。母亲有一次对孩子说:"你们都成人了,没有一个瘸的,一个瞎的,我总算对得起你们的父亲!"听到母亲这样的话,孩子能够无动于衷么? 中国纪念父母的散文特别的多,也非常感人。

欧阳修的《泷冈阡表》通过母亲的转述,表现出欧阳修的父亲的人品道德,母亲对父亲的理解,在转述中也就表现出母亲本人的豁达贤惠。"自吾为汝家妇,不及事吾姑,然知汝父之能养也。汝孤而幼,吾不能知汝之必有立,然知汝父之必将有后也。"是真能对丈夫深知而笃信。"……其施于外事,吾不能知。其居于家,无所矜饰,而所为如此,是真发于中者耶? 呜呼,其心厚于仁者耶? 此吾知汝父必将有后也。""其后修贬夷陵,太夫人言笑自若,曰:'汝家故贫贱也,吾居之有素矣,汝能安之,吾亦安矣。'"这样的见识,真是少见,这是一位贤妻,一位良母,叫人不能不肃然起敬的东方的,中国妇女。

归有光对母亲感情很深,常和妻子谈起母亲,"中夜与其妇泣,妇亦泣。""世乃有无母之人,天乎痛哉!"世上有感情的人,都当与归有光同声一哭。

写父亲、母亲的散文的特点是平淡真挚,"无所矜饰",不讲大道理,不慷慨激昂,也不装得很革命,不搔首弄姿,顾影自怜。有些追忆父母的散文,其实不是在追忆父母,而是表现作者自己:"我很革命,我很优美",这实在叫人反感。写纪念父母的散文只须画平常人,记平常事,说平常话。姚鼐《与陈硕士》尺牍云:"归震川能于不要紧之题,说不要紧之语,却自风韵疏淡"。王世贞说归文"不事雕饰而自有风味"。王锡爵说归文"无意于感人,而欢娱惨恻之思,溢于言表"。但做到这点,并不容易。姚鼐说"此境又非石士所易到耳"。其实也不难,真,不做作。"五四"以来写亲子之情的散文颇不少,而给人印象最深的恐怕还得数朱自清的《背影》。朱先生师承的正是欧阳修、归有光的写法。

中国散文,包括写父母的悼念性的文章,自四十年代至七十年代有一个断裂,其特点是作假。这亦散文之一厄。

造成断裂的更深刻的、真正的原因是政治。不断地搞运动,使人心变了,变得粗硬寡情了。不知是谁,发明了一种东西,叫做"划清界线",使亲子之情变得淡薄了,有时直如路人。更有甚者,变成仇敌,失去人性。

增强父母、儿女之间的感情,对于增强民族的亲和力、凝聚力,是有好处的,必要的。从文学角度看,对继承欧阳修、归有光、朱自清的传统,是有好处的。继承欧、归、朱的传统的前提,是人性的回归。

再也不要搞运动了,这不仅耽误事,而且伤人。这样才能"再使风俗淳"。

因此,《走近名人文丛》的编选是有意义的,意义不只限于文学。

一九九六年四月二日

注　释

① 本篇原载《走近名人文丛》,闻一石编,中国工人出版社,1996 年版;初收《汪曾祺全集》第六卷,北京师范大学出版社,1998 年 8 月。

② 见《诗经·蓼莪》。

"国风文丛"总序[①]

为什么要编这样一套"国风文丛"？无非是介绍各地的风土人情、山川景色、乃至瓜果吃食而已。对读者说起来，可以获得一点知识，增加一分对吾土吾民的理解和感情，更爱我们这个国，而已。

中国很大，处处不乏佳山水。长江三峡、泰山、黄山、青城、峨嵋……的确很美，足为"平生壮观"。除了自然景观，还有众多的人文景观。"天下名山僧占多"，有山必有庙，庙多宏伟庄严。四大道场，各具一格。道教的山，比起佛教的山似稍逊，因为道教的神本来就比较杂乱。我在国外似乎见到人文景观较少。故宫、颐和园令外国人称赞不置。像网师园那样的苏州园林几乎没有。把人文景观和自然景观结合起来，是中国文化心理的一个特点。

中国人很会写游记。郦道元《水经注》记三峡："自三峡七百里中，两岸连山、略无阙处；重岩叠嶂，隐天蔽日，自非亭午夜分，不见曦月"，把一个绝大的境界用几句话就概括出来了，真是大手笔！柳宗元《至小丘西小石潭记》："潭中鱼可百许头，皆若空游无所依。日光下澈，影布石上，怡然不动；俶尔远逝，往来翕忽，似与游者相乐。"用鱼的动写出环境的静，开创了游记的新写法。柳文之法成了诗文的一种传统。能继承郦道元的传统则很难，没有这样大的笔力。

当代散文延续了古典散文的余绪，有些是写得很好的。这套丛书的一些篇可以证明。

华夏诸神的神际关系很复杂，很乱。如泰山碧霞元君，一会儿说她是泰山神的侍女、女儿；一会儿又说她是玉皇大帝的女儿，又说她是玉皇大帝的妹妹。她后来实际上取代了东岳大帝，成为泰山的主神。关云长的地位不断提升。他在黄河以北一直做到"伏魔大帝"，但没有听说像华南那样是财神。关云长和发财不知道怎么会拉扯在一起。沿海几省乃至东南亚敬奉的妈祖,北方人对她却相当陌生。黄河以北有些城里有天后宫,天后是不是就是妈祖,很难说。北方比较重视城隍。属于城隍系统的官员有城隍——土地——灶王。有的地方在城隍以下,土地以上,还有个级别在两者之间的"都土地"。这一官列的干部大都有名有姓,但其说不一。拿城隍来说,宋初姓孙名本;明永乐时是周新。灶王也有名有姓,《荆楚岁时记》说此公姓苏名吉利,妇姓王名搏颊,但是民间却说他叫张三。北方俗曲云:"灶王爷本姓张",他好像是做了什么见不得人的事,钻进了灶洞,弄得脸上乌七抹黑。我不想劝散文作家对民间神祇作一些繁琐的罗列考证(那本是一篇胡涂账),但是建议写地域散文的作家从民间文化的角度,审视这些无稽之谈所折射出来的心理文化质素,这不是简单的事。比如妈祖是海的保护神,这是无可怀疑的。海之神是女性,顺理成章。但是山之神碧霞元君却也是女性,是很耐人寻味的。民间封神的男男女女或多或少都是女权主义者。

与神鬼佛道有密切关联的是过年过节。各地年、节互有异同。如送灶,各地皆然,但日期不一样。北京是腊月二十三,我们那里则是二十四。军民也不一样,"军三民四龟五"。没有人家是二十五送灶的,这等于告诉人这家是妓女。过年是全国的假日,自初一至初五,不能扫地,也不能动针线。这可使辛苦一年的妇女得到一个彻底的休息,用意至善。对孩子来说,过年就是吃好吃的。"小孩小孩你别馋,过了腊八就是年"。北方过年大都吃饺子,"好吃不过饺子,舒坦不过倒着"。不过不能顿顿吃饺子,得变变花样。东北人的兴奋点是"初一的饺子初二的面,初三的饸子往家攥"。从北京到厦门,都兴吃春饼,以酱肉、酱鸡、酱鸭、炒鸡蛋,裹甜面酱、青韭、羊角葱、炒绿豆芽,卷而食之,同时必有一盘生萝卜细切丝。过年吃脆萝卜,谓之"咬春"。春饼很好吃,"咬春"的名字也起得好!正餐以外有零吃,花生、葵花籽、柿饼、风干栗子。北京家家有一堂蜜供。不到初五,供尖儿就叫孩子偷偷掰掉了。我们那里家家有果盒,亦称"盖盒",漆制圆盒,底层分好几格,装核桃云片糕、"交结糖"、猪油花生糖、青梅、金橘饼、荔枝干、桂圆。这本是待客佐茶用的(故又称"茶食盒"),但都为孩子一点一点拈到嘴里吃掉了。

过节各有时令食品。清明吃槐叶凉面、荞麦扒糕。依次为煮螺蛳、"喜蛋"——孵不出壳的毛鸡蛋;紫白桑葚、枇杷(白沙)、麦黄杏;粽子、新腌鸭蛋、炝白虾、黄瓜鱼、砗鳌(即花蛤);藕、莲蓬、煮芋艿、毛豆、新蚕豆、菱、水晶月饼(素油)、臭苋菜杆、鶒(一种水鸟)、烧野鸭、糟鱼;最后为五香野兔、羊糕(山羊大块连皮,冻实后切片)……这些都是对于旅居的游子的蛊惑,足以引起对童年生活的回忆。地域文学实际上是儿童文学,——一切文学达到极致,都是儿童文学。

搞地域文学都会遇到一个棘手的问题,——语言。中国地大山深,各地语言差别很大,彼此隔绝,几乎不能成为斯大林所说的"人类交际的工具"。福建的大名县召开解放后第一次党代会,台上的翻译竟有七个!推广普通话势在必行,刻不容缓。这也影响到文学。现在的文学都是用普通话写的,但这是怎样的普通话?张奚若先生在担任教育部长时曾说过:普通话并不是普普通通的话。文学语言不是莫里哀喜剧里的一个人物"说了一辈子散文"的那种散文。散文的语言总还得经过艺术加工。加工得有个基础,除了"官话",基础是作家的母语,也就是一种方言。作家最好不要丢掉自己的母语。母语的生动性只有作家最能体会,最能掌握。文丛中有些散文看来是用普通话写的,但"话里话外"都还有作家母语——方言的痕迹。这增加了地域的色彩,这是好事。普通话是"以北方话为基础,以北京音为标准音"的,从历史发展看,"官话"有一个不小的问题,即入声的失去。入声是怎么失去的?周德清以为入声派入平上去三声。"派入",有点人为的意思,谁来"人为"了?这变化恐怕还是自然形成的。没有入声,我觉得是一个很大的损失。唐宋以前的诗词是有入声的。没有入声,中国语言的"调"就从五个(阴、阳、上、去、入)变成四个(阴阳上去),少了一个。这在学旧诗词和写旧诗词的人都很不便。老舍先生是北京人,很"怕"入声,他写的旧诗遇有入声,都要请南方人听听,他说:"我对入声玩不转"。我听过一段评弹:一个道士到人家做法事,发现桌子下面有一双

钉鞋,想叫小道士拿回去,在经文里加了几句:

> 台子底下,
>
> 有双钉靴。
>
> 拿俚转去,
>
> 落雨著著,
>
> 也是好格。

"落雨"的"落"、"著著"的"著"都是入声,老道士念得有板有眼,味道十足。如果改成北京话:"把它拿回去,下雨天穿穿,倒也不赖",就失去原来滑稽的神韵了。我觉得散文作家最好多会几种语言,至少三种:一普通话;二母语;三母语以外的有入声的一种方言,如吴语、粤语,这实在相当困难。但是我们是干什么的?不是写地域性文学的作家么?一个搞地域文学的散文作家不掌握几个地区的语言,就有点说不过去。

写散文,写地域性的散文既可使读者受到诗的感染,美的浸润,有益于人,对自己也是一种精神的享受。我觉得写这样的散文是最大的快乐。不知道文丛的作家以为如何。

是为序。

一九九六年四月十五日

注　释

① 本篇原载《国风文丛》(汪曾祺主编,中国对外翻译出版公司,1998 年版),该丛书包括湘鄂卷、西藏卷、北京卷、吴越卷等卷;初收《汪曾祺全集》第六卷,北京师范大学出版社,1998 年 8 月。

再 淡 一 些^①

——《文牧散文选》序

对于散文诗我实在说不出什么。

我甚至连散文诗是什么都不知道。

一个人在生活中遇见一点什么,有点印象,有所触动,有所感悟,凝眸片刻,随手记了下来,自自然然,潇潇洒洒,这可能成为一首散文诗,一首好的散文诗。散文诗是不能"做"的。散文诗不能不像散文诗,也不能太像散文诗。现在,有些写散文诗的人唯恐读者不把他的作品当做散文诗,于是变得装模作样,满身诗味。这样的散文诗只能让我觉得:讨厌。

散文诗可遇不可求。

我很喜欢文牧的一些散文诗。如《春》:

> 在融融的春水里,一群鸭子欢快地游着,啄食着刚刚开江冰凌滚动着的草根。
>
> 在喧闹的江边红柳枝上,飞鸟喳喳地唱着一支歌。
>
> 碧绿的秧田里,歌声阵阵,那巴答巴答的有节奏的洗秧苗的水声,是动听的劳动的旋律。
>
> 啊,春天来了。

"春江水暖鸭先知"本是苏东坡的诗,但是这里的鸭群啄食滚动冰凌的草根,这是图们江特有的,这不是"脱化",更不是抄袭,这是文牧的直接的、"切身"的感受,所以很新鲜。诗要有未经人道语,须有别人没有的一双眼睛。

"巴答巴答"洗秧苗的水声,"巴答巴答"只是状声词,但是很美。

这里写声比写形传出更多的画意。

如《啊，古丽盖》：

> 在一个春天的早晨，我来到这里。啊，我就住在西拉木伦河畔一个牧民的村里。
>
> 西拉木伦河啊，滚滚奔腾不息，河上翻波浪，两岸有歌声。第三天，牧民的小女儿树枝领我来到河畔，十三岁的小姑娘，是我的向导。她长得很高，两个羊角辫子在头上摇摆着，她走得很快，时刻在前面催着我，不时在草地上等着我。
>
> 突然，在坨子边上，在那刚刚抽芽的新绿的草地上，有一丛开着白色的小花朵，深深地把树枝吸引住了。
>
> "呀，你看这花多好看，你不愿意看看么？"
>
> "我老远就看见了，这是一种什么花？"
>
> "这叫古丽盖哟，额吉(蒙古语母亲之意)说，它是我们草原上最好的花哩。熬成药水可以治胃痛、腹泻。"
>
> 啊，乳白色的小花朵，春天开花最早的花朵，牧民们最喜爱的花朵。它是花也是药。
>
> 我们又往前走了，我禁不住赞叹了一句：
>
> "古丽盖啊！"
>
> "嗯，你叫我干什么？"
>
> 啊，我才知道，原来树枝这小姑娘还有一个美丽而朴素的小名叫古丽盖的。
>
> 草原上的女孩子都有一个美丽的好名字。
>
> 啊，古丽盖啊！

这只写了一个蒙古女孩的名字和草原一种野花的名字的巧合，然而……

《春》并没有写春天给人的喜悦，然而读者感觉到了。《啊，古丽盖》并没有写古丽盖的可爱(只是写她走得很快，梳了两条羊角辫子，连她的身材、眼睛都没有写)，然而读者感觉到了。文牧没有写对生活,对人,对自然的赞叹,然而读者感觉到了。文牧非常懂得节制感情,节制辞藻。大音希声,绘事后素,文牧很能欣赏平淡之美。有评论家说作家文牧文笔朴素清新,我找不出更恰切的词儿,只能表示同意。

散文诗最好适可而止,不要"点题"。比如《草原的日出》:

> 所有的马群都昂起了头,所有的羊群都默默地停止了啃草,所有的牛都像沉默的山一样。(曾祺按:这写得多美!)
>
> 这时,远远的草原的尽头,跃起一个大火球,这一跃非同小可,整个草原沐浴在金红的霞光之中。
>
> 我和牧马队长相对微微点头,我们会心地庄严地笑了。
>
> 我知道了草原的人们不贪睡早觉,所有的人们都要迎接,沐浴第一缕阳光。

我认为"会心"有些多余,"庄严"就很好,"会心"反而把"庄严"冲淡了。"庄严"是个有分量的,有宗教意味的独特的词,"会心"则是一般化的词。

又如《花》:

> 我的花留在你的案头,你每夜可以看见。
>
> 不,我的花置在你的枕边。
>
> 我的花插在你的发上,你伸手可以触摸。

这就很好,很完整,下面的两句:

> 不,我的花开在你的心上。
>
> 不是不爱花,花有残谢,我爱的是你的笑容。

就显得多余。本来很轻盈,变得笨重了。

诗、散文里最好不要出现"心"、"梦"、"爱"、"诗意"、"激情"、"社会主义"这样的字眼。这些意思只能使人意会,不能说出。如倪云林所说:一说便俗。

文牧有时称他的散文诗为"儿童小散文",他是自甘为儿童文学作者的。儿童文学是神圣的。儿童文学的对象是谁? 是诗人,不是一般意义上的"儿童"。儿童是真正的诗人。他们有诗情,并且有哲学。儿童文学的作者对儿童应该是尊敬的,他们的地位是平等的。有些儿童文学作者认为给儿童写作就要把自己的思想、语言降低下来,说上些"阿姨腔"的话,这实在是对儿童的侮辱。千万不要跟儿童说些甜腻腻的话。

《文牧散文选》(时代文艺出版社出版)收入二百余题散文、散文诗,是从文牧七八个已出集子精选的,也有一部分是近年所发表的新作。

文牧所写的环境,基本上是科尔沁草原和长白山地区:大草原、牧群、守桥战士、墓碑;大森林、松塔、大雪、小河、野花、小车站、邮递员、小学、果园……安静、和平、香甜。但是老写这些,不免使人有单调之感。我希望文牧能出来走走,开阔眼界,也开阔思路,想得更多一点,也更深一些。

文牧的散文诗似乎缺少一种东西:悲愤。愤怒出诗人。我们需要苹果梨,也需要辣椒。因为世界并不总是那么美好。

我这篇序实在写得不好,因为属于鲁迅所说的写不出来硬写。

注　释

① 本篇原载 1996 年 6 月 7 日《文艺报》,又载 1996 年 7 月 15 日《长春日报》,有改动;初收《汪曾祺全集》第六卷,北京师范大学出版社,1998 年 8 月。

书 到 用 时①

　　我曾经想写一短文,谈中国人的吃葱,想引用两句谚语:"宁吃一斗葱,莫逢屈突通"。说明中国有些人是怕吃葱的。屈突通想必是个很残暴的人。但是他是哪一朝代的人,他做过什么事,为什么叫人望而生畏,却不甚了了。这一则谚语只好放弃。好像是《梦溪笔谈》上说过,对于读书"用即不错,问却不会"。很多人也像我一样,对于人物、典故能用,但是出处和意义不明白,记不住,知其然而不知所以然。这样读书实在是把时间白白地浪费了。

　　我曾有过一本影印的汤显祖评点本《董西厢》,我很喜欢这本书。汤显祖是大戏曲作家,又是大戏曲评论家。他的评点非常深刻,非常生动。他的语言也极富才华,单是读评点文章,就是很大的享受,比现在的评论家不知道要强多少倍——现在的评论家的文章特点,几乎无一例外:噜嗦! 汤显祖谈《董西厢》的结尾有两种。一是"煞尾",一是"度尾"。"煞尾"如"骏马收缰,寸步不移";"度尾"如"画舫笙歌,从远处来,过近处,又向远处去"。这样用比喻写感受,真是妙喻! 我很喜欢"汤评",经常要翻一翻。这本书为一戏曲史家借去不还。我不蓄图书,书丢了就丢了,这本书丢了却叫我多年耿耿,因为在写文章时不能准确地引用,只能凭记忆背出来,字句难免有出入。——汤显祖为文是字字都精致讲究的。

　　为什么读书? 是为了写作。朱光潜先生曾说,为了写作而读书,比平常地读书的理解、记忆要深刻,这是非常正确的经验之谈。即使是写写随笔、笔记,也比空过了强。毛泽东尝言:不动笔墨不读书,肯哉斯言。

注　释

① 　本篇原载 1996 年 9 月 10 日《书友周报》;初收《汪曾祺全集》第六卷,北京
　　师范大学出版社,1998 年 8 月。

评 审 感 言[①]

我觉得应征散文的质量都相当高,超过我事先的估计。"冰心散文奖"的举办是会成功的。评奖成功与否,最终将会决定于应征文章的质量,是可为评奖工作贺。

大部分散文的特点是所感者深,而所思者远。接触一种生活,不是"就事论事"而是能够向大处开拓,由此及彼,关注到全国、全世界、全人类,一往情深,忧思如焚,此非为写散文而写散文,浮光掠影者所比拟者也。

语言文字,功力不凡。很多文章写得都较为活泼流畅,跳跃夭矫,不是一般报刊文章那样过于平实,少见才华。

这些特点在海外华人文中表现得尤其鲜明。原甸先生曾担心文坛主力在中国大陆,"得奖者清一色",实属过虑。使我惊奇的倒是侨民之文似多超过大陆作者。远在海外,文章字里行间,对祖国有如许深情。且能驾驭华文如此精熟。既有继承,且能接受外国影响,造语行文,有所突破,诚为难能可贵矣。

我觉得这样一些有特色的散文汇集出版,将会对大陆散文的发展起很大的推动作用,其意义将不止限于福州十邑,可喜也。

注　释

① 本篇原载《第一届冰心文学奖散文参赛文选·千花集》。

平 心 静 气①

——《布衣文丛》代序

把这样一些看似彼此没有多大关联的文章放在一起,编成一套书,有什么意义?意义还是有的。这些文章虽然散散漫漫,但有一种内在联系贯通的东西,那就是都是谈人生的,对人生的态度和感受。或多或少,都有一点人道主义的精神。

宋儒提出过"饿死事小,失节事大"这种不通人情,悖乎人性的酷论,因此为后世所诟病,但宋儒亦有可取的一面。我很欣赏这样的境界:

> 万物静观皆自得,
>
> 四时佳兴与人同。

用一种超功利的眼睛看世界,则凡事皆悠然,而看此世界的人也就得到一种愉快,物我同春,了无粘滞,其精要处乃在一"静"字。道家重"习静","山中习静观朝槿",能静,则虽只活一早上的槿花,亦有无穷生意矣。"与人同",尤其说得好,善与人乐,匪止独乐,只真得佳兴。

宋人又有诗:

> 顿觉眼前生意满,
>
> 须知世上苦人多。

这说得更为明白。"生意满"即"四时佳兴","苦人多"说出对众生的悲悯关怀,此蔼然能仁者之心也。

这样的对生活的态度是多情的,美的。

人之一生感情最深的,莫过于家乡、父母和童年。离开家乡很远了,但家乡的蟋蟀之声尚犹在耳。"仍怜故乡水,万里送行舟",不论走到天涯海角,故乡总是忘不了的。"哀哀父母,生我劬劳",这是一种东方式的思想,西方人是不大重视的,但是这种思想是好的。"瓶花妥帖炉香稳,觅我童心四十年","大人者不失其赤子之心者也",人到上了岁数了,最可贵的是能保持新鲜活泼的、碧绿的童心。此书所收的文章,写家乡、父母、童年的比较多,这是很自然的。

人生多苦难。中国人、中国的知识分子生经忧患,接连不断的运动,真是把人"整惨了"。但是中国的知识分子却能把一切都忍受下来,在说起挨整的经过时并不是椎胸顿足,涕泗横流,倒常用一种调侃诙谐的态度对待之,说得挺"逗",好像这是什么有趣的事。这种幽默出自于痛苦。唯痛苦乃能产生真幽默。唯有幽默,才能对万事平心静气。平心静气,这是中国知识分子的缺点,也是优点。

现在处在市场经济时期,像一般资本主义初期积累时期一样,不免会物欲横流,心情浮躁,重利轻义,道德伦理会遭到一场大破坏。在这样的时候,民主与建设出版社委托邓九平同志主编这套《布衣文丛》,有何意义,对青年读者会产生什么影响?影响是有的,唤醒青年的良知,使他们用一种更纯真,更美的态度对待生活。"随风潜入夜,润物细无声",在青年人干涸的心里洒一片春雨。

是为序。

一九九六年十一月

注　释

① 本篇原载《布衣文丛》,民主与建设出版社,1997 年版;初收《汪曾祺全集》第六卷,北京师范大学出版社,1998 年 8 月。

辞达而已矣[①]

在西单,开过来一辆宣传交通安全的宣传车,车上的广播喇叭用清晰的字音广播:

"横穿马路不要低头猛跑"。这是非常准确的语言,真是悬之国门不能增改一字。在校尉营派出所外面墙上看到一张宣传夏令卫生的小报,有一句标语:"残菜剩饭必须回锅见开再吃",这也是非常准确的语言,虽然用的字眼比起前一例动作性稍差。为什么这些搞实际工作的同志能锻炼出这样精确的语言来呢?因为他们要他们的话使人一听就明白,记得住,留下深刻的印象。应该向这些在语言里灌注了"为人民服务"精神的宣传家致敬。语言是思想的直接现实。

各种行业所用语言大都竭力简练,如过去许多店铺的牌匾上所写的"童叟无欺"、"不二价"。在西四一家店铺门外看到两条大字:"出售新藤椅,修理旧棕床",一看就知道这家经营的业务。有一个修锁配钥匙的小铺的玻璃橱窗上贴一个字条,八个字:"照配钥匙""立等可取",十分醒目。我所见过的最简练的商业宣言,是北京的澡堂的,迎门四个大字:"各照衣帽",真是简到不能再简了!

有些店铺在标明该店特点时常使之带点艺术性。过去店铺"门脸"大都是这样的格局:正中是一块横匾,上书该店字号,这就是所谓"金字招牌"。两旁各有一块稍小的横匾,上书该店专业。如北京稻香村,写的是"杏渍豚蹄"、"蹠味珍鸡",这是说专卖南味熟肉的。有一家糕点铺,写的是"尘飞白雪"、"品重红绫"。"红绫"有一个典故,不大好懂。煤铺一般不挂匾,而在八字粉墙上漆出黑字:"乌金墨玉"、"石火光恒",这很形象。"石火光恒"很有点哲理意味。我在北京见过的最美的粉墙黑字的"行业文学",是在八面槽,一个老娘(接生婆)的门

前,写的是:

轻车快马,吉祥老老。

"轻车快马"潇洒之至。

语言是人类交际的工具,其目的在使人懂,"出我之口,入你之心","辞达而已矣"。可是有那么一种人,专说那种叫人听不懂的话。这就是文艺评论家。我最怕看文艺评论,尤其是两三位、三四位评论家的对谈。我简直不知道他们云苫雾罩地说些什么。咬牙硬看,看明白了,原来他们什么也没有说。"以艰深文浅陋",他们是卖假药的江湖郎中。

注 释

① 本篇原载 1996 年 12 月 3 日《书友周报》。

对仗·平仄①

英文《中国文学》翻译了我的小说《受戒》。事前我就为译者想：这篇东西是很难翻的。"受戒"这个词英文里大概没有，翻译家把题目改了，改成"一个小和尚的恋爱故事"，这不免有点叫人啼笑皆非。小说里有四副对联，这怎么翻？样书寄到，拆开来看看正文，这位翻译家对对联采取了一个干净绝妙的办法：全部删掉。我所见到的这篇小说的几个译本对对联大都只翻一个意思，不保留格式。只有德文译文看得出是一副对联：上下两句的字数一样，很整齐。这位德文译者真是下了功夫！但就是这样，也还是形似而已，不是真正的对联。

对联是中国特有的艺术形式。对联的前提是必须是单音缀（或节）的语言，一字、一音、一意。西方的语言都是多音节的，"对"不起来。

与对仗有关的是中国话（主要指汉语）有"调"。据说古梵语有调，其他国家的语言都没有鲜明的音高调值差别。郭沫若参加世界和平理事会，约翰逊主教就觉得郭说话好像在唱歌，就是因为郭老的语言有高低调值。中国人觉得老外说话都是平的，外国人学说中国话最"玩不转"的便是"调"。

对联的上下联相同位置的字音要相反，上联此位置的字是平声，则下联此位置之字必须是仄声。两联的意思一般是一开一阖，一正一反，相辅相承。或两联意境均大，如"大漠孤烟直，长河落日圆"；或两句都小，如"细雨鱼儿出，微风燕子斜"。有些对句极工巧，而内涵深远，如李商隐"此日六军同驻马，当年七夕笑牵牛"。有"无情对"，只是字面相对，意思上并无联系，如我的小说《受戒》中的一副对联：

　　一花一世界，

三邈三菩提。

"三邈三菩提"的"三"并非幺二三的三,这不是数字是梵语汇音。有"流水对",上一句和下一句一气贯穿,如同流水,似乎没有对,如"三十一年还旧国,落花时节读华章"。"流水对"最难写,毛泽东这一联极有功力。

由于有对仗、平仄,就形成中国话的特有的语言美,特有的音乐感。有人写诗,两个字意思差不多,用这个字、不用那个字,只是"为声俊耳"(此语出处失记)。作为一个当代作家应该注意培养语言的审美感觉,语言的音乐感,能感受哪个字"响",哪个字不"响"。

我们今天写散文或小说,不必那么严格地讲对仗,讲平仄,但知道其中道理,使笔下有丰富的语感,是有好处的。我写小说《幽冥钟》,写一座古寺的罗汉堂外有两棵银杏树,已是数百年物,"夏天,一地浓荫。冬天,满阶黄叶。"如果完全不讲对仗,不讲平仄,就不能产生古旧荒凉的意境。

注 释

① 本篇原载 1996 年 12 月 12 日《书友周报》;初收《汪曾祺全集》第六卷,北京师范大学出版社,1998 年 8 月。

好人平安[①]

——马得及其戏曲人物画

我知道马得是由于苏叶的口头介绍。1991 年秋,参加泰山散文笔会,认识苏叶,她不止一次和我谈起马得。

其后不久,马得到北京来,承蒙枉顾敝庐,我才得识庐山面目。马得修长如邹忌,肩宽平(欧洲人称这样的肩为"方肩"),腰直,不驼背。眼色清明,而微含笑意。留了一抹短髭,有点花白,修剪得很整齐。衣履精洁,通身干干净净,清清爽爽,很有艺术家的风度,照北京人的说法,是很"帅"。

马得是画家,看起来温柔儒雅,心气平和,但是他并不脱离现实,他对艺术、对生活的态度都是一个现实主义者。他爱憎分明,胸中时有不平之气,有时是相当激动的,对此世界的是是非非,并不含糊,也无顾忌,指桑骂槐,一吐为快。马得的一部分画,骨子里(此似是南京话)是一把辛酸和悲愤。他在《画戏话戏·〈杀四门〉》中写道:"……戏中的尉迟恭给人穿小鞋,想置人于死地……在那争权夺利、尔虞我诈的封建社会里,用给小鞋穿的手段来打击报复,是常有的事……其实生活中,给人小鞋穿者,哪会如此明明白白,他未见得跟你对话;那座城门,也未见得紧紧关着,有时倒是四敞大开,但你一走到门口,便像有自动装置似的'哐当'一声便关上了;你想上告么? 也是麻烦得很,很难有澄清之日。"

画中的秦怀玉是浑身缟素,倒竖双眉,寥寥几笔,便表现出五内如焚的悲愤,而尉迟恭的老奸巨猾也跃然纸上。因为马得的画内涵上的悲剧性,就使他的画有较大的浑度和力度,不是一般的"游戏笔墨"。

但是马得是一个抒情诗人。他爱看戏,因为戏很美。马得能于瞬息间感受到戏的美,捕捉到美。他画戏是画戏中之诗,不求形似。他最爱画《牡丹亭》,这辈子不知道画了多少张。他画《牡丹亭》人物,只用单线勾成,线如游丝,随风宛转,略敷淡色,稍染腮红,使人有梦境之感。马得的许多画都有梦意,《游园·惊梦》如此,《拾画·叫画》如此,《蝴蝶梦》更是如此(此幅用深色作底子,人物衣著皆用白粉,更显得缥缥缈缈)。我们可以称马得为"画梦的人"。

黄苗子曾说过马得有童心,可谓知言。已经过了七十的人,还能用儿童一样天真的眼睛,儿童一样的惊奇看待人世,心地善良无渣滓,对生活充满了温暖的同情,诚属难得。仁者寿,马得是会长寿的,他还会画几十年,画出更多好画。

马得的人物画大体可分作两类。一类秀雅娴静,一类奔放粗豪。马得是漫画家。漫画家大都在线上下工夫,有笔无墨,马得很注意用墨,尤其是用水。他画的钟馗、鲁智深,都是水墨杂下,痛快淋漓,十分酣畅。画已经裱出了好几年,还是水气泱泱,好像才掷笔脱手。这和他曾经画过几年国画是有关系的。漫画家大都不善用色,间或一用,也都是满廓平涂,如画卡通。马得的画大都设色,是国画的淡设色,如春水秋月,不板滞,不笨重。他用于人物身上的淡色和舞台上的不尽相同。删除繁缛,追求单纯,点到而已。他爱用蛋青、豆绿,实际上舞台上的旦角很少穿这种颜色的褶子。他画《游园》中的杜丽娘,著银灰色的褶子,白裙,后面有淡淡青山一抹,和人物形成一个十字;这张画不但构图精致,颜色也极其清雅。马得爱画青褶子白裙(或"腰包")的妇女。他所画的最美的女性形象,我以为倒不是杜丽娘,而是《跃鲤记·芦林》里的庞氏。庞氏梳"大头",头上有几个银泡子,青褶子,白色的长裙,腰后可见长长的"线尾子",掩面悲泣,不胜哀婉,真美!我发现马得画人有一特点,爱画人物的后背。《贵妃醉酒》如此,《千里送京娘》如此,《断桥》也如此。中国戏曲表演讲究背上有戏,马得爱画背影,不知从何处悟得。马得画重韵律,重画面。他深明中国戏由动入静——亮相的重要性。他画人物亮"子午相""高低相",并由画面的需要而加调整,和戏有同有不同。难得的是画气势。《判官把路引,去捉负心人》

一气呵成,无一笔犹豫,势如疾风骤雨,锐不可当。我以为这是一个杰作!

马得要出戏曲人物画选,不知是谁的主意(也许是马得点的名),叫我写一篇序。我乐于当一次差,但我对画、对戏都是一知半解,说不出几句"解渴"的话,郑板桥写过一副对联:"搔痒不著赞何益,入木三分骂亦精",我只能说一些似是而非的话,隔靴搔痒,——北京人叫做"间着袜子挠痒痒"。水平所限,只能如此,奈何奈何!

一个人爱才如渴,嫉恶如仇,有抒情气质,有童心,此人必是好人。马得是好人,好人平安!

注　释

① 本篇原载 1996 年《徐州日报》,日期不详;又载《马得戏曲人物画集》,文化艺术出版社,1998 年版。

1997 年

《日下集》题记^①

京味和京派是两回事，两个不同的概念。京派是一个松散的群体，并没有共同的纲领性的宣言。但一提京派，大家有一种比较模糊的共识，就是这样一群作家有其近似的追求，都比较注重作品的思想。即都有一点人道主义。而被称或自称"京味"的作家则比较缺乏思想，缺少人道主义。

我算是"京味"作家么？

《天鹅之死》把天鹅和跳"天鹅之死"的芭蕾演员两条线交错进行，这是现代派的写法。这不像"京味"。《窥浴》是一首现代抒情诗。就是大体上是现实主义的小说《八月骄阳》，里面也有这样的词句：

> 粉蝶儿、黄蝴蝶乱飞。忽上，忽下。忽起，忽落。黄蝴蝶，白蝴蝶；白蝴蝶，黄蝴蝶……

用蝴蝶的上下纷飞写老舍的起伏不定的思绪，这大概可以说是"意象现实主义"。

我这样做是有意的。

我对现代主义比对"京味"要重视得多。因为现代主义是现代的，而一味追求京味，就会导致陈旧，导致油腔滑调，导致对生活的不严肃，导致玩世不恭。一味只追求京味，就会使作家失去对生活的沉重感和潜藏的悲愤。

本集有不少篇是写京剧界的人和事的。京剧界是北京特有的一个社会。京剧界自称为"梨园行"、"内行"，而将京剧界以外的都称为"外行"。有说了儿媳妇的,有老亲问起姑娘家是干什么的,老太太往往说:"是外行"。这里的"外行"不是说不懂艺术,只是说是梨园行以外的人家,并无褒贬之意。梨园行内的人,大都沾亲带故,三叔二大爷,都论得上。他们有特殊的风俗,特殊的语言。如称票友为"丸子",说玩笑开过分了叫"前了"……"梨园行"自然也和别的行一样,鱼龙混杂,贤愚不等。有姜妙香那样的姜圣人,肖老(长华)那样乐于助人而自奉甚薄的好人,有"好角儿",也有"苦哈哈"、"底帏子"。从俯视的角度看来,梨园行的文化素质大都不高。这样低俗的文化素质是怎样形成的?如《讲用》里的郝有才,《去年属马》里的夏构丕,他们是那样可笑,又那样的可悲悯,这应该由谁负责?由谁来医治?

梨园行是北京的一个重要的组成部分。可以说没有梨园行就没有北京,也没有"京味"。我希望写京味文学的作家能写写梨园行。但是要探索他们的精神世界,不要只是写一点悲欢离合的故事。希望能出一两个写梨园行的狄更斯。

一九九七年二月十三日

注 释

① 本篇原载 1997 年 4 月 24 日《北京晚报》;初收《去年属马》,北京燕山出版社,1997 年 8 月;该书原定名为《日下集》,出版时更名为《去年属马》。

《旅食与文化》题记^①

"旅食"作为词语始见于杜甫诗。杜甫《奉赠韦左丞丈二十二韵》：

......

> 骑驴十三载，
>
> 旅食京华春。
>
> 朝扣富儿门，
>
> 暮随肥马尘。
>
> 残杯与冷炙，
>
> 到处潜悲辛。

我没有杜甫那样的悲辛，这里的"旅食"只是说旅行和吃食。

我是喜欢旅行的，但是近年脚力渐渐不济。人老先从腿上老。六十岁时就有年轻人说我走路提不起脚后跟。七十岁生日作诗抒怀，有句云：

> 悠悠七十犹耽酒，
>
> 唯觉登山步履迟。

七十以后有相邀至外边走走，我即声明："遇山而止，逢高不上"了。前年重到雁荡，我就不能再登观音阁，只是在山下平地上看看，走走。即使司马光的见道之言："登山品有道，徐行则不蹶"也不能奉行。甚矣吾衰也！岁数不饶人，不服老是不行的。

老了，胃口就差。有人说装了假牙，吃东西就不香了。有人不以为然，说：好吃不好吃，决定于舌上的味蕾，与牙无关。但是剥食螃蟹，咔嚓一声咬下半个心里美萝卜，总不那么利落，那么痛快了。虽然前几年在福建云霄吃血蚶，我还是兴致勃勃，吃了的空壳在面前堆成一座小

410

山,但这样时候不多矣。因为这里那里有点故障,医生就嘱咐这也不许吃、那也不许吃,立了很多戒律。肝不好,白酒已经戒断。胆不好,不让吃油炸的东西。前几月做了一次"食道照影",坏了!食道有一小静脉曲张,医生命令不许吃硬东西,怕碰破曲张部分流血,连烙饼也不能吃,吃苹果要搅碎成糜。这可怎么活呢?不过,幸好还有"世界第一"的豆腐,我还是能鼓捣出一桌豆腐席来的,不怕!

　　舍伍德·安德生的《小城畸人》记一老作家,"他的躯体是老了,不再有多大用处了,但他身体内有些东西却是全然年轻的"。我希望我能像这位老作家,童心常绿。我还写一点东西,还能陆陆续续地写更多的东西,这本《旅食与文化》会逐年加进一点东西。

　　活着多好呀。我写这些文章的目的也就是使人觉得:活着多好呀!

一九九七年二月二十日

注　释

① 本篇原载《旅食与文化》,广东旅游出版社,1997 年 9 月。

花　溅　泪[①]

我很少看报纸而流泪,但读了《爱是一束花》,我的眼睛湿了。

我眼前影影绰绰看到一个 42 岁的中国的中年妇女的影子,一个平常的、善良而美丽的灵魂。她忍让宽容地对待生活,从不抱怨,从不倾诉。但是多么让人不平啊:摆不出做女孩的娇羞,扮不出当女工的美丽,为住房奔走了十几年,没有过做女人的恬静和迷人……命运不曾让她舒舒心心地做一回女人,就剥夺了她做一个完整的女人的机会,——她得了乳腺癌,就要动手术。这种悲痛只有做女人的才能感受得到。这太不公平!

姐儿仨的姊妹之情是很感人的。妹没有嚎啕大哭,姐和小妹也没有泣不成声,倒是姐给妹唱了一支歌,"七个调唱走了六个半",妹破涕为笑了。

姐把妹送进手术室,在冰天雪地中为妹买了一束妹从来没有接受过的鲜花,踏着积雪归来。

我不知道车军是谁,似乎不是个作家,这篇文章也并没有当一个文学作品来写,只是随笔写去,然而至情流露,自然成文。

作者似乎没有考虑怎样结构,然而这种朴素自然的结构是最好的结构。

结尾也极好:

　　我呢,则和小妹互相依偎着,静静地,等着你醒来。

这是真实的、美的。

读了这样的散文(应该是一篇散文了),会使人恺悌之情,油然而生。

谢谢你,车军!

一九九七年三月七日

注　释

①　本篇原载 1997 年 3 月 19 日《北京日报》。是作者读过北京女工车军的散
　　文《爱是一束花》(1997 年 3 月 7 日《北京日报》)后所写的评论。同期刊
　　载的还有受汪曾祺邀约的邵燕祥、林斤澜为该文撰写的评论文章;初收
　　《汪曾祺全集》第六卷,北京师范大学出版社,1998 年 8 月。

只可自怡悦，不堪持赠君[①]

我本来不赞成用"当代才子书"作为这一套书的总名，觉得这有点大言不惭、自我吹嘘的味道。野莽的主意已定，不想更改，只好由他摆布，即便引起某些人的侧目，也只好不说什么。

"才子"之名甚古，《左传·文公十八年》云"昔高阳氏有才子八人。"这里的"才子"指德才兼备之士。称有才的文士为"才子"始于唐朝。《新唐书·元稹传》："稹尤长于诗，与白居易名相埒……宫中呼为'元才子'。"宋人称为才子者不多。元、明始盛行。最有代表性的是唐伯虎。"才子"往往与"风流"相连，多放浪形骸，不拘礼法，喜欢女人，亦为女人所喜欢，"才子"与"佳人"是"天生的好一对儿"，"才子佳人信有之"，唐伯虎可称才子魁首，他不是点过秋香么？"才子书"大概是金圣叹兴起来的。他把他评点的书称为"才子书"，从第一才子书直至第九才子书。他的选择是有具眼的。野莽编的这一套书称得起是"才子书"么？别人不知道，我是愧不敢当的。

这套书的编法有点特别，是除了文学作品外，还收入了作者们的字画，而作者又大都无官职。"三绝诗书画，一官归去来。"从这一点说，叫做"当代才子书"亦无不可。

我的字应该说还是有点功力的。我写过裴休的"圭峰定慧禅师碑"、颜真卿的《多宝塔》，写过相当长时期《张猛龙》、褚河南的《圣教序》。后来读了一些晋唐人法帖及宋四家的影印真迹。我有一个时期爱看米芾的字，觉得他的用笔虽是"臣书刷字"，而结体善于"侵让"，欹侧取势，姿媚横生。后来发现米字不宜多看，多看则易受影响，以至不能自拔。然而没有办法。到现在我的字还有米字的霸气。我并不喜欢黄山谷的字，而近年作字每多长撇大捺，近乎做作。我没有临过瘦金

414

体,偶尔写对联,舒张处忽有瘦金书味道。一个人写过多种碑帖,下笔乃成大杂烩,中年书体较丰腴,晚年渐归枯硬,这说明我确实老了。

我学画无师承,我父亲是画家,但因为在高邮这么个小地方,见过的名家真迹较少,仅为"一方之士",很难说是大家。他作画时我总是站在一边看,受其熏陶,略知用笔间架。小时我倒是"以画名"的,高中以后,因为数理化功课紧,除了壁报上的刊头,就很少拈画笔了。大学,和以后教中学,极少画画,因无纸笔。再以后当编辑,没有人知道我会画几笔画。当右派以后我倒在一个农业科学研究所画了两套画页,《中国马铃薯图谱》和《口蘑图谱》!一直到文化大革命结束后,给我立了专案,让我交代和江青的关系,整天写检查,写了好些"车轱辘话"。长日无聊,我就买了一刀元书纸,作画消遣。不想被一位搞舞美的同志要去裱了,于是画名复振,一发不可收。我很同意齐白石所说:作画太似则为媚俗,不似则为欺世,因此所画花卉多半工半写。我画不了大写意,也不耐烦画工笔。我最喜欢的画家是徐青藤、陈白阳。我的画往好里说是有逸气,无常法。近年画用笔渐趋酣畅,布色时成鲜浓,说明我还没有老透,精力还饱满,是可欣喜也。我的画也正如我的小说散文一样,不今不古,不中不西。

关于我的散文、小说,已有不少人写过评论,故不及。

一九九七年三月十四日

注 释

① 本篇原载《当代作家》1997 年第三期;初收《中国当代才子书·汪曾祺卷》,是为自序,野莽主编,长江文艺出版社,1998 年 5 月。

论精品意识①

——与友人书

　　"精品意识"是一个很好的提法。

　　写字作画,首先得有激情。要有情绪,为一人、一事、一朵花、一片色彩感动。有一种意向、一团兴致,勃勃然郁积于胸中,势欲喷吐而出。先有感情,后有物象。宋儒谓未有此事物,先有此事物之理,是有道理的。张大千以为气韵生动第一,其次才是章法结构,是有道理的。气韵是本体,章法结构是派生的。

　　作画写字当然要有理智、要练笔,要惨淡经营,有时要打草稿,曾见过齐白石画棉花草稿,用淡墨勾出棉花的枝叶,还注明草的朵瓣、叶的颜色。他有一张搔背图稿子,自己批注曰"手臂太长"。此可证明老人并不欺世,"作业"做得很认真。但是练笔起稿不是创作,只是创作的准备。创作时还是首先得"运气",得有"临场发挥"。郑板桥论画竹,谓:"胸中之竹已非园中之竹,纸上之竹又非胸中之竹矣",良是。文与可、诸昇之竹觉犹过于理智,过于严谨,少随意性,反不如明清以后画竹之萧散。曾看齐白石画展,见一册页,画荔枝,不禁驻足留连,时李可染适在旁边,说老人画此画时,李是看着他画的。画已接近完成,老人拈笔涂了两个黑荔枝,真是神来之笔。老人画荔枝多是在浅红底子上以西洋红点成。荔枝也没有黑的。老人只是觉得要一点黑,便濡墨扢了两个墨黑的小球,而全画遂跳出,红荔枝更加鲜活水灵。老人画黑荔枝是原先完全没有想到的,是一时兴起,是谓"天成"。黄永玉在蓝印染布上画了各式各样的鸟,有一只鸟,永玉说:"这只鸟我自己也不知道是怎么画出来的。"

　　写字画画是一种高度兴奋的精神劳动,需要机遇。形象随时都有,一把抓住,却是瞬息间事。心手俱到,纸墨相生,并非常有。"殆乎篇成,半折心始",有时也会产生超过预期的艺术效果。"惬意"的作品,古人谓之"合作",——不是大家一起共同画一张画,而是达到甚至超过预期效果的作品。"合作",也就是今天所说的"精品"。搞出一个精品,是最大的快乐。"提刀却立,四顾踌躇",虽南面王不与易也。

必须有"精品意识",才能有"精品"。现在是商品经济时代。艺术是有偿劳动,是要卖钱的。但是在进入艺术创作时,必须把这些忘掉。艺术要卖钱,但不能只是想卖钱,而是想要精品。

搞出一件精品,便是给此世界一点新东西,开拓了一个新的艺术品种。要创造。世界上本没有"抒情纪录片",有之,自伊文斯开始。他拍了《鹿特丹之雨》,才开始有"抒情纪录片"这玩意。吾师乎! 吾师乎!

老是想钱,制造出来的不会是精品,而是"凡品"。萝卜快了不洗泥,是糟蹋自己,老是搞凡品,是白活了一场。

生年不满百,能著几两屐。不要浪费生命。

言不尽意,诸惟保重不宣。

注　释

① 本篇原载 1997 年 4 月 29 日《文汇报》;初收《汪曾祺全集》第六卷,北京师范大学出版社,1998 年 8 月。

句读·气口①

蒋大为唱的"在那桃花盛开的地方"断句错了。按歌词的正常的语言断续,应该是:

"在那——桃花盛开的地方",蒋大为却处理成:

"在那桃花——盛开的地方"。这样的处理,作曲的同志有责任,而且"桃花"音调颇高,听起来很别扭,使人觉得这是一个破句。

当断不断,不当断而断,曲调和语言游离,这在歌曲中是常见的现象。汉语和外语本来就有很大差别,要求汉语的歌词和西方音乐的旋律相契合,天衣无缝,不相龃龉,实在是很难。用汉语唱西洋歌剧,常使人觉得不知所云,非常可笑,大大削弱了音乐本应产生的艺术感染的效果。解决这个问题不是简单的事,不是翻译出来了就能唱。然而问题总要解决。已经有人做了探索,取得很好的成绩,比如王洛宾。

和句读有密切关系的是气口。中国戏曲非常注意用气,换气、偷气。像李多奎那样能把一个长腔一口气唱到底,当中不换气,是少有的。李多爷不知道怎么会有那样长的气。裘盛戎晚年精研气口。盛戎曾跟我说:"年轻时傻小子睡凉炕,怎样唱都行。我现在上了岁数了,得在用气上下功夫,——花脸一句腔得用多少气呀!"过去私塾教学,老师须在书上用硃笔圈点。凡需略停顿处,加一"瓜子点";需较长间歇处,画一圆圈,谓之"圈断"。老师加点画圈处即是"气口"。但裘盛戎有时不照通常办法处理气口。如《智取威虎山》李勇奇的唱腔,"扫平那威虎山我一马当先",一般都是这样处理的:"扫平那威虎山我一马——当先",盛戎说:"教我唱,我不这样唱,我唱成'一马当——先','当'字唱在后面,下面就没有多少气了,'当'字唱在前面,'一马当',换气——吸气,这样才'足'。"这可以说是超级换气法。

一般说来,气口还得干净利落,报字清楚,顿挫分明,这样才能美听入耳。如果字音含糊,迟疾失当,乱七八糟,内行话叫做把唱"嚼了"或"喝了"。外国文学其实也是讲究句读气口的,马耶科夫斯基就是。京剧《探阴山》里有一个层次很多的很长的"跺"句:"又只见大鬼卒、小鬼判,押定了,屈死的亡魂,项带着铁链,悲惨惨,惨悲悲,阴风儿绕,吹得我透骨寒",如果用马耶科夫斯基的楼梯式的分行,就会是:

　　　　又只见

　　　　大鬼卒

　　　　　小鬼判

　　　　　　押定了

　　　　　　屈死的亡魂

　　　　　　项带着铁链

　　　　　　悲惨惨

　　　　　　惨悲悲

　　　　　　阴风儿绕

　　　　　　　吹得我透骨寒。

(一九九七年四月)

注　释

①　本篇原载 1997 年 5 月 28 日《文汇报》;初收《汪曾祺全集》第六卷,北京师范大学出版社,1998 年 8 月。

贵 在 坚 持①

——序《雨雾山乡》

现在的十一二岁的孩子,有谁知道、有谁能够想象彭鸽子苦难的童年?才十一岁,父亲就被抓走了,举目无亲,家徒四壁,身上冷,没有衣服穿,肚里饿,没有东西吃。她在茫茫人海中流浪飘泊,还要不断地挨打骂,受欺凌。她是一棵在风雨中挣扎着的小苗。她不但要自己谋生,还要咬着牙苦读(她没有受过完整、系统的学校教育)。这样熬过了2555个日子。难怪鸽子把"2555"这个数目记得那样死,这2555天太难熬了。然而这棵在风雨中挣扎的伤痕累累的小苗没有被扼断,它挺立着,终于长成一棵树。读了大学,学会了写作。这是何等的坚毅!这孩子真是够倔的。

世界上也还有好人。冒着生命危险收留鸽子的阿姨、《儿时的朋友》里的队长和春子,她们都有金子一样的心。她们是大地上的鲜花,蓝天上的彩云。有了她们,这个冷酷的世界才有一丝温暖。

龚定庵诗:"少年哀乐过于人",鸽子的童年真是哀乐过人。把这些过人的哀乐如实的、不加修饰地写出来,便极感人。王国维说:"一切文章中,余爱以血写成者。"鸽子这一类文章是以血写成的。

可惜有些情节、细节写得过于简略(也许是报刊篇幅所限),不少段落是可以延伸一点来写的。比如父亲被捕的情形,他突然回望叫一声"鸽子!"都成了一带而过,感情没有写透。

我觉得鸽子可以把这2555天详详细细地写一写,写成一本自传。材料我想是足够的。

有几篇是写老山战士的,但是角度较新。没有写战士如何英勇,如何艰苦,而是写了他们的思想,他们的感情,他们的心。这些战士是那样的年轻,20 岁、19 岁、18 岁……但是他们想得那样多,对人生有那么多、那么深的理解,他们都带点诗人的气质,这是新的一代,新的兵。从他们身上我们看出了希望。一个民族有没有希望,相当程度决定于年轻的一代有没有诗人气质。

不少篇简短的游记,但不是导游的流水账,大部分写了作者对自然的感受,和自然的融合,对自然的认同,有一些哲理。但这些哲理写得太实、太露。有一些结尾处其实可以不必把作者的思想都写出来,都写尽了,读者就没有思索和玩味的余地了。

比如《鸟笼》,写到:

> 这老头也怪,在众人将要把他簇拥时,却转身走开了,边走边咕哝地说:"你们把它装进笼子,它也把你们装进笼子。"
>
> "什么? 什么? 他说些什么?"

就够了,这样就"虚"一点,空灵一点。下面的一段都可以删去。

叙事性的散文要铺开来写,不要局限于本题。比如《湘西的腌姜》,除了写腌姜,可以旁及到与姜有关的事物,如华南的糖姜,福建的霉姜、扬州酱菜里的姜芽。孔子"不撤姜食"。苏北人吃干丝包子,都要吃一点姜丝。郑板桥家书中说:"天寒冰冻时,穷亲戚朋友到门,先泡一大碗炒米送手中,佐以酱姜一小碟,最是暖老温贫之具",可见兴化人是爱吃姜的。甚至可以联系到王夫之的《姜斋诗话》(王夫之是湖南人,号姜斋,他想必是爱吃姜的)。"夹叙夹议"的散文,是可以东拉西扯的,这样文章才会活泼丰满,不至枯涩。这样的散文很不容易写,这得有较多的生活知识,读较多的书。这样的东拉西扯的散文,鸽子大概一时还写不了,但是既有志致力于散文写作,要什么文体都试试。现在有些年轻的散文作家所写的散文每篇味道都差不多,原因正在阅事不多,读书较少。

这一本散文集篇目未免少了些。年轻轻的,写了这些年了,怎么只收集了这样几篇呢? 看来鸽子还不够勤奋。写散文如庄稼人种地,力气越用越有。写散文也是这样,写得越多,可写的东西也越多。老舍先生说他有得写没得写,每天至少要写五百字。要养成每天都写的习惯。

鸽子是荆风的女儿,是我的晚辈,我的话说得很直率,希望鸽子不要不高兴。此序亦可让荆风看看,听听他有什么意见。

注　释

① 本篇原载 1997 年 6 月 23 日《文汇报》;初收《汪曾祺全集》第六卷,北京师范大学出版社,1998 年 8 月。

谈 散 文①

中国散文,浩如烟海。

先秦诸子,都能文章。《子路曾皙冉有公西华侍坐章》从容潇洒。孟子滔滔不绝。庄子汪洋恣肆。都足为后人取法。

中国自来文史不分。史书也都是文学。司马迁叙事写人,清楚生动。他的作品是孤愤之书,有感而发,为了得到同情,故写得朴朴实实。六朝重人物品藻,寥寥数语,皆具风神。《史记》、《世说新语》影响深远,唐宋人大都不能出其樊篱。姚鼐推崇归有光,归文实本《史记》。

中国游记能状难写之情如在目前。郦道元《水经注》写三峡,将一大境界纳为数语,真是大手笔。柳宗元《至小丘西小石潭记》以鱼之动态写水之清幽,此法为后之写游记者所沿用,例不胜举。

韩愈文章,誉毁不一,我也不喜欢他的文章所讲的道理,但是他的文章有一特点:注重文学的耳感,即音乐性。"国子先生,晨入太学,招诸生,立馆下,诲之曰……"读来朗朗上口。"上口"是中国散文的一个特点。过去学文章都要打起调子来半吟半唱,这样才能将声音深入记忆,是很有道理的。

中国文化有断裂。有人以为"五四"是一个断裂,有人不同意,以为"五四"虽提倡白话文,而文章之道未断,真正的断裂是40年代。自40年代至70年代几乎没有"美文",只有政论。偶有散文,大都剑拔弩张,盛气凌人,或过度抒情,顾影自怜。这和中国散文的平静冲和的传统是不相合的。

"五四"以后有不多的翻译过来的外国散文,法国的蒙田、挪威的别伦·别尔生……影响最大的大概要算泰戈尔。但我对泰戈尔和纪伯伦不喜欢。一个人把自己扮成圣人总是叫人讨厌的。我倒喜欢弗吉尼·吴尔芙，喜欢那种如云如水，东一句西一句的，既叫人不好捉摸，又不脱离人世生活的意识流的散文。生活本是散散漫漫的，文章也该是散散漫漫的。

文章的雅俗文白一向颇有争议。有人以为越白越好，越俗越好。张奚若先生在当文化部长时曾讲过推广普通话问题，说"普通话"并不是普普通通的话。话犹如此，文章就得经过加工，"散文"总是散文，不是说出来的话就是散文，那样就像莫里哀戏中的人物一样，"说了一辈子散文"了。宋人提出以俗为雅。近年有人提出大雅若俗。这主要都是说的文学语言。文学语言总得要把文言和口语糅合起来，浓淡适度，不留痕迹，才有嚼头，不"水"。当代散文是当代人写，写给当代人看的，口语不妨稍多，但是过多的使用口语，甚至大量地掺入市井语言，就会显得油嘴滑舌，如北京人所说的："贫"。我以为语言最好是俗不伤雅，既不掉书袋，也有文化气息。

我和这套文丛的作者都不熟，据闻大都是中青年文艺理论家，他们的文章较有深度，有文化气息。他们是可能成为当代散文的中坚的，希望他们既能继承中国散文的悠久传统，并能接受外国散文的影响，占一代风流，掎百年余韵。是为序。

注　释

① 本篇原载 1997 年 9 月 21 日《中国青年报》，题目为该报编者所加。该文为《午夜散文随笔书系》系列丛书（钱理群等著，河北人民出版社，1997 年版）的总序；初收《汪曾祺全集》第六卷，北京师范大学出版社，1998 年8 月。

1998 年

罗　汉[①]

　　家乡的几座大寺里都有罗汉。我的小学的隔壁是承天寺，就有一个罗汉堂。我们三天两头于放学之后去看罗汉。印象最深的是降龙罗汉，——他睁目凝视着云端里的一条小龙；伏虎罗汉，——罗汉和老虎都在闭目养神；和长眉罗汉。大概很多人都对这三尊罗汉印象较深。昆曲（时调）《思凡》有一段"数罗汉"，小尼姑唱道：

> 降龙的恼着我，
>
> 伏虎的恨着我，
>
> 那长眉大仙愁着我：
>
> 说我老来时，有什么结果！

她在众多的罗汉中单举出来的，也只是这三位。——她要是挨着个儿数下去，那得数多长时间！

　　罗汉原来是十六个，传贯休的画"十六应真"即是十六人，后来加上布袋和尚和一个什么什么尊者，——罗汉的名字都很难念，大概是古梵文音译，这就成了通常说的"十八罗汉"。李龙眠画"罗汉渡江"，就已经是十八人了。不知道从什么时候起这队伍扩大了，变成了五百罗汉。有些寺里在五百塑像前各竖了一个木牌，墨书某某某某尊者，也不知从哪里查考出来的。除了写牌子的老和尚，谁也弄不清此位是谁。有的寺里，比如杭州的灵隐竟把济公活佛也算在里头，这实在有点胡来了。

　　罗汉本是印度人，贯休的"十六应真"就多半是深目高鼻且长了人胡子,后来就逐渐汉化。许多罗汉都是个中国和尚。

罗汉大致有两种。一种是装金的,多半是木胎。"五百罗汉"都是装金的。杭州灵隐寺、苏州××寺(忘寺名)、汉阳归元寺,都是。装金罗汉以多为胜,但实在没有什么看头,都很呆板,都差不多,其差别只在或稍肥,或精瘦。谁也没有精力把五百个罗汉一个一个看完。看了,也记不得有什么特点。一种是彩塑。精彩的罗汉像都是彩塑。

我所见过的中国精彩的彩塑罗汉有这样几处:一是昆明筇竹寺。筇竹寺的罗汉与其说是现实主义的不如说是一组浪漫主义的作品。它的设计很奇特。不是把罗汉一尊一尊放在高出地面的台子上,而是于两壁的半空支出很结实的木板,罗汉塑在板上。罗汉都塑得极精细,有一个罗汉赤足穿草鞋,草鞋上的一根一根的草茎都看得清清楚楚,跟真草鞋一样。但又不流于琐细,整堂(两壁)有一个通盘的、完整的构思。这是一个群体,不是各自为政。十八人或坐或卧,或支颐,或抱膝,或垂眉,或凝视,或欲语,或谛听,情绪交流,彼此感应,增一人则太多,减一人则太少,气足神完,自成首尾。另一处是苏州紫金庵。像比常人小,身材比例稍长,面目清秀。这些罗汉好像都是苏州人。他们都在安静沉思,神情肃穆。如果说筇竹寺罗汉注意外部筋骨,颇有点流浪汉气;紫金庵的罗汉则富书生气,性格内向。再一处是泰山后山的宝善寺(寺名可能记得不准确)。这十八尊是立像,比常人高大,面形浑朴,是一些山东大汉,但塑造得很精美。为了防止参观的人用手扪触,用玻璃笼罩了起来了,但隔着玻璃,仍可清楚地看到肌肉的纹理,衣饰的刺绣针脚。前三年在苏州甪直看到几尊较古的罗汉。原来有三壁。东西两壁都塌圮了只剩下正面一壁。这一组罗汉构思很有特点,背景是悬崖,罗汉都分散地趺坐在岩头或洞穴里(彼此距离很远)。据说这是梁代的作品,正中高处坐着的戴风帽着赭黄袍子的便是梁武帝,不知可靠否,但从衣纹的简练和色调的单纯来看,显然时代是较早的。据传紫金庵罗汉是唐塑,宝善寺、筇竹寺的恐怕是宋以后的了。

罗汉的塑工多是高手,但都没有留下名字来,只有北京香山碧云寺的几尊,据说是刘銮塑的。刘銮是元朝人,现在北京西四牌楼东还有一条很小的胡同叫做"刘銮塑",据说刘銮原来就住在这里,但是许多老北京都不知道有这样一条名字奇怪的胡同,更不知道刘銮是何许人了。像传于世,人不留名,亦可嗟叹。

中国的雕塑艺术主要是佛像,罗汉尤为杰出的代表。罗汉表现了较多的生活气息,较多的人性,不像三世佛那样超越了人性,只有佛性。我们看彩塑罗汉,不大感觉他们是上座佛教所理想的最高果位,只觉得他们是一些人,至少比较接近人,他们是介乎佛、菩萨和人之间的那么一种理想的化身,当然,他们也是会引起善男子、善女人顶礼皈依的虔敬感的。这是一宗非常重要的文化遗产,不论是从宗教史角度、美术史角度乃至工艺史角度、民俗学角度来看。我们对于罗汉的重视程度是很不够的。紫金庵、筇竹寺的罗汉曾有画报介绍过,但是零零碎碎,不成个样子。我希望能有人把几处著名的罗汉好好地照一照相,要全,不要遗漏,并且要从不同角度来拍,希望印一本厚厚的画册:《罗汉》;希望有专家能写一篇长文作序,当中还要就不同寺院的塑像,不同问题写一些分论;我希望能把这些罗汉制成幻灯片,供研究用,供雕塑系学生学习用,供一般文化爱好者欣赏用。

六月十三日

注　释

① 本篇原载《收获》1998 年第一期;初收《汪曾祺全集》第六卷,北京师范大学出版社,1998 年 8 月。

叹　皇　陵[1]

　　《大保国、探皇陵、二进宫》,简称《大、探、二》。这是一出找不到历史根据的戏,而且很多词句不通,甚至不知所云。但是这出戏久演不衰,很多人都爱听,包括文化程度很高的人。这是什么原因。原因是这出戏有很多唱,唱腔好听,听起来过瘾。有一个东欧的戏剧家到中国来,要求看中国的歌剧。介绍他看了不少中国戏曲,他说这都不是"歌剧"。后来请他看了《大、探、二》,他说:这才是"歌剧"。因为这出戏没有多少戏剧情节,没有大的戏剧动作,念白也很少,从头到尾就是唱,这和西方人的"歌剧"概念是符合的。这出戏旦角、老生、花脸的唱都很多,有各人的独唱,也有接口的轮唱,三个角色都得有好嗓子。其中徐延昭的唱尤为吃重。因为徐延昭抱着一个铜锤,习惯上把大花脸就叫做"铜锤",可见这出戏对于大花脸来说,有多么重要的意义。

注　释

① 　本篇原载《汪曾祺全集》第六卷,北京师范大学出版社,1998 年 8 月。

架 上 鸭 言①

(1)鸭的申诉

(2)戏曲是什么——戏曲作家人才难得

(3)中国戏曲唱和念的历史发展

(4)散白和整白,引子·诗·对子·插科打诨……

(5)唱念布局的规律

(6)中国戏曲心理描写的特点和潜意识

(7)以唱代说

(8)交待情节的针线

(9)层次和连贯

(10)唱词格律

(11)本色和词采

(12)作者的个人风格

(13)脱化、用韵文来思维和锻炼语感

(1)鸭子为什么不能上架?

画眉和百灵。

鸭掌是平的。

凡事都要想想,问一问,学一学,才明白。

讲戏曲,没有思考过,没有学过,没有资料。

缺乏常识,有些概念是杜撰的。

班门弄斧,贻笑大方。

以前有别的单位让我讲过。

（2）高尔基：戏剧是很难的文学形式。

戏剧没有作者叙述语言，只能通过人物的语言和动作表现人物。

戏剧难于有鲜明的作者风格。

戏曲更难，还要唱。

周扬几次提到重视戏曲创作人才。

戏曲人才之难，不在词章之学。振兴戏曲的希望在中青年作家。

要有思想。哲学思想、美学思想。比如人性异化之类问题。要有现代文艺知识、心理学的知识——包括变态心理学。要对外国文学流派，尤其是现代文学流派有所了解。要用一点比较文学的观点来研究中国戏曲。

要有生活，而且要用戏曲的特殊需要来处理生活，掌握戏曲的艺术规律。

文艺科学。戏曲艺术科学。

第三度的真实。

戏曲人物可以用警句交谈。

局部强调的艺术。不强调到强调的自由转换。李渔诗文不宜说尽，戏曲须尽。

不能有太多细节。天云山传奇，巧云尝尿。

叙述、动作和用独唱形式表现的心理描写。

因此人才难得。

（3）由元杂剧到传奇到乱弹，由重视唱到越来越重视念白。越来越有意识地用念白来塑造人物。

元杂剧是很怪的形式。四大块，那么多唱。

元杂剧是用唱来组织故事的。

作剧＝填词。

曲论不讲念白。

剧评只评唱词。

人物唱一套散曲。

有时为了凑满一套曲,很勉强。如乔孟符《金钱记》。

第一折写韩翃在九龙池赏杨家一捻红,遇到王府尹的女儿柳眉,一见钟情,柳眉留下开元通宝作为定情信物,这么一点事,唱了十三支曲子。先感慨秀才得一官半职非容易;次写景致——元曲连篇累牍写景,实非得已,次写韩见柳赞赏,都是套话,"那姐姐怕不待庞儿俊俏可人憎,知他那眉儿淡了叫谁画",好不来由!最怪的是唱了一段花间四友,紫燕、黄莺、蜜蜂、蝴蝶。哪儿跟哪儿啊!

昊天塔与洪杨洞。秀才、武将。

关汉卿《救风尘》无一句废话,句句是一个老于人情世故,看透风花雪月而又有一副侠肠义胆的妓女的口吻。作为独唱,是非常精彩的。但有时也是为唱而唱,不择对象,或由作者给她设置一个对象,好听她抒发。比如赵盼儿把好人家与妓女作比较:

> [倘秀才]县君的则是县君,妓人的则是妓人。怕不扭捏着身子蓦入他门,怎禁他使数的,到支分,背地里暗忍。

> [滚绣球]那好人家将粉扑儿浅淡匀,那里像嗒干茨腊手抢着粉!好人家那篦梳儿慢慢地铺鬓,那里像嗒解了那襟胸带下颏上勒一道深痕。好人家知个远近,觑个向顺,衡一味良人家风韵。那里像嗒们恰便是空房中锁定个猢狲,有那千般不实乔躯老,有万种虚嚣歹议论,断不了风尘!

这段是与陪她到郑州去的与故事毫不相干的张小闲说的。前面只好加了说白:

"说话之间,早来到郑州地方了,小闲接了马者,且在柳阴下歇一歇咱。……小闲,嗒闲口论闲话,这好人家好举止,恶人恶家法。"小闲云:"姐姐,你说我听。"

不是非在这个节骨眼唱不可的。

"赛白"说见《南词叙录》,未必可靠,但符合实际情况。

李渔以为元剧作者不写白,白是演员所加。或作者先写唱词,后补念白,亦未必是。元剧多有楔子,楔子多是交待情节,大部分是念白,只最后有一支"仙吕赏花时"或加一幺篇,未必剧作者只写一或二支曲子。

元曲之白作用有三:交待情节,给唱的人递肩膀,插科打诨。不靠它塑造人物。(?)

西厢记拷艳。红的本身在情在理,但在全折中不占突出地位,树立红的形象主要仍靠唱。

琵琶记第十五出《辞朝》。

牡丹亭石道姑数板。

李渔首先提出重视念白。

"语求肖似"。"欲代此一人立言,先代此一人立心。若非神往梦游,何谓设身处地。"

"词别繁减"、"文贵洁净"。"白不厌多"、"意多字少"。

但十种曲中似少精彩念白。

孔尚任《桃花扇》凡例:"旧本说白,止作三分。优人登场,自增七分。俗态恶谑,往往点金成铁,为文笔之累。今说白详备,不容再添一字,篇幅稍长者,职是故耳。"

"闲话"一出,无一句唱词。但无人物。

绣襦记教歌、五人义说书,皆演员所为。

真正重视念白,自乱弹始。

乱弹唱词少,念白多。

连环套、审头、四进士。

所以提出此问题,盖因到现在还有重唱词轻念白的风气。以为只要会写唱词即可写戏曲,殊不然。

(4)散白整白之说始自顾炎武。所提要求也很对。布莱希特:日常语言、庄严语言、唱歌。

散白是比较洗炼的日常生活语言。

京剧韵白念得越来越大,念白也越来越规整,越来越脱离生活。

余叔岩八大锤。

描摹人物性格,说话的神态。

打渔杀家"生在渔家"、"爹爹杀人"、出门。

四进士"三杯酒"、"来了!"

整白"起承转合、抑扬顿挫,层次分明,一句紧似一句,节奏感强,往往用骈偶句。"——骈偶可以造成气势。

时以散语、口语破之。

宋士杰:"这长这大。"

陆炳:"我做官做的是嘉靖皇上的官。"

"可我又不买你的字画呀!"

连环套"寸铁未带,一礼当先"、"我父指镖借银之后——","武文华呢?"

引、诗、对属于上下场诗。孔尚任:"上下场诗乃一出之始终条理。"承前启后。

空城计双引子,阳平关虎头引子,姚期大引子。

对子,"久居人下岂是计",张绣处境、心情、预示将发生的事件。

"风吹一炉火"。

"鼓打三更尽"。极有意境。如不念此对,黄盖如何出场? 白、唱都不行。

"楼船静泊黄天荡,战鼓遥传采石矶"。

即便为了自己好玩,也可写写。

数板、扑灯蛾,现代戏都可用。

元曲的"词云",往往是双字尾。

"字字双",十七字。

插科打诨不可少。

(5)唱念布局无一定之规。

人物在有激情时唱。

"言之不足……"

孔尚任:"词曲皆非浪填,凡胸中情不可说,眼前景不能见者,则借词曲以咏之"。散文不足以表达,则用诗。

也不一定。平静中也能唱。

布莱希特反对感情充溢说。"决不是"。

说多了就该唱了,唱多了就该说了。

唱白相生。

李渔语。一句好白,一句唱词。

白垫唱。也有唱引白的。

说家史。《一捧雪》。

唱念互相勾着。

我的教训:构思时就要考虑唱念的布局,同时用散文和韵文来结构。甚至一场白文未具,唱词先成。这样的唱比较容易是地方。不太赞成写详细提纲。如果写了一个完全是散文的提纲,下一步再考虑安唱,总易格格不入。

少唱。马连良语。

(6)不一定每出戏都有核心唱段。群英会、梅龙镇。

大段唱安在哪里?"凡人物在矛盾中即要唱"。人物都在矛盾中。矛盾激化时往往不唱,或不唱大段。空城计激化在斩谡。沙家浜审沙时阿庆嫂未唱。在激化之前,戏剧危机中。

大段唱大都是独唱。

大段独唱大都是对人物的心理描写。

描写人物心理的大段独唱一般都是在人物处于绝对境界之中的。人物都是独处的时候,不受干扰,都沉陷在极度的痛苦或紧张的思索之中。

中国戏曲的心理描写的特点是:

一、人物的纷乱的思绪经过作者整理,变得很有条理,很有层次。意识流?

二、把人物的心理活动挖掘得很深。实际生活里,人是不会就一件事想得那样深,那样多,那样反反复复地想,死乞白咧地想的。

最好的独唱是琵琶记吃糠的描写。

写的是吃糠，描写当时人物的心理，不是吃糠描容的过程。"从人心流出"。

读。

中国戏曲的心理描写绝不同于小说的心理描写。

会不会受西方现代派、荒诞派的影响？

潜意识是有的。

疯狂一半疯狂，产生幻觉、错觉、做梦，往往表现出平常所不易察觉的思想意识。

南天门，失子惊疯。

打棍出箱"你骂我是个穷书生"。

范进中举。玩耍、读书、开笔作文"你说了短短一句话，叫我长长作一篇"。应考。得"中了中了真中了，你比我低来我比你高！""我不是有官无职的候补道，也不是七品京官闲部曹，我本是圣上钦点的大主考，奉旨衡文走一遭。我这个主考最公道，订下章程有一条，年未满五十，一概都不要，本道不取嘴上无毛。……活活考死你个小杂毛！"

潜意识是现代心理学的重要发现。表现潜意识必然会带来现实主义的深化，表现出更丰富、更真实的人性。如鲁迅所说，要拷问出一个人真底下的假，又拷问出假底下的真。在变态心理学面前没有英雄、伟人、忠臣、孝子，有的只是真实的人。

我很想用变态心理学的方法去研究一下汉武帝。

咱们也可以研究研究别的人。

（7）老戏有很多对唱，探母、珠帘寨、捉放曹。写得最好的是武家坡，连吵架骂街都能唱。新编历史剧及现代戏对唱少。现代戏似只《沙家浜》。

独唱是想，词可稍文，可以有比兴，句间可有较大间隙（有过门）。对唱是说，要如话。一般不用比兴，一句一句要接得紧，两人的话要紧扣着,"盖口"。独唱常用慢板。对唱原板、二六、流水,以流水为主体。流水吃功夫,比慢板难写。

大慢板宜用十字句。流水宜用七字句。

区别在双字尾和三字尾。

慢板即用七字句,唱腔也都处理成双字尾。如"哀哀长空雁"。

流水十字句演员易拌蒜。

方能够逢凶化吉遇难呈祥——遇难又呈祥。

流水押韵要押得巧,自然。如有一个韵勉强,全段即会别扭。

要如话,但下字要切,要妥贴。"谬夸奖",得一谬字,写起来就流畅了。

不是绝对不能有诗意。如"江水滔滔向东流,二分明月在扬州"。

滚板,上下句界限不很明显,韵脚不很突出,甚至可不押韵。程。梅。

(8)指的是散板、流水、快板等。

"一桩桩一件件俱已备就,我这里请先生即刻登舟。"

(9)"打起黄莺儿"

"饮茶粤海未能忘"

"一马离了西凉界"。沙桥饯别。

(10)为什么要是上下句,是很有道理的。在唱腔和词义上都是一起一落,一开一合,一呼一应。两句是一单元。

"一轮明月照窗前,愁人心中似箭穿……"

不要两句不挨,东一句西一句。

平仄是人为的。为什么把上去入归为一类?沈约只指出四声,并未提为平仄。平仄的规定盖始自初唐。

调类和调值不是一回事。汉口去声似北京阳平,阳平近似北京去声。寒口,旱天。

但各地四声之间的调值是有区别的。

王:平平仄仄;李:平仄仄平。岔开。

"你不该在外面散淡浪荡"。

"做事要做这样的事。"

"多少次笑语环绕篝火飞"。

李渔:慎用上声。

"听一言不由我七孔冒火⋯⋯"

"标准的京剧唱词应是上句押去声,下句押阳平,"似只《沙桥饯
别》。但上句落去似较好听。

双声叠韵"看小船穿云⋯⋯"

句中韵⋯⋯"寻寻觅觅⋯⋯"

顶针续麻。

守律,破律,创造新格律。

五字句流水。三个"怎么办"。

间句为韵 ABAB。连用上句。

(11)凌濛初以为本色当行是一回事。

本色——生活语言;当行——人物的语言。

自来都以为戏曲语言以本色当行为好。

李渔:凡一句词要想一想才知其好,必非好词。他大攻击"摇漾春
如线"。

京剧少写景,《打渔杀家》有几句。"太湖石边把船发";"一轮明月
照芦花"。

京剧唱词以叙述为主,偶有抒情,不能多。

"走青山望白云"

"胡地衣冠懒穿戴"

"一事无成两鬓斑"

"风声紧,雨意浓⋯⋯"

偶有典雅华丽语,便当续以通俗明白的话。

"我与你父结发订情在风尘里……"

白而不水。一听就明白,但还有嚼头。

"穷人的孩子早当家"、"人一走,茶就凉"。

新戏多文,抒情成分太多。我亦不免。

(12)戏曲也可以有个人风格,应该尊重风格。

(13)乱弹少脱化。

"垒起七星灶……"

数字、算博士。前面一连串数字,说得很热闹,最后什么都没有,是一个零。

养成用韵文思维的习惯。用唱词来想,想的语言就是写下来的语言,在思想里唱出来的。不要用散文想一段意思,再翻译成唱词。这样写出来的唱词只是押韵的散文,不是诗。不是所有用散文能表达的内容都可以用诗来表达。《长恨歌传》和《长恨歌》绝对不是一回事。用散文思维,韵文写作,一定会格格绊绊,非常别扭。用韵文思维,韵文写,格律就不会是枷锁,是负担,而是翅膀。韵律会推动着你,而不是阻碍着你。会情生文,文生情,互相生发,这样才有"神来之笔"。一段唱词没有"神来之笔",是不易有光彩的。"人一走,茶就凉"如果事前用散文思维,是不可能产生的。我必须漂浮在江阳辙的波浪里,由它推着我走,才能感到得心应手。

写唱词不要一句一句地写,要一段一段地写。整段想好,能背下来了,再落笔。我的很多唱词是在公共汽车里想好了的。想一句写一句,容易艰涩板滞。

择韵很重要。

王:先是一句非说不可的话。限韵,分韵难是好诗。先是"问大地怎把沉怨载,有多少才人未尽才。"

写一点旧诗词。

锻炼语感。老舍对。

（此为一次编剧讲习班的讲课提纲）

注　释

①　本篇原载《汪曾祺全集》第八卷,北京师范大学出版社,1998 年 8 月。

无　意　义　诗①

　　我的儿子，他现在已经三十多岁，当了父亲了，小时候曾住过新华社的"少年之家"。有一次"少年之家"开晚会，他们，一群男孩子，上台去唱歌。他们神色很庄重。指挥一声令下："预备——齐!"他们大声唱了：

　　　　排着队，

　　　　唱着歌，

　　　　拉起大粪车！

　　　　花园里，

　　　　花儿多，

　　　　马蜂蜇了我！

　　老师傻了眼了：这是什么歌？

　　这是这帮男孩子自己创作的歌。他们都会唱，而且在"表演"时感情充沛。我觉得歌很美，而且很使我感动。

　　若干年后，我仔细想想，这是孩子们对于强加于他们的过于正经的歌曲的反抗，对于廉价的抒情的嘲讽。这些孩子是伟大的喜剧诗人，他们已经学会用滑稽来撕破虚伪的严肃。

　　我的女儿曾到黑龙江参加军垦（她现在也已经当了母亲了）。她们那里忽然流行了一首歌。据说这首歌是从北京传过去的。后来不止是黑龙江，许多地区的"军垦战士"都唱起来了：

　　　　有一个小和尚，

　　　　泪汪汪，

　　　　整天想他的娘。

想起了他的娘，

真不该，

叫他当和尚！

他们唱这首歌唱得很激动，他们用歌声来宣泄他们的复杂的，难于言传的强烈的感情。这种感情难道我们不能体会么？

上述两首歌可以说是无意义的，但是，是有意义的。

英国曾有几个诗人专写"无意义诗"。朱自清先生曾作专文介绍。

许多无意义诗都是有意义的。我们不当于诗的表面意义上寻求其意义，而应该结合时代背景，于无意义中感受其意义。在一个不自由的时代，更当如此。在一个开始有了自由的时代，我们可以比较真切地捉摸出其中的意义了。

注　释

① 　本篇原载《汪曾祺全集》第六卷，北京师范大学出版社，1998 年 8 月。

沈从文先生的"抒情考古学"

——《中国古代服饰研究》读后感①

我跟沈先生学过写作，没有跟他学过文物，对他在文物方面的工作不了解，只能谈一点感想。

我曾经戏称沈先生的文物研究是"抒情考古学"。他八十岁生日，我写过一首诗送给他，其中有一联是：

> 玩物从来非丧志，
>
> 著书老去为抒情。

诗欠庄肃，但却是我的真实感受。沈先生一生截然分为两段，前一段是作家，写了四十本小说、散文；后一段，1949年以后，忽然变成一个文物专家。这在世界文学史上也许是一个孤例。事似奇怪，也不奇怪。从我认识沈先生时，他就对美术、工艺有非常深厚的兴趣。他看有关工艺美术书的时间要比看文学书多。涉猎的范围很广，陶瓷、髹漆、丝绸、刺绣……什么都看。《铁网珊瑚》、《平生壮观》之类的书是经常放在案头的。他爱搜集各式各样的花钱不多的小件文物。昆明有一条福照街，一条文明街，街边有很多地摊，乱七八糟的小玩意很多。我每次陪他进城，他都要逛逛这些地摊，蹲在发着臭气的电石灯前觅宝。人弃我取，孜孜以求，时有所得，欣然携回宿舍，拂拭摩挲，自得其乐，高兴好几天，还特别喜欢让人看他架上的宝贝。有一阵搜集了很多耿马漆盒。这种漆盒竹胎，涂红黑漆，刮出极繁复细巧的花纹，原来大概是放脂粉的妆奁。有一回买到一个直径一尺多的大漆盒，用手抚摸着说："这可以做一期《红黑》的封面。"有一阵搜集了不少乾隆旧纸,足够编出一本纸谱。不知从什么地方搞到一批土家族、苗族的挑花,摊在宿舍里的床上、茶几上,叫朋友来看。这种挑花只是在手织的粗棉布上用黑色、蓝色的棉线挑出来的,间或加两朵红线挑的花,图案天真,疏密安排有致,确实很美。他有一床被面,是用一条旧的绣花裙子改成的,银灰色,也富丽,也清雅。沈先生在精美的工艺品面前总是很兴奋激动,手舞足蹈,眼睛放光,像一个孩子。他对文物的爱,实是对于人的爱。想到人能造出这样美的东西,因此才激动。他说:"我从这方面对于这个民族在一段长长的年分中,用一片颜色,一把线,一块青铜或一堆泥土,以及一组文字,加上自己生命作成的种种艺术,皆得了一个初步普遍的认识。由于这点初步知识,使一个以鉴赏人类生活与自然现象为生的乡下人,进而对人类智慧光辉的领会,发生了极宽泛而深切的兴味。"(《从文自传·学历史的地方》)沈先生是一个非常富于抒情气质的人。奇怪的是,他的抒情气质,他对民族,对人类,对"美"的挚爱一直不衰退,而且老而弥笃,越来越炽热,这种炽热的挚爱支持着他,才会在晚年在文物研究上作出巨大的贡献。一个文物研究者必须具备这点抒情气质,得是一个诗人。一个没有感情,冷冰冰的人是搞不好文物研究的。

……(此文未写完)

注 释

① 本篇据手稿编入。

推陈出新，成绩不大①

粉碎"四人帮"以后，全国的文艺形势是好的，北京市的文艺形势也是好的。文艺创作总的说来是繁荣的。但是文艺的发展不平衡。拿北京市来说，比较突出的是小说，尤其是短篇和中篇。探索了一些新的生活领域，接触了一些过去不敢接触的题材，试验了一些新的表现方法，——比如王蒙的小说用了一点意识流。诗歌似乎差一点。最差的是戏曲，尤其是京剧。

京剧基本上是演老戏。

听说京剧现在上座情况不好。原因很简单，京剧老了。京剧脱离了时代，脱离了最敏感，最易激动的一代人，脱离了青年。有人说这一代是思索的一代。京剧引不起他们的思索。

京剧有很大的长处。京剧自成一个体系。有人说世界的戏剧有三大体系：斯坦尼体系，布莱希特体系和中国戏曲体系——或叫梅兰芳体系。谁也说不清中国戏曲的体系是什么，但承认确有那么一个体系。布莱希特说中国戏曲有所谓"间离效果"，好像也有那么一个东西。反正，中国戏曲，京剧，和西方的戏剧是很不相同的一种东西。因此，它可能在世界戏剧中占一个很重要的位置。它是不会灭亡的。

但是，它老了。

据说京剧有一百五十年的历史了。一百五十年以来，京剧发生了一些变化，但是变化不大。拿今天的京剧节目单和昇平署的戏单，和刘半农搜集的同光时期的戏单相比较，几乎一样！有很多戏一百五十年前那样唱，今天也还是那样唱。一百五十年前京剧为什么风行，因为当时的京剧是年轻的，是新生事物。今天的京剧就老了，成了"历史的陈迹"。

京剧不会灭亡，但是会逐渐走向衰落。现在衰落的迹象已经很清楚。京剧衰落的原因很多，比如今天的群众听不懂的韵白，看不出内心活动的脸谱，各朝通用的服装……但是关键问题在于剧本。

京剧表演的基本上是历史题材。但是严格地讲，它不是历史剧，只是"讲史剧"。它所依据的大都不是历史，而是演义。演义有很大的局限性。我们今天观察历史上的人和事，不能再停留在罗贯中、施耐庵、冯梦龙的水平。他们不懂历史唯物主义。而今日的大部分传统京剧对历史的认识都停留在这个水平上。周扬同志说戏曲往往对历史简单化，不能表现复杂的人物和复杂的历史事件。陈旧的历史观，是京剧脱离时代，脱离青年的一个很重要的原因。

京剧一般只讲情节，不大表现人物，尤其是复杂的性格。茅盾同志曾说中国的古典小说往往只讲故事，不注意描写人物性格。京剧既然多半取材于演义，也就必然如此。京剧里表现一个独特的性格，表现出"这一个"的，大概只有一出《四进士》。丑角里还有几个，如汤勤、蒋干……正生正旦，一般很少有性格。

京剧的结构一般是不完整的。为什么京剧多演折子戏？是因为只有这几折比较精彩，全本没有什么意思。比如《宇宙锋》《打渔杀家》。今天的青年对这种没头没脑的折子戏是不要看的。

京剧的文学性一般很差。像"走青山望白云家乡何在"，"青山绿水难描画，那有渔儿常在家"，有情有景，是很少的。一般唱词都很粗糙。京剧常用比喻，但都不高明。有些唱词简直不知所云。

老戏，如果不经过较大的加工，没有历史唯物主义，不写人物，不讲结构，不提高语言艺术，总有一天是没有人要看的。

其次是新编历史剧。我以为京剧受形式的限制，必然还是以表现历史题材为大宗。十七年新编历史剧有很大的成绩。但是我觉得有一个问题，是以历史规律代替艺术规律，以历史代戏剧，甚至以史论、史观代替戏剧。我们说京剧富有历史唯物主义。但是历史唯物主义是观察历史的方法，不是文艺创作方法。历史是历史，艺术是艺术，这是两个范畴。历史剧不是以戏剧的形式来写历史。戏剧，要写人物。毛主席说过对历史人物的评价，要看他对人民的态度，在历史上起过的作用。这是历史法则，不是艺术法则。但是我们往往误会了，在选材、结构时，尽量要去表现某个人物的"作用"。我以为"作用"是无法表现的。"作用"是客观的东西，是后人对他的估量，不是历史人物性格的一个部分。我们自觉不自觉地重复了"历史唯物主义的创作方法"的错误。因此相当多的历史剧成了历论、史观的图解。这种图解式的历史剧，是没有人要看的。提倡传记文学。传记的发展，是历史剧发展的前提。

不看重表现人物性格，是传统戏、新编历史剧的一个主要缺陷，也是若干现代戏失败的原因。

京剧还有一个很致命的弱点，即缺乏生活气息。一个有经验的导演跟我说过："京剧最怕生活"。确实是这么回事。许多地方戏一移植为京剧，原来的活色生香，泥土气息，通通没有了。地方戏是水果，变成京剧就成了果子干。地方戏是水萝卜，变成京剧就成了大腌萝卜。长此下去，是不行的。我们在开始搞现代戏时都有意识地把一些生活化、性格化的语言引进到京剧里来。《红灯记》"里里外外一把手，穷人的孩子早当家"，《沙家浜》里"人一走，茶就凉"，都是从生活里概括出来的带有哲理性的语言。可惜，后来就叫江青、于会泳倡导的"豪言壮语"、假大空的语言所代替了。

我主张京剧的改革步子要迈得大一些。有些外来的、西方的方法可以引进来。比如心理分析和意识流。福罗伊德的学说从总体上看是荒谬的，把一切事物的存在都归结为"性压抑"。但是"潜意识"是一个伟大的发现，因为这是客观存在。意识流也是客观存在，人的意识不都是三段论似的那么清楚，意识确是像不可切断的流水一样。这种东西，中国的京剧里是不是有呢？我觉得有的。比如《打棍出箱》。

我呼吁京剧院团把门窗打开，接受一些外来的、新鲜的东西，不要再做马王堆的居民。我呼吁剧团的领导、编剧、导演、演员都读一点中外的文学、戏剧作品。如果不读一点艾青的诗、林风眠的画、高晓声的小说，京剧怎样改革，怎样前进呢？

我呼吁：京院京团的领导每天至少挤出半天时间读书，改变这种不读书、不看报、整天忙于事务的状态。不学无术的领导,是领导不出推陈出新的。

京剧的一个很大的特点,是没有剧作者。没有关汉卿,没有王实甫,没有莎士比亚,没有莫里哀,也没有布莱希特。没有剧作家,是这个剧团趋于衰落的一个很重要的原因。全市的戏曲作家只有四十几位,而且不少是不大安心的。我希望给戏曲剧作者以应有的地位,给他们以拯救京剧、革新京剧,使京剧变成一种现代艺术的必要的地位。这不是为了他们本人,是为了推陈出新。推陈出新的骨干,应该是剧作家。

注　释

① 　本篇是作者于 80 年代初在某次会议上的发言,据手稿编入。

现实主义的魅力①

在北京市作协举行的关于我的作品的讨论会上,我作了简短的发言,题目是"回到现实主义,回到民族传统"。为什么说"回到"呢?因为我在年轻时曾经有一度搞的不是现实主义。我读过一些西方现代派的作品,受过影响。

使我走向现实主义,是现实本身对我教育的结果。

有一次,我和一个同学,走出西南联大的校门。门外白杨树丛里躺着一个人。这是一个壮丁,被队伍遗弃了。他极端衰弱,就要死了。像奥登《战时在中国作》里所说的那样,就要"离开他的将军和身上的虱子"了。但是他还没有死,他的头转来转去。我的同学对我说:"你们搞写作的人,应该对这种事负责任。"我当时说不出什么,只是想起里尔克的一句诗:"他眼睛里有些东西,绝非天空。"你们看,我用来表达我当时的感受的,还是一位现代派诗人的诗!我的同学的话给我相当大的刺激,我感到作为一个作家的社会责任感。

离开大学之后,我的生活是相当困苦的。困苦的生活迫使我面对现实。

1946 年夏天,我从昆明到上海,路过香港,在一个华侨公寓里住了几天。我觉得我像一根掉在阴沟里的鸡毛,浑身沾满了泥水。

我曾在北京的历史博物馆当了半年职员,那时的历史博物馆在午门。"五凤楼"有几个陈列室,陈列着一些残破的、不值什么钱的文物。正中大殿上摆着清朝皇帝的宝座,还有几件袁世凯祭孔子的古怪的礼服。我住在当年锦衣卫值宿的房子里。一到晚上,所有的沉重的宫门都关了,显得异样的安静。我一个人站在午门前铺了石板的空旷的广场上,我觉得全世界都是冰凉的,只有我这儿一点是热的。我耐不住这样的孤寂,我要接触生活,我要和人生活在一起。1949年3月,我参加了第四野战军南下工作团,穿起了军装。我原想随军队打到广州。不想到武汉被留下来接管文教机关,我所接触的还是知识分子,想多看看生活的愿望未能实现。

我后来调到北京市文联工作。1951年,曾到江西进贤参加土改。进贤的土改没有多少轰轰烈烈的场面,但是我听了不少农民诉苦。有一个妇女诉苦,她控诉的不是地主,却是兔子。她辛辛苦苦在山上种了一点豆子,几次都被兔子刨出来吃掉了。她哭了,哭得很伤心。她只好砍了松柴到市上去卖。下大雨,雨水积满了她的竹扁担的空膛,花花地往下流。我想:这就是中国的农村,中国的农民。

土改回来后,我当了多年的编辑,还是不能接触生活。

1958年我被划成了右派,下放到张家口一个农业科学研究所劳动,前后三年。我这次真是"下放"了,放逐到了中国的底层。我跟一些农业工人——也就是拿工资的农民一同劳动。一点都不含糊地劳动。我当时能扛一百七十斤重的麻袋。晚上,我和这些农业工人睡在一铺大炕上,枕头挨着枕头。我和工人们的感情很好。前年我到原来劳动过的单位去看了看,不少老人还认得我。一个小木匠说他结婚时用的碗筷和锁门的锁还是我给他买的,我已经一点不记得了。这三年,我比较贴近地了解了中国的农村和中国的农民。离开这里以后,我写了几篇关于这个地区的农民的小说。我的感受是真实的。

中国共产党十一届三中全会以后,人的思想解放,创作空前繁荣。我想起一个问题:既然历史题材都可以写,为什么解放前的、旧社会的生活不能写呢?我半生生活在旧社会,童年时代是在苏北的一个小城里度过的。童年时代的记忆最清晰,那些我和他们朝夕相处的人物随时可以浮现在我的眼前。我于是拿起笔来写了一系列反映旧社会生活的小说。当然我现在看旧社会的生活和小时候不一样了。我写的是旧社会,但是我的作品却是一个八十年代中国人的全部感情的总和。

我企图写出人的诗意,人的美。这就是我所说的现实主义。

我的作品里现在也还能找出现代派的影响。我并不排斥现代派,但是我愿意说我的作品基本上是现实主义的。我认为现实主义是有魅力的。现实主义并没有衰老。

　　谢谢大家。

注　释

①　本篇据手稿编入。

《范进中举》(初稿油印本) 前言①

　　我从来没有写过任何形式的戏剧,并且从来也没有想过有一天会写一个戏。亚平②同志建议我把范进中举写成一个戏,当时我心里没有什么跃动,我觉得这是不大可以想象的事:这样一个浑朴的小说,怎么能编成戏呢? 后来读了几遍《儒林外史》,想起来试一试。一起了编戏的念头的时候,就觉得仿佛要向什么人说明:这不是《儒林外史》,这在风格上要比原著卑浅浮薄得多。因为以我的才能,只能想出这样的办法。但是,最重要的,是我怀疑这个"戏"也许根本不成一个戏,因为我根本还不晓得戏是什么。承编导委员会的支持和鼓励,将修改了一次的初稿,印成油印的本子,寄给各位,如果你愿意对它提出不论什么样的意见,都会对我有莫大的帮助,感谢你。

注　释

① 本篇据油印本稿编入。

② 王亚平(1905—1983),诗人、作家。20 世纪 50 年代曾担任北京市人民政府文化处处长、北京市文联党组书记兼秘书长、中国曲艺研究会副主席兼秘书长等职。

关于一出戏的意见①

陈亮事我了解甚少,只知道他作文气势纵横,填词慷慨激越,与辛弃疾友善。他的言行似乎是一贯的。此剧表现他为了实现其政治主张——抗金,而不惜出卖清白,求得皇帝(光宗?)的信赖,不知有没有充分的历史根据。

我觉得陈亮是不适于用"心理实现主义"方法表现的人物,因为他并没有曲折复杂,富于戏剧性而又令人难以理解的心理变化历程。

因此,我觉得老年陈亮和青年陈亮之间的矛盾是不存在的。

老年陈亮所作的事不外有三点:

一、五十多岁还应考;

二、应考对策极言皇帝体察太上皇的意愿,尽管形式上于孝道有亏,而其用心至孝,于是得擢居进士第一;

三、及第后为建康判官,自以为于一重要地区又管政,又管军,可以实现其抗金的素志(事实上建康乃弹丸之地,不可能展其素志)。

这三点,都是青年陈亮所不反对的。

因此这一年龄上的冲突是虚假的,不能成立的。

除非:

一、青年陈亮因屡次建言、入狱,壮志已灰,以为国家事一无可为,应该归隐。

二、认为老年陈亮的应策乃违心之言,有亏大节。

三、终于,青年陈亮理解老年陈亮的苦心,达到一致,并合为一人。

戏里并未写出这样的矛盾——统一的过程。这样的过程不可能写

452

出,因为根本不存在。

　　我认为这出戏缺乏坚实的历史的、人物心理的基础。
　　我以为对历史人物、历史事件应该用极其严肃的态度对待。我们
写历史题材,应该对我们的历史,我们这个民族,负有严重的责任。

　　就戏论戏,作为陈亮的思想上的论敌朱熹和挚友辛弃疾应该出现。

注　释
　　① 本篇据手稿编入。

读《〈赵巧儿送灯台〉读后》①

关于全文的结构、语言,同意陈戈华同志的意见,的确像一个发言稿,不像一篇严谨的文章。又因为见解还不够深刻,有些话虚浮,有些话分量也不够准确。全文冗散,问题是分析得不够具体,肯定《赵巧儿送灯台》和否定《葫芦滩》、《臭牡丹》,都不能使人明白到底邵子南哪些地方做对了,哪些地方做错了。

《赵巧儿送灯台》的整理方法十分值得重视。这不是一般的整理工作,这不是根据一个材料整理一个故事;不是根据几个材料整理一个故事,而是把关于一个人物的原来按照不同观点、从不同角度创作出来的种种故事集中起来,连串起来,成为一个叙述一个性格统一的人物的完整的故事。

首先,这样做是不是合适,有没有必要? 哪些故事可以,需要这样做,哪些故事不需要? 其次应该怎样处理? 分析这样的问题必须从具体的材料出发,不能单凭印象。要分析哪些故事是从不同的阶级观点出发因而互相对立;哪些故事因为流传的地区、传述的人不同而互有歧异;哪些看来相反而实相成——各说明着人物性格的不同方面……同时,故事能不能连串起来,必须看看这些故事是不是有连串起一个的可能,故事当中是不是天然地关联,有没有内在的统一性,能不能构成情节——群众是不是在希望它完整起来。

从整理出来的故事看,从论文的初步分析看,《赵巧儿送灯台》大概是可以或应当集中为一个故事的。但是,也可能这里也有简单化的地方。比如,赵巧儿的"聪明、伶俐"和"骄傲自满",自作聪明,不一定就是"不统一"。鲁班的性格也似乎有绝对化起来的倾向。论文作者对上述问题的分析是十分笼统的,只是说"有的传说中,他是以聪明、伶俐的形象出现，给人以新鲜活泼的印象，有的又是以自满浮夸的形象出现，给人以鄙薄厌恶的感觉"，这是毫不切实的，不能说明问题、使人信服，因而，对于邵子南的工作也不能作出公正中肯的判断，不能使人看出它的重要意义。同样，在批判时也是仅仅以印象为依据。我们要求作者深入地分析一下原来的故事，再来比照一下邵子南的作品。

又，论文作者有些观点是有问题的。如每个流传得较为广泛和久远的民间故事和传说，虽然都有它的明确主题思想，但这往往是非常单纯的，也可说是较为原始的。故事情节也如此。因此，他认为，在"有助于主题的突出"的原则下，每一个故事就是"真正属于人民的，主题也是健康的部分"，都需要加工或修改。我看这样的强调加工修改，实际上是贬低民间作品的思想性，是由于对于民间作品缺少深入的认识，因而缺少必要的尊重，因此，作者对于邵子南的肯定或否定，尤令人怀疑这里是不是主观主义的成分。

又作者说在加工时，除了使故事的情节和人物的性格在不破坏原有风格的前提下，使它更为生动和完整外，更重要的是使它原有的主题思想变得更丰富和突出。似乎主题思想可以脱离人物性格和情节而存在，这也是不妥当的。

以上两点不是主要问题。

关于《王抄手打鬼》，所引起的鬼的问题，我觉得并不那样简单。鬼故事，有一部分是可以归入神话范围或带有神话色彩的，这一类故事可以说是古老的，是人民对于客观世界的幼稚的解释，是幻想性的东西，但确实有一部分鬼故事不是神话，也并不古老，是故事，是对于客观世界的成熟的解释。有许多鬼故事甚至比"人故事"对于人情世态刻画得还要具有现实性。我倒是同意邵子南的看法，鬼故事很多带有很大的影射意义，是在指鬼骂人——这从样式上可以区别出来，一个是一本正经的说鬼，文体必严肃，一是嬉笑怒骂的说鬼，是喜剧的乃至闹剧的，充满幽默与讽刺，如《王抄手捉鬼》即是。

我想，谁要是找一点材料写一篇《谈鬼》（可从马健翎的《游西湖》

谈起），倒是很有意思的事。

注　释

　　① 本篇据手稿编入。

附录

社会性·小说技巧[①]

　　我先谈谈作家的社会责任感问题。有人说我和斤澜的小说跟当前现实生活距离比较远,我觉得不是。我俩写作的社会责任感是比较自觉的。我常想作家到底是干什么的? 在社会分工里属于哪一行? 作家是从事精神生产的。他们就是不断地告诉读者自己对生活的理解、看法,要不断拿出自己比较新的思想感情。作家就是生产感情的,就是用感情去影响别人的。最近为了选集子,我看了自己全部的小说、散文。归纳了一下我所传导的感情,可分三种:一种属于忧伤,比方《职业》;另一种属于欢乐,比方《受戒》,体现了一种内在的对生活的欢乐;再有一种就是对生活中存在的有些不合理的现象发出比较温和的嘲讽。我的感情无非是忧伤、欢乐、嘲讽这三种。有些作品是这三种感情混合在一起的。

　　我总的说来是个乐观主义者。我的生活信念是很朴素、很简单的。我认为人类是有希望的,中国是会好起来的。有的人曾提出,说我的作品不足之处是没有对这个世界进行拷问。我说,我不想对世界进行像陀思妥耶夫斯基式的严峻的拷问;我也不想对世界发出像卡夫卡那样的阴冷的怀疑。我对这个世界的感觉是比较温暖的。就是应该给人们以希望,而不是绝望。我的作品没有那种崇高的、悲壮的效果。我追求的不是深刻,而是和谐。但我不排斥、不否认对世界进行冷峻思考的作品,那是悲剧型的作品。我的作品基本上是喜剧型的。读者还是能看得明白的。有一位学化工的大学生看了我的《七里茶坊》后给我写了封信说:"你写的那些人就是我们民族的支柱。"我要写的就是这个东西。下面我要谈谈林斤澜的小说,包括他的矮凳桥的系列小说。他的小说有一个贯穿性的主题,就是人,人的价值。他把人的价值更具体化到一点,就是"皮实"。林斤澜解释"皮实",就是生命中的韧性。矮凳桥里他写了许多人物都是在证明自己存在的价值——"让你们晓得晓得我"。像《溪鳗》,就有两种主题:一是性主题,另一是道德主题。把性和道德交织在一起来碰一碰的作家据我知道的还不多。溪鳗是东方女性的道德观,她是心甘情愿也心安理得地作自我牺牲。李地是个母亲的形象。她在那么长期的、痛苦的、卑微的生活中寻找一种生活的快乐;在没有意义的生活中感觉出生活的意义。还有一篇我比较喜欢的是《小贩们》,写一群小孩子走南闯北做买卖,他们对生活充满了想象和向往,充满了青春气息。如果就是为了奔俩钱儿,孩子们就很俗气了。所以我说林斤澜的作品是爱国主义的。"皮实"是我们这个民族的品德,斤澜对我们这个民族是肯定的,有信心的。爱国主义不等于就是"打鬼子",对民族的优秀品质加以肯定是更深的爱国主义。

我的评论文章最后写了两句:"董解元说,冷淡清虚最难做。"结束语:"斤澜珍重。"

人们都要求小说提出什么问题,或说明什么问题。有人问我《受戒》说明了什么?我自己也不知道,或是解释不清楚。"于其不知,盖阙如也。"另外,我也不同意有的人说我的小说是无主题。我的小说是有主题的。我可以用散文式的语言来说明我的主题。但我认为应该允许主题相对的不确定性和相对的未完成性。

作者也在思考,要是都告诉了读者,一览无余,那就没有什么思索的余地了。

我谈一下横向借鉴和竖向继承,或者叫民族化问题。中国现代文学应该说是接受了些西方影响的,当然必须也必然借鉴了许多西方的东西。但一个国家的文学,一个民族的文学,有两个东西没法否定掉:一是你写的是这个国土上的人和事;二是得用这个民族的语言来表述。有些年轻作家借鉴西方作品,包括它的表现形式,这是无可非议的。但最根本的赖以思维的语言还得是中国的语言。作家必须精通本国的语言。西方现代主义作家他本人也是精通本国语言的。不能用汉语汉字来表达完全是西方的东西。现在在许多文艺理论批评中引进了自然科学的概念,包括数学概念和数学术语,我觉得这也是可以的。比如现在有个时髦的术语叫"坐标系"。坐标系总有两个轴——横坐标座和竖坐标座,然后才能决定你那个坐标的位置吧!但现在有些作家只有一个横坐标轴,而没有竖坐标轴,他一般只强调横向借鉴,因此他那个坐标位置是不稳定的。在横向比较的同时必须要继承中国的民族文学传统,不能把西方的那套完全搬过来,所以在讨论我的作品会上我加了一句话:回到现实主义,回到民族文化的传统。我读了王安忆的《小鲍庄》,觉得有一点很欣慰。我从这个作品里感受到了一种民族的气息,包括语言、对话、叙述都用了徐州地区的语言。我不是一个很顽固的老式传统的现实主义者,我自己受过一些西方文化的影响。民族文化应该吸收外来的影响,但目前则应该强调我们民族文学和传统。现在有些搞文艺理论的同志完全用西方的一套概念来解释中国的不但是传统而且是当代的文学现象,我以为不一定完全能解释清楚。中国人和西方人有许多概念是没法讲通的。李陀到德国去,他写了篇文章叫《意象的激流》。"意象"是什么?外国人怎么也弄不清楚。我在上海召开的汉学家会上对一些西方汉学家说,你要了解中国当代文学的语言,先要了解中国传统的语言论。我讲了一套韩愈的语言论,"气盛言宜",他们听起来很新鲜。韩愈说:"气,水也;言,浮物也。水大而物之浮者大小毕浮。气之与言,犹是也。气盛则言之短长与声之高下者皆宜。"韩愈提出了三个很重要的观点:一是"气",即作家的心理状态、精神状态。所谓"气盛",就是思想充实,情绪饱满。其二,他提出一个语言的标准叫"宜",即语言准确。其三,还提出"语之短长"和"声之高下",即句子的长短和声调的高低。韩愈的语言论讲得很具体,并不虚无缥渺。我觉得年轻的作家应该学一学。

目前图解又有新发展,就是图解某种西方思潮。看了一本什么书,接受了某个新观点,然后想办法找点人物和故事去写,目的是宣传西方的他自己也不太懂的思想。这实际上也是一种主题先行。

我认为不图解就应该不是从概念出发,而是从生活经验出发,从本人不能忘怀的事情出发。比如《受戒》,写的是我四十三年前的初恋感情……

注　释

① 本篇原载《人民文学》1987 年第三期,是以林斤澜和汪曾祺为主的作家对话录,由该刊编辑根据录音整理;初收《汪曾祺全集》第八卷,北京师范大学出版社,1998 年 8 月。收入本卷时仅保留作者发言内容。

漫话作家的责任感^①

　　我觉得一个作家的整个文学创作,不应该以他在某一个会上说的某一句话作为标准,甚至他即使说,我不考虑社会责任感,他照样可能也是有社会责任感的。不能从单纯一句话来看他整个的创作和整个的人生态度。

　　另外虽然有人说他不考虑社会责任感,比如阿城说他写小说就是为了满足自我。这样一句话可以作各种引伸,也可能引伸出他没有责任感,也可能找出他有很强烈的社会责任感。怎么理解都可以。我觉得现在作家写作,作品一发表出来就成了一种社会事实,你说你不考虑社会,但你锁在抽屉里是给自己的,发出来就成了社会现象,当然会对读者产生这样那样的影响,发表前你也许不能完全准确估计到,但你大体上还是有个估计的。我觉得我们现在所谓的责任感就是古代的"代圣贤立言",说别人的话,说别人想说而没有说出来的替他说出来的话。这是揣摸上意,先意承旨。就是皇上嘴里还没出来呢,我就琢磨着他要说什么。有一种他还是很真诚的。他倒不一定是揣摩,而是他的脑子已经是这样了,是很真诚的思考,他不知道还有另外一种思考生活的方式。

　　一个作品产生的社会效果,往往受社会环境的影响,在抗日战争中,不是"白毛女"就是别的戏,大家也还是要参军打鬼子去。所以,我觉得应当研究作品到底是怎样产生作用,产生了什么作用。

　　我最近读了巴西总统的一首诗,写渔民出海,亲人等他,诗写得很好。我觉得他作为总统那个诗不是总统诗,他在写诗的时候不是总统,是诗人。我当总统的时候我是总统,我不当总统时是个诗人,不能以写诗的办法来治理国家。

你写作品时候,就是要考虑怎样把作品写好,你不可能在写作时就先考虑你该有怎样的社会责任感。有一个参战的空军飞行员,我问你飞上天的时候是不是想到国家民族,他说我不能想,我想了一下就被揍下来了,我只能顾怎样瞄准对手,把他打下来。写小说也是一样,你写小说的时候就想着这个小说将会产生多大的社会影响,那这个小说肯定是写不好的,就像飞机驾驶员被揍下来一样。

最早提出"问题小说"的是赵树理,《地权》是解决土地问题,而恰恰是他有些小说,他自己无法把它放在问题小说里边,比如《手》《富贵》等等不能明确反映他的问题的,往往这样一些小说比那些小说的艺术生命力要强。

他这个《茶馆》原来不是这样写的。他原来打算把王利发写成当了人民代表啦。后来焦菊隐对他说,你就是第一幕好,你就照着第一幕写吧,老舍说,那咱们可就"配合"不上了。

我们现在所说的社会责任感和那时的"配合"是一样的。

而且,任何一个作家,一个很明显的道理,他首先得生活。这是很明显的吗?我所写的只能是我所感知的那一部分世界。整个的世界都要我来表现,我不成了全知全能的上帝了吗?好比一个大夫他可以内科外科儿科妇科都能干,他得是个全才。我现在就要割个瘤子,你就把那个瘤子割好了,不就行了吗。

简单说就是卖什么的吆喝什么。

有的时候你写个什么东西产生的社会效果跟你想的完全不是一回事。比如我曾经写了个高大头盖房子,讽刺的,写这个高大头有办法,居然在九平米中盖了三十六平米。写这个过程。没想到产生什么效果呢?其实当地没有给高大头解决这个地皮,结果看我这个小说一发表,当地政府马上决定给这个高大头解决房子,说汪老在这个小说中写到这个了,而且这个高大头现在变成了我们县里的政协委员。他的女儿是个体户模范,介绍她时就说这是汪老小说中那个高大头的女儿。这种社会效果是我完全没想到的也是我不希望产生的效果。这些是说我们当地的人实际上只把文学看成是一种政治工具了。后来这个高大头给我写来了很长一封信，还寄来材料，希望我还写续篇，我说我写不了。

领导我们的人哪，还是那句老话，要按照文学规律办事。这是最简单的。现在查出列宁的那句话"党的文学"翻译错了，应当是"党的出版物"。那么现在一个问题，就是党和文学应当是什么关系。现在实际上在很多人的脑子里，实际上还有文学是"党的文学"的观念。还应当研究，作协究竟是干什么的？作协的领导究竟是干什么的？

这么些年来，这么多作家的文学观包括创作方法得有人管着他，不管着他，好像就不习惯了。

注　释

①　本篇原载《文学自由谈》1988 年第五期，是该刊于 1988 年 7 月 4—6 日，举办的文学沙龙的发言纪要，未经发言人审阅，参与者还有朱晓平、林斤澜、陈建功、谢冕等；初收《汪曾祺全集》第六卷，北京师范大学出版社，1998 年 8 月。收入本卷时仅保留作者发言内容。

文章千古事　得失寸心知①

——《清明》杂志文学座谈会纪要

　　谈到文学与现实、与政治的关系,有人说我远离政治,我还不承认。我为什么不承认呢?任何作家写任何作品,无不和当时的政治有关。有的好像没有直接写政治,好像没有反映现实,但所表现的情绪和心态却是有关的。比如我写《受戒》,和政治有什么关系?我说可有关系了,和十一届三中全会有关系。没有十一届三中全会,就没有《受戒》那样的作品。当时思想解放,要是在"十七年"里就根本没法解释。当时我写出来了,有人就很奇怪:你写这东西干什么?谁给你发表?结果《北京文学》主编李清泉对它很感兴趣,拿去后也不通过编辑,第二期就发。大家都在十一届三中全会那种一片春风的时候,才可能有我这样的作品。所以我感到文学繁荣,必须首先要有一个好的大的气候。要把文学搞好,首先要把政治、经济搞好,才能达到《岳阳楼记》里所谓的政通人和。只有具备政通人和的气候,才能有文学的繁荣。这是一点。另外是气质问题,作为一个写作的人,大家都要认识自己,我是一个什么样的人。所以刚才叶全新让我写几个字,我写了《晋书》上的那句话:"我与我周旋久,宁作我。"我和我过了一辈子,我还做我,所以大家写作的时候,不要管当时的行情如何,风气怎么样,你自己按照你自己的去写,不能勉强。我受过勉强的罪,因为我曾经有过十年搞样板戏的历史。我是在"旗手"直接领导下搞的。她主张要大江东去,不要小桥流水。我说这完了,我只会小桥流水,不会大江东去。我当然不反对那些大江东去,阳刚之美的东西,也不妨小桥流水。茅盾若干年前就说过,我们文坛上有一种风格的作品多年不见了,就是婉约派的作品,可是一个时期以来,"婉约"是不能提的。包括女同志都是金刚式的。真要是金刚式的当然也很好,但不要勉强。文学的社会功能大家扯了很久,有人认为我是不主张文学有这种功能的。我说你们这是对我很大的误解,我很主张文学也有社会功能,但这种社会功能不能太急功近利。说写一个工厂改革的作品,大家都按照它那样去改革一个工厂,这不可能。有人说针砭时弊,我说靠文学来改革社会,是一个很间接的东西,不可能像打针吃药。我这儿发烧了,两片阿斯匹林马上就好,我很欣赏杜甫的两句诗:"随风潜入夜,润物细无声。"像你们那个清明雨似的。当然来两下倾盆大雨也可以,一般还是小雨知时节,慢慢浸润。我想只要有这点善良的愿望,不是为了其他乱七八糟的目的去写就好。社会效果,如有些纪实性作品可能更直接些。但文学更多的是潜在的、内在的东西。我觉得大家可以按照自己的气质去写。作家认识自己的气质有一个办法。你喜欢看哪一路作品,往往你就是那一路气质。我爱看的基本上是契诃夫的小说,归有光的散文这一路子。巴尔扎克和我不是一码事。我不能写巴尔扎克式的作品,或者肖洛霍夫式的东西。个人有个人的气质,不能强求自己去做另外一个人。《清明》有自己的特色,也不一定要去追求轰动效应。我看你们这个会标清清雅雅的、淡淡的,天蓝色的底子上有几个绿色的字,不是通用的大红底子加黄字,就有特色。这种色调就很好。

我感到一个作者最重要的是要有自己的语感。感觉到这种语言是好的才能写出好的语言。梅兰芳善于辨别精粗美恶。有些人没有语感。他不知道什么语言是美的,什么语言是不美的,那就没办法了。

蓝得岂有此理。你不可能想象,世界上竟有这样的蓝,比蓝墨水还要难,真怪了!因为它水深达四十米,所以特别蓝。

上海人有办法,叫爱得一塌糊涂。

我的目的不是写蜻蜓,而是写医生,造成一个很淡泊宁静的生活环境,这是他的性格所在。

我们推年轻人不怕过头。怕只怕缺少一种钟爱。徐悲鸿赞赏齐白石,有些话是很过头的,但他说他没有说错。

一个主编一年里边,如果真正有把握地推出两个作家。

李清泉在那几年里边,他比较得意的就是推出两个作品:一个是方之的《内奸》,第二个就是敝人的《受戒》。他自己认为这是他编辑工作的得意之笔。我补充一点,最重要的是第一印象,初读的那个印象非常重要,外国人说的 first impression,第一印象能不能抓住你,吸引你,更重要的是第一句。第一句你看他怎么开头。欧阳修《醉翁亭记》第一句:"环滁皆山也。"奇了! 第一句就成了千古名句。文章的语调语式全有了。

有些很知名的作家,他呀,认为编辑是他的助手。稿子有些字不会写,他空着。标点他弄不清,一路逗点。他认为改标点、补空缺,这是编辑的事。

刚才老林说到我替别人改稿子问题。我也当过几年编辑。编辑和作者之间的关系,不管用什么词吧,叫帮助、培养、扶持,都是一个意思。编辑需要不需要,可以不可以帮作者改稿,就是刚才老周说的那个问题。我那时在《北京文艺》,自然来稿很多,几乎很大部分稿件都经过编辑部的加工,包括你们这里的老总。赵树理编刊物的时候,主要靠自然来稿,到发稿时候都发愁,有时候就只好自己动手。赵树理有一个绝处逢生法,实在不行了就把稿子都拿来看。陈登科《活人塘》就是这样出来的。不是什么乱七八糟的东西都可以改出来的。《活人塘》本身就有许多闪光的东西,不是别人可以加上去的。改稿的困难是,改完后不能让人看出是你汪曾祺的稿子,不能改成你的风格。要按照他那个风格改一遍。对,我模仿他们的风格改一遍,语言也是他的。我为什么肯动手改呢? 因为他有生活,不是硬编出来的,有真情实感。我看了半天,我如果给他提意见,说你这个小说哪地方是多余的,可以去掉,那么信就要写得很长,而且他也不一定能理解。这样不好,怎么着才叫好了呢? 所以这时候我干脆给你再写一遍,你自个去对照。有些作者在临界线以下,一般地提提意见,他出不来,我觉得与其我给你写很长很长的信,不如我给你来一遍。往往带学生就得这样,我受过我的老师沈从文的影响。沈从文对学生稿子大量地修改,但他从不取而代之。世界上对创作能不能教,有截然不同的两种态度。美国有一个很有名的教创作的,他写了一部很厚的书,认为创作可以教。但教创作你不能光讲怎样结构,怎样安排语言,怎样制造气氛,怎样写对话,那就完了。不如实实在在,你这个玩艺儿让我写是这么个写法,你瞧瞧看是不是比你强点? 这样他能悟出很多东西。我说难的就是还是他的东西,或者说,比他自己还像他自己的东西。这点是很难的。有些作者在编辑帮助之下成名了,地位很高了,可师傅领进门,一脚踢出门的也有。但真诚地帮助作者的编辑吧,一般也不指望有什么报酬,顶多提溜两瓶酒就足够了。这个事情还是值得做的。我很同意。《清明》还要继续走这种……沙里淘金,或者还有其他更形象更诗意的说法吧。我同意这样,但也不能完全代替他。对,拔苗助长得太厉害了也不行。

我没看过。但我觉得可以算中篇,或者前面加上一个附加语,别具一格的中篇。实际上这种弄法也是有的。比如说《纽约奇谈》,五个故事,用大礼服穿起来,每个故事都有大礼服。

我那天和老相说过,国外文学概念中没有中篇这个概念,只有短故事和小说,short story 和 novel 这两个概念。中篇这两年我们兴起来了,成为带有一种中国色彩的特殊的文体。我觉得中国的中篇确有它的特色。沈从文的《边城》,这肯定不是长篇,也不是短篇。梅里美有的小说也不能叫作长篇。我们国土上盛行中篇,所谓中篇意识吧,也可以探索一下。我只有短篇意识,没有其他意识。有些中篇是长篇压短了,楞挤在一起,或把一个短篇拉长了,这不叫中篇。我那个《大淖记事》,很多人说可惜了,只写一万六千字,稍为长点,撑一撑就是中篇。我说我那个是短篇意识,撑出去就不是我那回事了。

注　释

① 本篇原载《清明》1990 年第 1 期,是在《清明》创刊十周年文学座谈会上的发言,略有删节,与会者有林斤澜、余华、刘恒等;收入本卷时仅保留作者发言内容。

宋四家都是文学家兼书法家①

自古有很多文人的字是写得很好的。《上阳台诗》有争议，但《张好好诗》没问题，宋四家都是文学家兼书法家。有人认为中国的书法一坏于颜真卿、再坏于宋四家。虽有道理，未免偏激。宋人是很懂书法之美的。苏东坡自己说得很明确："我虽不善书，晓书莫如我。"他本人确实懂字，他的字很多，我觉得不如蔡京的，蔡京字好人不好，但不能因人废书。也有文人的字写得不好，我见过司马光的一件作品，字不好。四川乐山有他一块碑，写得还可以。他不算书法家，但他的字很有味，是大学问家写的字。也有大学问家字写得不好的，如龚定庵。他一生没当过翰林，就是因为书法不行。他中过进士，但没点翰林。他的字虽然不好，但很有味。这种文人书法的"味"，常常不是职业书法家所能达到的。"馆阁体"限制了多少人哪！

我到台湾去有一个感觉，台湾的牌匾，大部分是欧体，不像我们大陆的字龙飞凤舞、非隶非篆的。台湾是欧体、唐楷多，他们故宫博物院的说明也全是欧体。这使我想到一个问题，写字还是从楷书学起。楷书比较规整的是欧体。如果一开始就写颜字，容易叫小孩把字写坏了。茅盾的字有点欧味，有人说像成亲王，茅公说他没学过成亲王。扬州有个人考证茅公的字是从欧字来的，但不是九成宫那类楷书，而是欧的行书体。

我觉得要重视书法。台湾对传统文化比较重视。台的书法比较端正。台湾很多作家能背很多古文。台湾的语文教科书中没有白话文，全是文言文。这样做不一定对。但是从我们的语文教材的比例看，文言文的比重比较少。我认为作为一个作家来说，不熟读若干古文，是不适于写散文的，小说另当别论。

我没想到那么多人喜欢书法，爱好字，这是件好事。现在的小学生很麻烦，因为老师就不懂书法，写的都是印刷体、仿宋体。还得从楷书入手，现在有个麻烦，换笔问题。我是换不了笔的。相当多年以前，我是用毛笔写稿的，改成横写，我别扭了好几年。到现在我也很难想象用电脑写作，我认为电脑写作是机器在写作不是我在写作。感觉不一样。你让我用电脑思维，我至少在相当长的时间里办不到。当然写几十万字的长篇小说也可能用电脑方便，我因为不写长的，所以还是喜欢用笔。

现在有个书协，会员那么多，成就那么大，这是很令人欣慰的事。另外，有必要强调基本功。有的写篆隶是有真功夫的，有的是花架子。首先得把楷书、行书写好。有人写很大的篆隶，题款不像样子，行书不会写。现在还有人鼓励小孩子写篆隶，我以为不妥，还是先写楷书。

我认为写隶书体不适于写唐诗，时代不一样。

你字没写好是因为运动。

我反对用电脑，平时也应该读读帖、练练字。

色调也高雅、不俗。

中国毛笔应该怎么做？唐以前不是羊毫，但现在硬毫太少了。日本书法多是狼毫写的。我们现在的笔是大肥肚子，写不了多少字就掉毛。早年胡小石在昆明时，正赶上灭鼠运动，他就积攒了不少鼠须，他的字有不少是鼠须笔写的。

我说句得罪人的话，书协应该多吸收些高档级的成员，去除一些低级"书家"。

淮海战役，邓小平用毛笔写电文。

台湾语文课本里有京剧剧本。

泰山写"龙"（?）的摩崖大字我主张铲掉。

（汉字）将来改来改去，连律诗都对不了仗了。

江泽民同志签名也是繁体。

中国人是用文字思维，不只是用语言思维。

出版单位出版古本字帖，不要出选字，这样看不到原文全貌。

注　释

① 本篇原载《中国书法》1994 年第五期,又载《学界名家书法谈》(刘正成主编,北京荣宝斋出版社,1994 年版),是该刊组织的座谈会发言纪要,总题为《文学与书法——部分著名文学家座谈会发言纪要》。受邀者还有李準、邓友梅、唐达成、林斤澜等,经作家审阅;初收《汪曾祺全集》第六卷,题为《文人与书法》,北京师范大学出版社,1998 年 8 月。收入本卷时仅保留作者发言内容。